Jay McInerney vit à Manhattan et à Bridgehampton. Son premier roman *Bright Lights, Big City* a obtenu un immense succès. Il est aussi l'auteur de *Trente Ans et des poussières*, roman auquel il donnera une suite située après le 11 Septembre avec *La Belle Vie*.

Depuis plus de dix ans, il écrit des chroniques sur le vin pour différents journaux américains, notamment *The Wall Street Journal*.

Jay McInerney

BACCHUS ET MOI

Traduit de l'anglais (États-Unis)
par Sophie Brissaud

Éditions de La Martinière

TEXTE INTÉGRAL

ISBN 978-2-7578-4580-6
(ISBN 978-2-7324-6050-5, 1re édition)

PREMIÈRES AMOURS

Une rivalité bénie des dieux

Lafite et Mouton

Quand le baron James de Rothschild acquit le château Lafite en 1868, il cherchait probablement à damer le pion à son cousin anglais Nathaniel, lequel avait acheté quinze ans plus tôt le domaine adjacent de Mouton. Mais moi, j'ai ma petite idée sur sa vraie motivation : faciliter la vie des futurs critiques œnophiles. Tout comme Tolstoï et Dostoïevski, ou Borg et McEnroe, Lafite-Rothschild et Mouton-Rothschild – les deux crus rouges les plus célèbres du monde – sont unis par une rivalité bénie des dieux.

En termes stricts d'image de marque, Lafite est « premier parmi ses pairs », bien qu'à de telles hauteurs élitistes, renommée ne soit pas forcément synonyme de popularité. Si l'on comparait les deux comme on compare Pepsi-Cola et Coca-Cola, c'est sans doute Mouton qui emporterait le suffrage populaire. Lafite est précisément le type de vin qui peut faire douter un amateur passionné de la qualité de son expertise et lui donner l'impression de ne pas le « capter ». Moi, en tout cas, lors de mes quatre ou cinq premières dégustations de Lafite, je ne l'ai pas capté du tout. Pas plus que je ne captais Haydn autrefois, quand mes parents me forçaient à l'écouter. Au contraire, ma première gorgée de Mouton fut comparable à ma découverte de Nirvana sur le plateau de *Saturday Night Live*.

Lafite et Mouton sont deux des cinq vins rouges de la rive gauche de Bordeaux officiellement classés premiers grands crus (bien que Mouton n'obtînt ce statut qu'en 1973, seule modification substantielle du classement de 1855). Les deux crus proviennent de la commune de Pauillac, comme Château Latour, et ont en commun certaines caractéristiques secondaires. On décrit souvent, par exemple, des notes de cèdre et parfois – si étrange que cela paraisse – une odeur de crayon fraîchement taillé (sensation unique qu'aucun autre vin ne m'a jamais fait éprouver). Tous deux acquièrent de la complexité en vieillissant, les plus grands millésimes se révélant quasi éternels. Tous deux, aussi, ont connu des épisodes décevants. Lafite a produit des vins médiocres au cours des années 60 et au début des années 70, Mouton a eu un passage à vide à la fin des années 80 et au début des années 90.

Même si vous ne les avez jamais goûtés, vous savez sans doute que Lafite est synonyme d'élégance et Mouton de puissance. Lafite est odorant et éthéré, Mouton est extraverti et charnel. Comparé à Mouton qui est plutôt Michel-Ange, Lafite est Léonard de Vinci. S'ils créaient des vêtements, Lafite serait Armani et Mouton Versace. « Si Lafite était un peintre, ce serait Chagall », me dit un jour Éric de Rothschild. « Si c'était un musicien, ce serait Mozart. » Et au cas où ces stéréotypes vous sembleraient encore un peu vagues, une visite des deux domaines suffirait à les confirmer.

Mouton est la destination touristique numéro un du Médoc, offrant une des visites les plus haut de gamme de l'œnotourisme mondial. En fait, elle me rappelle celle de la *winery* de Robert Mondavi dans la Napa Valley, ce qui n'a rien de surprenant quand on sait que le baron Philippe de Rothschild et la fameuse

Napa Valley s'associèrent il y a quelques décennies pour créer le grand cru franco-américain Opus One. Le petit film documentaire par lequel commence toute visite de Mouton réussit à être à la fois poétique et technique. Projeté en prises de vues fixes, il expose simultanément, sur deux écrans et reflétées par une boule à facettes, des images de grappes, de vignes et de barriques de chêne. Même l'éclairage des chais, très théâtral, est visiblement conçu autant pour le plaisir du visiteur que pour le travail de l'ouvrier. Le musée consacré aux objets d'art à thème viticole peut paraître à première vue un peu kitsch, mais visitez-le et vous y découvrirez un hommage somptueux au bon goût de feu le baron Philippe, cet aristocrate flamboyant qui hérita de Mouton dans les années 20 et consacra toute son énergie – dont il ne manquait pas – à le mettre en valeur et à le promouvoir. À présent, sa fille Philippine poursuit son œuvre avec un enthousiasme et une exubérance que j'ai eu l'occasion de remarquer lors de nos brèves entrevues.

Lafite offre au visiteur une expérience toute différente. Pour commencer, il n'y est pas encouragé. Moi-même, j'eus quelque difficulté à obtenir un rendez-vous par l'intermédiaire de mon ami Bruno Borie, dont la famille est propriétaire du château Ducru-Beaucaillou. Éric de Rothschild, le jovial propriétaire de Lafite, était à Paris pendant que le directeur du château me montrait les lieux. Lafite ne possède qu'un élément spectaculaire : le Chai 2000, un grand chai à barriques circulaire conçu par Ricardo Bofill, sorte de Panthéon d'Agrippa à demi enterré et, dit-on, d'une parfaite ergonomie. Pourtant, les détails de vinification qu'on m'y donna étaient pratiquement identiques à ceux que j'avais eus à Mouton. Pour obtenir le meilleur vin, aucune dépense n'est épargnée. Autrefois, Lafite était affiné en barriques beaucoup plus longtemps que Mouton, ce qui pouvait jusqu'à un certain point expliquer son style plus retenu, mais à présent leurs temps d'affinage sont pratiquement égaux.

Alors, puisqu'ils sont différents, ces deux vins dont les domaines se touchent, pourquoi le sont-ils ? On est tenté d'appliquer ici l'hypothèse fallacieuse de l'affinité des caractères : le baron Philippe était une personnalité éclatante, donc ses vins le sont aussi. Ou alors la théorie des cépages, Mouton contenant une plus large part de cabernet sauvignon – le John Lennon des raisins – et Lafite utilisant davantage de merlot, un cépage plutôt McCartney. (Notons toutefois que dans les millésimes récents l'assemblage de Lafite comporte beaucoup de cabernet sauvignon.) La troisième hypothèse, celle du terroir, se tient au cœur du classement des grands crus du Médoc : tout est dans la terre – ou plutôt, en l'occurrence, dans les cailloux. Tout est fonction de mille infimes variations géologiques, topographiques et climatologiques. Si les deux vignobles croissent sur les grosses graves fluviales qui assurent le drainage des sols, Mouton possède dans son sous-sol davantage de fer et de grès, tandis que celui de Lafite est plus calcaire.

Ces dernières années, des observateurs ont remarqué que les différences de typicité entre certains grands crus bordelais, parmi lesquels Lafite et Mouton, avaient tendance à s'effacer. Selon eux, voici les coupables : 1. les progrès de la technologie, 2. des vendanges plus tardives et 3. l'influence d'un certain critique en œnologie nord-américain qui aime les vins amples et charpentés[1]. On constate en effet que Lafite, notamment

1. Il s'agit de Robert Parker. (N.d.T.)

le millésime 1996, est devenu plus hardi, plus plantureux, ce qui n'est pas nécessairement un mal, vu la timidité et la délicatesse des anciens millésimes. Pourtant, j'ai dégusté récemment le 1999 des deux châteaux et chacun était au meilleur de sa nature, ce qui veut dire qu'ils étaient très distincts l'un de l'autre. C'est pourquoi je suis prêt à parier que le terroir, comme toute bonne éducation, finira par se révéler à la longue. En effet, ce que ces deux crus obstinés ont toujours eu en commun, c'est leur capacité de vieillir et de se bonifier, acquérant à travers les décennies une gamme de nuances d'une formidable ampleur. Si vous avez l'argent, la patience et l'espérance de vie nécessaires, recherchez les excellents millésimes 1995 ou 1996 de ces vins. Et oubliez-les dix ou quinze ans.

Mon blanc favori

J'ai horreur qu'on me demande quel est mon livre préféré, mon film préféré, ma chanson préférée, mon favori en quoi que ce soit. Bien sûr, j'adore *Norwegian Wood*, mais de là à dire que je la préfère à *Angie* ou à *Alison*[1]… Et comment choisir entre *Les Sept Samouraïs* de Kurosawa et *Huit et demi* de Fellini ? Pourtant, en ce qui concerne les vins blancs, je crois pouvoir nommer mon favori sans trop d'hésitation : c'est le condrieu. Je ne devrais d'ailleurs pas vous le dire, parce qu'on n'en fait pas beaucoup et la situation n'a guère de chances de s'améliorer : les côtes escarpées qui le produisent, au-dessus du Rhône, sont d'un travail extrêmement difficile, l'appellation est minuscule, et nulle part au monde – pas même sur des reliefs identiques à quelques centaines de mètres au nord et au sud de Condrieu – le cépage viognier ne produit un jus aussi sublime. Certes, le viognier se montre prometteur dans quelques régions de Californie (entre autres), mais boire ces non-condrieux est un peu comme visionner *Les Sept Mercenaires* : c'est divertissant, mais ça ne vaut pas l'original.

1. Respectivement chansons des Beatles, des Rolling Stones et d'Elvis Costello. (N.d.T.)

Vous allez peut-être me demander pourquoi j'aime tant le condrieu. Disséquer les plaisirs qu'offre le condrieu, c'est un peu comme tenter d'expliquer un haiku. Je peux au moins vous dire que j'aime ce vin à la folie parce que la pêche blanche est mon fruit préféré ; or le condrieu a souvent un goût de pêche blanche, tirant parfois, il est vrai, sur l'abricot. J'aime sa mâche charnue, visqueuse et ronde en bouche. J'aime ce bouquet floral qui me rappelle parfois le chèvrefeuille. Certains dégustateurs anglais comparent son arôme à celui des fleurs d'aubépine mais, pour le piètre botaniste que je suis, il évoque tout simplement certains jardins que j'ai traversés au printemps. Je l'aime aussi parce qu'il me fait penser aux Gauguin de la période tahitienne. Et pour finir, de façon perverse, je l'aime parce qu'il est dépourvu de deux qualités que tous les grands vins sont censés posséder : l'acidité et la capacité de vieillir. Le riesling, lui, est acide et s'accorde mieux avec la cuisine, et un bourgogne blanc tel qu'un meursault ou un puligny se gardera plus longtemps, acquérant de la complexité avec l'âge. Oui, et alors ? L'amour ne repose pas sur des considérations pratiques et le condrieu est un vin pour romantiques.

Comme le côte-rôtie, son voisin rouge immédiatement au nord, l'appellation condrieu paraissait moribonde au sortir de la Seconde Guerre mondiale. Ses vignobles pentus étaient presque entièrement à l'abandon et ses vins exotiques bien proches de l'extinction. C'est alors, au début des années 50, que Georges Vernay reprit le domaine familial et devint président de l'appellation. Il encouragea les autres propriétaires à replanter leurs anciennes parcelles en même temps qu'il bataillait pour obtenir des réglementations plus strictes. À cette époque, il restait à peine 8 hectares de vigne sur les hauteurs de Condrieu. En 1988, la surface de l'appellation fut limitée à ces collines escarpées ; et quand Christine, la fille de Georges Vernay, reprit le domaine en 1997, la renaissance de Condrieu était bien avancée et le vin faisait l'objet d'un culte auprès d'hédonistes raffinés.

La famille Guigal, à Ampuis, contribua aussi à la résurrection des grands vins de Condrieu. Bien qu'il soit surtout connu pour ses côtes-rôties, le domaine créé par Étienne Guigal en 1946 et porté au pinacle par son fils Marcel – un homme que l'on croirait venu au monde coiffé d'un béret et pipette de verre à la main – est actuellement le principal producteur de condrieu. Philippe, le fils de Marcel, s'occupe désormais du domaine à plein temps. Je dois à une bouteille de condrieu de Guigal, qui accompagnait un plat de haddock fumé chez le romancier Julian Barnes, le début de mon idylle avec ce vin il y a une vingtaine d'années. En plus des cuvées régulières, Guigal produit une cuvée spéciale, la doriane – un flacon luxueux, décadent, parfait pour accompagner un foie gras. Certaines étiquettes, inséparables du vin dans ma mémoire sensorielle, me semblent en adéquation totale avec le contenu de la bouteille : c'est ainsi que les vives couleurs et la finesse de la gerbe de fleurs vaguement Art nouveau qui orne l'étiquette de la doriane de Guigal, d'après un original du peintre Moretti, me semblent en harmonie parfaite avec ce vin exotique et intensément floral.

Un troisième vin peut prétendre à la distinction du condrieu le plus opulent : le coteau-de-chéry d'André Perret, issu d'un vignoble homogène sur la colline de Condrieu. Perret, homme affable et modeste, ne fait du vin que depuis 1983, mais les vignes de sa cuvée de tête ont plus de soixante ans d'âge. Son voisin Yves Cuilleron, la quarantaine, réalise quatre condrieux différents que l'on peut placer sur une échelle allant du délicat au luxuriant. Sa cuvée La Petite Côte est un vin relativement léger élevé en cuves et en vieilles barriques, tandis que sa cuvée Vertige, élevée en fûts neufs, s'en donne à cœur joie. Il conseille d'ailleurs de l'associer à des poissons en sauce crémée (la cuisine cantonaise lui réussit également très bien). Cuilleron fait aussi un condrieu de vendanges tardives, Les Ayguets, tout en miel et en noisette, essentiellement un vin de dessert bien que personnellement je le préfère seul ou avec des fromages un peu forts.

En mai dernier, après une dégustation matinale dans son nouveau chai, Yves Cuilleron m'a fait visiter une de ses parcelles, Les Chaillets, une pente raide orientée sud-est, couverte de pavots orangés en pleine floraison au-dessus d'un Rhône aux reflets métalliques. Une succession d'anciennes terrasses retenues par des murets de pierre semblait maintenir à grand-peine le sol sableux et granitique de la colline. Il était 10 heures et demie, et le soleil commençait juste à percer le froid matinal. « On dit que ces terrasses furent construites par les Romains », dit Cuilleron. Je lui répondis que c'était bien possible, mais je doutais que les Romains eussent jamais goûté quelque chose de si miellé, de si délicat, avec de telles notes de pêche que cette cuvée les chaillets 2004 dont la sensation restait vivace une heure après la dégustation. Et d'ailleurs, ils ne l'auraient peut-être pas appréciée, car le condrieu est réellement un vin d'amoureux, pas un vin de guerriers.

Les bordeaux blancs, ces oubliés

Les vins blancs secs de Graves ont un problème d'image. Bordeaux est pratiquement synonyme de vin rouge, lequel représente environ 85 pour cent de son abondante production. Les bordeaux blancs, issus de sauvignon blanc et de sémillon, sont toujours un peu énigmatiques pour le consommateur américain moyen, qui trouve plus de glamour dans les bordeaux rouges ou encore dans les bourgognes blancs issus de chardonnay.

Située au sud de l'agglomération bordelaise, l'appellation graves inclut la plupart des grands bordeaux blancs. Depuis longtemps, les connaisseurs recherchent les blancs de garde de Haut-Brion, de Laville-Haut-Brion et du domaine de Chevalier. Et moi, je les collectionne depuis juste assez longtemps pour commencer à apprécier leur étonnant potentiel. Lors d'un dîner que je donnai récemment chez moi, un laville-haut-brion 1983 suscita chez les amateurs éclairés des éloges largement plus enthousiastes que ne le firent les bourgognes blancs vieux – et chers – qui les suivirent. C'était comme la version liquide d'une crème brûlée à la pêche.

Les meilleurs vignobles des Graves sont inclus dans le tissu urbain de Talence et de Pessac, deux banlieues congestionnées. Les vignes de Haut-Brion, autour de leur château du XVIe siècle, occupent une croupe graveleuse au milieu d'immeubles résidentiels modernes. Haut-Brion, mieux connu pour son rouge de premier cru classé, réalise aussi un blanc aérien en quantité réduite. De l'autre côté d'une route au trafic dangereusement intense s'étendent les vignes de La Mission Haut-Brion (rouge) et de Laville Haut-Brion (blanc), achetées en 1983 par la famille Dillon, propriétaire de Haut-Brion. De chaque côté de la route, les vignobles sont sous la responsabilité de Jean-Bernard Delmas[1], un des plus grands viticulteurs de Bordeaux, qui naquit à Haut-Brion même.

Tout comme les rouges, et comme tous les frères et sœurs au sein d'une même famille, haut-brion blanc et laville-haut-brion possèdent des personnalités distinctes, en dépit de leur proximité géographique et du fait qu'ils soient tous deux vinifiés par la même équipe – argument qui souligne l'importance de la notion de terroir. Laville contient davantage de sémillon, un cépage plus charnu et plus onctueux que le sauvignon blanc qui est, lui, plus nerveux, plus acide et plus citrique. C'est en association que ces deux cépages donnent aux bordeaux blancs leur caractère unique, équilibré, facile à associer avec la nourriture.

Suivez cette même route vers le sud-ouest, tournez à droite à la rocade : avec un peu d'attention, vous apercevrez enfin la pancarte du domaine de Chevalier, une mer de vignes au milieu d'une épaisse forêt de pins. Si on le compare aux demeures bordelaises, le château d'un étage arbore les airs modestes d'une maison familiale, bien que le propriétaire Olivier Bernard et son épouse Anne soient sans doute un des plus

1. Actuellement, c'est le fils de Jean-Bernard Delmas, Jean-Philippe Delmas, qui occupe cette fonction. (N.d.T.)

beaux couples de la région. Leur domaine bénéficie d'un sol de belles graves profondes et pâtit d'un des microclimats les plus froids et les plus grêleux de tout le Bordelais. Les années où ni le gel ni la grêle ne se manifestent, le domaine de Chevalier produit, en plus de ses rouges, un blanc complexe et ensorcelant qui se bonifie et s'amplifie en bouteille au fil des ans. Comme dans l'appellation voisine de Sauternes, les raisins sont vendangés en plusieurs passages successifs pour garantir la maturité optimale.

Ces trois grands blancs de Graves, tous situés dans l'appellation récente Pessac-Léognan, sont plutôt chers et rares ; mais pour à peu près la moitié du prix d'un meursault de village, vous pouvez vous offrir un graves blanc légèrement fumé, à boire jeune. C'est surtout grâce au travail de l'œnologue consultant Denis Dubourdieu. Ce gourou du vin blanc est l'inventeur d'une technique – rarement pratiquée pour les blancs – consistant à garder les peaux en contact avec le moût. À côté de ses propriétés, le clos Floridène et le château Reynon, Dubourdieu est consultant pour de nombreux producteurs de grands vins blancs, dont celui du domaine de Chevalier. C'est à lui que château-fieuzal doit son statut de vin de collection depuis le millésime 1985 ; c'est lui aussi qui a amélioré la qualité des vins souples et parfumés du vieux domaine de Carbonnieux, le plus gros producteur de graves blancs. Un fils de Denis, Jean-Philippe, produit au château d'Archambeau un autre excellent blanc.

Château-smith-haut-lafite, un des nombreux graves qui ont longtemps fonctionné en sous-régime, a revu sa copie depuis son rachat en 1990. Son blanc est un exemple poussé à l'extrême de la mode actuelle des sauvignons vifs et fougueux, vieillis en chêne neuf, conçus pour des palais internationaux. Si bon qu'il soit, je crois que le génie régional est mieux représenté par un assemblage à la Dubourdieu, avec beaucoup de sémillon et moins de chêne neuf. Ce nouveau style n'en est pas moins préférable aux vins hypersoufrés et pauvres en fruit qui étaient la norme il y a quinze ans. Il est bon de préciser que la famille Cathiard, en 1999, a doté la propriété d'un spa luxueux et ultramoderne, une bénédiction dans cette région cruellement privée de bons hôtels. Cependant, n'ayant pas encore eu l'honneur de visiter ce spa, je ne peux m'empêcher de m'interroger sur le sens du terme « vinothérapie ». C'est quoi ? Des piscines de vin ?

Voici d'autres étoiles, confirmées ou montantes : chantegrive, coubins-lurton, la louvière, malartic-lagravière, pape-clément et la tour-martillac. En dehors de l'appellation graves, quelques vins blancs secs valent le détour, parmi lesquels ceux des fameux châteaux Margaux et Lynch-Bages. Et bien que 2004 n'ait pas été un grand millésime pour les rouges, il s'est révélé nettement meilleur pour les graves blancs, et le 2005 devrait être au moins à ce niveau. L'un comme l'autre se boiront très bien ces prochaines années avec des poissons blancs, du poulet grillé, des fromages de chèvre ou de brebis. Quant aux « trois grands », ils sont de manière générale délicieux jeunes avant d'hiberner quelques années. Si vous avez la chance de tomber sur un vieux millésime, tel qu'un le-chevalier 1989 ou un haut-brion 1994, traitez-le avec les égards qu'il mérite : achetez un turbot ou une belle sole et partagez le tout avec quelqu'un dont vous aimeriez vous assurer la reconnaissance.

« Un vin extrême, à fleur de peau »

Amarone

L'amarone est un vin extrême… » Romano Dal Forno s'arrête à mi-hauteur de l'escalier en colimaçon de sa villa alors que nous descendons vers les profondeurs glacées de son chai à barriques, car il tient à me mettre en garde. Je me rends compte alors pour la première fois de sa ressemblance frappante avec James Gandolfini en un peu plus patiné. « C'est un vin *à fleur de peau*. » Qu'entend-il par là ? Un instant, je me demande s'il n'est pas en train d'insinuer que je n'ai pas la carrure pour ce qui m'attend. Parce que moi aussi, après avoir dégusté quelques millésimes au tonneau, je suis un peu à fleur de peau. Je me sens déchiré entre l'extase et la tristesse, car il est peu probable que je regoûte un jour les jus exacerbés de M. Dal Forno.

L'amarone est une anomalie : un vin rouge sec qui imite la douceur, une création relativement moderne avec toutes les apparences de la rusticité, d'une primitivité profonde, comme un riche nectar païen ou le sang d'un monstre de mythe antique. Pour les Italiens, vins et mets sont indissociables, mais l'amarone écrase tous les plats de sa puissance. « Avec l'amarone, ne pensez pas à manger, dit Dal Forno. Sauf peut-être du fromage. »

Dal Forno est le représentant le plus radical de ce

rouge radical obtenu à partir de raisins séchés – principalement de cépage corvina – dans les collines de Valpolicella, près de Vérone. Ses amarones hyperboostés, qu'il ne produit que dans les bonnes années, titrent plus de 15 degrés d'alcool et font pâlir en comparaison les plus illustres cabernets sauvignons. Dans les années 90, grâce à Robert Parker, les vins de Dal Forno ont atteint un niveau de vénération égal à ceux de son mentor Giuseppe Quintarelli, au côté de qui il a travaillé avant de reprendre les vignes de son père.

Le domaine de Quintarelli se trouve dans les collines de l'appellation Valpolicella Classico. On l'atteint au bout d'une longue allée bordée d'oliviers soigneusement taillés – pour l'amateur de vin, c'est le signe d'une terre sacrée. À force de sonner à la porte, je vois enfin émerger à la fenêtre le visage du grand prêtre, une large serviette de table nouée par-dessus sa veste verte à chevrons, un peu de sauce tomate au menton. L'aimable septuagénaire semble avoir tout oublié de notre rendez-vous, mais il n'en est pas moins ravi de me faire visiter le domaine une fois qu'il aura fini de déjeuner – et, je devine, de regarder le jeu télévisé qui vocifère en toile de fond.

Le chai de Quintarelli est un gentil capharnaüm aux allures médiévales, plein de fûts géants en chêne de Slovénie. Je n'y vois aucune cuve en Inox. Je n'y vois pas davantage de ces barriques de chêne neuf qui dominent dans le chai immaculé de Dal Forno. Bien que les vins des deux hommes soient unis par un indéniable air de famille, les amarones de Quintarelli sont plus rustiques que ceux de Dal Forno. Ils sont aussi encore plus complexes, évoquant la figue, la datte, la cerise douce-amère et la pâte de réglisse. Inspirant l'émerveillement, poussant à la concentration, ils sont selon moi l'expression ultime de ce concept extrême.

Ma visite coïncide avec celle de deux journalistes vins français, d'abord vexés de devoir partager ces chais avec un Américain, mais adoucis ensuite par le plaisir du vin : on ne produit rien de tel en France, reconnaissent-ils.

C'est à un élégant en costume de tweed que je dois mon initiation au secret de l'amarone. Stefano Cesari, propriétaire du domaine voisin de Brigaladara, me fait monter à l'étage de la grange située derrière sa villa du XIVe siècle. Dans les vastes combles, je découvre des milliers de claies de bois superposées. Si la plupart des vins se font à la cave, l'amarone se fabrique au grenier.

Chaque automne, les plus beaux raisins de la vendange sont mis à sécher sur ces claies pendant plusieurs mois. Ce procédé, remontant au moins au temps de Pline l'Ancien (qui en fit l'éloge), concentre les sucres et parfois s'accompagne de botrytis, la pourriture noble qui donne leur arôme aux grands sauternes. Il convient de préciser que tous les viticulteurs ne recherchent pas le botrytis : certains, comme Allegrini, ont équipé leurs chambres de séchage d'un système de thermorégulation afin d'empêcher son apparition. Ce séchage est aux raisins ce que le turbocompresseur est au moteur V8. Traditionnellement, le procédé donne un vin liquoreux, la fermentation des raisins s'arrêtant avant que tout le sucre soit digéré. Ce type de vin, appelé recioto della valpolicella, est encore fabriqué de nos jours. D'après Cesari, le premier amarone fut le résultat d'une erreur : au début du XXe siècle (certains disent bien avant), une barrique de recioto avait fermenté au-delà de sa limite habituelle, jusqu'à produire un vin sec. Ce style, qu'on appela *amarone recioto* (recioto amer), ne fut produit en quantités commerciales que dans les années 50.

En analogie avec le relatif mystère de ses origines,

l'amarone reste un vin mystérieux, presque schizophrénique. Bastianich et Lynch[1], dans leur ouvrage *Vino italiano*, le décrivent ainsi : « Sans être techniquement un vin liquoreux, il se comporte comme tel. » Le bouquet de fruits secs et la texture sirupeuse évoquent un porto et le vin trompe le palais par une attaque douce, mais la finale est sèche, voire amère, comme un cacao non sucré.

Quand je suis d'humeur amarone, je recherche volontiers les vins du domaine Allegrini, un des plus modernes et des plus intéressants de la Valpolicella, ou de celui de Brigaladara, qui culmina non seulement lors du formidable millésime 1997 mais aussi en 1998 et 1999, avec un peu moins d'opulence. Bussola, Masi et Tedeschi font aussi des amarones de compétition dans le style de Dal Forno, tandis qu'Accordini, Bertani, Bolla (oui, je parle bien du même[2]) et Speri produisent des versions un peu plus légères et plus accessibles.

Malgré la complexité de l'amarone, je vois en lui un très bon vin d'initiation pour ceux qui se méfient du vocabulaire fleuri affectionné par les critiques œnophiles. Moi-même, il m'arrive d'être rebuté par des évocations de notes de myrtille ou de fleurs d'aubépine, mais donnez-moi un verre d'amarone et je deviens Superman. Pousse-toi de là, Bob Parker ! Même le dégustateur le plus novice se prend pour un pro alors qu'il identifie sans effort les saveurs et les parfums intenses du vin rouge le plus exacerbé de la planète. Cerise ! Datte ! Figue ! Pâte de réglisse ! Cuir ! Café ! Chociolat amer ! Tabac ! Etc., etc.

1. Voir page 183, « Joe "Vino" Bastianich prend son envol. »
2. Grande marque de vins italiens considérée comme « commerciale ». (N.d.T.)

Les rouges épicés du Chili

Le jour où je me suis plu à rêver que les grains de raisin destinés à certain grand champagne fussent vendangés un par un par des vierges vestales, j'étais loin de me douter que j'allais voir un peu plus tard ce fantasme réalisé. Un matin de mars, à mon arrivée au domaine viticole de Casa Lapostolle dans la vallée chilienne de Colchagua, je découvris près de quatre-vingt-dix femmes assises autour d'une table étroite et longue comme un court de tennis. Grain par grain, elles égrappaient des cabernets encore luisants de rosée, vendangés le matin même. Seuls les plus beaux grains étaient sélectionnés, les grains abîmés ou trop verts étaient éliminés. Le tri sur table pour éliminer les feuilles et les brindilles est pratiqué dans le monde entier par les plus grands viticulteurs, mais je n'avais encore jamais vu une telle sélection grain par grain. Ces raisins étaient destinés à la vinification de clos-apalta, un vin rouge de luxe appartenant à la nouvelle vague chilienne. Ce tri d'une minutie extraordinaire était pour moi une preuve de plus, au cas où j'en aurais eu besoin, que les vins chiliens s'étaient hissés bien au-dessus du niveau du gros rouge.

La Vallée centrale chilienne, tracée au milieu de ce haut et étroit pays et traversée en tous sens par des cours d'eau et des vallées secondaires, est un paradis pour la vigne. Son climat, adouci par les Andes à l'est et par le Pacifique à l'ouest, est souvent décrit comme un compromis entre la vallée de Napa et le Bordelais. Les premiers ceps furent apportés par les missionnaires arrivés dans le sillage des conquistadors. Plus tard, au milieu du XIXe siècle, une précieuse ressource viticole fut créée par l'apport de nombreux pieds de vigne – et de vignerons – français. En revanche, le phylloxéra, qui un peu plus tard devait dévaster la majeure partie des vignobles du monde, ne parvint jamais au Chili. Tout le potentiel était donc en place, bien qu'il restât sous-exploité jusqu'à la fin de l'ère Pinochet. Mais par la suite, les domaines viticoles chiliens s'intéressèrent au marché international et des capitaux étrangers commencèrent à affluer vers les vignobles de la Vallée centrale.

C'est au début des années 90 qu'Alexandra Marnier-Lapostolle, arrière-petite-fille de l'inventeur du Grand Marnier, se mit à explorer le Chili. Elle fit ensuite venir Michel Rolland, un célèbre œnologue qui semble doté du don d'ubiquité. En 1994, avec son mari Cyril de Bournet, elle créa le domaine Casa Lapostolle, s'assurant les services de Michel Rolland comme œnologue conseil. Pendant que vous la suivez à travers les vignes poussiéreuses, que vous la regardez goûter les raisins et que vous l'écoutez parler de souches préphylloxériques, vous reconnaissez en elle une de ces dames élégantes, sveltes et follement séduisantes que vous avez déjà croisées rue du Faubourg-Saint-Honoré. Et vous n'êtes donc pas étonné qu'elle parle de clos-apalta comme de son « vin haute couture » (Alexandra produit également deux autres vins commercialisés entre 10 et 20 dollars). Ces raisins si amoureusement égrappés au chai proviennent de parcelles presque centenaires, plantées de pieds noueux de cabernet sauvignon, de merlot et de carmenère. Le vignoble se trouve dans la vallée de Colchagua, qu'encercle un fer à cheval de montagnes enneigées.

Le carmenère, c'est l'arme secrète du Chili. Ce cépage autrefois très répandu à Bordeaux fut redécouvert en 1991 au Chili, où on l'avait jusqu'alors confondu avec le merlot. Comme le cabernet franc, le carmenère a des tendances un peu vertes et rustiques, mais correctement mûri il acquiert une texture soyeuse et un goût qui tient de la framboise et du poivre. Il lui reste encore à faire ses preuves en tant que cépage star de la viticulture chilienne, mais le spectaculaire clos-apalta, avec 40 pour cent de carmenère, démontre magistralement le potentiel d'assemblage de cette variété. Le clos-apalta 2001 est un vrai monstre et déjà une légende du vin. Le 2002 est un peu moins puissant mais tout aussi complexe : on pourrait le prendre pour l'assemblage d'un grand cru de cabernet sauvignon de la Napa Valley et d'un premier cru de Pauillac.

Seña, résultat d'un partenariat entre Robert Mondavi de la Napa Valley et Eduardo Chadwick, propriétaire du vénérable domaine chilien Errázuriz, fut le premier rouge chilien *superpremium* (c'est-à-dire vendu plus de 50 dollars). Lui aussi est un assemblage de cabernet sauvignon, de merlot et de carmenère. Le millésime 2001, dans un style très Nouveau Monde, est jusqu'à présent l'enfant le plus réussi de cette union. Le seul domaine chilien qui puisse revendiquer un lignage d'une telle noblesse est celui d'Almaviva, fruit des amours du baron Philippe de Rothschild (également partenaire de Mondavi pour l'Opus One) et du domaine Concha y Toro, seule *winery* chilienne cotée à la Bourse de New York. Almaviva 2001, un monument de vin réalisé par Patrick Léon (de Mouton-Rothschild) et Enrique

Tirado (de Concha y Toro), ressemble fort à un très bon pauillac : c'est un assemblage structuré (c'est-à-dire lent à évoluer), complexe et généreux de 80 pour cent de cabernet sauvignon et de 20 pour cent de carmenère. Les raisins proviennent de vignes trentenaires croissant non loin de Santiago, dans la vallée de Maipo, une région traditionnellement vouée au cabernet sauvignon. Leur transsubstantiation miraculeuse s'effectue dans un magnifique chai-cathédrale en bois conçu par l'architecte chilien Martín Hurtado Covarrubias, mieux connu pour ses églises.

Parmi les vignobles de création purement chilienne, le jeune prodige est incontestablement le domaine Montes, fondé en 1988. Son cru phare est le montes-alpha M, un rouge riche et puissant issu de vignes assez jeunes plantées à flanc de colline au-dessus de la vallée d'Apalta, à Colchagua. Si j'avais à désigner le domaine chilien récent le plus prometteur, ce serait Haras de Pirque, dans la vallée de Maipo, plus connu jusqu'à présent pour ses haras d'étalons pur-sang. Fondé en 1991 par le cavalier et entrepreneur Eduardo Matte, le domaine Haras produit actuellement un rouge de cabernet sauvignon opportunément baptisé « élégance » et a récemment annoncé son association avec la famille italienne Antinori pour produire un cru parcellaire.

Au sein de cette nouvelle vague chilienne, la plupart de ces cuvées d'exception sont encore produites en faible quantité, mais elles méritent le détour et augurent favorablement de l'avenir de ce pays en tant que producteur de grands crus rouges. Peut-être trouverez-vous que, 70 ou 80 dollars, c'est un peu cher pour un vin chilien – jusqu'à ce que vous puissiez comparer les meilleurs d'entre eux avec d'autres vins rouges du Nouveau Monde dans la même gamme de prix.

L'ascension du malbec

Il paraît que l'Amérique du Sud devient tendance.

Elvis Costello

Le malbec d'Argentine ne forme pas encore avec le tango et les œuvres complètes de Jorge Luis Borges une trilogie glorifiant le génie national, mais à l'heure actuelle je dirais qu'il les suit d'assez près, surtout quand il esquisse un pas de deux avec le bœuf de la Pampa grillé sur les braises. Goûter cette association lors d'un dîner tardif parmi les clients sveltes et élégants du restaurant La Cabaña à Buenos Aires ou, mieux encore, avec les convives d'un *asado* – barbecue traditionnel – baigné de l'air sec et limpide des hautes Andes, c'est vivre l'expérience d'une forme d'extase carnivore primitive.

Avec son histoire tragique marquée par l'échec et ses institutions politiques et économiques défectueuses, l'Argentine est à la traîne de son voisin le Chili pour la production de vins de renommée mondiale. Mais ses atouts naturels et son potentiel sont peut-être bien supérieurs. Et tandis que des cépages tels que le cabernet sauvignon et le chardonnay prospèrent sur les plateaux arides des contreforts orientaux des Andes, le malbec – cépage mal-aimé, presque oublié dans son Sud-Ouest français d'origine – semble y avoir trouvé sa vraie patrie d'adoption. Sans parler de son affinité parfaite avec le bœuf argentin.

L'Argentine est le cauchemar du végétarien. Bien sûr, on vous servira des salades dans les restaurants chics de Buenos Aires et les pâtisseries françaises ou italiennes ne manquent pas dans la ville, mais manger sérieusement veut dire manger du bœuf, beaucoup de bœuf – et aussi un peu d'agneau ou de porc. Le bœuf qui pâture dans les pampas infinies est une viande plus maigre et plus goûteuse, plus ferme aussi, et consommée plus fraîche que son équivalent américain fini aux céréales et longuement affiné. Pendant des siècles, les Argentins ont arrosé ces viandes d'une piquette grossière et oxydée, mais depuis une dizaine d'années l'attention à la qualité des vins pour l'exportation s'est intensifiée ; or les vins les plus intéressants de cette nouvelle tendance sont des malbecs de vieilles vignes. Les meilleurs de ces rouges épicés et voluptueux sont produits en petit rendement, mais on les trouve plus aisément aux États-Unis que le meilleur bœuf de pâturage. C'est l'accompagnement idéal d'un aloyau de black angus ou d'une belle entrecôte USDA.

Le malbec était autrefois très répandu dans le Bordelais ; c'est encore le cépage principal des cahors, ces vins amples, tanniques et rustiques que l'on adorait en Russie sous Pierre le Grand mais qui, depuis, peinent à retrouver une identité. Au cours du XIXe siècle, ce cépage fut introduit dans la province de Mendoza, à quelque 900 kilomètres à l'ouest de Buenos Aires, au-delà d'une vaste étendue de pampa. Ce territoire est sillonné d'un réseau complexe de canaux légué par le savoir-faire des Indiens Huarpe. Ces canaux rafraîchissent la ville et irriguent les vignes environnantes. Les contreforts des Andes, à mesure qu'ils descendent vers les plaines, présentent une série de microclimats adaptés à la maturation de différents cépages.

Perché à près de mille mètres d'altitude dans la région de Mendoza, le malbec se sent tout à fait chez lui, au point de développer une richesse et une complexité qui en font un prétendant sérieux au club des grands vins mondiaux. Dans sa jeunesse, notamment, le malbec de Mendoza se montre plus affectueux et plus câlin que le cahors. Il est presque toujours plus rond, plus riche, moins astringent et plus accompli que les cabernets sauvignons des autres vignobles andins de la région. Pourtant, pas question de le confondre avec un merlot, qui sera forcément moins épicé et moins tannique : comparé au tango torride du malbec, le merlot est une valse.

Passons sur ces généralisations hâtives. Lors d'une dégustation à Terroir (caviste de Buenos Aires accessible uniquement sur rendez-vous) de grands malbecs monocépages ou d'assemblage, je découvris une multitude de styles en même temps qu'une grande diversité qualitative, ce qui laisse à penser que le malbec argentin est un *work in progress*. Les mieux notés étaient des petites cuvées réalisées par des vignerons venus de l'autre côté de l'océan : le malbec finta-altamira du domaine Achával-Ferrer, issu de vignes octogénaires, est vinifié par le Toscan Roberto Cipresso, tandis que le Yacochuya 2000 est l'œuvre du génial, jovial et omniprésent Michel Rolland. Comme le précédent, il provient de vignes anciennes plantées en haute altitude. Compte tenu de leur production réduite, ces vins sont plutôt faits pour servir de modèles à leurs rivaux que pour abreuver régulièrement les amateurs américains.

Les grands crus de malbec de Catena Zapata et de Terrazas de Los Andes, deux des domaines les plus vastes et les plus novateurs, sont presque aussi remarquables tout en étant plus faciles à trouver hors d'Argentine. C'est au début des années 90 que Catena Zapata, une *winery* ultramoderne en forme de pyramide maya (on pense à Ieoh Ming Pei), révéla au monde les grands malbecs de Mendoza. Son malbec catena-alta 2000, un vin corsé aux arômes de terre, de bois et d'épices, est le digne successeur des millésimes précédents. Quant à Terrazas de Los Andes, c'est une entreprise financée par Moët-Hennessy qui a commencé sa production au milieu des années 90, bien que sa cuvée de tête, l'ébouriffant et sensuel gran-malbec, soit issu de vignes de soixante-dix ans en lutte permanente contre les fréquentes chutes de grêle de la région. En partenariat avec le légendaire château Cheval-Blanc à Saint-Émilion, Terrazas produit également cheval-des-andes, un assemblage riche, complexe et raffiné de malbec, de cabernet sauvignon et de petit verdot.

Dans le hall du Park Hyatt de Mendoza au printemps dernier, tout en me frayant un chemin parmi des cavistes du Connecticut et des viticulteurs français, je me pris à penser que la découverte de la Napa Valley dans les années 70, juste avant l'essor international de cette région viticole, ne devait pas offrir un spectacle très différent de celui-là. Pas aussi sexy que Carlos Gardel révolutionnant le tango dans le quartier Abasto de Buenos Aires pendant les Années folles, mais pas mal tout de même.

Œdipe à l'Hermitage

Michel Chapoutier

À l'une des plus épineuses questions d'accords mets-vins – que boire avec les asperges ? – Michel Chapoutier a une réponse toute trouvée : « Ce qui va le mieux avec les asperges ? Les vins de mes concurrents. » Or, comme les asperges ont tendance à donner au vin un goût métallique et à le vider de sa substance, cette petite plaisanterie illustre à merveille non seulement l'humour caustique et acéré de Chapoutier mais aussi son sens aigu de la compétition. Cet homme déterminé aux opinions abruptes est dans le monde du vin une figure aussi admirée que controversée. Même son boitement prononcé illustre la force de sa volonté : pendant deux mois, il a marché avec une jambe cassée avant de daigner enfin consulter un médecin. La radio révéla quatre fractures. Mais il a beau se déplacer désormais avec une canne, il a l'air tout sauf handicapé. Alors qu'il bondissait dans les chais de son domaine ou sur les trottoirs de Tain-l'Hermitage, il m'est arrivé de devoir presque lui courir après.

Si quelques auteurs ont pu évoquer Napoléon Ier dans leur description de ce baronnet viticole à l'ambition féroce, moi je le vois irrésistiblement en Œdipe, arrachant le domaine familial des mains de son père, « homme aussi paresseux que violent ». Ce père qui se plaisait à rabaisser les qualités de son fils était l'administrateur négligent de la vaste surface de vignes qu'il avait héritée dans les côtes du Rhône du Nord et notamment sur la vénérable colline de l'Hermitage, un terroir estimé au XIXe siècle à l'égal du Bordelais. Nous sommes assis sur le perron de sa vaste ferme bâtie sur une crête surplombant le Rhône. Chapoutier laisse flamber sa colère et l'éteint immédiatement avec un verre de riesling clos-sainte-hune du domaine Trimbach. Il jette de temps en temps un regard à son épouse, Corinne, ramenée du pays Basque. Il y était parti à la recherche d'un cadeau de fiançailles pour une autre, avait rencontré Corinne et était revenu avec elle.

Depuis deux cents ans que les Chapoutier se sont installés à Tain-l'Hermitage, ils se sont peu à peu constitué un domaine viticole de plus de 200 hectares dans toute la vallée. En même temps, ils dirigeaient une affaire de négoce et vinifiaient des raisins achetés à d'autres vignerons. Tant que le père de Michel fut aux commandes, la réputation de la maison resta au plus bas. Lorsque Michel, ayant accompli ses études d'œnologie et plusieurs stages dans des *wineries* californiennes, revint au bercail, ce fut pour trouver les affaires familiales en piteux état. Il prit immédiatement les commandes de l'activité viticole et, en 1990, racheta la compagnie à son grand-père avec l'aide de son importateur américain. Son frère aîné Marc, initialement directeur commercial, a été depuis démis de ses fonctions. Chapoutier consulta ensuite d'autres viticulteurs locaux tels que Gérard Chave à l'Hermitage et Marcel Guigal sur la Côte Rôtie, qui lui conseillèrent d'utiliser des barriques de chêne neuf au chai et de réduire le rendement dans les vignes. À l'instar de Guigal, Chapoutier cessa de filtrer ses vins, prétextant que le filtrage diminuait leur caractère. « Filtrer un vin, dit-il, c'est comme baiser avec une capote. » Il affectionne les métaphores sexuelles : en salle de dégustation, quand un de ses invités s'efforce de disséquer le bouquet d'un vin, il l'encourage à se détendre et à simplement apprécier ce qu'il boit. « Si tu y penses trop, tu tues le vin. Le cerveau tue le plaisir. Pas besoin d'être gynécologue pour faire l'amour. »

Dans sa démarche de viticulteur, Chapoutier est allé beaucoup plus loin que ses maîtres, éliminant tout usage de pesticides et d'engrais chimiques et convertissant ses vignes à la biodynamie, un système d'agriculture biologique radical fondé sur les enseignements de Rudolf Steiner. « La biodynamie, explique Chapoutier, c'est l'homéopathie appliquée aux plantes. » Récemment, certains vignerons d'Alsace, de Bourgogne et d'ailleurs ont adopté ce système partiellement fondé sur les cycles lunaires, mais Chapoutier reste en France le plus gros producteur en biodynamie et le plus ardent zélateur de la méthode.

À partir du puissant millésime 1989, les résultats de la prise en main du domaine par Michel ont été spectaculaires. Robert Parker écrivait en 1996 : « Je n'ai jamais vu une amélioration de la qualité aussi soudaine et aussi remarquable que celle qui s'est produite dans les chais de Chapoutier depuis 1989 ; je n'ai jamais vu non plus un changement de philosophie viticole aussi radical. » Les vins des domaines Chapoutier (c'est-à-dire ceux de ses vignes, par opposition à ceux qu'il réalise à partir de raisins achetés) comptent parmi les plus recherchés du Rhône ; et l'exubérant, l'hyperactif Michel, du haut de son mètre cinquante-sept, est devenu une des grandes figures du monde du vin. Avec son voisin Gérard Chave, il a contribué à redorer le blason de l'Hermitage, une colline en dôme plus connue pour ses puissants rouges de garde issus de cépage syrah. Mais moi, ce sont les hermitages blancs de Chapoutier, à base de marsanne, qui m'impressionnent le plus. Dominés par une remarquable minéralité, ils ne ressemblent à aucun autre vin au monde. Pour Michel, c'est la raison d'être de la biodynamie : elle laisse le lieu et le sol libres de s'exprimer. « Au début, dit-il, l'Hermitage était surtout connu pour ses vins blancs » – une déclaration que je n'ai pas été en mesure de confirmer. Mais peu importe. Ses hermitages rouges et blancs sont surprenants, puissants et pleins de sève, encore davantage depuis qu'il s'est un peu calmé sur le chêne neuf. « Avant, je faisais du bruit », dit-il pour décrire l'évolution de son savoir-faire. « Maintenant, je fais de la musique. »

Chapoutier réalise aussi deux superbes côtes-rôties sur les collines situées au nord de l'Hermitage, ainsi que de très beaux vins d'appellations moins prestigieuses telles que saint-joseph et crozes-hermitage, plus abordables que les hermitages qui obligent parfois à débourser près de 300 dollars. Son châteauneuf-du-pape, barbe-rac, issu de pieds de grenache centenaires, est généralement un des meilleurs de l'appellation. Tous ces vins sont produits en quantités relativement réduites. Récemment, Michel a acheté de la vigne du côté d'Aix-en-Provence et à Banyuls, et a entrepris deux projets viticoles en Australie. « Je suis un découvreur de sols », dit-il. On lui a donné de plus jolis noms. De moins jolis, aussi. Mais je n'imagine pas le voir lever le pied de sitôt, ce derviche tourneur qui semble animé par sa passion aussi bien que par ses démons.

Ghetto boys

Greg Brewer et Steve Clifton y vont à fond

La *winery* Brewer-Clifton n'invite pas à la visite, c'est le moins qu'on puisse dire. Elle se trouve dans un hangar en tôle d'aluminium au milieu d'un petit parc industriel dans les faubourgs de Lompoc (Californie), une ville mieux connue pour sa prison. Celle-là, c'est sûr, vous ne l'avez pas vue dans *Sideways*, le film d'Alexander Payne tourné dans les coins pittoresques de la zone viticole de Santa Barbara. Traitez-moi de pervers tant que vous voudrez, et même de postmoderne, mais après toutes ces années à visiter des châteaux surdimensionnés derrière leurs grilles monumentales tant à Bordeaux qu'à Napa, je trouve Brewer-Clifton plutôt romantique. Le hangar, qui est en réalité un complexe, abrite aussi dix autres *wineries*, c'est pourquoi les riverains l'appellent affectueusement « le ghetto des vignerons ». Trente ans après que Richard Sanford et Michael Benedict ont démontré le potentiel de la région pour les cépages bourguignons, Steve Clifton, Greg Brewer et quelques autres surdoués sans terre travaillent dans des cabanes et des hangars de location, cherchant à repousser les limites du pinot noir et du chardonnay à travers un style nouveau et radical.

Avant d'attraper le virus du vin, Brewer était professeur de français à l'université de Californie, branche de Santa Barbara. Clifton, lui, pinçait la guitare dans un groupe de rock tout en étant copropriétaire d'une boîte de nuit à Laguna Beach. Taillé comme un lévrier, partiellement en raison d'une pratique fanatique du cyclisme, Brewer est le genre de type à se réveiller à 3 heures du matin pour vérifier d'abord si ses filles dorment bien et ensuite si ses cuves fermentent bien. Clifton, quant à lui, ressemble à William Petersen, héros de la série *Les Experts*, en plus jeune. C'est un amateur de surf, et 3 heures du matin, c'est plutôt l'heure à laquelle il se couche. Ou du moins telle est mon impression après avoir passé deux nuits blanches en sa compagnie ces dernières années, dont une dans le Frioul où je l'avais rencontré par hasard. Cette nuit-là avait duré neuf heures. Ce contraste entre l'apollinien et le dionysiaque se reflète dans leurs vins, presque paradoxaux dans leur juxtaposition de maturité et d'acidité, de charpente et de volupté. En d'autres termes, ce sont des vins qui parlent français mais qui savent aussi bouger leur derrière sur une piste de danse.

Quand je leur rendis visite l'année dernière en pleines vendanges, je trouvai Brewer et Clifton bondissant dans un magma de cuves et de barriques au son d'un drum-and-bass poussé à plein régime, extrait d'une playlist sur CD mixée par Crystal, la femme de Clifton. L'air était lourd de la capiteuse odeur de fauve du pinot noir en fermentation. Une de leurs voisines de ghetto, Kris Curran, auteure d'un excellent pinot noir baptisé Sea Smoke, vint leur demander s'ils avaient de la cire (de la CIRE ?). Oui, ils en avaient, de la cire : ils s'en servent pour sceller les bouchons à la main. Clifton me sert un verre de son chardonnay Santa Rosa. L'attaque est charnue et ronde mais trompeuse : très vite, l'acidité me donne un coup de serviette mouillée dans la figure.

Il m'explique que la vallée de Santa Ynez, qui canalise vers l'intérieur des terres le vent du Pacifique en raison de son orientation est-ouest, « est un lieu extrême ; on y fait des raisins grandioses, et faut y aller à fond ».

Et ils y vont à fond. Les vins de Brewer-Clifton sont exacerbés ; ils ne font pas l'unanimité. Les deux hommes se sont connus à une dégustation organisée par le Rotary Club à Goleta, où ils représentaient d'autres *wineries*. Tous deux, ensemble, se prirent à rêver de repousser les limites et de faire leurs propres vins. Et depuis qu'ils ont gagné leur indépendance, ils n'ont précisément rien fait d'autre. Voici par exemple une de leurs pratiques radicales : la fermentation du pinot noir en grappe entière, avec toute la rafle, qui donne de la verdeur et, selon eux, un supplément de texture à leurs vins. Les raisins du domaine Brewer-Clifton viennent de sites frais et escarpés, et seul un tiers de la vendange est affiné en chêne neuf avant l'assemblage final, ce qui peut expliquer pour une part la vivacité du vin.

Clifton m'emmène visiter quelques vignes de Brewer-Clifton. À mesure que nous nous déplaçons à l'est de Lompoc, la vallée se réchauffe : à chaque mile, on gagne un degré, dit-il. À l'est de la coquette ville de Solvang, il fait largement assez chaud pour planter de la syrah et du cabernet sauvignon, mais pour les cépages bourguignons, rien ne vaut les collines fraîches et brumeuses de Santa Rita, entre Lompoc et Buelton. Dans cette région, les chardonnays et les pinots noirs sont naturellement plus acides que leurs homologues de la côte qui s'étend plus au nord. Et aucun chardonnay n'a plus de punch, de précision et de tension que celui de Brewer-Clifton. En fait, les amateurs de chardonnays onctueux et beurrés, de pinots noirs voluptueux, les trouveraient peut-être trop nerveux à leur goût.

Clifton, au passage, me montre le vignoble d'Ashley, propriété de l'acteur Fess Parker, qui incarna Davy Crockett au cinéma dans les années 50. Brewer-Clifton lui achète des raisins de chardonnay et de pinot noir. De l'autre côté de la route se dressent, jaune moutarde, les bâtiments de style toscan de la Melville Winery, où Brewer est maître de chai et à qui les deux associés dynamiques achètent aussi des raisins pour leur marque. Il est d'ailleurs heureux pour les amateurs du style Brewer-Clifton que Melville produise un peu plus de pinots noirs et de chardonnays qu'ils ne le font eux-mêmes.

Brewer aime comparer son activité de vigneron à celle d'un chef sushi : il se définit comme un minimaliste qui ne cherche qu'à laisser les raisins et le vignoble s'exprimer sans interférence. Et qu'il en soit conscient ou non, l'ex-professeur de français semble faire écho à Flaubert lorsqu'il dit : « J'aimerais me rendre invisible, laisser la voie libre. Je ne veux pas apposer ma marque. » L'expression la plus radicale de cette philosophie est un chardonnay de Melville appelé Inox, qui ne voit jamais le chêne et ne subit pas de fermentation malolactique, cette fermentation secondaire qui produit la fameuse saveur briochée. Le chardonnay de Santa Rita y apparaît dans toute sa nudité.

« Ce que nous voulons, dit Clifton, c'est que la provenance soit reconnaissable dans le verre. » Chacun des douze crus indépendants de Brewer-Clifton, rouge et blanc, « est soigné et vinifié de la même manière que les autres, afin que le résultat soit la pure expression de la vigne ». Et de fait, il est impossible de confondre leur chardonnay de Sweeney Canyon avec celui de Mount Carmel, issu d'un vignoble escarpé que domine un ancien couvent inachevé, d'aspect étrange, au-dessus du célèbre domaine viticole de Sanford & Benedict. Et quand vous aurez goûté plusieurs fois les vins que font Brewer et Clifton, vous ne risquerez plus jamais de les confondre avec ceux d'un autre producteur.

L'amant éconduit

Auberon Waugh

Le romancier Evelyn Waugh, à travers ses œuvres de fiction et sa correspondance, nous a laissé de jolies réflexions sur le vin et le plaisir qu'il procure, mais le meilleur service qu'il ait jamais rendu au monde du vin fut d'être le père d'Auberon Waugh. Auberon, surtout connu comme romancier, éditorialiste, critique littéraire et ronchon notoire, tenait une rubrique œnophilique dans *Tatler* et plus tard dans *Harpers & Queen*. Tous ses écrits sur le vin sont rassemblés dans *Waugh on Wine*, une compilation qui révèle, page après page, ce qu'on a écrit de plus vif et de plus mordant sur le sujet au XXe siècle. Waugh aimait à se définir comme « excellant dans les arts de la vitupération ». Une émeute provoquée par un de ses articles sur l'islam aboutit à l'incendie du British Council à Rawalpindi. Et il était persuadé qu'écrire sur le vin nécessitait autant d'intempérance et d'excès de langage que le commentaire politique.

« L'apéritif n'est pas fait pour se saouler », dit-il du premier verre de la journée. « C'est avec le vin qu'on se saoule, et si l'on n'y parvient pas, on se rattrape ensuite avec le porto et d'autres délicieux breuvages. » Ce passage contient le talent rhétorique de Waugh dans toute sa splendeur : la première phrase nous fourvoie, nous laisse imaginer que Waugh vient de se convertir au culte méthodiste ou, simplement, de devenir bien élevé ; et la phrase suivante envoie la première au tapis avec un direct du droit suivi d'un rapide crochet du gauche. Cela s'appelle de l'humour – je précise au cas où vous auriez lu trop de livres ou d'articles œnophiliques.

« Quand on écrit sur le vin, écrit-il dans un de ses éditoriaux, il ne faut pas hésiter à être provocateur. L'auteur ne doit jamais apprécier un vin, il doit en tomber amoureux. Un vin ne doit pas le décevoir mais être décrit comme son ennemi mortel, une tentative d'empoisonnement sur sa personne. Les notes de dégustation les plus bizarres, les plus improbables doivent toujours être mises en avant : champignon, bois pourri, mélasse noire, crayon carbonisé, lait concentré, égout, odeur de gare française ou de lingerie féminine. »

Il se montra toujours à la hauteur de cet engagement. « Une quantité invraisemblable de souffrance inutile se cache sous le nom de *Liebfraumilch*[1] », déclarait-il. Les mots *immonde* et *dégoûtant* étaient ses épithètes favorites. En tant que président d'un club d'amateurs de vins, il employa un jour le terme « anal » pour décrire un cru et se réjouit ensuite de la vente immédiate du stock, observant à l'occasion que la chose en disait long sur ses compatriotes. Dans *Tatler*, il décrivit le vin favori de son cousin de la façon suivante : « Un breuvage d'une horreur stupéfiante… Cette abomination avait un goût de vinaigre, d'encre bleue et de poudre de curry ». Pas encore satisfait de cette description, il ajouta que le vin lui évoquait « un bouquet de chrysanthèmes fanés sur la tombe d'un bébé antillais mort-né », formule qui provoqua

1. Vin allemand de grande consommation produit dans la région rhénane, principalement pour l'exportation. (N.d.T.)

son renvoi immédiat de *Tatler*. (Peu après, quand il eut à se défendre d'accusations de racisme devant le Conseil de la presse, il expliqua que cette image lui avait été inspirée par le curry.)

Bron – ainsi que tout le monde l'appelait – excellait davantage dans l'insulte que dans l'éloge. Et pourtant, à travers ses écrits sur le vin, et à la différence de sa critique littéraire, il était en quête perpétuelle d'amour. Il décrivait le bandol comme « un rouge magnifique et ténébreux, aux accents de terre brûlée, qui s'améliore avec l'âge ». Le condrieu et le châteauneuf-du-pape lui inspiraient des envolées lyriques. Ses premières amours furent le bourgogne, ou plus exactement un breuvage sombre appelé bourgogne dont le souvenir lui était resté depuis la cave de son père. Il se décrivait comme « l'amant éconduit du bourgogne rouge ». Dans sa quête de ce nectar mythique de déjeuners de campagne évanouis, il ressemblait à Gatsby courtisant Daisy Buchanan. Lorsque Waugh parle de ces vieux bourgognes, sa description fait plutôt penser à des châteauneuf-du-pape. En un sens, c'est bien le cas : jusqu'aux années 1930, le bourgogne, pour s'étoffer un peu, recevait quelques bonnes doses de jus mûr et corsé en provenance de la vallée du Rhône et du Midi. Enfin, cela va sans dire, en parfait grincheux de la haute bourgeoisie, il adorait le porto.

Les goûts de luxe de Waugh étaient tempérés par une pingrerie maniaque : ce qu'il aimait par-dessus tout, c'étaient les bonnes affaires. Il pouvait s'agir d'un cabernet espagnol à deux sous ou d'un modeste merlot italien capables de se mesurer aux grands crus bordelais. Il semble même que l'espoir de trouver des substituts bon marché aux bourgognes et aux bordeaux ait été sa principale motivation d'œnophile. Et bien qu'il ait beaucoup reproché aux riches Américains, outre de saccager la civilisation par différents moyens, de faire monter les prix de ces trésors, il finit par beaucoup aimer les cabernets de la Napa Valley.

À la mort de Bron, en 2001, le débordement d'affection que déversa sur lui la presse anglaise étonna ceux qui ne l'avaient jamais connu de près. Il avait pourtant une armée d'amis fidèles, extraordinairement divers et unanimement dévoués, et l'on ne manqua pas d'évoquer le contraste marqué entre sa façade publique et sa personnalité privée. Au naturel, son humour se faisait plus tendre et son ironie s'exerçait contre lui-même. Il aurait préféré boire du *liebfraumilch* toute la nuit plutôt que d'offenser un compagnon de table. Comme j'avais eu le malheur d'être la victime de sa plume venimeuse, la morsure me cuisait encore quelques mois plus tard lorsque je fis sa connaissance lors d'un déjeuner donné par le magazine *Private Eye*. À la fin du repas, j'en étais presque à m'excuser d'avoir écrit le livre qui avait éveillé son sarcasme.

Par la suite, nous partageâmes plus d'un repas et plus d'une bouteille. Dans les dîners, il était toujours poli, élogieux, et ne disait jamais clairement son avis sur les vins de l'hôte. Il se montre infiniment plus précis et plus caustique dans *Waugh on Wine*, que tout amateur de belle écriture et de vigne devrait adopter comme livre de chevet afin de ne jamais oublier que le vin est un parfait sujet pour inspirer passion et polémique.

Premier parmi les premiers ?

Les gloires de Cheval-Blanc

Dès qu'il pénètre dans le royaume extatique de Bacchus, l'absolutisme platonicien se rend vite ridicule. Dans l'appréciation du vin, l'élément subjectif reste indéracinable. Cela dit, aucun vin au monde n'inspire autant de respect que les Grands Huit de Bordeaux[1]. Et, pour m'exprimer en toute subjectivité, je peux dire qu'aucun vin ne m'a jamais donné autant de plaisir que Cheval-Blanc.

Lafite, Latour, Margaux et Haut-Brion furent les premiers grands crus originels du classement des vins de Bordeaux en 1855. Lorsque Mouton-Rothschild fut ajouté à la liste, plus d'un siècle plus tard, trois autres châteaux – Petrus, Ausone et Cheval-Blanc – jouissaient déjà de manière officieuse d'un statut de premier cru. Ces trois dissidents étaient de la rive droite de la Garonne, plus précisément de Pomerol et de Saint-Émilion. Avant la Seconde Guerre mondiale,

1. Il s'agit des premiers crus classés de 1855 – Château Lafite, Château Mouton-Rothschild, Château Latour, Château Margaux et Château Haut-Brion – additionnés des trois grands crus de la rive droite : Château Ausone, Château Cheval-Blanc et Petrus. L'auteur aurait pu y ajouter le premier grand cru supérieur de Sauternes classé en 1855, Château d'Yquem. (N.d.T.)

la rive droite était un peu au Médoc ce que Burbank est à Beverly Hills ou Brooklyn à Manhattan.

Bien que Cheval-Blanc se fût assuré une solide renommée après son achat par la famille Fourcaud-Laussac au milieu du XIXe siècle, sa véritable célébrité ne fut établie qu'avec le millésime 1947, qui est probablement le vin le plus convoité au monde. Depuis, en dépit d'une succession de millésimes superbes, Cheval-Blanc a été quelque peu éclipsé par son voisin Petrus (devenu entre-temps le plus cher des vins de Bordeaux), mais aussi par les aristocrates de la rive gauche qui, dans les années 80 et le début des années 90, ont retroussé leurs manches pour que Parker leur distribue des notes de 100 points. Mais au milieu des années 90, comme Brooklyn, Saint-Émilion devint à la mode, entre autres grâce à sa viticulture ambitieuse, à son climat favorable et au prix abordable de ses vins à base de merlot. En 1998 – un des plus grands millésimes de ces dernières années sur la rive droite –, Cheval-Blanc fut racheté par le fou de luxe Bernard Arnault, président de LVMH, et le baron Albert Frère, magnat belge. En 2006, aucun château ne suscite plus d'admiration et de convoitise que ce premier cru de Saint-Émilion, bien que Cheval-Blanc, vin unique au monde, soit une entité en soi.

Situé à la limite de Saint-Émilion et de Pomerol, Cheval-Blanc a les qualités des deux appellations ainsi que d'autres n'appartenant à aucune. Alliant rusticité et raffinement, il me fait penser (toujours dans la logique subjective que j'ai évoquée plus haut) à Tourgueniev, qui avait un pied en Russie et un autre en Europe et ne fit sans doute jamais l'objet d'une question au jeu *Jeopardy*, contrairement à Tolstoï (Lafite ? Petrus ?) ou à Dostoïevski (Mouton-Rothschild ?). Le joli et modeste château du XIXe siècle et les chais attenants n'ont guère de chances de se retrouver sur la couverture d'une revue de design. La vraie beauté est souterraine : le domaine comprend trois types de sols différents. Quarante pour cent du sous-sol est constitué de la même argile que l'on voit affleurer quelques centaines de mètres plus loin à Petrus. Cependant, si Cheval-Blanc occupe une place à part parmi les vins de Bordeaux, c'est entre autres raisons parce qu'il contient beaucoup de cabernet franc, en général plus de 50 pour cent de l'assemblage. Sur la rive gauche, le cabernet sauvignon prédomine ; à Pomerol et à Saint-Émilion, c'est le merlot.

Contrairement aux autres grands bordeaux, qui ont besoin de la moitié d'une existence humaine pour commencer à devenir sexy, Cheval-Blanc est très accessible et même délicieux pendant sa jeunesse. Il n'en continue pas moins à se développer au fil des décennies, comme un enfant star qui continuerait à faire exploser le box-office la soixantaine passée. Non que je puisse expliquer cette alchimie, mais je sais d'expérience que les tannins d'un Cheval-Blanc typique sont du cachemire en comparaison du tweed râpeux que sont ceux de Latour ou de Mouton-Rothschild (et même de Petrus) avant qu'une vingtaine d'années n'ait réussi à les assouplir et à leur donner un drapé correct. Ce n'est pas une raison pour vous envoyer du Cheval-Blanc juste après sa mise en bouteilles : la complexité aromatique d'un de ses grands millésimes, par exemple 1964 ou 1955, ressemble à un catalogue des vices véniels : tabac, menthol, café, truffe noire et chocolat, pour ne citer que quelques notes.

Selon nombre de dégustateurs, le 1949 est au moins aussi grand que le 1947 : un millésime d'année torride, presque un monstre, qui a arrêté sa fermentation avant d'avoir digéré tout son sucre, gardant ainsi quelque 3 grammes par litre de sucre résiduel qui lui donnent des airs irrésistibles de grand porto. C'est vraiment un millésime à part, un vin spectaculaire qui s'attarde sur votre palais pendant de longues minutes et dans votre esprit pour l'éternité. En général, Cheval-Blanc est plus lyrique qu'épique, plus Andrew Marvell[1] que John Milton. J'adore le 1955 (mon année de naissance). Le 1961, si splendide soit-il, n'a pas la profondeur du 1964, un de mes trois vins favoris de tous les temps. Je l'ai dégusté plusieurs fois grâce à Julian Barnes, qui l'aime au-delà de tout autre bordeaux et en a une belle réserve dans sa cave.

Le 1975 est un des rares crus de ce millésime qui se soient montrés à la hauteur des espérances. Parker donne une note de 100 à Cheval-Blanc 1982, mais je le trouve moins riche et moins concentré que 1983, 1989 ou 1990. (Ce dernier, d'après mon expérience récente, semble évoluer très vite et paraît plus évolué que la plupart des millésimes des années 80.) Pierre Lurton, le jeune et dynamique directeur du domaine, issu d'une célèbre famille de viticulteurs bordelais, m'a confié lors d'une dégustation récente au restaurant Veritas, à New York, qu'il trouvait lui aussi quelques faiblesses au 1982. 1980, ajouta-t-il, fut un millésime monstrueusement prolifique et le dernier à Cheval-Blanc sans vendanges vertes ni sélection des barriques. Depuis, le château a diminué le rendement à la vigne et exercé au chai une sélection plus rigoureuse.

Après avoir été un vin de connaisseurs pendant de longues années, Cheval-Blanc est devenu une star à

1. Poète et homme politique anglais (1621-1678) qui fut le premier assistant de John Milton. Malgré son adhésion à la doctrine puritaine, il écrivit des poèmes élégiaques aux accents métaphysiques. (N.d.T.)

partir des millésimes 1998 et 2000. Aux bravos se mêlaient quelques ronchonnements : le nouveau propriétaire n'était-il pas décidé à faire de Cheval-Blanc, en termes de qualité mais aussi de prix, le Petrus de Saint-Émilion ? Grâce à Parker et à quelques autres, le millésime 1998 était déjà une légende avant même d'être passé en cuve, et 2000 fait figure d'étoile absolue de ce grand millésime. « Si personne ne voulait acheter à ce prix, on ne pourrait jamais vendre si cher », confie Todd Hess, chef sommelier du restaurant Sam's à Chicago, incapable de satisfaire la demande de clients prêts à payer 6 000 dollars pour une caisse du millésime 2000.

Malheureusement pour ceux d'entre nous qui sont toujours obligés de demander combien ça coûte, Cheval-Blanc a cessé d'être la belle endormie des bordeaux. Mais si vous n'êtes pas un obsédé des grands millésimes, 1999 est un excellent rouge et un excellent Cheval-Blanc qui s'emporte à la moitié du prix de ses frères plus célèbres, et le 2001 est une autre de ces belles au bois dormant. D'autres beaux millésimes peuvent s'acquérir aux enchères à moins de la moitié du prix du 2000. De toute façon, quel que soit le Cheval-Blanc qui passe à portée de votre bourse, il vaudra largement votre investissement et les plaisirs qu'il vous réservera dureront sans doute plus longtemps que votre capacité à les goûter.

« Un bon goût très particulier »

Haut-Brion

Un soir, Haut-Brion m'a sauvé la vie. Bon, la vie, c'est peut-être exagéré, mais ma dignité, certainement. J'étais arrivé en retard à un dîner à La Grenouille, ce temple compassé de la haute cuisine new-yorkaise. Onze autres convives étaient déjà assis. L'hôtesse, une princesse d'Asie, s'exclama : « Ah ! voici Jay, il s'y connaît en vins. Il va nous dire ce que nous sommes en train de boire. » Avant que j'aie pu trouver un objet lourd pour lui fracasser la tête, le sommelier me tendit un verre et m'y versa le vin d'une carafe. Puis il fit un pas en arrière et me sourit d'un air suffisant tandis que les autres invités levaient vers moi des yeux interrogateurs, et non seulement eux mais aussi les clients des tables voisines.

Toute cette scène me rappelait le rêve classique où l'on se tient nu devant les élèves d'une classe. Résigné jusqu'au désespoir, je mis le nez dans le verre. « Haut-Brion », déclarai-je, provoquant dans l'assistance un hoquet de surprise. J'examinai la robe et bus une gorgée. « 1982 », me prononçai-je.

Cela fait, je m'assis et goûtai silencieusement l'admiration générale dont j'étais l'objet, sans rien révéler de ma méthodologie. Mais le temps a passé et je peux bien dire mon petit secret. Je savais que mon hôtesse buvait principalement des bordeaux de premier cru et qu'elle connaissait ses millésimes. Mais le coup de chance, c'était qu'elle eût choisi du Haut-Brion, le premier cru classé à l'arôme le plus singulier, impossible à confondre avec un autre. Dans ce qui fut la première référence à un nom de vin spécifique dans la littérature anglaise, Samuel Pepys, excellent chroniqueur mauvais en orthographe, l'avait décrit en ces termes : « Ho-Bryan… avait un bon goût très particulier que je n'avais jamais rencontré » (*Ho-Bryan... hath a good and most perticular taste that I never met with before*). Pour entrer davantage dans les détails, un Haut-Brion bien mûr sent la boîte à cigares contenant un Montecristo, une truffe noire et une brique chauffée à blanc et posée en équilibre sur une vieille selle. Il est profond et complexe comme un sonnet de Shakespeare. Une fois qu'on en a bu, on ne l'oublie plus jamais et le désir d'en reboire ne nous quitte plus.

C'est au XVIIe siècle que le propriétaire Arnaud III de Pontac créa avec Haut-Brion le premier nom de château viticole bordelais. Il perfectionna les techniques de viticulture et envoya son fils à Londres pour démarcher le produit. Daniel Defoe, Johathan Swift et Thomas Jefferson furent quelques-uns des premiers amateurs enthousiastes. Et parmi les fans contemporains, on trouve les frères Wachowski : Haut-Brion 1959 fait une brève apparition dans *Matrix Reloaded*.

En 1855, Haut-Brion fut officiellement désigné comme l'un des quatre premiers crus rouges de Bordeaux. En 1935, après une longue période de déclin, la propriété fut rachetée par le financier américain Clarence Dillon, dont la famille en est encore aujourd'hui propriétaire.

Au printemps dernier, lorsque j'eus l'occasion de

déjeuner dans le château du XVIe siècle en compagnie de Joan Dillon, duchesse de Mouchy et petite-fille de Clarence, je lui demandai de m'éclairer sur la légende qui circulait sur l'achat du château : Dillon, disait-on, ne s'était même pas donné la peine de descendre du train à Bordeaux pour visiter la propriété avant de l'acquérir. « C'est absurde, répondit-elle. Il avait visité plusieurs propriétés et Haut-Brion était l'une d'elles. La vérité, c'est qu'il était au milieu de l'océan Atlantique, sur le chemin du retour, lorsqu'un télégramme de son agent l'avertit que Haut-Brion était encore à vendre et qu'il fallait faire vite. Il répondit en deux mots : FAITES VITE. »

Joan Dillon a vécu une partie de sa jeunesse à Paris, où son père était ambassadeur des États-Unis ; elle fut entre autres l'épouse du prince Charles de Luxembourg. Sa voix, profonde et patinée comme une vieille malle Vuitton polie par les voyages transatlantiques, trahit l'éducation de la haute bourgeoisie franco-américaine. Elle dispose aussi d'un stock d'anecdotes croustillantes à rendre Truman Capote vert de jalousie, mais malheureusement je la crois trop bien élevée pour les inclure dans ses Mémoires. Depuis 1975, elle gère la propriété avec l'aide de Jean-Bernard Delmas, le vigneron le plus respecté du Bordelais, qui a lui-même hérité ses fonctions de son père Georges et déclare être né « dans une cuve » à la propriété même[1].

Jean-Bernard Delmas est un homme digne et élégant qui considère manifestement comme une tâche sacrée le

1. Depuis la rédaction de cette chronique, la propriété est passée aux mains du prince Robert de Luxembourg, fils de Joan Dillon, et la gestion du domaine à celles de Jean-Philippe Delmas, fils de Jean-Bernard. (N.d.T.)

maintien de la tradition haut-brionnaise, et son fils Jean-Philippe semble taillé pour lui succéder. Cet amour de la tradition ne l'a pas empêché d'innover de multiples façons, comme avant lui Arnaud de Pontac : il a été l'un des premiers viticulteurs bordelais à utiliser des cuves de fermentation en acier inoxydable et à pratiquer des vendanges vertes (l'élimination des grappes vertes en excès pour assurer la concentration des raisins). Derrière le château, il entretient une parcelle expérimentale de 350 vignes clonées qui sont vendangées, vinifiées et testées. Les résultats de ces tests sont listés sur ordinateur. Il a bien essayé de m'expliquer le processus, mais un seul regard aux tableaux m'a donné le vertige.

Pendant des siècles, des connaisseurs tels que John Locke, Thomas Jefferson et Jay McInerney ont fait le pèlerinage à cette terre sacrée des Graves, juste au sud de Bordeaux. Ils ont examiné le sol graveleux d'époque glaciaire dont la couleur va du gris cendré au brun espresso. Aujourd'hui, les vignes sont bordées de toute part par le vilain tissu urbain de Pessac, mais le vin conserve sa grâce majestueuse, subtile, inimitable, solitaire.

Élégant et souple, le style de Haut-Brion me paraît en général sous-évalué par les critiques œnophiliques, en comparaison des médocs plus virils et même de son voisin et ancien rival La Mission Haut-Brion, acquis par la famille Dillon en 1983. Car tout racé et généreux qu'il soit, Haut-Brion a toujours été davantage une affaire de nuances que de puissance. (La note de 100 donnée par Parker en 1989 restant une exception.) C'est le premier cru des poètes et des amoureux, et non celui des P-DG et des collectionneurs de trophées.

Plus encore que tout autre premier cru, Haut-Brion maintient ses caractéristiques uniques de millésime en millésime : pour preuve, voyez les 1981, 1983, 1991 et 1994, toujours relativement discrets sur les cartes de restaurant ou dans les catalogues d'enchères. Aucun Haut-Brion ne m'a jamais déçu. Contrairement à ses équivalents médocains, il peut être délicieux bu jeune mais il ne s'en améliore pas moins avec l'âge. À l'instar des fortes personnalités telles que Joan Dillon ou Jean-Bernard Delmas, au fil des ans, il devient de plus en plus lui-même. De plus en plus *perticular*, comme dirait Pepys.

La Maserati du champagne

Avant même d'avoir goûté Salon, son nom me fascinait déjà, comme une évocation de vie mondaine mêlée à la vie de l'esprit : George Sand recevant Flaubert et Tourgueniev, Gertrude Stein servant à dîner à Picasso et à Hemingway. En réalité, Salon porte le nom de son fondateur, Eugène-Aimé Salon, qui fit fortune dans la fourrure avant d'établir en 1921 son minuscule domaine de Champagne.

Salon peut prétendre à la distinction de premier vin culte du XXe siècle : chez Maxim's dans les années 20 et 30, c'était le champagne maison, et il a toujours été produit en quantité si réduite que Cristal Roederer prend à côté de lui des allures de produit de masse. Si vous avez déjà entendu parler de Salon, c'est sans doute parce que vous êtes un mordu de vins.

Honnêtement, jusqu'à une date récente, je ne crois pas avoir goûté Salon plus de trois ou quatre fois, et toujours avec émerveillement. Il est certain que la rareté (et le prix) entretient la mystique, mais croyez-en mon expérience : dès que vous en aurez goûté, vous cesserez de vous demander si 200 dollars n'est pas trop cher pour un champagne quel qu'il soit. Mon premier verre de Salon (un 1982, dégusté en 1996) me rappela par bien des aspects ma première truffe blanche, et d'ailleurs cet accord mets-vin est un des plus extraordinaires qui soient. Risotto + truffe blanche + Salon = Oh mon Dieu.

Si Salon est un champagne à part, il le doit à plusieurs facteurs. D'abord, il a été le premier champagne blanc de blancs entièrement issu de vignes de chardonnay plantées sur les côtes de Mesnil-sur-Oger, le village de la région où les chardonnays réussissent le mieux (c'est aussi l'origine de la cuvée clos-du-mesnil de Krug). Contrairement à Krug, l'autre champagne culte, Salon ne voit jamais une barrique, neuve ou usagée. Et on n'en fait que dans les années exceptionnelles (c'est ce que prétendent toutes les cuvées de luxe, même si en réalité elles produisent aussi les moins bonnes années, 1992 par exemple). On le commercialise généralement dix ans après la vendange (cette année, on sort le 1996), et, de l'avis des connaisseurs, son apogée se situe de dix à vingt ans plus tard.

« Si Dom Pérignon est la Mercedes du champagne », explique Didier Depond, le volubile directeur de Salon, « alors Salon en est la Ferrari ou la Maserati. » La plupart d'entre nous n'auront jamais l'occasion de se mettre au volant de l'une ou l'autre de ces voitures, mais Salon est un luxe relativement accessible, qui de plus n'a pas besoin de s'entourer de pompe et de cérémonie. Particularité que M. Depond avait certainement l'intention de démontrer en m'invitant à partager une ou deux bouteilles avec lui chez J'Go, un bistrot parisien très animé du IXe arrondissement. Moi, je m'étais plutôt attendu à siroter cet auguste nectar chez Ducasse ou à L'Ambroisie, d'autant que Depond est un habitué de ces deux établissements, mais il se trouve être également un fanatique de corrida doté d'un taux de prétention quasi nul. Et de fait, boire un champagne de luxe dans un cadre informel est très revigorant pour l'esprit.

Le Salon 1995 qui fut notre champagne de démarrage était en soi un objet de délice, corsé, d'une texture incroyablement soyeuse, produisant une mousse d'une finesse arachnéenne. Son acidité sur talons aiguilles forma une étonnante harmonie avec la succession de tapas qui nous fut servie.

Encore plus étonnant, le 1998 qui lui succéda : ses arômes me firent penser (et tant pis si ça n'a pas de sens) à une promenade dans les forêts de Nouvelle-Angleterre en octobre, un pain au levain tout frais sous le bras. Ce vin était incroyablement luxuriant en bouche, beaucoup plus jeune et frais que le nez ne l'avait laissé supposer. Depond annonça que nous allions le boire avec le *toro*[1]. Poitrine de thon crue et champagne, me dis-je, quel accord sophistiqué ! Mais le *toro* en question n'était autre qu'une délicieuse, copieuse pièce d'un taureau récemment tombé dans l'arène. La bête nous fut d'abord servie en carpaccio, puis tranchée et grillée sur la braise, et le Salon 1988, opulent, brioché, accompagnait joliment le tout. Je suis presque certain de ne plus jamais retrouver le même accord, et complètement sûr de ne jamais l'oublier. Peut-être en fait suis-je en train de dire, grâce à M. Depond, qu'avec du Salon tout est bon. Ou plus exactement que, en cette ère de contrastes trash-luxe, de jeans haute couture et de Harley-Davidson exposées au musée Guggenheim, faire des manières en présence d'un grand champagne n'a plus beaucoup de sens.

Pour la plupart d'entre nous, toutefois, Salon sera

1. Nom japonais de la poitrine de thon, morceau gras qui fait les délices des amateurs de sashimis et de sushis. (N.d.T.)

toujours un vin de grande occasion et non un standard pour le petit déjeuner, le déjeuner et le dîner. Les connaisseurs au budget limité peuvent se rabattre sur la version prêt-à-porter qui s'appelle Delamotte, maison fondée en 1760. Les années non exceptionnelles, les raisins qui seraient autrement destinés à Salon sont envoyés à la maison sœur, qui appartient comme Salon à Laurent-Perrier. Le blanc de blancs de Delamotte est un très acceptable substitut. Comme Salon, il est une très belle expression du chardonnay du Mesnil, mais il coûte moins de la moitié de son prix. Le brut et le rosé non millésimés sont aussi très bons. Voilà, c'est mon cadeau de Noël pour vous, lecteurs : un conseil d'initié. Si vous arrivez à décrocher une bouteille de Salon, profitez-en. Mais profitez-en aussi pour acheter au passage une caisse de Delamotte pour la nouvelle année.

Drôles de couples

Que boire avec les cuisines asiatiques ?

Pour tout plat européen classique, il y a un accord vin classique : bordeaux avec le carré d'agneau, sauternes avec la terrine de foie gras, barolo avec le brasato. Mais je crois que la plupart d'entre nous, aux États-Unis, mangent plus souvent du porc moo shu et du poulet tikka masala que du bœuf bourguignon. Comme les cuisines d'Asie ne se sont pas développées en compagnie de vins indigènes, on ne peut pas se reposer sur la tradition pour les accorder. Mais cela ne vous condamne pas pour autant à la bière ou au saké quand vous voulez manger asiatique.

Je commencerai par une généralisation : le champagne s'accorde très bien avec les sushis et avec la plupart des autres plats japonais. Selon Richard Geoffroy, chef de cave pour Dom Pérignon, ce mariage repose en partie sur la compatibilité entre la levure présente dans le champagne et celle présente dans la sauce de soja. En plus, la forte acidité du vin équilibre bien la saveur salée, comme c'est aussi le cas avec le caviar. Pour des raisons similaires, le champagne va aussi avec les dim sum. En ce qui concerne les autres cuisines chinoises, il est plus difficile de généraliser, mais la plupart d'entre nous sont habitués à un hybride de cuisine cantonaise et de cuisine sichuanaise.

Récemment, j'ai fêté mon anniversaire au Canton, mon restaurant chinois préféré, à Chinatown, New York. Si j'ai choisi cet établissement, c'est entre autres raisons parce qu'on me laisse y apporter mon vin. Il est vrai qu'avec la cuisine cantonaise, les accords vins ne vont pas de soi, mais j'ai plus souvent fait mouche que raté mon coup.

Mon intuition, de plus en plus confirmée par l'expérience, est que les blancs d'Alsace et d'Allemagne sont de vrais copains pour les mets de la Chine et du Sud asiatique. Le riesling semble filer le parfait amour avec la cuisine cantonaise, comme le grand cru Hengst 1999 de Barmès-Buecher me l'a prouvé en présence d'un émincé de pigeon en feuille de laitue. Le plus bel accord de ce dîner d'anniversaire fut un pinot gris de Zind-Humbrecht avec un canard laqué à la cantonaise. (Plusieurs vignerons d'Alsace, dont Olivier Humbrecht en personne, m'avaient donné le tuyau.) Ce qui fait si bien fonctionner ces vins avec cette cuisine aux accents légèrement sucrés et épicés, c'est en partie leur sucre résiduel. Ceux à qui l'idée de sucre dans le vin fait horreur, ceux qui croient que sécheresse est synonyme de sophistication, n'ont qu'à se faire une raison. Ou à boire de la bière. Une touche de sucre, présente dans beaucoup de vins alsaciens et allemands, est un parfait contrepoint aux épices. Et comme ces vins sont aussi, inévitablement, riches en acidité, ils peuvent équilibrer par exemple la douceur de la sauce hoisin. Si vous choisissez un vin allemand, prenez un Spätlese, un blanc de vendanges tardives, mûr et corsé.

Avec un vin rouge aussi, j'ai tapé dans le mille : pour un bœuf cantonais aux oignons, un zinfandel[1] Jackass Hill 1996 de Martinelli. Les zinfandels m'ont presque

1. Voir page 289, « Le zinfandel ».

toujours donné entière satisfaction pour accompagner la cuisine chinoise, en particulier le Lytton Springs de Ridge (un assemblage à 70 pour cent de zinfandel), un vin qu'on peut se procurer partout. J'ignore pourquoi le zinfandel va si bien avec tous ces plats chinois extravertis, par exemple le poulet au sésame ou le bœuf à l'orange, mais je suppose que cette harmonie tient à l'exubérance naturelle du cépage, à sa douceur et à sa pauvreté en tannins. Essayez, vous verrez.

J'ai toujours aimé le cépage viognier, surtout le condrieu, mais je n'ai jamais vraiment su avec quoi le boire. Il me paraît trop floral et trop affirmé pour la plupart des accords traditionnels du vin blanc. Un jour, pourtant, un serveur du restaurant chinois Chiam à Midtown Manhattan m'a fait la suggestion suivante : le viognier Copain 2000 de la Russian River, à Napa, fait merveille avec chaque plat, des raviolis de crevettes aux langoustines aux épices en passant par le poulet au sésame. Depuis, je me suis converti au viognier, qu'il soit américain ou français, avec les plats chinois. Venons-en à la cuisine indienne. En voilà une qui est encore plus difficile à accorder que la cuisine chinoise. Qui veut un bon vindaloo bien pimenté ? (Là encore, je suis conscient de l'existence de nombreuses traditions culinaires dans le sous-continent indien, mais dans le cas qui nous occupe on peut généraliser). Eh bien, j'ai souvent bu du gewurztraminer avec la cuisine indienne. L'affinité du gewurztraminer, riche en arômes de rose et de litchi, avec les plats épicés tels que les curries est presque devenue un cliché. Le principe consiste à équilibrer le pimenté avec le sucré, comme si le vin jouait le rôle d'un chutney doux. Donc un gewurztraminer un peu moelleux, même un vendanges tardives, peut se mesurer à un curry assez pimenté.

Je dois un accord beaucoup plus excentrique à Richard Breitkreutz, ex-chef sommelier à Tabla, un restaurant spécialisé dans la cuisine de Goa, ville d'origine du chef Floyd Cardoz[1]. Sur le poulet tikka, Breitkreutz m'avait sorti de la cave un rioja Finca Valpiedra Reserva 1996 du domaine Martinez Bujanda. Ma première réaction fut un rire incrédule, mais le plat et le vin semblaient faits l'un pour l'autre. Le rioja, de surcoît, s'accordait avec tous les autres plats posés sur la table, y compris un curry moyennement pimenté.

Avec ses curries verts et rouges, ses associations de saveurs sucrées et pimentées, la cuisine thaïe offre les mêmes difficultés que la cuisine indienne. Là encore, c'est une bonne idée de commencer avec un gewurztraminer, notamment pour accompagner un *gai phad bai krapao* (poulet – ou bœuf – sauté au piment, aux oignons et au basilic). Le viognier aussi se défend bien. Et avec la citronnelle et le gingembre, le sémillon australien de la Hunter Valley s'entend à merveille. En ce qui concerne les rouges, j'ai eu de bons résultats en associant des shiraz[2] australiens jeunes avec, par exemple, des salades de bœuf grillé. Je ne crois pas que la relative proximité géographique y soit pour grand-chose.

Ce qui fait l'intérêt des accords entre vins et cuisines asiatiques, c'est sans doute la relative nouveauté de ce domaine de recherche. Une foule de découvertes attendent le novice comme l'amateur averti. Il suffit d'un coup de fil à une gargote indienne ou chinoise de votre quartier et de quelques bouteilles pas chères ; préparez-vous ensuite à d'agréables surprises.

1. Tabla a fermé ses portes en décembre 2010. (N.d.T.)
2. Autre nom du cépage syrah, employé notamment en Australie. (N.d.T.)

Numéro deux, mais plus grande gueule que le numéro un

L'armagnac

Je ne bois plus beaucoup de grands alcools. Le vin me procure davantage de nuances sensorielles et d'intérêt tout en me détruisant moins de neurones. Pourtant, j'ai pris goût à l'armagnac pendant mes séjours à Bordeaux, où il est souvent servi à la fin des repas dans les grands châteaux et au fameux bistrot La Tupina, où les négociants en vins et les propriétaires de château en savourent les vieux millésimes après avoir arrosé leur poulet rôti d'un bon pauillac. Le temps aidant, j'ai appris à apprécier la complexité et la variété de ce numéro deux des alcools français, ainsi que le sentiment de plénitude et de contemplation qu'inspire un petit verre postprandial. « Dans ses meilleurs crus, affirme l'Anglais Nicholas Faith, expert en spiritueux, l'armagnac offre une profondeur, une douceur naturelle, et une ampleur aromatique bien supérieures à celles du meilleur cognac. »

Tout le monde en Gascogne vous dira que l'armagnac est la plus vieille eau-de-vie française et qu'on la distille depuis 1411. Le démarrage du cognac fut plus tardif, mais l'emplacement de Cognac sur la Charente, en facilitant son transport, favorisa sa renommée internationale. L'eau-de-vie distillée en Armagnac resta donc longtemps un objet de culte local ; on lui attribue souvent la remarquable longévité des habitants de la région. Au contraire du cognac dont la production se concentre en une poignée de riches maisons, l'armagnac est encore un produit artisanal concocté par des individus hauts en couleur tels que Martine Lafite, du domaine Boingnères.

Avec son épais carré de cheveux noirs, ses grosses lunettes Valentino en écaille, son pull à rayures de tigre et son étroit pantalon blanc, Mme Lafite ressemble davantage à la patronne d'un salon d'esthétique ou d'une agence de voyages qu'à une productrice d'eau-de-vie. Dans la patrie de d'Artagnan et du foie gras, j'espérais quelque chose de plus… rustique. On est tenté de la croire atypique, mais plus l'on discute avec les gens d'ici, plus on se rend compte que l'on est au cœur d'un pays de Gaulois individualistes dont chacun a sa méthode personnelle pour faire l'authentique armagnac. En ce sens, la région tient davantage de la Bourgogne que du Bordelais : c'est un lieu de petits complots et de paysans teigneux qui n'en font qu'à leur tête, aussi occupés à se chamailler sur la nature du vrai armagnac qu'à faire corps pour railler l'autre eau-de-vie française, celle dont les boutiques hors taxe regorgent dans tous les aéroports du monde.

Le domaine Boingnères, dans le bas Armagnac, appartient à la famille Lafite depuis 1807. Il couvre 50 hectares, ce qui n'est pas énorme quand on pense que l'armagnac de cette propriété est en forte demande de Tokyo à New York. Le cépage folle blanche, une vraie passion chez Martine Lafite, représente la moitié de cette surface. Il est plus difficile à cultiver que l'ugni blanc et le colombard, autres cépages plus communs en Armagnac, et il a tendance à disparaître, mais la folle blanche donne, selon Martine, l'armagnac le plus riche, le plus aromatique. Son père défendait lui aussi ardemment la folle blanche et la désignait comme le véritable cépage de l'armagnac. Beaucoup de ses voisins étaient en désaccord avec lui sur ce point, lui préférant des variétés moins contrariantes. Un jour, il découvrit sur la porte de son chai une croix de fleurs venue tout droit du cimetière. « Les gens sont durs par ici », dit fièrement Martine Lafite, tirant une dernière bouffée de sa Craven A avant de m'emmener au chai. « Dans ce pays, on se bat pour ses idées. »

Martine me montre l'alambic à l'ancienne, deux tours jumelles en cuivre rouge où l'on fait chauffer et évaporer le vin pendant l'hiver qui suit la vendange. Elle distille à environ 49 degrés d'alcool, obtenant ainsi une eau-de-vie plus aromatique que le cognac, qui titre couramment 70 degrés. C'est dans les fûts de chêne, où elle se développe parfois durant des décennies, que l'eau-de-vie augmente en saveur et en souplesse. Contrairement à certains producteurs qui coupent d'eau leur armagnac pour lui faire titrer 40 degrés à la mise en bouteilles, Martine ne pratique pas cet usage.

La législation régionale autorise la commercialisation de l'armagnac deux ans après sa distillation, mais ces jeunes eaux-de-vie doivent être évitées autant que possible. À cinq ans d'âge, l'armagnac peut être étiqueté VO, VSOP ou Réserve. Cependant, les meilleurs armagnacs sont les vieux millésimes, rarement mis en bouteilles avant une dizaine d'années. Au domaine Laubade, un des plus grands de la région, sommeillent des milliers de fûts de vieil armagnac qui s'affinent (et s'évaporent) dans des chais en escalier au sous-sol d'un manoir datant de 1850. À Laubade, comme on est persuadé que le bois est aussi important que le cépage, la plus grande partie des douelles de chêne proviennent d'une forêt voisine. Les bois sont empilés et vieillis en plein air pendant plusieurs années avant d'être utilisés en tonnellerie. Les armagnacs du domaine Laubade sont majoritairement produits à partir du cépage baco, à qui certains prêtent des qualités de garde meilleures encore que celles de la folle blanche. (Même Mme Lafite lui reconnaît cette longévité.) Ces armagnacs, dans leur jeunesse, ne présentent pas la complexité des armagnacs de folle blanche, mais dès qu'ils atteignent leur majorité, ils se mettent vraiment à chanter.

Lors d'une dégustation verticale[1] remontant jusqu'à 1934, j'ai été frappé par l'accroissement de la complexité et de la profondeur de chaque millésime à mesure que l'on remontait dans le temps. Bien entendu, certains sont supérieurs à d'autres, par exemple le 1947 qui est, dans ce contexte, mon favori absolu.

La datation des millésimes, non pratiquée à Cognac, a contribué à la popularité croissante de l'armagnac, notamment aux États-Unis. Laubade est un des quelques producteurs qui disposent de stocks de vieux millésimes assez étendus pour approvisionner largement le marché nord-américain, mais les bouteilles de quelques petits producteurs valent d'être recherchées. Les meilleurs sont principalement concentrés dans l'ouest du bas Armagnac et l'on trouve parmi eux quelques-uns de mes préférés : château-de-briat, laberdolive, château-de-lacquy et château-de-tariquet. L'intérêt de l'armagnac tient beaucoup à cette multiplicité de petits propriétaires

1. Une dégustation verticale, souvent abrégée en « verticale », rassemble plusieurs millésimes d'un même vin ou alcool. Au contraire, une dégustation horizontale (ou « une horizontale ») rassemble plusieurs crus différents du même millésime. (N.d.T.)

qui produisent tous des eaux-de-vie riches et complexes, à dénicher dans les restaurants et chez les cavistes. N'importe lequel de ces flacons est la promesse d'une belle fin de repas, sereine et contemplative.

TRIPS D'ACIDE

Quelques blancs et quelques rosés pour commencer

Le chablis, un blanc *on the rocks*

Est-il possible de percevoir le goût des minéraux dans du jus de raisin fermenté ? Peut-on concevoir que les racines de la vigne puissent transmettre aux fruits les caractéristiques du sol et du socle rocheux ? Si l'on assure détecter des notes iodées dans un vin issu d'un terrain calcaire qui fut, à l'ère jurassique, un fond marin, fait-on preuve d'une licence poétique exagérée ? Peut-être ne vous êtes-vous jamais posé ces questions, mais elles sont au cœur de la notion française de terroir : l'idée que les qualités d'un vin sont déterminées par son lieu d'origine. Et ces questions ne sont nulle part plus pertinentes qu'à Chablis.

« Du chablis ? Ah oui, c'est ce truc que buvait ma mère, elle l'achetait en cubi ! » me dit un jour un ami alors que j'en commandais un verre à l'apéritif. « Mais oui, c'est ça, lui répondis-je. Et cette montre que j'ai achetée 20 dollars dans la rue à mon arrivée à New York, en fait, c'était une Rolex. »

Comme Vuitton, comme Chanel, chablis est une marque de renommée mondiale qui, depuis des années, inspire d'innombrables contrefaçons. Parmi mes premières rencontres avec le jus de raisin fermenté, j'en compte une qui s'appelait Almaden California Mountain Chablis, et le produit est encore sur le marché.

Mais le vrai chablis, celui qui vient des vignes les plus septentrionales de la Bourgogne, est un des vins les plus incompris au monde – bien qu'il soit issu de chardonnay, le cépage blanc le plus populaire au monde.

Depuis des siècles, les dégustateurs évoquent la mer en parlant du chablis. Le calcaire et le silex reviennent aussi fréquemment dans leur vocabulaire. Ces associations en apparence fantaisistes reposent sur une base géologique. Le soubassement rocheux de la région chablisienne fait partie de ce que le géologue James Wilson, dans son livre *Terroir*[1], appelle « chaîne kimmeridgienne », une vaste zone sédimentaire du Jurassique supérieur composée de marnes crayeuses et de calcaires constellés de fossiles de coquillages, notamment d'*Exogyra virgula*, une huître minuscule à la coquille recourbée. Les falaises blanches qui s'élèvent de part et d'autre de la Manche font partie de cette vaste formation géologique qui constitue le sous-sol de la partie centrale du nord de la France. Elle remonte aux confins de celle-ci, par exemple en Val de Loire, vers Sancerre et Pouilly, et plus à l'est vers Chablis. Si les vins blancs de Sancerre et de Chablis – même si les premiers sont issus de sauvignon blanc – sont traditionnellement considérés comme les vins idéaux pour accompagner les huîtres, c'est peut-être une coïncidence, mais les romantiques et certains géologues pensent que cette affinité n'est pas sans rapport avec les huîtres fossiles qui reposent sous les vignes. Je ne suis pas très armé pour expliquer cette alchimie gustative, mais ce dont je suis sûr, en revanche, c'est que si vous n'avez pas encore bu du chablis avec des huîtres, il faut combler immédiatement cette grave lacune.

1. Paru en 1999, University of California Press. (N.d.T.)

Le chablis est un vin formidable pour accompagner un repas, bien que certains de ses vrais adeptes semblent répugner à le mélanger avec des solides. Selon un de ses inconditionnels, Mike Diamond, membre des Beastie Boys, « C'est vrai qu'il va à merveille avec toute sorte de plats, mais c'est presque une injustice de partager un bon Dauvissat ou un Raveneau avec de la nourriture. Je crois que je préfère me l'envoyer tout seul, le savourer une gorgée après l'autre. »

Bien que Chablis soit officiellement en Bourgogne, son caractère géologique particulier et sa situation à quelque 75 kilomètres des vignobles les plus septentrionaux de la Côte-d'Or font que ses vins blancs n'ont rien à voir avec ceux de Meursault ou de Puligny. Pour citer *The Oxford Companion to Wine*, « Ils possèdent une acidité métallique très personnelle, un goût de pierre à fusil prononcé et une minéralité introuvable ailleurs en Bourgogne. » Et s'ils se démarquent de leurs cousins bourguignons, ils sont à des années-lumière des chardonnays du Nouveau Monde. Si vous êtes habitués aux chardonnays de Sonoma à l'ancienne, tout en maturité et en fruits exotiques – par exemple ceux de Kistler, de Sonoma-Cutrer ou la cuvée Vintner's Reserve de Kendall-Jackson –, vous aurez du mal à leur trouver un air de famille avec les chardonnays élaborés dans la froide région de Chablis, où ce cépage s'exprime en mode acoustique, sans ampli, dépouillé de tout ce qui n'est pas son essence, comme la version acoustique de *Layla* par Eric Clapton.

Chaque fois que l'idée me vient de comparer le chablis avec les chardonnays californiens, je pense à Audrey Hepburn dans *Diamants sur canapé*. Truman Capote voulait initialement confier le rôle à Marilyn Monroe. Elle y aurait été excellente, mais le film en eût été complètement différent. De même, le chardonnay cultivé dans la vallée du Serein, en région chablisienne, n'a rien à voir avec celui de la Napa Valley. Jeunes, les chablis sont secs et racés, bien qu'avec le temps les meilleurs d'entre eux acquièrent une éblouissante opulence.

Il y a un très bon côté au chablis : on peut goûter toute sa personnalité pour un prix raisonnable. Même si vous ne dépensez que 20 dollars pour un chablis village chez un bon caviste, il n'y a aucune ambiguïté sur son origine. Le chablis, en effet, bénéficie du classement hiérarchisé des crus de Bourgogne : le plus haut niveau est le grand cru, suivi par le premier cru et enfin par le village, simplement étiqueté chablis. Les sept grands crus occupent tous la même pente orientée sud-ouest entre la vallée et le bourg et les premiers crus sont situés sur diverses côtes bien exposées, tandis que les chablis villages occupent les sites plus plats et moins ensoleillés.

Si les grands crus de Montrachet s'emportent parfois 400 voire 500 dollars, ceux de Chablis sont généralement accessibles pour des sommes à deux chiffres. Mais même le chablis générique peut être agréable à boire, avec une note vive et citronnée et une touche de minéralité, surtout dans les millésimes 2007 et 2008. Le millésime 2009 est un peu plus fruité et plus charnu, ce qui peut en faire une bonne introduction au chablis pour des palais habitués aux vins du Nouveau Monde. À l'époque où j'ai commencé à écrire sur les chablis, il fallait être vigilant quant aux producteurs : certains bâclaient le travail, d'autres affichaient un amour démesuré pour la barrique de chêne neuf. Mais le niveau général de ces vins s'est considérablement élevé ces dernières années.

Longtemps, Raveneau et Dauvissat ont été considérés comme les meilleurs producteurs de chablis, mais la maison William Fèvre, brillamment dirigée par Joseph Henriot, vient de les rejoindre. Les plus grands vins de ces trois domaines développent une complexité incroyable avec l'âge. Le domaine Drouhin-Vaudon, propriété du négociant beaunois Joseph Drouhin, a réalisé des 2008 assez impressionnants. (Ne confondez pas ce producteur avec Droin, qui lui aussi a fait en 2008 ses meilleurs vins à ce jour.) Et la coopérative La Chablisienne sort d'excellents chablis à tous les niveaux de qualité. Voici quelques autres de mes favoris : Billaud-Simon, Louis Michel, Christian Moreau, Pinson, Daniel Dampt, Laroche et Barat.

Ces producteurs et d'autres de cette région vous convaincront peut-être que l'on peut reconnaître le goût des cailloux, voire des fossiles, dans son verre. En tout cas, ils vous feront découvrir ce qu'on peut boire de meilleur avec une huître.

Paradis froid, vigneronne ardente

Pour un vigneron, tenter de se faire un nom à partir d'un cépage dont personne n'a jamais entendu parler, c'est un peu comme essayer d'écrire des chansons pop pour le violoncelle. En dehors d'*Eleanor Rigby*, on part avec un gros handicap. Et pourtant, Morgan Clendenen avait ses raisons quand elle jeta son dévolu sur le viognier, en 1996, au moment de fonder son domaine de Cold Heaven. Pour commencer, son époux d'alors, Jim Clendenen, lui faisait pas mal d'ombre en tant que parrain du pinot noir et du chardonnay dans la vallée de Santa Barbara. En 1982, lorsqu'il avait créé son domaine viticole, Au Bon Climat, il avait largement contribué à démontrer le potentiel des deux cépages bourguignons dans la région, ce qui inspira plus tard à sa femme le désir d'essayer à son tour quelque chose de différent. Ensuite, elle adorait le viognier, une passion que je partage avec elle.

Le viognier, que l'on dit descendre du cépage nebbiolo, originaire d'Italie du Nord, a trouvé son paradis sur les pentes escarpées de la vallée du Rhône, juste au nord de la Côte Rôtie, dans une petite appellation nommée Condrieu. Cette appellation, voici quelques décennies, paraissait vouée à disparaître : dans le recensement agricole français de 1968, elle ne comptait plus que 14 hectares à Condrieu et dans la minuscule appellation voisine de Château-Grillet. Heureusement, Condrieu fut redécouverte en partie grâce à l'enthousiasme de Robert Parker et aux efforts d'Étienne Guigal, déjà propriétaire d'une illustre maison de la Côte Rôtie et devenu depuis le principal producteur de condrieu. Pendant un moment, le condrieu jouit même d'une certaine vogue, au moins pour quelques amateurs.

Qu'est-ce qui rend le condrieu irrésistible pour certains d'entre nous ? D'abord son arôme capiteux et son goût, qui suggèrent la pêche, l'abricot et le chèvrefeuille, et ensuite sa texture grasse et onctueuse. Les meilleurs, au nez, annoncent du moelleux, et peuvent même le confirmer immédiatement en bouche, mais leur finale est sèche. Ce sont des blancs charnus, voluptueux, mais jamais vulgaires. Le viognier est peu acide : s'il est récolté trop mûr, il vous rappellera le sirop des boîtes de fruits en conserve. À Condrieu même, le climat et les sols, sans oublier des générations d'expérience viticole, parviennent généralement à éviter au viognier de sombrer dans la débauche ; mais il conserve toujours une petite note de décadence, un peu fin de siècle, un peu Oscar Wilde.

Ces deux dernières décennies, des admirateurs du condrieu ont planté du viognier tout autour du monde, du Languedoc à l'Australie. Les résultats, franchement, sont inégaux. Sur la côte centrale de Californie, des pionniers comme John Alban et Josh Jensen, de Calera, ont produit des exemples prometteurs. Plus récemment, Greg Brewer a réalisé des viogniers racés à Melville, dans l'appellation Santa Rita Hills. Morgan Clendenen est physiquement à mi-chemin entre Jodie Foster et Kate Hudson. Elle est née en Caroline du Nord où son père avait une société d'embouteillage d'eau de source. « Papa organisait des dégustations d'eau, ce qui a affiné mes perceptions des plus infimes variations de goût et d'arôme. » Quand elle fut embauchée par une société locale d'importation de vins, elle remarqua que les viogniers de Californie étaient toujours vendus d'avance dans leur totalité. Bien qu'elle n'eût jamais eu l'occasion de les goûter, cela l'intrigua. Comme elle s'intéressait au vin et qu'elle désirait y trouver sa voie, elle partit pour l'Ouest et passa dix-huit mois à Sinskey Vineyards, à Napa, où elle fit la connaissance de Jim Clendenen. Pour une jeune femme aspirant à devenir viticultrice, épouser une telle icône était à la fois une bénédiction et un handicap : il lui fallait trouver sa propre voie. Et lorsque le propriétaire du domaine Sanford & Benedict demanda à Jim s'il était intéressé par une parcelle de viognier, « Jim, d'abord, répondit non, raconte-t-elle ; mais je lui donnai un coup de pied sous la table. Moi, ça m'intéressait ! » C'est ainsi qu'elle créa son domaine de Cold Heaven.

« J'adorais le condrieu, mais j'étais déçue par la plupart des viogniers californiens apparus dans les années 90. À Condrieu, ce cépage produit des vins nobles et élégants, mais ceux-ci étaient sucrés, voire écœurants. » Et de fait, il se peut bien que la plupart des microclimats californiens soient trop chauds pour le viognier. Pourtant, Morgan pensait que certaines zones de la côte centrale, sillonnées de vallées transversales qui canalisent les vents frais du Pacifique vers l'intérieur des terres, pouvaient lui convenir. Un paradis frais, en quelque sorte. (Le nom du domaine, qui signifie « paradis froid », est tiré d'un poème de Yeats.) Après avoir trouvé sur son chemin les vignes de Sanford et Benedict – dont personne ne put lui dire clairement quand elles avaient été plantées ni par qui –, elle décida d'en planter d'autres au domaine Le Bon Climat, dans la vallée de Santa Ynez, en 1998. En compagnie de son mari, elle alla jusqu'à Condrieu pour goûter le viognier à sa source. Elle aurait voulu rencontrer Yves Cuilleron, étoile montante de l'appellation, mais il était absent lors de sa première visite. Ce ne fut que plus tard qu'elle se retrouva nez à nez avec lui dans son propre jardin, à Paso Robles, lors du festival Hospice du Rhône, célébration annuelle des cépages de la vallée rhodanienne.

Le domaine viticole de Cuilleron avait été créé par son grand-père. Yves lui-même s'intéressait peu au vin pendant sa jeunesse. « Je voulais être mécanicien », m'avoua-t-il lors de ma première visite, alors que nous attaquions la pente escarpée de la parcelle Chaillon, qui surplombe les reflets argentés du Rhône. « Mais lors de mon service militaire, je fus envoyé en Alsace, et c'est là que je commençai à m'intéresser à la gastronomie et aux vins. » En 1987, il reprit le domaine familial et contribua à faire redémarrer l'appellation, rejoignant ses autres porte-étendards tels que Georges Vernay et André Perret.

Il n'est pas difficile d'imaginer le plaisir qu'il eut à rencontrer cette jeune et belle Américaine à l'Hospice du Rhône. Mais surtout, son vin lui plut. Elle retourna à Condrieu et, ensemble, ils conçurent un projet improbable : un vin franco-américain réalisé à partir de raisins de leurs deux domaines. En 2002, Cuilleron expédia plusieurs barriques de condrieu à Santa Ynez, où Morgan Clendenen les assembla à des vins issus du domaine Sanford et Benedict. Le vin qui en résulta, Deux Cs, fut bientôt un objet de culte que s'arrachaient les sommeliers de la côte Ouest comme de la côte Est. Celui qui me le fit déguster pour la première fois se pencha vers moi et me chuchota les informations à l'oreille comme s'il allait me servir quelque chose d'illégal : *La femme de Jim Clendenen... Cuilleron... Un vrai jus de malade.* (C'est ainsi que les sommeliers désignent, en leur langage, un très grand vin.) Et il avait raison : le vin était opulent, décadent, presque criminel.

Ils ont produit un autre vin en duo, Domaine des Deux Mondes, à partir de raisins du domaine Sanford et Benedict vinifiés selon la recette de Cuilleron. Paradoxalement, le maître de Condrieu tend vers un style plus fruité, plus complexe, plus Nouveau Monde et affiné en barriques neuves, ce que Morgan évite généralement. Il préfère aussi les raisins plus mûrs. Son style à elle tend davantage vers l'Ancien Monde : elle vendange tôt pour maintenir l'acidité et fait fermenter en vieilles barriques. Quant au viognier vinifié par Morgan Clendenen dans le style de Cuilleron, il s'appelle Saints and Sinners (« saints et pécheurs ») « parce qu'en France, explique Morgan, Yves serait considéré comme un pécheur pour s'être livré à ce genre d'expérience, alors que pour nous autres Américains, c'est un saint ». Quoi qu'elle en dise, le résultat me paraît beaucoup plus proche du péché que de la sainteté, et je considère cela comme un compliment. Cuilleron recommande d'accompagner ses vins de plats thaïlandais ou d'autres cuisines asiatiques relevées ; Morgan Clendenen confirme et suggère aussi la cuisine mexicaine ; et moi, j'ajouterais bien le homard à la liste.

Le couple Clendenen s'est séparé il y a quelques années. Morgan eut un peu de mal à trouver un nouveau siège pour sa *winery*, jusqu'alors hébergée aux domaines Au Bon Climat et Qupé, que Jim partage avec Bob Lindquist, une star de la syrah, au cœur des vignobles de Bien Nacido. Son partenariat avec Cuilleron, lui, continue. On peut trouver ses viogniers de Cold Heaven à la *winery* même, et les condrieux de Cuilleron, de façon intermittente, chez la plupart des grands cavistes nord-américains. Les vins du plus gros producteur de condrieu, Guigal, sont plus faciles à trouver et toujours excellents, comme le sont aussi les bouteilles plus haut de gamme d'André Perret et de Georges Vernay. Alban, Calera et Melville sont trois des producteurs californiens les plus fiables. Si vous vous procurez l'une ou l'autre des bouteilles précédemment évoquées, n'hésitez pas à faire sauter le bouchon séance tenante. Le viognier ne gagne pas grand-chose à vieillir, c'est un vin de gratification immédiate. Un vin pour hédonistes, pour disciples de Dionysos plutôt que d'Apollon, et pour ceux qui, secrètement, préfèrent Gauguin à Cézanne.

Ah non ! Pas du pinot grigio !

Aussi étrange que cela puisse paraître, ma première rencontre avec le pinot grigio eut lieu au mythique restaurant Elaine's, à Manhattan, dans les années 80. En ce temps-là, les jeunes lions littéraires de l'âge d'argent rugissaient et se lissaient la crinière. L'âge d'argent, c'est ainsi que Norman Mailer avait baptisé son époque. Selon lui, Scott Fitzgerald, Hemingway et Faulkner avaient régné sur l'âge d'or. « Et vous », me disait-il avec bonne humeur, « vous êtes un parfait spécimen de l'âge de bronze. » La plupart des écrivains qui fréquentaient l'endroit se désaltéraient d'un cocktail de scotch et de testostérone. Norman Mailer, George Plimpton, William Styron, Peter Maas, Gay Talese et Kurt Vonnegut : tous ces gens de la génération du highball[1] se compromettaient rarement avec des breuvages de fillette, comme le vin blanc. Pourtant, leurs réunions incluaient généralement des femmes et je me souviens avoir vu pas mal de pinot grigio Santa Margherita sur les tables. Comme je n'étais pas vraiment fan de scotch, j'en buvais par tonneaux entiers, de préférence quand

1. Cocktail simple à base d'alcool fort dilué (généralement du whisky), sur glace, et servi dans un verre haut et étroit. Le *scotch and soda* en est un exemple classique. (N.d.T.)

Norman Mailer regardait ailleurs. Visiblement, j'étais loin d'être le seul.

Le pinot grigio Santa Margherita est une des grandes *success stories* du marketing contemporain ; c'est grâce à lui que le pinot grigio est pratiquement devenu un nom de marque et le deuxième vin le plus commandé au verre dans les restaurants d'Amérique du Nord. Il était encore quasi inconnu aux États-Unis en 1979 lorsque le jeune importateur Tony Terlato se rendit en Italie à la recherche du prochain cépage blanc à succès. On raconte que, prenant un verre dans un hôtel de Milan, il tomba sous le charme d'un vin blanc qui s'appelait pinot grigio. Et le voilà parti à sa recherche en Haut-Adige, au nord-est de l'Italie. « À peine arrivé, raconte le site Internet de Terlato Wines, Tony s'installa à la table d'une auberge locale, demanda la carte des vins et commanda dix-huit bouteilles de pinot grigio. » L'heureux élu fut un vin nommé Santa Margherita. Tony se leva d'un bond, se rendit au domaine et s'assura les droits d'importation. Trente ans plus tard, Santa Margherita exporte chaque année vers les États-Unis six cent mille caisses de vin vendu 30 dollars la bouteille, tandis que des marques comme Cavit et Ecco Domani ont profité de la demande en commercialisant des vins plus abordables. Et le géant australien Yellow Tail a rejoint la course avec sa propre version. Le pinot grigio est devenu si célèbre qu'il a maintenant des sosies : d'après quelqu'un du métier, le prix de ce cépage en Italie a augmenté à tel point que, sous le nom de pinot grigio, se cachent fréquemment des vins issus de cépages moins chers, par exemple chardonnay ou garganega.

Si, en Amérique, on l'avait appelé *gray pinot* au lieu de pinot grigio, il est douteux qu'il eût atteint cette célébrité. Le cépage pinot gris, originaire de France, est un proche parent du pinot noir, mais il n'a jamais été très populaire sous cette appellation. Cela ne l'a pas empêché de réussir ailleurs qu'en France ; il est d'ailleurs intéressant de constater que certains producteurs du Nouveau Monde étiquettent leurs vins « pinot gris » tandis que d'autres, comme Steve Clifton[1] du domaine Palmina, utilisent le nom italien. Et le plus curieux est qu'en Alsace, où il atteint sans doute le sommet de sa qualité, on l'appelle aussi tokay. Allez comprendre.

Dans l'Oregon, où il est devenu une spécialité locale, la plupart des producteurs l'étiquettent sous son nom français. Il y fut introduit par l'homme même qui acclimata le pinot noir dans la vallée de Willamette : David Lett, propriétaire d'Eyrie Vineyards. Dans cet État, la surface plantée en pinot gris n'a fait qu'augmenter au cours des années. Dans ses meilleures versions, le pinot gris de l'Oregon a un goût de poire mûre et des notes fumées. Certains propriétaires le font fermenter en barriques, comme en Alsace, ce qui donne un vin un peu plus fruité que son équivalent italien. « Le pinot gris a un style particulier, très épicé, qui en fait un bon partenaire pour les cuisines asiatiques et la cuisine fusion », estime Mark Vlossak, propriétaire de la St. Innocent Winery, à Salem, et auteur des plus beaux spécimens du genre. Au début, il suivait le modèle italien mais, à la suite d'une visite en Alsace, il se dirigea vers le style plus opulent propre à cette région.

Dans la partie orientale de Long Island, où le climat est assez proche de celui du Frioul – la région dont proviennent les meilleurs pinots italiens –, Christopher Tracy, du domaine Channing Daughters, étiquette ses

1. Voir « Ghetto boys », page 39.

vins « pinot grigio ». Amoureux des pinots frais et vifs tels qu'on les préfère en Italie, il estime que ce style respecte mieux le cépage. « Vinifiés avec soin, en rendements faibles à modérés, ces vins peuvent être étonnants. » Il aime les pinots alsaciens, « plus onctueux et plus lourds », mais selon lui le climat local est mieux adapté au style de l'Italie septentrionale. « Le profil aromatique présente une minéralité diffuse, des fleurs blanches et des fruits blancs. » Tracy produit une version de pinot grigio vive et minérale, fermentée en cuves, ainsi qu'un vin dans le style *ramato*, fermenté avec les peaux et dont la couleur va du gris au violet. La méthode traditionnelle dite *ramato* prévalut en Frioul pendant des siècles. Le terme, qui signifie « cuivre », fait allusion à la couleur du vin obtenu, plus intense que celle d'un blanc classique. « Dans la peau du raisin, la plupart des composants aromatiques se trouvent dans les six ou sept premières couches de cellules, ce qui donne au *ramato* un arôme plus intense. » C'est même un vin très intense, sec et corsé, plus proche d'un rouge que d'un blanc, excellent avec les barbecues et encore plus excellent avec une assiette de fromages.

Si le pinot grigio a pu occuper un créneau si avantageux, c'est entre autres raisons parce qu'il est plus adaptable et moins affirmé que le chardonnay, qui est souvent trop boisé. Mais cette célébrité a un prix (demandez aux membres de Coldplay ce qu'ils en pensent). La plupart des œnophiles sérieux évitent le pinot grigio comme naguère ils évitaient le soave, et ils n'ont pas tout à fait tort. Bien sûr, il ne faut jamais sous-estimer le pouvoir du snobisme, mais il est indéniable que 99 pour cent de ce qu'on appelle pinot grigio d'Italie est une piquette aqueuse et sans goût, un lubrifiant-désaltérant de type limonade pour faire passer le repas, un distributeur automatique de cuite modérée.

Comme tant de mes collègues, je me suis détourné du pinot grigio dans les années 90, et de mon enthousiasme passé m'est toujours restée une certaine gêne, à peu près la même que celle que je gardais de mon adoration révolue pour les Monkees[1]. Le pinot grigio m'apparaissait comme l'équivalent vineux des romans de Paulo Coelho. À mesure que sa popularité croissait et que les pieds de pinot grigio se mettaient à couvrir toute l'Italie, bien au-delà de sa région naturelle au nord-est, son identité devenait de plus en plus nébuleuse. Pourtant, il y a une dizaine d'années, je suis allé en Frioul, j'y ai bu du très bon – et même de l'excellent – pinot grigio, et je me suis demandé s'il n'était pas temps de reconsidérer son cas. Après tout, le pinot gris est un proche parent du pinot noir, cépage universellement reconnu comme un des plus grands de la planète.

En Frioul, je dégustai des vins éblouissants – notamment ceux des domaines de Lis Neris et de Vie di Romans –, mais vous connaissez aussi bien que moi le syndrome des petits vins de pays qui paraissent formidables dans leur contexte, en vacances, parmi les ruines pittoresques et les charmants paysages. Cependant il y a quelques années, dînant à la Gramercy Tavern au côté d'Alois Lageder, vigneron de cinquième génération dans le Haut-Adige, je fus très impressionné par ses pinot grigio. En particulier par une cuvée issue d'un seul vignoble, appelée Benefizium Porer. Plus récemment, lors d'une visite au Breslin Bar, un des rendez-vous les

1. Groupe de rock anglo-américain formé en 1965. Il lui fut parfois reproché de vouloir singer les Beatles. (N.d.T.)

plus tendance mais aussi les plus caloriques de Manhattan, j'ai découvert un pinot grigio qui m'a réellement subjugué et m'a encouragé à rouvrir le dossier : le pinot gris pourrait donc être un vin sérieux ? C'était un 2007 de Novia, un domaine créé en 1823 (soit un an avant celui de Lageder). Contigu à certaines des meilleures vignes du Frioul, il se trouve en Slovénie, juste de l'autre côté de la frontière.

J'avais déjà rencontré le vigneron-propriétaire de Novia, Aleš Kristančič, en Frioul et je le retrouvai plus tard à New York. Je le tiens pour l'un des individus les plus énergiques, pour ne pas dire survoltés, que je connaisse. Voici une citation de lui que j'ai notée lors de notre première rencontre : « Nous sommes des gens solaires. Notre pouvoir n'est pas l'argent. Même dans l'obscurité, nous savons trouver l'énergie du soleil. » Peut-être parlait-il d'une méthode spéciale pour canaliser l'énergie solaire jusqu'au fin fond d'une cave obscure, allez savoir. Il fabrique pas mal de mots qui n'existent pas. Quoi qu'il en soit, ses vins sont incroyablement expressifs et singuliers, et lui, la quarantaine bien tassée, est déjà devenu une légende. De même qu'il n'y a rien de petit dans Aleš et dans tout ce qui se rapporte à lui, son pinot grigio est plus grand que nature, fruité, concentré, regorgeant de fruits exotiques et de notes minérales. Avais-je affaire à l'exception qui confirme la règle, ou pouvait-on décemment se remettre à boire du pinot grigio ? Je me mis alors à acheter et à déguster tous les pinot grigio qui me tombaient sous la main, au grand amusement des sommeliers et des cavistes.

J'en parlai aussi à Henry Davar, chef sommelier du restaurant Del Posto, à Manhattan, qui m'aida à organiser une dégustation. Bien que Davar fût très enthousiasmé par le projet, il crut bon de m'avertir avec une légère nuance de menace : « Nous ne servons pas de pinot grigio au verre. Nous préférons que nos clients ne puissent rien commander par défaut. » Notre choix se porta principalement sur des bouteilles provenant du nord-est de l'Italie, afin de pouvoir dégager des tendances régionales et variétales. Je dois admettre que peu de vins se montrèrent à la hauteur de nos espérances. Mais quelques-uns nous rendirent l'espoir. Si, avec la meilleure volonté du monde, il était difficile de trouver le moindre goût au Santa Margherita 2009 – peut-être une petite touche de bonbon acidulé au citron ? –, le palmina 2009 débordait d'arômes. Produit par Steve Clifton, c'est un vin issu d'un projet italo-californien – à moins qu'il ne soit californo-italien ? Peu importe : Clifton cultive des cépages italiens à Santa Barbara et son pinot grigio est épatant, surtout à 20 dollars la bouteille.

« J'ai goûté de remarquables pinot grigio en Frioul, dit-il, et j'ai voulu en faire un qui serait autre chose qu'un simple désaltérant. Il faut pour cela planter les vignes sur un sol dont l'expression est bien minérale. Quand le cépage est réussi, c'est une passerelle entre le sauvignon blanc et le chardonnay. Le pinot grigio est parfait pour accompagner les poissons ou les fruits de mer trop délicats pour le chardonnay. »

Les pinot grigio qui nous séduisirent le plus, Davar et moi, se caractérisaient par une note résolument pierreuse, ou par des notes de fruits à noyau tels que la pêche. La plupart provenaient de la région frioulane du Collio Goriziano. Les plus remarquables furent trois millésimes successifs, de 2005 à 2007, de pinot grigio du domaine Movia. Le 2007 était un vin spectaculaire dont le nez suggérait un bourgogne rouge jeune, ce qui nous rappela opportunément la parenté du cépage avec le noble pinot noir. « On peut boire un pinot grigio en terrasse pour étancher sa soif, dit ensuite Davar, mais il existe aussi quelques vins comme ceux-ci, qui peuvent se mesurer aux plus grands blancs français. »

Quiconque a déjà goûté un pinot gris de Zind Humbrecht n'aura aucun mal à croire que ce cépage peut accéder à la noblesse. Les meilleurs exemples italiens sont réalisés par de petits producteurs frioulans passionnés installés dans le Collio Goriziano ou le Haut-Adige, et entre 20 et 25 dollars la bouteille, ce sont de vraies affaires. Quant à moi, je vais me mettre en quête des pinot grigio de Schiopetto, de Lis Neris, de Lageder, de Jermann, de Vie di Romans et de Channing Daughters à Long Island, et tant pis pour les regards ironiques que je risque d'essuyer. Mais je ne recommande à personne d'entreprendre cette quête à la légère. Une des notes olfactives que j'ai parfois cru déceler dans certains pinot grigio – le foin – m'évoque irrésistiblement l'analogie de l'aiguille à trouver dans la fameuse botte.

Pop pop, fizz fizz

Champagne don't hurt me baby
Cocaine don't drive me crazy
(Le champagne ne me rend pas malade,
la cocaïne ne me rend pas fou.)

Eric von Schmidt

On aurait pu croire que la récession allait tuer le marché du champagne, surtout celui des très grandes marques, des têtes de cuvée, toutes au-dessus des 100 dollars. Si vous le croyez encore, vous serez étonné d'apprendre qu'un an à peine après l'effondrement de la banque Lehman Brothers, Krug – selon certains la marque la plus prestigieuse – sortit le deuxième millésime d'une cuvée parcellaire à environ 3 500 dollars la quille. Fort heureusement, il y a aussi beaucoup de champagnes en vente pour des sommes à deux chiffres et les prix se sont même adoucis cette année. En fait, grâce à la floraison des petits producteurs et à des conditions météorologiques clémentes, on n'a peut-être jamais bu autant de bon champagne.

Ai-je besoin de préciser que par « champagne » j'entends le vin effervescent produit dans la région éponyme au nord-est de Paris ? D'autres vins pétillants sont produits tout autour du monde, mais aucun n'est du champagne ; et si vous voulez vous renseigner sur ces vins, il vous faudra chercher les infos ailleurs. Le champagne est le produit d'un climat singulier et exceptionnel qui, les bonnes années, parvient à peine à mûrir les grappes, et d'une variété de sols de type calcaire. Les grandes maisons assemblent des vins de différents vignobles et de plusieurs cépages, parmi lesquels figurent le pinot noir, le pinot meunier et le chardonnay, pour produire un champagne relativement identique d'une année sur l'autre. C'est pourquoi vous ne risquez pas de vous tromper en choisissant une cuvée non millésimée de veuve-clicquot, de pol roger, de bollinger, de moët-et-chandon ou de perrier-jouët, mais il vous faudra beaucoup goûter avant d'identifier le style qui vous convient le mieux. Par exemple le bollinger, adoré des Britanniques, est un peu plus lourd et plus corsé que le perrier-jouët, plus fruité avec des notes d'agrumes.

Bien que l'assemblage gomme les petits défauts des millésimes moyens et contribue à perpétuer le style d'une marque, la plupart d'entre elles produisent des cuvées millésimées dans les années jugées exceptionnelles, du moins en théorie. Ces cuvées sont plus coûteuses et l'opportunité de se les offrir est une stricte question de goût et de budget. Au sommet de la hiérarchie du champagne règnent les cuvées de luxe, millésimées, issues des meilleures vignes et des meilleurs lots, et souvent présentées dans des bouteilles au design soigné voire fastueux. Le dom pérignon est incontestablement la plus illustre de ces cuvées. Si l'on peut se l'offrir, il est extraordinaire, bien qu'il varie sensiblement d'un millésime à l'autre. Le cristal roederer, le dom ruinart, la cuvée La Grande Dame de Veuve Clicquot, la cuvée

Sir Winston Churchill de Pol Roger, et la cuvée Comtes de Champagne de Taittinger sont tous excellents et s'améliorent avec l'âge. En outre, ils ont la vertu de marquer les grandes occasions quand le besoin s'en fait sentir. Si vous voulez en mettre plein la vue à quelqu'un, optez pour un dom pérignon parce qu'il parle la *lingua franca* : tout le monde perçoit le message.

Ceux qui s'intéressent davantage à la qualité qu'à l'image et dont les budgets ne sont pas élastiques se passionneront plutôt, ces temps-ci, pour les champagnes de vigneron, ceux que l'importateur Terry Theise appelle « bulles de paysan ». La plupart des raisins qui se rassemblent dans les cuves des grandes maisons viennent de milliers de parcelles appartenant à des petits propriétaires de la région. Ces dernières années, de plus en plus de ces producteurs ont décidé de mettre leur propre vin en bouteilles et quelques importateurs américains avisés de parcourir les collines autour de Reims et d'Épernay à la recherche des meilleurs d'entre eux.

Rencontrer Francis Egly dans son village d'Ambonnay n'a rien à voir avec la classique visite à un grand propriétaire dans ses bureaux rémois. Il ne saurait y avoir deux expériences plus radicalement différentes. Mme Egly ouvre enfin la porte de sa petite maison néo-Renaissance au milieu des vignes. D'un coup de pied, elle écarte quelques jouets d'enfant et m'emmène dans le salon. Elle met un peu de temps à localiser son mari, Francis, parce qu'il est dans les vignes, assis sur son tracteur. Lorsque je suis enfin face à lui et que nous nous saluons, il s'excuse pour ses mains terreuses. Je lui réponds que la terre sur les mains d'un vigneron est forcément bon signe. Pourtant, non loin de là, ses chais d'acier et de béton flambant neufs brillent de mille feux, et ses vins comptent parmi les plus intéressants de toute la Champagne. On les trouve sur quelques-unes des plus belles cartes des vins, de Paris à Napa et bien au-delà.

Le gourou de cette tendance « petits producteurs » est Anselme Selosse, un autre de ces fermiers aux mains terreuses. Ayant appris le métier en Bourgogne, il rapporta au domaine de son père, à Avize, tout un assortiment d'idées nouvelles, dont la notion évidente que tout se joue au vignoble. En Champagne, pourtant, c'était une idée révolutionnaire : comme les grandes maisons achetaient les raisins en gros aux producteurs, ceux-ci ne se sentaient guère encouragés à pratiquer une viticulture soignée.

« Petit producteur » ne veut pas automatiquement dire « meilleur produit », mais il est vraisemblable qu'un homme qui fait son propre vin à partir de ses propres vignes en prendra plus grand soin qu'un autre qui vend ses raisins au poids à une marque. Autre argument en faveur des petits producteurs : partout ailleurs ou presque, la notion spécifique d'origine est jugée essentielle au caractère particulier d'un vin. Tel est le concept français de terroir : le vin est le reflet du climat, du sol, de la géologie et de la topographie du lieu où ont été produits les raisins, et les vins uniques et exceptionnels sont ceux qui proviennent d'un vignoble unique et exceptionnel. En Bourgogne, par exemple, les raisins du clos de la Romanée-Conti produisent les vins rouges les plus estimés au monde, mais ceux qui mûrissent à quelques centaines de mètres alentour, dans des sols différents et à d'autres altitudes, se vendent beaucoup moins cher. Pour revenir aux champagnes, tous ne sont pas issus d'une seule parcelle – certains producteurs possèdent des parcelles à des endroits différents –, mais la plupart sont réalisés dans des villages spécifiques et les dégustateurs avertis savent distinguer, par exemple, ceux du Mesnil-sur-Oger de ceux de Bouzy. « Les cuvées parcellaires, c'est l'avenir », dit Selosse, dont vous ne trouverez probablement les vins que sur les cartes des meilleurs restaurants.

Justement, cette bouteille de Krug à 3 500 dollars provient d'un vignoble appelé clos d'Ambonnay. S'il est vrai qu'on discerne bien les vertus de l'assemblage dans la superbe grande cuvée *multi-vintage* (en anglais, on la dit « multimillésimée » plutôt que non millésimée, sans doute pour la distinguer d'assemblages moins prestigieux), Krug a lancé presque à lui tout seul la tendance des crus parcellaires avec son clos-du-mesnil, sorti pour la première fois en 1979 et qui, jusqu'à la création du clos-d'ambonnay, était sans doute le champagne le plus cher du monde. Si le clos-du-mesnil est issu exclusivement des chardonnays d'un enclos médiéval en plein village du Mesnil-sur-Oger, le clos-d'ambonnay, lui, est un pur pinot noir provenant d'une parcelle unique dont la surface – 68 ares – ne couvre même pas un hectare. J'ai eu la chance de déguster le millésime 1996 en compagnie d'Olivier Krug, directeur des champagnes Krug, à l'Oak Bar de l'hôtel Plaza à New York : un cadre luxueux totalement approprié à la dégustation du champagne le plus cher de l'histoire de l'humanité. Je dois dire que ce fut un des meilleurs que j'eusse jamais goûtés, très pur, très net, légèrement plus dépouillé et plus tendu que le 1996 « normal », qui est lui-même un vin extraordinaire. Si vous êtes un connaisseur très riche, du genre qui possède à la fois un yacht et un jet privé, ça peut valoir le coup. Comme les millésimes 2005 de petrus et de la romanée-conti s'enlèvent pour un prix similaire, il se peut que Krug, d'une certaine façon, essaie d'élever la catégorie champagne au niveau des grands bourgognes et des grands bordeaux. Il y a incontestablement un marché pour ça, une clientèle si riche que ça en devient ridicule : regardez par exemple le marché de l'art contemporain ou celui de l'immobilier à Londres. À cette époque, Olivier m'avait confié que les trois mille bouteilles qui constituaient la cuvée entière du clos-d'ambonnay 1996 étaient toutes vendues d'avance.

En comparaison, la cuvée Armand de Brignac de la maison Pierre Cattier, actuellement le champagne de prédilection du rappeur Jay-Z et du champion de base-ball A-Rod, est une affaire : seulement 300 dollars. C'est une bouteille toute dorée, gravée d'un as de pique, et bien que l'emballage soit un peu bling-bling à mon goût, son contenu a reçu des éloges vibrants de critiques respectés tels que Jancis Robinson et dans les colonnes de *Champagne Magazine*. Vous vous souvenez peut-être que le choix des rappeurs, naguère encore, se portait sur le Cristal Roederer jusqu'à ce que Frédéric Rouzaud, directeur de Roederer, fût soupçonné de mépris envers la communauté du rap lorsqu'il confia à un journaliste : « Nous ne pouvons pas interdire aux gens d'acheter nos vins », mais cette association, ajoutait-il, « attire sur la marque une attention dont elle se passerait bien[1] ». Croyant percevoir dans ces termes des relents de racisme, Jay-Z ordonna le boycott de la marque au moment miraculeusement opportun où Pierre Cattier lançait la cuvée Armand de Brignac. C'est en 2006 qu'apparut la première cuvée, non pas millésimée comme Cristal Roederer ou Dom Pérignon

1. Il semblerait que la seconde partie de la citation soit due au journaliste et non à M. Rouzaud, qui s'est toujours défendu d'avoir prononcé ces mots. (N.d.T.)

mais issue d'un assemblage comme le *multi-vintage* de Krug. Jay-Z la présenta lui-même dans son clip *Show Me What You've Got* et, depuis, n'a pas cessé de la promouvoir, dans un brouhaha de spéculations sur ses relations commerciales avec la maison Cattier.

Pour ceux d'entre nous qui n'ont aucun contrat avec une maison de disques, les champagnes de vignerons non millésimés sont un luxe relativement abordable. Comme ces petits producteurs ne dépensent pas des fortunes en publicité, leurs prix ont tendance à être compétitifs comparés à ceux des grands champagnes d'assemblage. Donc des noms de producteurs tels que Pierre Peters, Vilmart & Cie, Cédric Bouchard, Marguet, Michel Turgy, José Dhondt, André Clouet et Gimonnet, pour n'en citer que quelques-uns, méritent bien d'être retenus. Ma femme, qui ne boit que du champagne, a adopté Marguet pour sa consommation régulière en lieu et place d'une des plus grandes marques.

Ces quelque deux mille artisans ne font pas tous des merveilles, mais la plupart de ceux qui s'exportent vers les États-Unis sont le dessus du panier. Il vous suffit de guetter sur la bouteille les initiales RM (récoltant-manipulant) prouvant que les raisins ont été cultivés et vinifiés par le même producteur. Évitez en revanche les bouteilles marquées des lettres RC (récoltant-coopérateur), qui indiquent que le producteur a envoyé ses raisins en coopérative.

Trop de gens gardent le champagne pour les grandes occasions ou ne le boivent qu'à l'apéritif. Pourtant, c'est un des vins les plus intéressants à associer avec un repas, tant la gamme de ses accords est étendue. Comme dit Terry Theise : « On n'a pas besoin d'une occasion pour boire du champagne. Le champagne *est* l'occasion. »

L'allemand sans peine

Les étiquettes de vin allemand font partie des choses pour lesquelles la vie est trop courte. Elles sont une redoutable illustration de la passion du détail et de l'organisation qui anime cette étrange nation.

Kingsley Amis, *Everyday Drinking*

Hugh Johnson se déclara un jour surpris qu'aucune université n'ait jamais créé de chaire de composition d'étiquette de vin allemand. Pour la plupart des anglophones, si grande est la complexité de ces étiquettes d'aspect gothique, débordant d'informations, couvertes d'une terminologie à faire dresser les cheveux sur la tête, qu'en comparaison les étiquettes bourguignonnes leur paraissent simples. Qui veut un petit verre de Graacher Himmelreich Trockenbeerenauslese ? Personne ? Même les œnophiles les plus endurcis ne sont pas convaincus que la vie soit assez longue pour apprendre à faire la différence entre *Spätlese* et *Auslese*[1]. (Avouez-le : vous aussi, déjà, vous êtes terrorisé.) Les viticulteurs alle-

1. *Spätlese* : vin de vendanges tardives ; *Auslese* : vendanges tardives avec sélection de grains nobles (ce qui signifie que certains grains sont touchés par le botrytis, la pourriture noble). (N.d.T.)

mands sont conscients de ce problème depuis longtemps, mais ils n'en ont pas trouvé la solution pour autant. « Les Allemands n'ont rien fait pour nous faciliter la vie, ni à vous, ni à moi, ni à personne », remarque l'importateur Terry Theise, grand amateur et promoteur des rieslings allemands. Ces derniers temps, toutefois, quelques-uns des meilleurs producteurs de ces vins ont commencé à courtiser le public américain au moyen d'étiquettes simplifiées.

Un terme technique, au moins, est à maîtriser : *Kabinett*, le plus léger des cinq « prédicats » (*Prädikat*) correspondant au niveau de maturité de la vendange. Pour se désaltérer au cœur de l'été, un *Kabinett* de Moselle demi-sec peu alcoolisé me paraît être un des rares breuvages capables d'égaler une bonne bière Pilsner bien amère. Il se révèle en tout cas beaucoup plus preste et plus vif que la moyenne des chardonnays chiliens ou australiens. De surcroît, les rieslings *Kabinett*, quand il s'agit d'accords vins-mets, disposent sans doute de la palette la plus large au monde. Ils sont parfaits non seulement pour les plats légers à base de poisson, de poulet ou de porc, mais aussi pour les plats de cuisine fusion, les recettes asiatiques ou mexicaines à la fois douces et épicées. Et comme ils titrent en général moins de 10 degrés, ils sont plus rafraîchissants et moins traîtres qu'un chardonnay à 15 degrés. Voyons les choses du bon côté : on peut en boire plus.

La plainte le plus souvent entendue au sujet des vins allemands est qu'ils sont « trop sucrés ». Beaucoup d'entre nous ont l'air persuadés que le sucré, c'est mal. Or la plupart des *Kabinett* contiennent du sucre résiduel, mais celui-ci est presque toujours équilibré par l'acidité. Si j'étais le Conseil des vins d'Allemagne, je lancerais une campagne de pub en détournant le standard de Blue

Öyster Cult : *Don't fear the sweetness*[1]. D'ailleurs, en Allemagne, on remarque une tendance récente à faire des vins secs (*trocken*), bien qu'en vérité il n'y ait rien de plus désagréablement acide qu'un riesling sans sucre résiduel. De plus en plus, les vins faits en Moselle, dans la Rheingau et dans la Hesse rhénane sont encore plus secs que les bons mots de Dorothy Parker.

Si vous êtes de ceux qui auront déjà oublié le mot *Kabinett* cinq minutes après avoir lu cette chronique, vous n'êtes pas forcément sans recours. Un homme, Raimund Prüm, directeur de S. A. Prüm en Moselle, comprend parfaitement votre désarroi devant ces étiquettes. Il a des vignes dans une des plus belles régions viticoles d'Allemagne, accrochées aux pentes hautes et escarpées des côtes de Moselle, véritables éponges à soleil. Parmi celles-ci, il possède la vigne de Wehlener Sonnenuhr, du nom du cadran solaire que son arrière-arrière-grand-père Jodocus Prüm y a élevé en 1842. Un de ces jours, quand vous aurez appris à goûter et apprécier les grands rieslings, vous vous souviendrez peut-être du nom de cette vigne dont le sous-sol d'ardoise bleue est réputé communiquer aux vins une saveur minérale très particulière. En attendant, il est toujours bon de retenir le terme *blue slate* (« ardoise bleue ») – c'est le nom d'un riesling *Kabinett* demi-sec apparu aux États-Unis avec le millésime 2003 – et d'y risquer 15 dollars pour le goûter. Prüm réalise aussi Essence, un autre riesling à 10 dollars, plus léger, un peu plus fruité, que j'ai adopté récemment comme vin standard quand je commande chez un traiteur chinois.

1. « Ne craignez pas la douceur ». L'auteur fait allusion à la chanson *Don't fear the reaper* (« Ne craignez pas la grande faucheuse »), écrite en 1976. (N.d.T.)

Prüm a dans cette région des racines profondes ; il dit que sa famille réside en Moselle depuis huit cents ans. En plus, ce sont des racines hautes : son grand-père, qui servit dans la garde personnelle de dragons à cheval du Kaiser Guillaume II, mesurait plus de deux mètres cinq. Prüm, qui domine lui-même à un mètre quatre-vingt-quinze, est surmonté d'une tignasse d'un roux flamboyant qui lui vaut le surnom *der Specht* (« le pic épeiche »). Et comme l'oiseau de ce nom, il hoche la tête chaque fois qu'il s'enflamme en parlant de ses vins, dont les plus grandes cuvées peuvent se révéler sublimes. Tout œnophile doit avoir goûté une fois dans sa vie un grand *Eiswein* (vin de glace), par exemple son Graacher Himmelreich 1988, dont les baies durcies par le gel furent vendangées le matin du 26 novembre. Le jus des raisins pressés encore gelés est obtenu en quantité minime, mais sa concentration est incroyable. Le gel, en effet, concentre non seulement le sucre mais aussi l'acidité et l'essence aromatique, et le vin résultant est un nectar digne des dieux wagnériens.

Raimund, homme affable et même taquin, a de la famille un peu partout dans la région. Tous font des rieslings dont les étiquettes portent aussi leur nom, Prüm, ce qui n'aide pas à rendre la situation plus compréhensible. Il y a le grand Joh. Jos. Prüm et le Dr F. Weins-Prüm. (En Allemagne, on a l'air de prendre le doctorat très au sérieux, vu que près de la moitié des vignerons utilisent ce titre sur leurs étiquettes.) Le Dr Ernst Loosen, qui fut élu homme de l'année par *Decanter* en 2005, est un autre excellent viticulteur mosellan. Ses Wehlener Sonnenuhr (lui aussi possède des vignes à cet endroit) sont de superbes vins de garde, mais il met aussi en bouteilles, sous l'étiquette Doctor L., un vin d'assemblage de très bon rapport qualité-prix, pas compliqué, très plaisant à boire en été. Dans l'État de Washington, Loosen produit également Eroica, un très bon riesling, en collaboration avec Château Ste. Michelle. Bien entendu, la simplification des étiquettes n'est pas une garantie de qualité. Après tout, c'est Blue Nun[1] qui a créé le stéréotype du vin blanc allemand, faisant de lui l'équivalent vineux de Dunkin' Donuts. Comme l'élément essentiel sur ces étiquettes est le nom du vigneron, il vous faudra en mémoriser quelques-uns si vous espérez faire l'expérience des plaisirs transcendants qu'offrent ces vins. L'oiseau imprimé sur l'étiquette de Lingenfelder et le poisson imprimé sur celle de Selbach (du domaine Selbach-Oster) vous aideront à reconnaître deux rieslings d'entrée de gamme réalisés par des vignerons sérieux. Les deux sont au prix raisonnable d'une douzaine de dollars.

À un niveau un peu plus ambitieux, vous trouverez la cuvée Dragonstone, de Leitz ; le riesling Erben, de Joh. Jos. Christoffel ; et la cuvée Jean-Baptiste, de Gunderloch. Les rieslings tête de cuvée de Robert Weil, dans la Rheingau, figurent parmi les vins les plus recherchés et les plus chers d'Allemagne, mais il met aussi en bouteilles un *Kabinett* et un autre vin simplement appelé Riesling qu'il vaut mieux aborder avec précaution. En effet, boire ces vins, c'est un peu comme lire *Portrait de l'artiste en jeune homme* de James Joyce. Fatalement, on se retrouve bientôt plongé dans *Ulysse* jusqu'au cou, ou même – horreur ! – dans *Finnegan's Wake* – qui est, maintenant que j'y pense, l'équivalent

1. Marque allemande de vin blanc commercialisée dans le monde entier, extrêmement populaire aux États-Unis des années 50 aux années 90. Son étiquette, principalement graphique, est en effet très simple. (N.d.T.)

littéraire du *Trockenbeerenauslese* : l'échelon ultime du système de classement des vins allemands, les vins les plus riches et les plus rares que l'on puisse obtenir de raisins voluptueusement mûris et touchés par la pourriture noble. Eh oui, ils sont liquoreux, donc sucrés. Si cela vous fait peur, tenez-vous-en aux *Kabinett*. Vous n'avez pas besoin d'un doctorat pour ça.

Enfin à la mode ?

Le rosé, de la Provence à Long Island

Un soir d'été, dînant au restaurant Sunset Beach, sur Shelter Island, je remarquai beaucoup de bouteilles de rosé dans les seaux à glace. Et comme Sunset Beach est en quelque sorte l'équivalent pour Long Island des plages de la Côte d'Azur, le fait qu'on entendît beaucoup parler français à ces tables n'était peut-être pas sans rapport. Depuis longtemps, pour les *beautiful people* de Cannes et de Saint-Tropez, le rosé est le vin d'été par excellence, mais il n'a pas encore vraiment conquis le public américain. Même dans les petites villes côtières de la South Fork[1] de Long Island que l'on appelle les Hamptons, où beaucoup de jet-setteurs très au courant des tendances prennent leurs quartiers d'été, le rosé commence à peine à être reconnu. Mais on peut noter quelques signes de progrès encourageants, et Long Island commence à se distinguer comme une terre d'origine d'excellents rosés.

Parmi les signes incontestables de cette vague mon-

1. Long Island se termine à l'est par deux péninsules appelées North Fork et South Fork… La South Fork, au sud, se compose de la commune d'East Hampton et de la majeure partie de la commune de Southampton, ce qui vaut à cette petite région le nom collectif de Hamptons. (N.d.T.)

tante de rosé figure le fait que l'hôtelier André Balazs, propriétaire de Sunset Beach mais aussi de l'hôtel Mercer à Manhattan et du Château Marmont à Los Angeles, a donné son nom à un rosé que l'on sert dans tous ses hôtels, de South Beach à L.A. « Adolescent, je passais mes étés à Saint-Tropez. Pour moi, le rosé, c'est de longs déjeuners sur la plage. Il y a quinze ans, quand j'ai ouvert Sunset Beach, mon intention était d'apporter aux Hamptons un peu de cet art de vivre opulent et chaleureux. À l'époque, il est clair que très peu d'Américains savaient ce qu'était le rosé. Et maintenant, il représente plus de la moitié de nos ventes de vins. » Le rosé d'André Balazs est issu de raisins mûris au cœur de la région des Hamptons par les soins de Roman Roth, viticulteur d'origine allemande employé au domaine Wölffer Estate Vineyard. C'est à lui que l'on doit ce qui fut probablement le premier rosé de Long Island, en 1992, l'année de son arrivée à la South Fork.

« C'était une année abominable, froide et pluvieuse », dit-il de son premier millésime. « Nous n'arrivions pas à obtenir des raisins assez mûrs pour faire de bons vins rouges. Alors j'ai dit : faisons du rosé. » Fondé en 1987 par Christian Wölffler, bon vivant et entrepreneur équestre, le Wölffler Estate Vineyard couvre un peu plus de 22 hectares sur une des zones immobilières les plus chères des États-Unis. (Il est mort en 2008, à l'âge de soixante-dix ans, heurté par un hors-bord alors qu'il nageait au large de Rio de Janeiro.) Depuis le premier millésime de Roth, la proportion de rosé n'a fait qu'augmenter et ce vin est maintenant la spécialité du domaine. « Au début, dit Roth, nous avons dû forcer les gens à en boire. » (Cette phrase, prononcée avec l'accent allemand, m'oblige à imaginer Roth et Wölffer poursuivant leurs visiteurs à travers le domaine : *Fous teffez abzolument goûter notre rossé !*)

« Pour moi, dit Balazs, le rosé n'est pas seulement un vin, c'est presque un style de vie qui englobe l'amitié, la détente et une certaine façon d'apprécier un bon repas. Il est tout en simplicité mais extrêmement sexy. Plus robuste et plus gourmand que le vin blanc. » Michael Cinque, caviste propriétaire d'Amagansett Wine and Spirits, a des mots plus prosaïques pour décrire les grâces du rosé. « La plupart des vins blancs, quand il fait chaud, sont trop acides pour exprimer des notes fruitées. Les rosés aussi ont de l'acidité, mais avec des notes de fruits rouges et de cassis. » Récemment, Cinque a organisé une dégustation informelle de dix rosés dont certains venaient de Provence et d'autres de Long Island. Il eut l'agréable surprise de découvrir que le cabernet franc rosé 2009 de Channing Daughters, autre cru de Long Island, arrivait en seconde position et le domaine Wölffer en troisième.

Le rosé de Wölffer est plus sec et plus corsé que ceux de Provence, ce qui peut en partie résulter du climat plus frais de l'est de Long Island. Le sud de la France connaît une période de végétation plus longue et plus chaude, et les rosés y contiennent généralement beaucoup de grenache, un cépage rouge charnu et peu acide. Pour Balazs, qui aime le style français, Roth vendange plus tard afin d'obtenir un vin plus mûr et plus voluptueux que le rosé qu'il réalise pour Wölffer, quelque chose de plus proche des rosés de Château Minuty ou des domaines Ott. Le domaine-ott, un nectar fruité couleur de cuivre, dont la bouteille rappelle vaguement une amphore, est largement reconnu comme l'étalon-or du rosé au point d'être aussi cher qu'un bon bordeaux. C'est d'ailleurs par Ott que j'ai découvert le rosé. Le premier souvenir que j'en ai me ramène à un restaurant de la Côte d'Azur au bord de la plage et à un très long déjeuner d'amis où nous en avions descendu plusieurs bouteilles pour accompagner une excellente bouillabaisse et des langoustines. Notre table donnant directement sur la plage nous assurait une vue imprenable sur les créatures extraordinairement séduisantes qui passaient à moitié nues, et il est probable que, dans ce contexte, j'aurais apprécié même une bouteille de Night Train[1], mais honnêtement, j'ai rarement pris autant de plaisir à boire un vin. Depuis longtemps, c'est habituellement par domaine-ott que les visiteurs étrangers du sud de la France ou de Saint-Barth découvrent le rosé et, pour beaucoup, il reste le rosé par excellence (bien qu'il existe en fait trois rosés étiquetés domaine Ott, issus de trois propriétés différentes). Mais la justification de son prix – environ 40 dollars, soit le double d'un rosé courant – reste un débat ouvert, même si pour certains acheteurs il contribue à son charme. Récemment, un rosé encore plus cher est apparu sur le marché : Château d'Esclans, une initiative de Sacha Lichine, fils du légendaire Alexis Lichine[2], en association avec Patrick Léon, maître œnologue de longue date au château Mouton-Rothschild. Tout comme Balazs, en vacances avec son père sur la Côte d'Azur, le jeune Sacha buvait du rosé. Après la mort d'Alexis en 1989, il chercha à développer ses propres projets. « Le rosé m'apparut comme une chance à saisir, dit-il. J'ai cherché pendant huit ans, visité une trentaine de propriétés. Tout le monde me croyait fou de

1. Le Night Train Express (souvent abrégé en Night Train) est ce qu'on appelle un *bum wine* (« vin de clochard »), un vin fortifié bon marché connu pour provoquer rapidement l'ébriété. (N.d.T.)

2. Voir page 149, « le marchand de vins au palais d'or ».

vouloir quitter Bordeaux pour la Provence. » (Pas moi : je préférerais largement vivre dans le Sud.) Lichine et Léon décidèrent de traiter ce vin avec autant de respect qu'on en dispense à un bordeaux ou un bourgogne, par exemple en le faisant fermenter en barriques. Aujourd'hui, ils produisent cinq cuvées de rosé, dont la petite cuvée Garrus du château d'Esclans qui s'enlève à une centaine de dollars. Ne l'ayant jamais goûtée, je ne peux donner mon verdict, mais je recommande avec insistance Whispering Angel, leur cuvée d'entrée de gamme, abordable à environ 20 dollars.

Le rosé est habituellement issu de raisins rouges dont les peaux sont éliminées très vite après le pressurage afin de n'extraire qu'une petite quantité de principes tinctoriaux. Il existe pourtant autant de recettes de base que pour la bouillabaisse. Roth emploie à peu près un tiers de chardonnay et le reste en merlot et en cabernet sauvignon ; il fait fermenter le vin en sec, ce qui veut dire qu'il attend que tout le sucre se soit converti en alcool. Si le rosé a une réputation douteuse, c'est en partie à cause des vins rosés douceâtres et de ces prétendus « zinfandels blancs » si populaires dans les années 70 et 80[1]. Si certains d'entre vous se souviennent du zinfandel blanc de Sutter Home, c'était techniquement un rosé, mais d'une douceur écœurante en raison du sucre résiduel laissé par une fermentation alcoolique inachevée. C'est ce qui différencie ces vins des rosés secs du sud de la France, qui sont le modèle de la plupart des rosés de Long Island.

Ces derniers temps, Wölffer a fait des émules, par exemple la Channing Daughters Winery à Bridgehampton, toujours à Long Island, qui produit en mode

1. Voir page 289, « Le zinfandel ».

parcellaire quatre excellents rosés de cépage : un merlot, un cabernet franc, un cabernet sauvignon et même un refosco (un cépage rouge du Frioul). « Ce lieu est idéal pour le rosé », affirme Christopher Tracy, un ex-acteur et ex-cuisinier qui assure désormais la vinification du domaine. « Nous faisons ici chaque année de très bons rosés, même les années où les cépages noirs n'atteignent pas la maturité optimale pour faire de bons rouges. »

Non loin de là, sur la North Fork de Long Island, Paula et Michael Croteau travaillent un vignoble qui est probablement le seul des États-Unis à être entièrement dédié au rosé. À partir de plusieurs clones distincts de merlot, ils réalisent six cuvées différentes. Ces réfugiés de Manhattan ont acheté une ferme du XVIIIe siècle à Southold au début des années 90. « Des visiteurs nous ont déjà dit que l'endroit leur rappelait la Provence, dit Michael. Et quand nous avons envisagé de planter de la vigne, le rosé semblait en parfaite adéquation avec le style de vie d'ici, de l'est de Long Island. Oui, culturellement, le rosé nous a paru le choix idéal. »

Mais heureusement pour vous, il n'est pas nécessaire d'aller jusque dans les Hamptons ou en Provence pour faire l'expérience incomparable d'un rosé bien frais par une chaude journée d'été.

Sec et charnu : le paradoxe du chardonnay des Santa Rita Hills

Le tout premier chardonnay des Santa Rita Hills que j'ai goûté m'a complètement déboussolé : d'une part il était très mûr, très charnu, et d'autre part il donnait une claque acide et tonique que j'associe plutôt aux vins blancs de climat frais, en plus d'une note minérale plutôt rare dans les vins du Nouveau Monde. C'était comme rencontrer Jessica Simpson et, dès qu'elle ouvre la bouche, entendre la voix de Carla Bruni s'exprimer dans un français parfait. Donc, c'est peu dire que je fus désorienté. C'était juste avant que le film *Sideways* fasse une star du pinot noir de Santa Barbara en même temps que de Paul Giamatti (vous vous souvenez sans doute du cépage merlot dans le rôle du méchant). Cette région – en particulier les vallées de Santa Ynez et Santa Maria – est désormais reconnue pour ses excellents pinots noirs. Ce que l'on sait moins, c'est qu'elle produit aussi des chardonnays qui comptent parmi les plus séduisants de Californie.

Les collines de Santa Rita sont la plus belle région pour le chardonnay. L'appellation ne date que de 2001. Sur les bouteilles, vous la verrez abrégée en *Sta. Rita Hills* en raison d'un litige avec le producteur chilien de Viña Santa Rita. C'est une zone plutôt fraîche qui donne à ces chardonnays une vivacité qu'ont assez rarement les chardonnays californiens. Ce premier vin qui m'avait tant dérouté était un chardonnay Sweeney Canyon 2003 de Brewer-Clifton, vinifié par Steve Clifton, ex-surfeur et guitariste de rock, et Greg Brewer, ex-professeur de français, dans un hangar préfabriqué en tôle au milieu d'une zone industrielle, non loin de la prison de Lompoc[1]. Dès que j'eus goûté leurs chardonnays, je n'eus qu'un désir : les rencontrer. On se plaît à imaginer que le tandem hautement contrasté que forment ces deux hommes soit pour quelque chose dans le style contradictoire de leurs vins, tout en sécheresse mais aussi en rondeur. Brewer, cycliste de compétition, est mince et hyperactif, tandis que Clifton, cool et baraqué, élevé à Laguna[2], tient davantage du surfeur que de l'œnologue. Tous deux, cependant, s'accordent pour faire l'éloge de la configuration unique du territoire qu'ils ont choisi. (Ils font aussi de très beaux pinots noirs, mais ce sont les blancs qui ont retenu en premier mon attention.) « La région est si extrême, dit Brewer, qu'elle nous donne tous les moyens pour réaliser ces chardonnays très radicaux. »

C'est à Point Conception, un peu à l'ouest de cette zone, que le courant d'Alaska vient rafraîchir la côte californienne. Les chaînes montagneuses qui bordent la vallée de Santa Ynez, orientées ouest-est, canalisent dans la vallée cet air marin froid et vivifiant. Pendant la journée, à mesure que la température s'élève à l'intérieur des terres, l'air froid y est attiré. Presque chaque nuit, une nappe de brouillard s'étale sur la

1. Voir « Ghetto boys », page 39. (N.d.T.)

2. Station balnéaire de Californie du Sud, connue pour son hédonisme et sa vie artistique. (N.d.T.)

majeure partie de la vallée. C'est cette fraîcheur qui rend ces chardonnays si vifs en préservant leur acidité naturelle. Même en été, la température monte rarement au-dessus de 21 degrés et, le soir, peut chuter jusqu'à 7 degrés Celsius.

En 1970, un jeune vétéran de la guerre du Vietnam nommé Richard Sanford, récemment pris de passion pour les vins de Bourgogne, passait la Californie au peigne fin à la recherche d'un climat apte à la culture des deux cépages bourguignons, pinot noir et chardonnay. Armé d'un thermomètre, il parcourait la vallée de Santa Ynez de long en large, effectuant à chaque mile un nouveau relevé. Il finit par conclure que le climat frais idéal se trouvait dans la partie ouest de la vallée. Il s'associa à un partenaire pour acheter un terrain où il établit le domaine viticole de Sanford et Benedict. Les deux associés se mirent à produire des pinots noirs et des chardonnays. Ils vendirent aussi des raisins à des vignerons tels que Jim Clendenen, le Robert Mondavi rock de Santa Barbara, propriétaire du domaine Au Bon Climat. Ces vins obtenus à partir des raisins de Sanford et Benedict contribuèrent à faire connaître le domaine. D'autres vignes furent plantées et un conflit juridique finit par déposséder Sanford de sa part, mais il continue de faire des vins sous la marque Alma Rosa. Le chardonnay Sanford et Benedict que réalise Clendenen au Bon Climat demeure la référence de ce grand vignoble.

Dans le sillage de Sanford ont suivi, l'un après l'autre, plusieurs *wineries* : Babcock, Foley, Ojai, puis Melville. Greg et Steve firent leur apprentissage dans plusieurs d'entre elles avant de créer leur domaine Brewer-Clifton en 1996. Ils durent pour cela faire passer le mur du son à leurs cartes de crédit, emprunter de l'argent à leurs amis et acheter des raisins à plusieurs producteurs locaux et de la vallée proche de Santa Maria, pour se concentrer ensuite sur les collines de Santa Rita. Depuis, leurs pinots noirs et leurs chardonnays sont devenus cultes et les critiques ne tarissent pas d'éloges à leur sujet.

Je trouve pour ma part leurs chardonnays ensorcelants, chargés à bloc, exacerbés. Parfois ils me font penser à un chablis ultraboosté, ce qui n'est pas étonnant quand on sait que les deux compères se passionnent pour ce blanc du nord de la Bourgogne, où Greg fit un séjour en 2004. Une dégustation dans les caves du domaine Raveneau lui valut une révélation quasi religieuse qui lui inspira Diatom, un nouveau projet à base de chardonnay. « Je désirais repousser les limites, dit-il, réaliser quelque chose de très pur, d'extrême. » Tournant le dos à l'usage dominant en Californie et en Bourgogne, qui consiste à vieillir les chardonnays en barriques de chêne neuf pour les arrondir, les oxygéner et favoriser la fermentation secondaire (dite malolactique), Brewer produisit à Melville un chardonnay minimaliste, uniquement fermenté en cuves d'acier inoxydable. Cette cuvée, appelée Inox, est sèche et vive, totalement dépourvue des notes beurrées du chardonnay californien traditionnel.

Avec Diatom, Brewer porta encore plus loin les limites du chardonnay. « Pour moi, Brewer-Clifton c'est du ski, la cuvée Inox de Melville c'est du snowboard, et Diatom, ce sont les X Games[1]. J'ai voulu pousser le chardonnay dans ses retranchements. » Extrême peut-

1. Compétition de sports extrêmes qui se tient annuellement à Aspen (Colorado). (N.d.T.)

être, mais dépouillé. Brewer attend que les raisins soient très mûrs – ce qui dans un climat plus chaud donnerait un vin mollasson –, les fait fermenter en cuves d'Inox, puis il bloque la fermentation malolactique. Le vin obtenu, c'est vrai, va très loin ; c'est un exemple exacerbé de rondeur et de sécheresse paradoxalement réunies en un même vin. « Diatom est tellement radical qu'il en est presque déviant », dit Brewer. Je suis de son avis. Voici ma note de dégustation de Diatom 2009 : « Une tension et une précision incroyables. Beaucoup de chair et d'acidité. Margarita déconstruite : le citron vert, le sel, l'alcool et même l'agave. Wahouuu ! »

Brewer aime comparer les chardonnays californiens hyperboisés à des plats complexes nappés de sauces élaborées. « Mais Diatom, c'est un morceau de *toro*, de poitrine de thon cru : gras, certes, mais pur et dépouillé. » Il estime aussi que ce style de vinification minimaliste laisse s'exprimer pleinement le caractère de la vigne. Chaque cru, tout en étant unique, met en valeur les éléments de style propres à la région. J'aime beaucoup verser ces vins à des amis qui m'annoncent ne pas aimer les chardonnays californiens. Même pour ceux qui ne sont pas immédiatement convertis, c'est une surprise agréable.

Le champagne rosé n'est pas un vin de minets

Mon premier rosé pétillant, je l'ai bu au festival de Tanglewood[1], sur une couverture étalée à même la pelouse, au côté d'une jeune personne qui répondait au nom de Joan Coughlin. Devant nous, les Who interprétaient *Tommy*. L'air tiède de cette soirée estivale était lourd de vapeurs d'encens et de cannabis. C'était un vin, appelé Cold Duck, qui faisait fureur chez les théâtreux du lycée de Taconic. Il se composait, comme je l'appris plus tard, de deux tiers de vin mousseux de l'État de New York pour un tiers de gros rouge californien. Plus tard, j'appris à témoigner à Cold Duck tout le dédain qu'il méritait, mais le souvenir ému que je garde de cette soirée n'est sans doute pas pour rien dans mon enthousiasme persistant pour le champagne rosé.

Le champagne est considéré depuis longtemps comme un vin de célébration, mais sa version rosée me paraît moins emphatique, plus romantique. Si l'on peut considérer le grand champagne comme l'équivalent vineux d'un diamant blanc, alors le champagne rosé est un diamant rose : plus rare et, oui, j'en ai bien peur, plus cher. Bien qu'il ne représente qu'une petite proportion

1. Le festival de Tanglewood (jazz et musique classique) se tient chaque année à Lenox, dans le Massachusetts. (N.d.T.)

du champagne produit dans la région, sa popularité a explosé ces dernières années. « Autrefois, c'était un vin de minets, un champagne de fils à papa qui courent après les danseuses de revue », explique Beaver Truax, caviste de Chambers Street Wines à New York. « Le rosé, c'était sympa, mais ce n'était pas un champagne sérieux. Maintenant, tout a changé. » En 2010, une dégustation en compagnie de Richard Geoffroy, vinificateur de la cuvée dom-pérignon, m'a rappelé l'excellence que pouvait atteindre le champagne rosé.

Si le dom-pérignon est la Porsche 911 Carrera du monde du vin, alors le dom-pérignon rosé en est la 911 turbo. La cuvée d'inauguration 1921, lancée en 1936, assemblage des meilleures cuves des chais de Moët, fut sans doute la première cuvée de prestige. C'est en 1959 qu'apparut la première cuvée rosée de dom-pérignon, et depuis, en fonction des conditions météo, il s'en produit quelques millésimes par décennie. En mars 2008, lors d'une vente aux enchères plutôt animée à laquelle j'étais présent, deux bouteilles de dom-pérignon rosé 1959 ayant appartenu au grand collectionneur Rob Rosania s'enlevèrent à 85 000 dollars, à la grande stupéfaction de presque toute la salle.

Les dom-pérignon rosés sont en principe vendus au bout de dix ans. Le millésime 2000, arrivé en Amérique du Nord au printemps 2010, a déjà tout du classique. Et comme si cela ne suffisait pas à faire fondre votre carte bancaire, la cuvée dom-pérignon Œnothèque rosée apparut presque au même moment. La série Œnothèque est un super-dom-pérignon millésimé haut de gamme, un jus vieilli longuement après la première sortie du millésime dans les caves de Moët et Chandon, profondément creusées dans la craie sous la ville d'Épernay. Jusqu'alors, il n'y avait jamais eu de cuvée Œnothèque rosée : les collectionneurs et les geeks du vin ne se tenaient plus d'impatience en attendant sa sortie. Et de fait, elle est spectaculaire. C'est un des meilleurs champagnes rosés que j'aie jamais goûtés. Parmi une foule de sensations agréables, il m'évoqua l'image de Julianne Moore, dont j'avais croisé la beauté rose et nacrée quelques heures auparavant dans une rue du West Village. Mais ce vin est assez grand pour susciter une gamme infinie d'associations mentales.

Curieusement, ce 1990 était le premier millésime réalisé par Richard Geoffroy, qui vinifie dom-pérignon depuis vingt ans. Il avait commencé très fort avec cette magnifique cuvée, particulièrement riche et opulente car issue d'une année plus chaude que la moyenne. Depuis, il a réalisé bien des cuvées triomphales, et je dois avouer qu'à part Hugh Hefner[1], je ne connais personne d'autre qui s'épanouisse autant dans son job. Non que Geoffroy soit un sybarite, mais il est animé d'une passion messianique pour le champagne en général et pour dom-pérignon en particulier. Né dans une famille de producteurs de champagnes, il tenta d'abord d'échapper à son destin en étudiant la médecine. En 1982, il obtint son diplôme mais il ne pratiqua jamais. Il partit travailler pour Moët et Chandon, d'abord au domaine Chandon dans la Napa Valley. Je suis bien conscient que, pour certains d'entre nous, un médecin est plus utile à la société qu'un viticulteur, mais à mon avis cela veut simplement dire qu'ils n'ont jamais goûté un dom-pérignon Œnothèque rosé 1990. Et je crois qu'en vingt années consacrées à Dom Pérignon, Geoffroy a guéri plus d'états dépressifs et soulagé plus de mal-être que la plupart des médecins généralistes.

1. Fondateur du magazine *Playboy*. (N.d.T.)

Je n'irai pas jusqu'à prétendre que les millésimes 2000 ou 1990 d'Œnothèque rosé sont bon marché, mais considérez les choses sous cet angle : le premier coûte à peu près autant qu'un menu dégustation à Per Se, vin non compris. Le second égale le prix du menu dégustation pour deux au même restaurant. (À 700 dollars, Œnothèque est largement moins cher que le clos-d'ambonnay 1996 de Krug, un cru parcellaire blanc vendu environ 3 000 dollars.) Heureusement, il existe un grand choix d'autres champagnes rosés plus abordables. Beaucoup de New-Yorkais de ma génération ont fait leur première rencontre avec le grand champagne rosé à l'Union Square Cafe de Danny Meyer, où l'on sert du billecart-salmon rosé depuis 1985. Après une petite période de flottement, le billecart-salmon a retrouvé toute sa forme : c'est un rosé très sec, plutôt fruité, que j'aime à l'apéritif, bien qu'il soit assez puissant pour se mesurer à un saumon ou même à un curry légèrement épicé.

La plupart des champagnes rosés sont obtenus par assemblage de 8 à 10 pour cent de pinot noir rouge tranquille sur une base de champagne blanc. Très peu d'entre eux sont obtenus par un procédé plus délicat appelé « saignée », qui consiste à laisser le moût du pinot noir en contact avec les peaux riches en pigments pendant une courte phase de la fermentation. Exemple remarquable de ces « rosés de saignée », le laurent-perrier rosé a généralement une robe intense, d'un ton cerise très prononcé. La couleur, qui va de la pelure d'oignon au framboise vif en passant par toutes les nuances imaginables du rose saumon, contribue largement au plaisir du champagne rosé. Certains de ces vins sont d'ailleurs plus orangés que roses.

Les grandes maisons de champagne ont répondu avec

un succès variable à la demande croissante de rosés. Parmi mes préférés, par ordre décroissant de corps et de puissance, je cite Bollinger, Moët et Pol Roger. La tendance la plus intéressante de ces dernières années est la multiplication des champagnes de petits propriétaires, en blanc comme en rosé. Plutôt que de vendre leurs raisins aux grandes compagnies, ces producteurs vinifient eux-mêmes leurs jus et les mettent en bouteilles. Les meilleures reflètent les caractéristiques de leur région et de leur sol.

Le chef spirituel de ce mouvement est un savant fou nommé Anselme Selosse, qui étudia l'œnologie en Bourgogne, où le concept de terroir est élevé au rang de religion. « Tout ce qui fait la personnalité d'un vin se trouve dans le sol », me dit Selosse lors d'une visite à New York. Son rosé non millésimé, orangé et fruité, vaut le voyage en France, ce qu'il vous faudra d'ailleurs faire si vous voulez le goûter, parce qu'il est très difficile à trouver de ce côté-ci de l'Atlantique. Cherchez aussi Egly-Ouriet, Savès, Larmandier-Berner et Bruno Paillard. Quant à moi, la prochaine fois que j'ouvrirai une bouteille de champagne rosé, je lèverai mon verre à Joan Coughlin, qui n'est plus parmi nous.

Le tavel, un plaisir débilitant

Passant une année à la Sorbonne – durant laquelle on le vit très peu dans les salles de cours –, A. J. Liebling tomba amoureux de Paris, de la cuisine française et des vins de France. Arrivé en 1926 dans la Ville lumière, où il retourna souvent au cours de sa vie, il devint l'un des grands gourmands de l'époque, jusqu'à connaître intimement les plus grands crus de Bourgogne et de Bordeaux. Pourtant, il n'abandonna jamais sa dévotion pour le rosé de Tavel qui l'avait désaltéré durant cette première année à Paris et qui, avant de devenir son breuvage favori, avait été celui de Louis XVI et d'Honoré de Balzac. À l'époque de sa première venue en France, tavel était synonyme de rosé. Maintenant que les vins rosés sont produits un peu partout sur le territoire français et ailleurs dans le monde, et qu'ils sont enfin à la mode, il peut être intéressant de revenir à leur terre d'origine ainsi qu'aux écrits d'un de leurs admirateurs les plus convaincus.

Faisant face à Châteauneuf-du-Pape sur l'autre rive du Rhône et immédiatement au nord d'Avignon, le petit village de Tavel et les communes environnantes produisent du rosé depuis des siècles. À l'origine, l'encépagement consistait en cinsault et en grenache, bien que depuis 1969 le cahier des charges de l'appellation autorise aussi l'usage de syrah et de mourvèdre. En général, on procède en faisant macérer brièvement le moût de ces raisins noirs avec les peaux, qui contiennent les pigments, et l'on « saigne » cette cuvée avant que le jus rosé ne devienne rouge. Contrairement à d'autres régions où le rosé fait un peu figure de loser, de sous-produit comparé à la production de vin rouge, à Tavel on ne fait rien d'autre. Liebling voyait en lui « le seul rosé qui vaille d'être bu ».

Fils d'un riche fourreur, Liebling avait été d'abord journaliste pour l'*Evening Bulletin* de Providence (Rhode Island). Excellent conteur, il avait créé de toutes pièces des fiançailles avec une femme de petite vertu afin de convaincre son père de l'envoyer à Paris. « La petite a dix ans de plus que moi, lui avait-il dit, et je crains que maman ne la juge un peu légère parce qu'elle est entretenue par un négociant en coton de Memphis qui ne vient dans le Nord qu'une fois de temps en temps. Mais toi, papa, comme tu es un homme d'expérience, tu comprendras certainement que la chair est faible et que toute femme a besoin de se reposer sur une épaule virile. » Lorsqu'il annonça son intention d'épouser la demoiselle, son père accepta immédiatement de lui payer le voyage.

Chaque mois, Liebling recevait une pension. Elle n'était pas assez généreuse pour lui permettre de se livrer sans discrimination à ses appétits considérables. Cette contrainte lui paraissait essentielle à l'éducation d'un gourmand : « S'il est vrai, écrivit-il plus tard dans *Between Meals*, son recueil de souvenirs parisiens, que la première condition requise pour bien écrire sur la nourriture est un excellent appétit, la deuxième est de se lancer dans cet apprentissage quand on a assez d'argent pour payer les additions mais pas assez pour rester indifférent à la somme que leur total représente. » Un riche, lui, commencerait cet apprentissage par le plus haut maillon de la chaîne alimentaire : les plats les plus luxueux et les restaurants les plus chers, se privant ainsi de l'initiation aux bases de la cuisine française, alors qu'un pauvre ne mange que pour se nourrir.

Il appliquait les mêmes principes à l'écriture sur le vin : « Toujours selon cette hypothèse, notre client riche aurait commandé un pommard parce qu'il est plus estimé et plus cher que le tavel et parce que, probablement, il le connaissait mieux. Il n'aurait donc jamais eu l'occasion d'apprendre qu'un bon tavel est meilleur qu'un pommard moyen, et même meilleur que n'importe quoi de moyen, si vous voulez mon avis. » Pommard, bien entendu, est une des grandes appellations de la Côte-d'Or bourguignonne, et Liebling devait certainement l'adorer. Mais même lorsqu'il eut les moyens de se payer les grands crus, son estime pour le tavel n'en fut pas diminuée.

À la Maison Teyssèdre-Balazuc – un restaurant de la Rive gauche où il fit une bonne partie de son apprentissage en 1926 et 1927 –, le tavel supérieur coûtait trois francs cinquante. Le patron achetait le vin en barrique et le mettait en bouteilles dans sa cave. « Le goût en est chaleureux mais sec, écrivit plus tard Liebling, comme un enthousiasme que l'on retient, et un alléchant soupçon d'amertume se déclare lorsque le vin touche la voûte du palais. » Cela me paraît une description étonnamment juste d'un bon tavel, surtout le détail de l'amertume, qui préserve ce vin de toute douceur excessive.

Liebling se tourmentait continuellement sur la question de choisir entre le tavel ordinaire et le supérieur, plus cher, mais il optait presque inévitablement pour le second. À son généreux tour de taille, on pouvait voir qu'il ne se refusait rien. Un jour, il décrivit un de ses repas idéaux dans les termes suivants : « Une douzaine d'huîtres de Gardiners Island, une belle assiette de *clam chowder*, dix litres de clams et quelques pétoncles, trois crabes mous poêlés, quelques épis de maïs fraîchement cueillis, une fine escalope d'espadon à la surface généreuse, une paire de homards et un canard de Long Island. » Le tout, on peut l'imaginer, arrosé d'une bouteille de champagne et d'au moins deux ou trois bouteilles de tavel. « Nul homme sain d'esprit ne peut se permettre de se priver des plaisirs débilitants », écrit-il dans *Between Meals*. « Aucun ascète ne peut être considéré comme totalement sain d'esprit. » Pour Liebling, « Hitler était l'archétype de l'homme tempérant. »

Après son année passée à l'étranger, il retourna à Providence et finit par s'échouer au *New Yorker*, revue à laquelle il resta associé toute sa vie. Il retourna en France en 1939 comme correspondant de guerre, juste le temps de battre en retraite devant l'occupation allemande. Plus tard, en 1944, il accompagna les troupes alliées qui libéraient Paris et reçut la Légion d'honneur pour ses articles de guerre. Il traitait de sujets variés qui incluaient la boxe et les courses hippiques et fut pratiquement l'inventeur de la critique de spectacles telle que nous la connaissons. Mais pour moi, *Between Meals*, le dernier livre qu'il écrivit, est son œuvre la plus accomplie, la plus lumineuse et la plus intemporelle. Ce recueil de souvenirs parisiens supporte très bien la comparaison avec *Paris est une fête* d'Hemingway, ainsi que le suggère le grand James Salter dans l'introduction qu'il écrivit pour la réédition de 1986.

Il ne reste plus que quelques traces du Paris de

Liebling. Mais son vin préféré, celui de la vallée méridionale du Rhône baignée de soleil, au seuil de la Provence, n'a que très peu changé, bien que la prolifération de nouveaux rosés produits dans d'autres régions ait quelque peu dilué sa réputation. Tavel, cependant, reste l'archétype du rosé, un vin qui s'accorde avec pratiquement n'importe quel mets pourvu qu'on le mange en été, des fruits de mer à l'agneau grillé. Ne vous laissez pas tromper par sa couleur : c'est un vin sec, auquel toutefois le grenache donne une légère impression de douceur, vite effacée par cette amertume en fond de palais qu'aimait tant Liebling. Comme tous les vins du sud de la vallée du Rhône, il est facile à comprendre et à goûter, plus rock and roll que jazz. « La subtilité, ce mot du vin si galvaudé, est un cliché que l'on trouve rarement sous la plume de ceux qui écrivent sur les vins du Rhône », observait Liebling avec justesse. « Leur charme est totalement dépourvu d'ambiguïté. »

À l'extrémité sud de l'appellation, le château d'Aquéria fait du tavel depuis plus de quatre cents ans. Mon producteur favori, le domaine de La Mordorée, se trouve non loin de là, à Lirac, autre source d'excellents rosés. Il produit trois cuvées de tavel rosé, dont la riche et complexe cuvée de la reine-des-bois, à côté de laquelle le château-de-selle du domaine Ott, pourtant tout aussi cher, fait figure de piquette rose. Il me plaît d'imaginer qu'elle ressemble au tavel supérieur que chérissait Liebling. J'en recommande la dégustation, ou celle de tout autre tavel qui vous tombera sous la main, pendant la lecture de *Between Meals*.

LES FONDUS DE RAISIN

Le *wine geek* fondateur

« Après tout, on voit tellement mieux la vie quand on l'observe à travers une seule fenêtre », reconnaît le grand voyeur Nick Carraway dans *Gatsby le magnifique*. Cette même phrase nous est resservie par John Hailman dans l'introduction de son livre *Thomas Jefferson on Wine*[1]. Il me semble pourtant que l'examen d'une vie aussi complexe et aussi riche que celle de Jefferson à travers l'étroite lorgnette de l'œnophilie soit un peu comparable à la contemplation d'une orgie au microscope électronique : on risque fort d'en rater les événements marquants ou de les voir dans une perspective bizarre (pour exemple, le chapitre « La guerre d'Indépendance américaine : forte inflation du marché du vin. ») Je reconnais tout de même que la question de savoir si Jefferson a procréé ou non avec Sally Hemings[2] paraît à certains d'entre nous moins urgente que sa préférence pour les bordeaux ou les bourgognes.

En plus d'être architecte, archéologue, astronome,

1. Paru en 2009, non traduit en français. (N.d.T.)

2. Esclave et maîtresse de Thomas Jefferson (1773-1835). La paternité de ses sept enfants fut à l'époque attribuée à Jefferson par les ennemis politiques de celui-ci, et des analyses d'ADN récentes semblent confirmer l'hypothèse.

juriste, musicien, philosophe naturel, propriétaire d'esclaves, homme d'État, auteur de la Déclaration d'indépendance et troisième président des États-Unis d'Amérique, Thomas Jefferson fut le premier geek du vin. Nombre de Pères fondateurs de la nation raffolaient de bons vins de Bordeaux et de Madère, mais aucun d'entre eux ne fut aussi passionné du jus de la vigne, aucun ne s'y intéressa avec un esprit aussi scientifique que Jefferson, dont l'ardeur œnophile était obsessionnelle.

Aussi connaisseur que prosélyte, il planta des dizaines de cépages à Monticello, prophétisant qu'un jour l'Amérique rivaliserait avec la France et l'Italie pour la production vinicole. Convaincu que le vin est une boisson bien plus saine que les whiskies et les brandys que notre jeune République consommait en quantité généreuse, il fit pression pour abaisser les taxes à l'importation. « Aucune nation n'est ivre quand le vin y est bon marché, déclarait-il, et aucune n'est tempérante quand le prix élevé du vin oblige à recourir aux liqueurs ardentes pour la consommation quotidienne. Le vin, en vérité, est le seul antidote à ce fléau qu'est le whisky. »

En 1784, Jefferson rejoignit Benjamin Franklin et John Adams à Paris pour être attaché d'ambassade, poste qu'il avait longtemps convoité. Bien que son intérêt pour le vin semble s'être formé au cours de ses études au College of William and Mary à Williamsburg (Virginie), ce ne fut qu'après la Révolution américaine, pendant son séjour en France, que son œnophilie devint une passion qui habita tout son être.

« La première chose dont il faut s'assurer à Paris, lui avait conseillé Adams, c'est le service régulier d'un tailleur, d'un perruquier et d'un bottier, car la nation française exerce désormais une telle domination sur la mode que vous ne pourrez y porter ni vêtements, ni perruque, ni chaussures fabriqués ailleurs. » Jefferson paraît avoir suivi son conseil. Son portrait peint par Mather Brown en 1786 le montre très classe en perruque poudrée. Et la deuxième chose qu'il fit, dans la foulée, fut de commander douze caisses de château-haut-brion, l'illustre grand vin de Bordeaux et le premier grand cru dont le nom ait figuré dans la littérature anglaise : Samuel Pepys ne l'avait-il pas décrit comme ayant « un bon goût très particulier[1] » ?

En 1787, après avoir hérité d'un Benjamin Franklin à la santé déclinante le titre d'ambassadeur des États-Unis auprès du roi de France, Jefferson entreprit un voyage à travers la France et l'Italie qu'il décrivit à Lafayette comme « un bon moyen d'associer service public et gratification personnelle ». Officiellement, il était à la recherche de marchés pour le commerce américain, mais son itinéraire passait par la plupart des grandes régions viticoles européennes, partant de la Bourgogne, passant par la vallée du Rhône et traversant le Piémont avant de faire demi-tour en direction de Bordeaux. La plupart de ses nombreuses citations sur le vin sont tirées du journal qu'il fit de ce voyage ainsi que d'un autre qui le mena dans la vallée du Rhin et en Champagne. C'était un fin observateur : en Bourgogne, il note que les gens de Volnay mangent « du bon pain de froment » tandis que ceux de Meursault, tout près de là, se contentent de seigle. « Je demandai la raison de cette différence. On me répondit que les vins blancs, plus fragiles que les rouges, se révèlent souvent de qualité inférieure [...]

1. Voir page 55, « Un bon goût très particulier ».

et que par conséquent le fermier n'a pas les moyens de nourrir aussi bien ses employés viticoles. »

Beaucoup de ses observations sur les paysages, les coutumes et les vins dont il fit l'expérience pourraient avoir été écrites la semaine dernière, si l'on met de côté quelques excentricités orthographiques. « Chambertin, Voujeau et Veaune sont les plus corsés », dit-il des vins de la côte de Nuits ; il déclare aussi que « Diquem » (château-d'yquem) est le meilleur sauternes : toutes observations qui ne seraient pas déplacées dans le dernier numéro de *The Wine Spectator*.

Si Jefferson, soudain, réapparaissait parmi nous, il aurait bien du mal à reconnaître le moindre aspect de la vie contemporaine, à une seule exception : il serait tout à fait à l'aise devant la carte des vins d'un restaurant trois étoiles parisien. Si la plupart des vins que Jefferson dégustait et collectionnait sont les mêmes que ceux qui mobilisent aujourd'hui l'intérêt des fondus de vin, on doit en louer d'une part la sûreté de son goût et d'autre part la persistance, voire le conservatisme, des traditions viticoles européennes. Presque un siècle avant le classement officiel des grands crus bordelais, Jefferson établit lui-même une notation hiérarchisée étonnamment proche de ce futur classement. En plus du haut-brion, il commanda d'innombrables caisses de château-lafite, de château-margaux et de château-d'yquem pour la cave de l'hôtel de Langeac, sa nouvelle résidence sur les Champs-Élysées. Il envoya aussi beaucoup de ces vins au président George Washington, heureux bénéficiaire de l'expertise croissante de Jefferson. Et quand celui-ci fut à son tour le pensionnaire de la Maison-Blanche, il y éleva considérablement le niveau de l'hospitalité et fit de folles dépenses en vins et en mets (ce qui contribua à sa faillite). Plus tard, à Monticello, il devint buveur économe, remplaçant les grands crus de Bordeaux et de Bourgogne par des vins du sud de la France et de Toscane.

Jefferson est généralement considéré comme un homme de bordeaux, car c'est le type de vin sur lequel il a le plus écrit et peut-être celui qui reflète le mieux son caractère. Le *claret*, comme l'appellent les Anglais, est un vin apollinien, un breuvage d'intellectuels, d'hommes de patience et de raison. Austère dans la jeunesse, il est connu pour développer une grande complexité au fil des ans. Bordeaux réserve peu de surprises. Le bourgogne, lui, fait appel aux émotions plus qu'à l'intellect. C'est un vin pour les fous, les amoureux et les poètes. Il est donc un peu surprenant d'apprendre que, durant son séjour à Paris, alors qu'il avait tous les grands crus de France à portée de main, il gardait dans sa cave plus de bourgognes que de bordeaux ; et il semble avoir fait preuve d'un goût impeccable en la matière : il avait un faible pour le volnay, resté un vin de connaisseur jusqu'à nos jours ; et en blanc, il aimait le montrachet, sans doute encore le vin blanc le plus recherché du monde. Cependant, il choisissait parfois le moins onéreux meursault-goutte-d'or, un bourgogne blanc rustique issu d'une pente un peu moins exceptionnelle, à quelques pas des vignes de Montrachet.

Cette apparente préférence pour les bourgognes pourrait bien, à la longue, motiver une de ces réévaluations du caractère de Jefferson auxquelles on se livre régulièrement tous les dix ou vingt ans. Pourtant, après avoir exposé les preuves, Hailman – qui connaît ses vins sur le bout des doigts, il n'y a aucun doute là-dessus – n'en tire guère de conclusions, probablement trop occupé à noter les innombrables détails commerciaux et paperassiers de la correspondance de Jefferson avec douaniers et négociants en vins, sujet qui représente une partie substantielle de son livre. Il faut reconnaître qu'être amateur de vins, à cette époque, c'était du boulot. « Pour commander du vin, Jefferson devait spécifier dans chacune de ses lettres le nom du navire, le nom du capitaine, les ports de sortie et d'entrée, le type de conditionnement qu'il désirait pour les vins et comment il comptait envoyer le paiement de l'autre côté de l'océan, sans oublier les droits de douane. » Moi qui commande mon meursault-goutte-d'or sur Internet, je le plains sincèrement. Reste que les dizaines de pages bourrées de détails de ce genre ont de quoi pousser beaucoup de lecteurs à la consommation d'alcools forts, ce qui est bien la dernière chose que le père fondateur de l'œnophilie américaine aurait voulue.

Auteur, importateur, gentleman espion

Les bourgognes du millésime 2007 n'ont pas fait l'objet d'autant d'espérances que ceux de 2002 ou de 2005, lesquels avaient bénéficié de conditions climatiques plus favorables. Mais au printemps 2009, la dégustation à New York d'une sélection de rouges et blancs du millésime 2007 triés sur le volet provoqua l'admiration de nombreux professionnels new-yorkais du vin, ce qui justifie sans doute l'axiome établissant qu'en Bourgogne le vigneron compte plus que le millésime. Parmi cette sélection se trouvaient quelques-uns des plus grands noms bourguignons, regroupés il y a plus de cinquante ans par Franck Schoonmaker, écrivain, importateur et espion de charme, qui fit autant à lui seul pour l'éducation des œnophiles américains que quiconque avant ou après lui.

Fils d'un professeur de littérature classique à l'université Columbia et ardent militant féministe, il entra à Princeton en 1923, peu après que Scott Fitzgerald en fut parti, et abandonna ses études au bout de deux ans. Il passa ensuite deux années à parcourir l'Europe, expérience couronnée par l'écriture de guides de voyage intitulés *Through Europe on Two Dollars a Day* (*Voyagez en Europe pour deux dollars par jour*) et *Come With Me Through France* (*Parcourez la France avec moi*). La passion de Schoonmaker pour le vin était entretenue par son amitié avec Raymond Baudoin, rédacteur en chef de *La Revue du vin de France*, qui était et reste dans ce pays le périodique œnophile le plus influent. C'est en compagnie de Baudoin que le jeune Américain visita les principales régions viticoles, dégustant, apprenant sans cesse, et se constituant un réseau de contacts qui devaient se révéler fort utiles à partir de 1933, lorsque se termina l'ère de la Prohibition. Le bourgogne devint sa passion particulière.

Contrairement au Bordelais, région de vastes domaines appartenant à de riches familles ou entreprises, le domaine bourguignon typique consistait (et consiste encore) en une modeste surface de vignes. En raison des héritages, les possessions d'une famille se trouvaient généralement dispersées entre plusieurs domaines. La plupart des vignerons vendaient jadis leurs vins en fûts à de gros négociants de Beaune qui les assemblaient et les mettaient en bouteilles sous leur propre marque. Baudoin et Schoonmaker les incitèrent à faire exactement le contraire, les encourageant à mettre eux-mêmes leurs vins en bouteilles, pratique jugée alors plutôt radicale.

Après la révocation définitive du *Volstead Act*[1], le francophile convaincu qu'était Schoonmaker s'établit à New York où il lança son affaire, Franck Schoonmaker Selections. Son plan de développement reposait sur une idée lumineuse : au bout de quatorze ans de prohibition, peu d'Américains avaient encore la moindre notion sur

1. Le *Volstead Act*, en vigueur entre 1919 et 1933, renforçait la politique de prohibition de l'alcool en l'étendant aux restaurants et aux bars. Il fut définitivement abrogé le 5 décembre 1933. (N.d.T.)

les vins de France ou d'ailleurs. Pour améliorer cette situation, il fit publier un livre, *The Complete Wine Book*, compilé à partir d'une série d'articles qu'il avait écrits pour le *New Yorker*.

Au tout début de cette entreprise, Schoonmaker prit pour directeur des ventes un jeune émigré russe très volubile qui répondait au nom d'Alexis Lichine. Celui-ci, qui venait d'abandonner ses études à l'université de Pennsylvanie, l'accompagna en Californie à la recherche de vins pour remplir leur catalogue. À cette époque, c'était l'usage en Californie de coller des étiquettes « Chablis » ou « Bourgogne » sur les cuvées locales, mais les deux hommes obtinrent de plusieurs domaines californiens un étiquetage des vins en fonction du cépage, pratique qui s'est depuis généralisée dans cet État et dans tout le Nouveau Monde. Ils rencontrèrent leur premier succès avec Wente Vineyards : après que ceux-ci eurent changé en « Sauvignon blanc » l'étiquette d'un de leurs vins blancs jusqu'alors appelé Graves, leurs ventes se mirent à monter en flèche.

La Seconde Guerre mondiale interrompit leur collaboration. À la suite de Pearl Harbor, Schoonmaker s'engagea dans l'OSS (précurseur de la CIA créé par Bill Donovan, qui recrutait dans l'Ivy League[1] et dans la haute société), tandis que Lichine entrait dans les services de renseignements de l'armée de terre. Sous le couvert de son entreprise vinicole, Schoonmaker se rendit à Madrid. « Il tirait quelque fierté », peut-on lire dans sa notice nécrologique du *Daytona Beach Morning Journal*, « du fait que l'ambassadeur des États-Unis

1. Élite diplômée des huit grandes universités privées du nord-est des États-Unis (Brown, Columbia, Cornell, Dartmouth, Harvard, Penn, Princeton et Yale). (N.d.T.)

en Espagne se fût plaint de la passion qu'il mettait à pratiquer ses activités secrètes. » Il traversait souvent la frontière pour aider la Résistance française, jusqu'au jour où, selon le témoignage de son ami Frank E. Johnson, « la police espagnole s'aperçut du manège. Schoonmaker fut arrêté, ramené à Madrid et tondu afin d'être marqué comme individu suspect. » À la suite de quoi il quitta discrètement l'Espagne pour rejoindre la Septième Armée américaine, qui atteignit le sud de la France en août 1944. Près de Lyon, il dut être hospitalisé après que sa Jeep eut heurté une mine, mais peu après il parvint à rendre visite à certains de ses producteurs en Bourgogne et dans la vallée du Rhône. Pour finir, le grade de colonel lui fut attribué à sa démobilisation, et même aujourd'hui les vieux Bourguignons l'appellent encore « le Colonel ».

Lichine, de son côté, s'était aussi distingué pendant la guerre au point de finir major, mais quand il revint demander un partenariat d'égal à égal dans l'affaire de vins, Schoonmaker déclina et leurs chemins, dès lors, divergèrent. Lichine se fit un nom en tant qu'écrivain œnophile mais aussi comme propriétaire du château Prieuré-Lichine et du château Lascombes, dans le Bordelais. Durant l'immédiat après-guerre, Schoonmaker poursuivit son éducation de l'amateur de vins américain en écrivant toute une série d'articles aussi vivants qu'érudits dans le magazine *Gourmet* (toujours consultables dans les archives de gourmet.com) et, un jour, publia son *Encyclopedy of Wine*, qui resta longtemps une référence absolue.

Dans un article de *Gourmet* daté de 1947 sur les bourgognes rouges, il ne cache rien de sa préférence pour les vins de cette région en comparaison avec ceux de Bordeaux. « Chaleureux, joyeux, capiteux, généreusement corsé, magnifique et rabelaisien, voilà le bourgogne », écrit-il. (Je ne suis pas sûr d'être d'accord avec « généreusement corsé », mais c'est lui qui écrit). « Le poète le plus estimé de Bordeaux, Biarnez, décrivit les châteaux et les vins si chers à son cœur en alexandrins mesurés dans le style de Racine, mais on célèbre le bourgogne par des chants grivois, des chansons de taverne. » On voit très clairement de quel côté son cœur balance. En fait, il semble insinuer que le bordeaux n'a pas de cœur, qu'il n'est qu'intellect, mais n'oublions pas qu'il vendait des bourgognes. Il nous fait faire ensuite une visite détaillée de la région qui est encore d'actualité, émaillée de références à Thackeray, Dumas, Pétrarque, Philippe le Hardi et bien d'autres.

Schoonmaker semble avoir eu plus de flair pour le vin que pour les affaires. À l'âge de soixante-sept ans, il vendit sa compagnie à la société Pillsbury tout en y restant à la tête d'un département vins créé pour l'occasion. Ce ne fut pas un mariage heureux. Après la mort de Schoonmaker en 1976, Seagram s'empara de son catalogue de vins de Bourgogne, que Diageo acquit à son tour en 2001. Près de soixante-quinze ans après que Schoonmaker eut fondé son entreprise, les domaines représentés à la dégustation offerte par Diageo en 2009 font encore partie des plus respectés de Bourgogne. Ramonet, Niellon, Matrot, d'Angerville, de Courcel, Grivot et Roumier sont au nombre des producteurs les plus excellents et les plus fiables, comme ils l'ont de nouveau prouvé avec leurs millésimes 2007. D'après plusieurs producteurs, le millésime n'a pas été facile, l'été ayant été frais, mais beaucoup de ces vins, notamment les rouges, se sont révélés étonnamment séduisants et accessibles dans leur jeunesse, contrairement, par exemple, au millésime 2005, ample mais fermé, qui nécessitera un long temps de cave avant de s'assouplir. Bien que l'année ait été sans doute plus positive pour les blancs, les rouges sont plus précoces ; agréables à boire entre cinq et dix ans d'âge. À propos des rouges, les mots « joli » et « charmant » ont été entendus plus d'une fois de la bouche des producteurs et des dégustateurs. À ceux qui ne sont pas familiarisés avec les plaisirs terriens et charnels du bon bourgogne je conseille de commencer par le millésime 2007, relativement bon marché. Vous direz au caviste ou au sommelier que c'est Franck qui vous envoie.

Le marchand de vins au palais d'or

Même dans une vie aussi riche en péripéties que celle d'Alexis Lichine, 1951 reste un grand millésime. C'est en effet l'année où il publia *Sur les routes des vins de France*[1], un livre maintes fois réédité qui influença plusieurs générations d'Américains. Cette même année, il réalisa un vieux rêve en achetant le château Prieuré-Cantenac, grand cru classé de Margaux qu'il rebaptisa bientôt officiellement château Prieuré-Lichine. Comme son sens du commerce très développé était inséparable de son talent pour l'autopromotion, son nom figura longtemps parmi les marques les plus prestigieuses du monde des grands vins. Au cours de sa vie, il épousa une comtesse, puis plus tard une star de cinéma, reçut une étoile de bronze et la croix de guerre française pour ses services durant la Seconde Guerre mondiale, acheta un grand appartement sur la 5e Avenue et porta inlassablement l'évangile du bon vin dans tous les recoins de l'Amérique profonde.

Le père de Lichine était un riche homme d'affaires qui avait réussi à fuir Moscou avec sa famille en 1917, peu après la révolution bolchevique. Après un bref

1. *Wines of France*, publié chez Alfred A. Knopf. Publié en France par Robert Laffont. (N.d.T.)

séjour à New York, les Lichine s'établirent à Paris où Alexis passa ses années de lycée. Plus tard, ayant terminé ses études à l'université de Pennsylvanie, il revint à Paris où il décrocha un poste de journaliste au *Herald Tribune*. La prohibition venant juste de se terminer, le journal mandata Lichine pour écrire une série de chroniques sur les vins de France au bénéfice des palais nord-américains récemment libérés. Alexis eut donc l'occasion de se former le palais au cours de ces reportages qui le menèrent dans toutes les grandes régions viticoles françaises.

Lichine écrivit toute sa vie sur les vins, mais il était avant tout un grand commerçant. En 1934, la page de la prohibition définitivement tournée, il retourna vivre à New York. Il travailla d'abord pour plusieurs importateurs de vins avant de faire équipe avec Frank Schoonmaker[1], grand connaisseur et auteur du *Complete Wine Book*, qui avait monté juste avant la fin de la prohibition un florissant commerce d'importation de vins. Schoonmaker et Lichine formèrent un tandem redoutable. Quoique très différents, ils étaient animés de la même passion pour le vin. D'abord ensemble, puis séparément en tant que rivaux, ils créèrent pratiquement à eux deux le marché nord-américain des vins français.

Si leur association se révéla fructueuse, ce fut en dépit de leurs profondes différences de tempérament ou peut-être à cause d'elles. « Schoonmaker respectait le palais de Lichine, raconte l'importateur Frank E. Johnson, mais il avait tendance à considérer l'homme comme un parvenu. Lichine, de son côté, n'accordait pas grand crédit au flair commercial de Schoonmaker. »

1. Voir aussi page 143, « Auteur, importateur, gentleman espion ».

Dans les affaires sentimentales, aussi, ils étaient rivaux, Schoonmaker finissant par épouser une maîtresse de Lichine. On peut résumer l'essentiel de leurs différences en observant que Schoonmaker devint à la longue un partisan des bourgognes alors que Lichine resta toujours un homme du bordeaux, opposition comparable à celle des hommes qui regardent d'abord les jambes et de ceux qui regardent d'abord les seins, ou des fans des Mets contre les fans des Yankees[1]. (Le premier chapitre de *Sur les routes des vins de France* est intitulé « Le Bordelais : la plus belle région viticole ».)

Quand la guerre éclata en Europe et que leurs sources françaises devinrent inaccessibles, Lichine et Schoonmaker partirent pour la Californie à la recherche de vins locaux. Ils finirent par s'engager tous deux dans l'armée, Lichine dans le renseignement militaire et Schoonmaker dans l'OSS. Bien que Lichine se fût hissé au grade de major et reçût une médaille pour sa bravoure, son activité de guerre n'était qu'un prolongement de son activité civile. « J'étais l'aide de camp d'un général stationné en Corse qui était aussi un grand amateur de vins », confia-t-il trente ans plus tard à un journaliste. Tout porte à croire qu'il resta un bon vivant jusque dans la guerre. Débarquant à Elbe, il s'arrangea pour passer une nuit dans le lit de Napoléon. Il rapporte lui-même que, pendant la libération du sud de la France, il traversa les lignes ennemies pour rapporter quelques bouteilles d'un rosé buvable, à la suite de quoi ses camarades le portèrent en triomphe. Avec une certaine logique, on lui confia ensuite la mission de prendre contact avec des producteurs de cognac afin d'en envoyer plusieurs

1. Les deux principales équipes de base-ball new-yorkaises. (N.d.T.)

chargements aux troupes qui s'apprêtaient à quitter le Midi. Pour finir, il devint aide de camp du général Eisenhower, ce qui lui permit de rencontrer Winston Churchill. « Au début de l'entrevue, le Premier ministre parla guerre, rapporte Lichine. Ensuite, devant un verre de bordeaux, il se mit à me parler vins. Je répondis avec déférence, mais au bout d'un moment il s'assit et me dit : "Parlez-moi, jeune homme ; à moi le plaisir de vous écouter." » Vraie ou fausse, l'histoire est jolie : n'oublions pas que toutes ces anecdotes de guerre émanent de Lichine en personne, et l'on connaît son talent pour se mettre en valeur.

Ce dont on est sûr, en revanche, c'est que, de retour à New York, il épousa la comtesse Renée de Villeneuve, rencontrée peu de temps auparavant à Marseille. Le mariage ne dura qu'un an. Lichine retourna en France en 1948 afin de convaincre certains producteurs de lui vendre leurs vins en exclusivité pour les États-Unis. Ces voyages forment aussi la matière de son livre *Sur les routes des vins de France*, publication qui contribua beaucoup au développement de son négoce de vins aux États-Unis. En quelques années, il avait acquis de quoi s'acheter à Margaux le château Prieuré-Cantenac, quatrième cru au classement de 1855 mais délabré. Non qu'il l'eût acquis pour une forte somme : selon son fils, Sacha, il n'avait déboursé que 16 000 dollars pour l'ancien prieuré et quelque 10 hectares de vignes à l'abandon. Plus tard, soutenu par un consortium d'amis banquiers, il acheta le château Lascombes, deuxième cru classé situé non loin de là. Entre deux voyages d'affaires aux États-Unis, il retournait dans le Médoc pour restaurer et gérer les deux domaines.

Le prosélytisme de Lichine reposait sur une énergie illimitée. « Il pouvait sauter dans un car Greyhound en route pour Buffalo, Syracuse ou Chicago, où il déposait cent cinquante, voire deux cents caisses », raconte Sacha. On a un peu de mal à imaginer l'élégant Lichine, toujours tiré à quatre épingles, voyageant en autocar, mais il semble n'avoir eu aucun mal à se mettre à la portée du commun des mortels, donnant des conférences dans des clubs de dames, causant à la radio ou organisant des dégustations. Un soir, dînant au célèbre restaurant Galatoire à La Nouvelle-Orléans, il commanda d'un coup six vins différents, en déclara trois imbuvables et se mit sur-le-champ à refaire la carte des vins avec l'approbation stupéfaite du patron. Il apporta aussi à Bordeaux, où les grands châteaux étaient toujours restés fermés au public, un style commercial plus américain, dotant le château Prieuré-Lichine d'une salle de dégustation et plantant des pancartes au bord de la route. Il donna son premier job à Georges Dubœuf, le futur roi du beaujolais, et posséda à un certain moment 25 pour cent du capital de son entreprise. N'oublions pas, enfin, sa brillante carrière de séducteur, momentanément interrompue lorsqu'il épousa en troisièmes noces l'actrice Arlene Dahl (sa deuxième femme, la mère de Sacha, était née à Francfort et s'appelait Giselle Strauss).

Malgré son succès, rapporte Sacha, Lichine fut toujours en manque de fonds et avait des goûts de luxe. Dans les années 60, il vendit son entreprise pour disposer d'un fonds de roulement ; il en resta président pendant trois ans avant que des confilts d'affaires ne l'obligent à quitter sa position. Malheureusement, le contrat stipulait qu'il n'était plus autorisé à utiliser le nom de marque « Alexis Lichine Selections ». Tout comme le styliste de mode Halston, il avait vendu son propre nom. Il l'avait d'ailleurs vendu à la même compagnie que Halston, Norton Simon. Toujours selon

Sacha, cet événement assombrit ses dernières années, bien qu'il continuât à diriger le château Prieuré-Lichine et à écrire sur le vin, publiant, révisant et rééditant la très influente *Encyclopédie des vins et des alcools de tous les pays* ainsi que son guide *Vins et vignobles de France*[1], dont la rédaction nécessita des recherches à travers tout le pays ; son fils lui servit de chauffeur. « L'image que je garde de lui, dit Sacha, est liée aux dégustations : mon père en train de déguster, lui et moi dégustant ensemble… Il haïssait la médiocrité, ce qui en faisait un père assez difficile, mais il m'a vraiment appris à déguster. »

« Je doute que, sans mon père, le marché américain aurait connu l'évolution qui est la sienne », poursuit Sacha, qui a vendu le Prieuré en 1999 et possède actuellement le château d'Esclans, domaine provençal produisant un rosé de premier ordre. Quand son père rendit le dernier soupir à son cher Prieuré en 1989, son premier pays d'adoption, les États-Unis, connaissait une explosion viticole sans précédent qui ne donne à l'heure actuelle aucun signe de faiblesse. Le conseil que donnait invariablement Lichine à quiconque lui demandait comment s'initier au vin n'a donc rien perdu de sa pertinence : « Achetez un tire-bouchon et servez-vous-en. »

1. *Alexis Lichine's New Encyclopedia of Wines and Spirits* et *Alexis Lichine's Guide to the Wines and Vineyards of France*. Publiés en France par Robert Laffont. (N.d.T.)

Les traditionalistes de Napa

Sommes-nous toujours dans la Napa Valley ? En tout cas pas dans celle que je connais. Nous venons de quitter l'autoroute 29 pour entrer dans un lotissement résidentiel fort dense – un labyrinthe de maisons familiales de construction récente, toutes quasi identiques. Ma journée s'est passée à visiter les *wineries* les plus emblématiques de la vallée, à parcourir des chais étincelant de toutes leurs cuves en Inox poli, dans le parfum des barriques de chêne neuf, et à admirer des maisons comme on en voit dans les pages de l'*Architectural Digest* et du *Wine Spectator*. Mon chauffeur, Dan Petroski, travaille chez Larkmead, un des plus gros producteurs de Napa, mais il a fini sa journée de travail. Petroski, qui a étudié la viticulture en Sicile avant de s'installer à Napa, est à l'origine du projet viticole Massican, du nom d'une chaîne de montagnes en Campanie. Il produit des vins blancs frais, intensément aromatiques, à base de sauvignon blanc, de ribolla gialla (un cépage traditionnel du Frioul) et de viognier. Et il a toute une ribambelle de frères d'armes engagés dans d'autres projets viticoles non moins ésotériques.

Après avoir longé ces maisons parfaitement semblables pendant une dizaine de minutes, nous atteignons enfin le numéro recherché et mon chauffeur emprunte une route qui nous fait couper à travers le lotissement. Passé les jardins, nous entrons dans une bulle spatio-temporelle : une vaste zone de vignes et de vergers s'étend devant nous vers l'ouest jusqu'à la chaîne de Mayacamas. À l'entrée de ce grand espace se dresse une vieille ferme jaune bouton-d'or de style Queen Anne[1] et une grange en planches brutes qui paraît prête à s'effondrer à tout instant. Nous venons de passer de l'autre côté du miroir : pour décrire le monde que je m'apprête à découvrir, la métaphore n'est pas vaine. Je m'apprête à rencontrer les traditionalistes de Napa.

Napa, telle qu'on la connaît, c'est du gros cabernet sauvignon cultivé par de grosses fortunes le regard constamment rivé sur le gros jackpot, mais il y existe un autre style, représenté notamment par quelques employés des grandes *wineries* qui consacrent leur temps libre à la fabrication de vins insolites, artisanaux et très individualisés. Leur production, à partir de raisins achetés, ne dépasse pas quelques centaines de caisses. Et bien que chacun d'entre eux ait sa propre démarche, tous semblent partager un but commun : créer des vins qui expriment le caractère de leur vignoble et une relative méfiance envers la haute technologie. Édifiée en 1903, la ferme de Steve Matthiasson et de son épouse, Jill Klein Matthiasson, est le cadre idéal pour organiser la réunion festive de cette tribu.

Matthiasson est viticulteur consultant pour de gros producteurs de cabernet tels qu'Araujo et Spottswoode. D'une phrase à l'autre, il apparaît tantôt d'une sincérité

1. Style architectural victorien de la fin du XIXe siècle, imitant les formes de l'architecture anglaise du début du XVIIIe siècle. Elle se caractérise par de larges porches et, fréquemment, des tourelles. (N.d.T.)

passionnée, tantôt d'une ironie caustique. Paradoxe de tempérament que je m'explique mieux quand j'apprends qu'il est d'origine canadienne. Sous son propre nom, il produit quelques centaines de caisses d'un des vins blancs les plus intéressants que j'aie jamais dégustés en Californie – un assemblage de sauvignon, de sémillon, de tocai friulano et de ribolla gialla – ainsi qu'un superbe rouge d'assemblage. Ce blanc, Matthias le décrit comme « l'idéal mythifié d'un vin de l'Ancien Monde vu à travers notre conception d'hommes du Nouveau Monde ». Une partie des raisins proviennent des vignes qui entourent la ferme, mais une plus grande partie est achetée à des vignobles que Matthiasson a sélectionnés sur le volet au fil des ans dans la Napa Valley. Et si, en effet, il revendique fortement l'influence de l'Ancien Monde, il se réclame aussi de la Napa Valley d'avant la prohibition et des agriculteurs qui l'ont précédé en ce lieu.

À mesure que le soleil décline et que les voitures arrivent à la ferme, je découvre peu à peu la tribu. Abe Schoener, cinquante-deux ans, natif du Kansas, vient en voiture de location avec chauffeur, solution qui ne manque pas de style ni d'esprit pratique. Tout porte à croire que, pendant cette soirée, on n'aura pas soif. Un peu plus tôt, lorsque j'ai demandé à Matthiasson ce qui l'a mené à la viticulture, il m'a répondu : « Une longue et intime relation personnelle avec l'alcool » juste avant de me faire goûter son pâté de sanglier – il a tué la bête la semaine dernière dans la Dry Creek Valley. Pendant ce temps, la grosse bassine en aluminium pleine de glace se remplit peu à peu des bouteilles apportées par les invités vignerons. Ça va encore être une de ces soirées.

Schoener, ex-professeur de philosophie grecque, est

à l'origine du projet Scholium, un domaine dont sortent des vins hautement excentriques, blancs pour la plupart, adorés des sommeliers et des geeks du vin. Bien qu'il ait l'air, dans cet environnement, un peu décalé avec son strict costume noir et ses lunettes Utopia fumées, il ne fait pas de doute qu'il est de la tribu. Il salue chaleureusement Duncan Arnot Meyers et Nathan Lee Roberts, deux enfants de Napa qui ont grandi ensemble, deux armoires à glace au crâne rasé que l'on a tendance à confondre quand on vient de les rencontrer. Ils sont propriétaires d'Arnot-Roberts, petite *winery* artisanale à Forestville. Ces dernières années, Nathan a travaillé dans de grands domaines comme Acacia, Groth, Caymus et Pax. Duncan, lui, est la deuxième génération d'une famille de tonneliers : il fabrique des barriques pour l'élevage du vin et va choisir ses bois en France. Ces deux amis d'enfance n'ont pas un mètre carré de vigne à eux : ils écument Napa et Sonoma à la recherche de vignobles plantés en côte et dotés d'un « caractère intense », comme ils disent, et ils en achètent les raisins à leurs propriétaires. Ils ne produisent en général pas plus de quelques centaines de caisses de chaque cru.

Si cette assemblée était celle d'un lycée viticole au lieu d'être celle d'une joyeuse bande de copains, le directeur en serait George Vare, qui vient d'arriver au volant d'un pick-up chargé d'une brassée de bouteilles non étiquetées. Grand, le cheveu argenté, Vare est un aimable patriarche qui précède d'une génération la plupart des membres de cette société. Cofondateur de Luna Vineyards, où certains de ses camarades – dont Abe Schoener – ont débuté, il est aussi une sorte d'ambassadeur officieux des vins du Frioul, région italienne qui fait figure de modèle viticole pour le groupe entier. Ces dix dernières années, Vare s'y est rendu régulièrement en compagnie de ses amis, dont Schoener et Matthiasson. À la *winery* Luna, célèbre pour ses vins de pinot grigio, il a embauché John Kongsgaard, un natif de Napa qui devait plus tard se distinguer par des vins portant son nom, des chardonnays notamment. Kongsgaard mérite assurément à Napa le titre de traditionaliste honoraire.

Vare est propriétaire du seul vignoble de Californie entièrement planté en ribolla gialla, le cépage blanc du Frioul, et tous les vignerons rassemblés ce soir ont fait des vins avec ses raisins. La ribolla gialla, entre les mains des maîtres frioulans d'Oslavia tels que Stanko Radikon et Josko Gravner, produit des blancs de longue garde et d'une grande puissance. Les premiers résultats enregistrés par Vare et ses amis furent très prometteurs, à ceci près que souvent, c'est en assemblage que la ribolla gialla trouve sa meilleure expression (par exemple dans le Napa White de Matthiasson ou l'Annia de Petroski). En Frioul, les cépages étaient traditionnellement complantés, par mesure de protection en cas d'échec de l'un d'entre eux, pour être assemblés en barrique, pratique également courante dans la Napa du XIXe siècle chez les vignerons d'origine italienne.

Schoener a apporté des sarcelles tuées à la chasse par un de ses vignerons, mais quelqu'un a oublié d'allumer le four. Quand les volatiles se posent enfin tout rôtis sur la table dressée à l'extérieur de la ferme, il est tard, tout le monde parle très fort, et la chaleur de la journée s'est depuis longtemps dissipée. Mais entre-temps j'ai eu l'occasion de goûter quelques vins qui comptent parmi les plus étonnants et les plus délicieux de ma mémoire récente, certains frais, vifs et floraux – comme le Gemina 2009 de Petroski, un assemblage de viognier et de chardonnay, ou le Trousseau 2009 d'Arnot-Roberts ; et d'autres incroyablement riches et opulents, comme le Cena Trimalchionis 2009 du projet Scholium de Schoener, un nectar tout en miel à base de sauvignon blanc touché par le botrytis, la pourriture noble. (Son nom, inspiré de l'auteur du banquet orgiaque décrit par Pétrone dans le *Satyricon*, lui va à merveille.)

Que l'inspiration de tous ces vins provienne d'Europe ou de la Napa Valley pré-Mondavi, tous ces camarades ont rejeté en grande partie la technologie viticole de pointe à la recherche de saveurs authentiques et, je présume, d'un plus grand plaisir en bouche. Matthiasson foule ses raisins aux pieds, comme autrefois. Les Arnot-Roberts travaillent souvent, comme on le faisait jadis en Californie, à partir de raisins que la plupart des vignerons de la Napa contemporaine jugeraient trop verts. Schoener cuve ses raisins blancs avec leurs peaux jusqu'à l'obtention d'une couleur orangée et attend que les levures naturelles activent la fermentation, même s'il faut pour cela attendre des siècles, plutôt que d'introduire des levures exogènes. C'est ainsi que procédaient encore il n'y a pas longtemps tous les viticulteurs du monde.

On aurait du mal à ranger ces vins dans des catégories, précisément parce que ce qui distingue chacun d'entre eux, c'est le fait qu'il ne ressemble à aucun des autres, pas plus qu'il ne ressemble à aucun vin de la région. Et moi, qui crains parfois de me noyer dans un océan de vin à la Frankenstein, hypermûri, hyperfruité, hyperboisé et hyperfabriqué, je trouve ça très bien.

Les rock stars du pinot noir

Quand je rends visite à l'équipe qui produit la marque Anthill Farms, je dois faire plusieurs fois l'effort de me remémorer que je suis censé écrire sur le vin, et non, comme ça m'arrive de temps en temps, sur la musique. En effet ces jeunes gens ressemblent plus aux membres d'un garage band au seuil de la gloire qu'à une équipe de viticulteurs. Webster Marquez, Anthony Filiberti et Dave Low n'ont pas trente ans, tous trois sont employés dans des *wineries*. Comme je n'ai pas passé plus de deux heures avec eux au siège de leur entreprise situé provisoirement à la Papapietro Perry Winery, dans la Dry Creek Valley, je ne suis pas très sûr de ce que j'avance, mais je dirais bien que Web, le grand barbu jovial, c'est celui qui booke les concerts, conduit le camion et joue de la guitare rythmique ; qu'Anthony, intense et intello, c'est le chanteur qui chope toutes les filles ; et que Dave, c'est le bricoleur de sons qui écrit les chansons. Non, attendez, excusez-moi, je me suis trompé, ils font du vin. Originaires de Virginie (Web), de Sonoma (Anthony) et du Kansas (Dave), ils se sont rencontrés en 2003. Ils travaillaient tous les trois aux chais de Williams Selyem, producteur pionnier qui a fait inscrire le pinot noir sur la carte de Sonoma. Eux-mêmes représentent la deuxième ou peut-être la troisième génération de ceux qui réinventent le pinot noir en Californie. Ce sont pour la plupart des vignerons qui ont un job régulier dans de grandes *wineries* et consacrent leur temps libre à leur passion : la production de pinot noir à petite échelle. À quelques exceptions près, ils ne possèdent ni installation viticole ni vignoble. Même si certains d'entre eux fabriquent pour leur patron de bons gros zinfandels qui tachent[1] ou des cabernets bien confits, le nouveau paradigme du pinot noir favorise l'équilibre et la retenue de préférence à la puissance et à l'ampleur.

Il peut être utile de rappeler la genèse de cette histoire, c'est-à-dire les années 50. Joe Rochioli venait d'acheter, dans la Russian River Valley, la terre que son père avait longtemps travaillée en fermage. Son fils, Joe junior, eut alors l'intuition géniale de lui faire planter du pinot noir, cépage pourtant difficile, peu productif et pas du tout courant à l'époque. (Selon une rumeur, Joe senior aurait insisté pour que son fils le laisse planter des haricots entre les rangs de vigne.) Arrivèrent alors Ed Selyem et Burt Williams, deux amis fous de vin qui décidèrent alors d'en fabriquer dans un garage à partir de raisins achetés. Ils y travaillaient le week-end, se servant de tanks à lait pour la fermentation alcoolique. La *winery* Williams Selyem rencontra un succès éclatant : en 1987, son pinot noir issu du vignoble Rochioli arriva premier au concours de la California State Fair, et depuis ce temps la demande excède largement l'offre. Peu après avoir obtenu cette distinction, Williams et Selyem aidèrent les Rochioli, leurs principaux fournisseurs de raisins, à réaliser leurs propres vins. En moins de deux ans, les deux marques

1. Sur le zinfandel, voir page 289, « Le zinfandel ».

étaient devenues synonymes de pinot noir de la Russian River. Le pinot noir a besoin d'un climat plus frais que le cabernet sauvignon, or la Russian River attire l'air frais du Pacifique dans cette vallée pittoresque à la géologie extrêmement variée.

Certains secteurs du monde viticole portèrent le deuil lorsque Burt et Ed vendirent leur bébé à l'investisseur new-yorkais John Dyson. Et peu avaient déjà entendu parler de ce Bob Cabral que Williams avait désigné comme son successeur. Pourtant Cabral était un vieux de la vieille, un vigneron inscrit depuis 1985 sur les listes d'abonnement de Williams Selyem : le numéro de client 576 lui avait été attribué à l'époque où il étudiait l'œnologie à l'université de Fresno. Sous le règne de Dyson, la marque Williams Selyen s'était incontestablement étoffée. En 2010, elle inaugura sa nouvelle et somptueuse *winery*, conçue par le cabinet d'architectes new-yorkais D'arc, sur Westside Road, au sud de Healdsburg, par une fiesta tonitruante rassemblant pratiquement toute la communauté viticole de Sonoma. Malgré cela, ses vins, et surtout ses pinots noirs, continuent de faire l'objet d'un culte, et Cabral est devenu le mentor de toute une génération de jeunes talents. Il n'est pas exagéré de dire que Williams Selyem est le navire amiral de toute une nouvelle vague de hippies pratiquant la même viticulture de guérilla que celle dont Burt et Ed furent les pionniers.

George Levkoff est l'un de ces bébés de Selyem. Dès que j'ai goûté son vin pour la première fois au restaurant Cut, à Los Angeles, sur le conseil de la sommelière Dana Farner, j'ai eu envie de le rencontrer. George, né dans l'Upper East Side de Manhattan, était trader d'obligations à Los Angeles quand sa vie fut radicalement changée par l'intervention d'un ami caviste avec qui il dînait au restaurant Joe's, à Venice. L'ami avait apporté deux bouteilles de Williams Selyem – les Rochioli Vineyard 1991 et 1992 –, estimant que ces vins s'accorderaient bien avec le plat fétiche du restaurant, la grillade de thon albacore. « Ce fut une révélation », se rappelait George lorsque je suis allé lui rendre visite dans sa *winery* de location, voisine de Selyem et de Rochioli, sur Westside Road, surnommée « le Rodeo Drive[1] du pinot noir ». « Pour la première fois, un vin me paraissait traiter d'égal à égal avec le contenu de l'assiette ; et je crois pouvoir dire que c'est à cette table, dans l'instant, que je me suis promis d'aller vivre à Sonoma et d'y faire du pinot noir. » Levkoff, qui a un faux air de Buddy Hackett[2] et garde suffisamment de New York en lui pour porter un t-shirt P. J. Clarke's[3], tint parole et trouva un emploi chez Cabral, à Williams Selyem. George n'a pas de vignes et ne possède pas de *winery*, il fait son vin tout seul à partir des raisins achetés à cinq vignobles de la Russian River, le met en bouteilles et le vend par ses propres moyens. Ses vins, disponibles dans quelques-uns des meilleurs restaurants d'Amérique, se caractérisent par un parfait équilibre et une belle maturité relevée par une fraîche acidité.

C'est en Bourgogne, terre sacrée du pinot noir, que certains de ces vignerons de Sonoma ont fait leurs classes. Alex Davis, maître de chai de Porter Creek, a été formé au domaine Georges Roumier, l'un des

1. Rodeo Drive est l'artère commerçante de Beverly Hills où se concentrent le plus de boutiques de luxe. (N.d.T.)

2. Acteur comique américain (1924-2003) (N.d.T.)

3. Célèbre bar new-yorkais fondé en 1884, sur la IIIe Avenue (N.d.T.)

plus prestigieux de l'appellation, avant de retourner au domaine familial à deux pas de chez Rochioli pour y faire, entre autres vins de cépage, des pinots noirs bourrés d'âme et de poésie. S'il devait abandonner la viticulture, il pourrait se recycler comme doublure de Leonardo DiCaprio, s'il acceptait toutefois de s'arracher à ses vignes cultivées en biodynamie. Et puis il faudrait trop de manucures pour éliminer la terre accumulée sous ses ongles. Eric Sussman, de Radio-Coteau, a fait son apprentissage au domaine Comte Armand à Pommard et chez Jacques Prieur à Meursault après avoir étudié l'agriculture à l'université Cornell de New York. Radio-Coteau est un projet mené en commun avec Bill et Joan Smith, qui réalisent déjà sous leur propre nom de très beaux pinots noirs. Le nom, emprunté à l'argot viticole français, exprime l'idée d'un savoir transmis entre gens du métier par bouche-à-oreille, une jolie manière de résumer l'esprit de sa démarche et de celle de beaucoup de ses voisins pinotphiles. Ce spécialiste du pinot noir achète ses raisins à des vignobles jouissant d'un climat frais, principalement autour de Sonoma, et écoule la majeure partie de ses vins joliment équilibrés à travers sa liste d'abonnés.

Ehren Jordan, de Failla Vineyards, est l'homme le plus grand de Napa (au sens physique). Lui aussi s'est fait les griffes en France. Il a travaillé dans la vallée du Rhône auprès de l'hyperactif Jean-Luc Colombo avant de faire un bref apprentissage chez Helen Turley, que Robert Parker considérait alors comme la reine du vin. Lorsque Helen se brouilla avec son frère Larry, Jordan prit en main Turley Wine Cellars, la propriété de Larry dans la Napa Valley. Par la qualité de son travail, il contribua à assurer l'excellente réputation de ce domaine à travers la production de zinfandels riches et puissants, issus de vieilles vignes. C'est en 1999 que Jordan s'essaya au pinot noir, dont il tomba vite amoureux. En 2002, il fonda Failla Vineyards avec son épouse, Anne-Marie Failla, ex-banquière d'investissement en convalescence, et acheta du terrain dans une zone tempérée du comté de Sonoma, non loin des domaines Flowers et Marcassin. Si ses vins de Turley sont connus pour leur opulence quasi décadente, ses pinots de Failla relèvent d'une esthétique beaucoup plus retenue, et il ne craint pas, pour les décrire, d'employer l'adjectif « bourguignon ».

Il est vrai que, fondamentalement, ce nouveau paradigme du pinot noir fait un peu figure d'antithèse cosmique, d'antimatière par rapport au cabernet sauvignon de la planète Napa, pour lequel puissance et ampleur sont des vertus cardinales. La nouvelle génération des pinotphiles aime s'exprimer en termes de retenue, de délicatesse. Ce sont des vignerons qui parlent d'acidité avec révérence et se vantent de vendanger le plus tôt possible. « Je pense qu'il y a actuellement un retour de balancier en défaveur des vins trop chargés, estime Web Marquez, d'Anthill Farms. Désormais, faire du vin – et c'est surtout vrai pour le pinot noir –, c'est apprendre à se servir d'un nouveau super-pouvoir. Nous avons désormais tous les atouts en main (meilleur travail à la vigne, technologie avancée, meilleur travail au chai, meilleur savoir-faire global) et nous pouvons, au choix, faire des vins énormes ou au contraire des vins délicats. Mais maintenant, il nous faut apprendre à nous servir de ce super-pouvoir, à le maîtriser… Ce n'est pas parce que nous en disposons que nous devons toujours le pousser à sa puissance maximale. Je crois que la nouvelle génération est très consciente de cela. »

La sélection de vignobles situés dans des lieux tempérés est un moyen d'obtenir cette expression retenue. C'est pourquoi Jordan et beaucoup d'autres pionniers de cette deuxième génération du pinot noir de Sonoma se sont déplacés vers le littoral. C'est là, à portée de nez du Pacifique, que se trouvent les terrains les plus frais. C'est aussi pourquoi Andy et Nick Peay, ainsi que Vanessa Wong, la femme de Nick, ont acheté une ferme de 22 hectares sous la couche d'inversion froide qui longe la côte autour de Sea Ranch et produit une abondance de nuages et de vent qui tempère l'ardeur du soleil californien. Vanessa a aussi reçu son instruction viticole en France, ayant travaillé au château Lafite et au domaine Jean Gros en Bourgogne. Depuis dix ans, ils font des pinots noirs de plus en plus sophistiqués et de plus en plus convoités, tout en vendant des raisins à Failla et – vous aviez deviné – à Williams Selyem.

Quelques-uns des meilleurs pinots noirs (et chardonnays) de Californie bénéficient de l'appellation d'origine Sonoma Coast. Le problème est que cette AVA[1] est si vaste et dotée d'un climat si hétérogène qu'elle n'a pas grand sens. Un examen du territoire qu'elle couvre sur une carte rappelle un de ces charcutages électoraux que dessinent parfois les hommes politiques pour rester au pouvoir. Doit-on vraiment utiliser le mot « côte » pour des vignobles à plus d'une heure de route de la mer ? « L'immensité de cette zone et le fait qu'elle englobe des régions aux sols extrêmement disparates, dont les températures moyennes peuvent varier entre elles de plus de 10 degrés, suffisent à démontrer le manque de sérieux de cette politique d'appellation », estime Andy Peay.

1. *American Viticultural Area*, ou zone de production délimitée circonscrivant une appellation. (N.d.T.)

Ainsi, bon nombre d'observateurs avertis ont commencé à distinguer la côte de Sonoma réelle ou West Sonoma Coast. Déjà, au début des années 90, des pionniers tels que Flowers, Marcassin ou Hirsch avaient recherché ces zones littorales plus fraîches à l'ouest, car ils avaient compris leur potentiel pour faire de grands pinots noirs ou chardonnays. Selon Matt Licklider, qui réalise précisément ces vins sous la marque LIOCO, « l'AVA est mûre pour une multitude de sécessions ». Il fait partie de ceux qui aimeraient bien voir créer une AVA pour la West Sonoma Coast, délimitée à l'est par l'autoroute 116[1]. « Nous considérons toute vigne croissant à l'ouest de cette route comme appartenant à la West Sonoma Coast. Les vignes plantées sur le littoral sont indéniablement liées à leur milieu maritime, tandis que les vignes à l'est de cette limite ne présentent pas ce caractère. »

Récemment, Peay et quelques-uns de ses voisins (Failla, Freeman, Littorai, Freestone et Red Car) ont créé l'association des Vignerons de la West Sonoma Coast, qui compte actuellement trente-cinq membres. La leçon à retenir, comme en Bourgogne, est que c'est le nom du vigneron qui détermine l'appellation des vins.

Thomas Brown est une nouvelle superstar de la vigne dont des clients tels que Schrader, Maybach ou Outpost s'arrachent les cabernets sauvignons et les zinfandels[2]. Mais son projet personnel, Rivers-Marie, est lui aussi consacré aux cépages bourguignons : pinot noir et chardonnay. Ses cabernets de petit producteur lui valent

1. Qui décrit une ligne parallèle au littoral à une distance d'environ vingt kilomètres. (N.d.T.)

2. On parle bien ici de raisins produits pour ses clients vignerons et non de vins. (N.d.T.)

régulièrement des notes proches de 100, mais pour certains geeks du vin, son plus bel accomplissement est la note de 94 décernée par le critique Allen Meadows, du site financier Burghound.com, à son Rivers-Marie Summa Vineyard Sonoma Coast Pinot Noir 2004. Or on sait que Meadows est un adorateur du vrai bourgogne qui fait ordinairement peu de cas des pinots noirs de Californie. Si vous aviez eu la chance d'être sur la mailing list de Brown, vous auriez pu avoir ce vin pour 50 dollars la bouteille, ce qui est beaucoup moins cher que la moyenne des cabernets sauvignons de Napa. Malheureusement, il n'en a fait que soixante caisses. Mais comme lui et sa femme Genevieve viennent juste d'acquérir le vignoble, nous pouvons espérer à l'avenir d'autres beaux millésimes de Summa.

Ces pinots noirs de la nouvelle vague de Sonoma sont généralement faits en très petite quantité, mais ils sont bien meilleur marché que les cabernets cultes de Napa ou les grands bourgognes : la plupart d'entre eux coûtent entre 30 et 60 dollars. Et ils sont merveilleusement adaptés à la table. Si la Bourgogne reste l'inspiration principale de la plupart de ces viticulteurs, ceux-ci ont le bénéfice d'un climat plus stable et plus clément, ce qui signifie que vous risquez moins d'être déçu par un pinot noir de Sonoma que par un de ces vins de la Côte-d'Or bien connus pour leur manque de fiabilité.

La cave de mes rêves : Ted Conklin et l'American Hotel

Ne vous méprenez pas : je suis ravi de payer le double, voire le triple du prix au détail d'une bouteille encore très loin de la maturité, comme c'est souvent le cas quand j'ouvre une carte des vins. Oui, même à Manhattan. Je suis new-yorkais, j'ai l'habitude de me faire brutaliser. Oui, oui, je sais. Mes amis restaurateurs m'ont déjà tout expliqué de ces questions économiques : le coût du stockage, la difficulté à trouver un bordeaux ou un barolo suffisamment âgés, et bla bla bla. Mais je ne peux pas m'empêcher de rêver à ces cartes des vins à l'ancienne, comme celle du 21 à New York, de Bern's Steak House à Tampa ou de La Tour d'Argent à Paris, alignant des centaines de bouteilles de vieux millésimes parfois facturés à des prix carrément rétro indiquant que le vin a été acheté en primeur. L'American Hotel à Sag Harbor, dans l'État de New York, possède une de ces cartes à en baver de convoitise. C'est en 1972 que son propriétaire, Ted Conklin, soixante-deux ans, acheta et restaura cet hôtel à l'abandon dans un ancien port baleinier. Il y installa un restaurant et, petit à petit, se constitua une des plus belles caves des États-Unis.

Les sources historiques ne mentionnent rien sur le choix des breuvages dispensés par la taverne de

James Howell, qui s'élevait sur l'actuel site de l'hôtel lors de l'occupation de Sag Harbor par les troupes britanniques en 1777. On sait toutefois que les colons aimaient alors le madère et le rhum. C'est à cet endroit précis que le commandant des *redcoats*[1] fut capturé à l'occasion d'un raid audacieux mené par le lieutenant-colonel Return Jonathan Meigs, vétéran de la bataille de Bunker Hill, venu de New Haven avec deux cent trente-quatre hommes à bord de treize baleiniers. Meigs et ses hommes tuèrent ou firent prisonniers la majeure partie de la garnison anglaise, saisirent des tonnes de butin – dont dix barriques de rhum – et retournèrent à New Haven sans avoir perdu un seul soldat. Malgré le succès de cette entreprise, Sag Harbor mit de nombreuses années à se remettre du traumatisme de l'occupation. La prospérité arriva enfin au début du XIXe siècle lorsque Sag Harbor devint un important port baleinier. L'American Hotel fut édifié sur le site de la taverne de Howell. Les estaminets du port étaient alors assez célèbres pour inspirer à Herman Melville dans *Moby Dick* une allusion peu charitable : « Arrivé enfin dans le vieux Sag Harbor, il vit ce que les marins y faisaient […] et le pauvre Queequeg considéra la cause comme perdue. Il pensa : c'est un monde pourri sous tous les méridiens et je mourrai païen. »

La prospérité de Sag Harbor se termina presque au moment où l'on découvrit de l'or en Californie. Les baleines se faisaient rares et le kérosène commençait à remplacer l'huile de baleine ; la plupart des baleiniers se mirent à souquer vers San Francisco, emportant à leur bord beaucoup des hommes jeunes et valides de la ville. Lorsque Ted Conklin acheta l'American Hotel en

1. Soldats anglais, qui portaient un uniforme rouge. (N.d.T.)

1972, ce n'était plus qu'une coquille vide à l'abandon, avec un fourneau à charbon et quatre cabanes au fond du jardin. La cave, où reposent maintenant des milliers de grands crus, était enfouie sous un demi-mètre de cendre de charbon que Conklin remonta lui-même un seau après l'autre. Sag Harbor était alors une ville d'ouvriers, une parente pauvre des élégantes stations balnéaires de Southampton et East Hampton, mais elle avait pour elle une riche et ancienne tradition littéraire qui remontait au séjour de Fenimore Cooper. John Steinbeck, Nelson Algren et Spalding Gray y résidèrent longuement ; E. L. Doctorow, Wilfrid Sheed et Thomas Harris ont tous une maison à Sag Harbor. Conklin avait la vision d'un établissement où les plombiers se mêleraient aux écrivains, bien qu'il y ait ces temps-ci un peu plus des seconds que des premiers, surtout en été lorsque Sag Harbor est envahie par les riches New-Yorkais.

Conklin, qui n'avait que vingt-trois ans quand il acquit l'hôtel, était déjà propriétaire d'un restaurant très populaire à Westhampton, tout près ; il avait aussi eu le temps de restaurer une ferme dans le nord de l'État de New York, de se marier et de divorcer. Bien qu'il soit né à New York et ait grandi à Manhasset, une banlieue du Queens, de profondes racines le relient à Sag Harbor. Un de ses ancêtres, Ananias Conklin, était l'un des fondateurs de la ville. Après avoir été, selon Ted, « chassé de Salem (Massachusetts) par la même clique que celle qui avait financé les procès en sorcellerie », il avait pris possession d'une terre qui devait plus tard être intégrée au cadastre de Sag Harbor.

Ted Conklin, récemment remarié avec une ancienne flamme de ses années d'étudiant retrouvée par hasard à Palm Beach, habite la maison construite en 1700 par son ancêtre Ananias ; et bien qu'à l'époque son achat de l'American Hotel ait pu sembler mû par une impulsion, le sens de l'histoire et de la tradition est profondément ancré en cet homme. Il s'habille comme un lycéen de pension de luxe – blazer bleu marine, chino et chaussures de bateau –, est un passionné de voile et voue une profonde affection à tout ce qui touche à la marine, notamment à son vieux yacht Trumpy de 23 mètres et de cinquante ans d'âge, amarré au quai de la marina toute proche de l'hôtel. Son autre grande passion, c'est le vin.

Il semble avoir eu un palais précoce. « Quand j'étais étudiant, mes parents buvaient de l'Almaden Mountain Chablis, et mon instinct me disait que ce n'était pas très bon. Quand ma mère finit par découvrir le zinfandel blanc[1], je sus qu'il était temps de quitter le foyer familial. » Pour qui connaît Conklin, l'histoire est crédible. C'est un homme aux opinions tranchées en matière de goût et de style, et qui n'a pas plus de patience pour les imbéciles que pour les vins roses sucrés. Malgré ses manières impeccables, il laisse facilement voir son irritation ou son ennui, y compris quand il est question de vin. Il est facile de constater que le flegme de sa sensibilité wasp est souvent en porte à faux avec son épicurisme démesuré.

Pendant sa brève vie de fermier, il s'imprégna de la lecture de *Mastering the Art of French Cooking* de Julia Child[2] et se forma au vin en lisant des auteurs

1. Les vins de la marque Almaden et le « white zinfandel » (en réalité un rosé douceâtre produit à partir du cépage noir zinfandel) sont des vins de grande consommation que les geeks du vin ne prennent pas très au sérieux. Voir aussi page 289, « Le zinfandel ». (N.d.T.)

2. Ou *Comment maîtriser l'art de la cuisine française*. Parus pour la première fois en 1961 et non traduits en français, ces

tels que Frank Schoonmaker[1] et Frederick Wildman. « En ce temps-là, dit-il, quand on disait "vin", on disait bordeaux, et les bordeaux étaient encore accessibles. On pouvait vraiment s'offrir du château-d'yquem. » Lorsqu'il ouvrit son hôtel, Conklin eut la chance de bénéficier de l'expérience d'un aficionado du vin, l'importateur-distributeur Gus Gantz, qui, une fois que Conklin eut dégagé sa cave, l'aida à la garnir de vins de Bordeaux dont certains y reposent encore confortablement. Il mit ensuite un chef français aux fourneaux, suivi par beaucoup d'autres au fil des années. Spécialisée dans les poissons et les fruits de mer locaux, la carte du restaurant a toujours eu une orientation française.

Conklin ne se souvient pas du nom de tous ses chefs français, mais il se rappelle précisément le moindre de ses achats de vins et son prix. « L'un de mes premiers achats fut du calon-ségur 1966 », me dit-il en me guidant dans le labyrinthe de sa cave. « 36 dollars la caisse à l'époque. » La cave, quoique très propre, est un véritable capharnaüm, encombrée de murailles de caisses de bois et de carton empilées et formant d'étroites allées, couvertes de casiers et d'étagères sur tous les murs. Et pourtant, chacune des bouteilles figure sur un fichier Excel avec l'indication de son emplacement précis pour Ted et son personnel.

À l'origine, sa carte des vins – qui compte main-

---

deux volumes écrits par Julia Child, Simone Beck et Louisette Bertholle jouèrent un rôle de premier plan dans l'initiation des Américains du Nord à la cuisine française et furent à l'origine de maintes vocations culinaires. (N.d.T.)

1. Voir « Auteur, importateur, gentleman espion », page 143, et « Le marchand de vins au palais d'or », page 149. Frederick Wildman est un célèbre importateur de vins français, installé à New York depuis 1934. (N.d.T.)

tenant 114 pages – était principalement composée de bordeaux. Elle rassemble encore une sélection impressionnante de trésors bordelais, du château-gruaud-larose 1961 (795 dollars) au château-lafite-rothschild 2006 (1 400 dollars), en passant par une multitude de bouteilles facturées bien en dessous du prix qu'elles atteindraient dans une vente aux enchères. Cependant, il trouve que les grands crus de Bordeaux commencent à être hors de prix. Il a beau adorer ces vins, l'idée de dépenser une somme à quatre chiffres pour une bouteille le révolte. « Les premiers crus classés de Bordeaux sont devenus une marchandise. Et quand ils deviennent une marchandise, ils n'ont plus leur place à table. » Mais il ne renonce pas à ses habitudes bordelaises pour autant, et j'ai entraperçu dans l'entassement de sa cave pas mal de caisses de grands crus classés en millésime 2005 et 2006 – et parmi eux des petrus et des lafite.

Cette cave serait déjà extraordinaire par sa collection de vieux millésimes, bien fournie en bourgognes, mais elle l'est aussi parce qu'elle reflète la réalité viticole du nouveau village global. Conklin se met régulièrement à jour ; il s'enthousiasme actuellement pour les blancs de Nouvelle-Zélande, les pinots noirs de Sonoma et les malbecs d'Argentine. Il est aussi depuis longtemps un supporter des grands crus de Long Island. Assis sur le perron de son hôtel, entre deux saluts à des passants, il me confie : « Il n'y a jamais eu autant de bons vins qu'aujourd'hui. » Et comptez sur Ted Conklin pour les découvrir et les acheter, mais aussi pour trouver encore un peu de place dans sa cave.

Un Toscan dans la maison : Julian Niccolini et le Four Seasons

« C'est New York », dit Julian Niccolini, indiquant du regard la grande baie vitrée du Grill Room, fameuse création architecturale de Philip Johnson où déjeunent en ce moment Barbara Walters, Charlie Rose et le gouverneur George Pataki. « Les gens ici savent ce qu'ils veulent. Ils connaissent le vin. Et ils adorent frimer. » Il est en train de m'expliquer pourquoi, dans ce restaurant qui a sans doute influencé plus qu'aucun autre la manière dont les Américains boivent et perçoivent le vin, il n'y a pas de sommelier. « Depuis toujours, l'idée qui règne ici, c'est que le client sait ce qu'il veut. »

L'absence d'un responsable de cave n'est qu'une particularité parmi bien d'autres qui font du Four Seasons la quintessence du restaurant nord-américain. Ici, on envisage le vin comme on envisage la nourriture et les plans de table : avec un mélange savant d'esprit démocratique et d'esprit ploutocratique, d'informalité yankee et de snobisme new-yorkais. Si le client a toujours raison, c'est d'abord parce qu'il est vraisemblablement soit riche, soit puissant, soit très sûr de lui, soit les trois à la fois. Quoi qu'il en soit, aucun client n'est au-dessus de l'esprit brillant de Niccolini, d'une causticité tout européenne. Assis un soir avec moi dans l'oasis sereine de la Pool Room – Grill Room au déjeuner, Pool Room au dîner est une formule aussi indiscutable que vin blanc avec le poisson et vin rouge avec la viande –, il se leva brièvement pour souhaiter le bonsoir à un banquier aux cheveux argentés qui se préparait à sortir, une jeune beauté au bras. Quand il se rassit pour remplir mon verre, il me dit : « Il a intérêt à la ramener vite fait à la maison, sa petite pilule bleue commence à faire effet. »

Depuis son ouverture en 1959 au premier niveau du Seagram Building, célèbre gratte-ciel de Mies Van der Rohe sur Park Avenue, le Four Seasons a exercé une influence immense non seulement sur la cuisine nord-américaine mais aussi sur le service et le type de décoration intérieure qui s'y rattachent. Même s'il n'est plus tout à fait à l'avant-garde des révolutions culinaires et œnologiques qu'il a contribué à provoquer, il reste jusqu'à ce jour exemplaire dans son approche du service du vin et de sa facturation. Il faut en féliciter Niccolini, copropriétaire du lieu avec le Suisse Alex von Bidder et seul maître de la cave après Dieu.

Dès l'origine, le Four Seasons s'est consacré à la promotion de vins de Californie et même de l'État de New York. En 1976 – l'année même où eut lieu le jugement de Paris[1], dégustation à l'aveugle où l'on vit les vins de Californie battre les vins français –, le propriétaire

1. L'événement se tint à Paris, d'où le jeu de mots sur « Paris » et « Pâris ». Organisée le 24 mai 1976 par le caviste anglais Steven Spurrier, cette dégustation à l'aveugle présenta de grands bordeaux et des vins de Californie rouges et blancs à un jury composé de dégustateurs français (les votes de Steven Spurrier et de l'Américaine Patricia Gallagher ne furent pas comptabilisés). En rouge, à Stag's Leap Wine Cellars 1973 (Napa) arriva premier devant château-mouton-rothschild 1970, et en blanc,

d'alors, Paul Kovi, organisa la première dégustation de producteurs californiens, ce qui fit connaître au plus gros marché nord-américain l'appellation émergente qu'était alors Napa. Vingt ans plus tard, Warren Winiarksi, propriétaire de Stag's Leap Vineyard, s'en souvient : « Quand Paul nous invita en 1975, c'était la première fois que nos vins étaient pris au sérieux ailleurs qu'en Californie. Notre estime de nous-mêmes en fut considérablement renforcée. » Au bout de dix ans, la dégustation de producteurs fut remplacée par un dîner annuel de présentation du dernier millésime de chaque grand cru classé bordelais, un événement que tout le monde s'arrache, comme on peut s'y attendre. Entre-temps, peu après la première dégustation de producteurs, Kovi et son associé Tom Margittai avaient débauché Niccolini du Palace où il travaillait – c'était alors le restaurant le plus cher du pays – pour lui faire reprendre en main leur Grill Room en perte de vitesse. Il en fit le tout premier rendez-vous new-yorkais pour les *power lunches* des titans des médias, de la publicité, de la finance et de la mode.

Niccolini a pratiquement grandi dans le monde de l'hôtellerie-restauration. Son père, qui fut résistant pendant la guerre, tenait un petit café-bazar de village au sommet d'une colline toscane. Il y vendait des provisions, du vin, de l'épicerie, et y servait la cuisine de la maison à l'heure des repas. Enfant, Julian courait déjà la campagne à la recherche de cèpes, transvasait le vin des dames-jeannes dans des bouteilles et aidait sa mère à la cuisine. À seize ans, il entra à l'école hôtelière de Rome et, de là, se retrouva à l'Hôtel de Paris à Monte-

Chateau Montelena 1973 (Calistoga, Napa) arriva premier devant le meursault charmes-roulot 1973. (N.d.T.)

Carlo. Au fil du temps, sa passion pour le vin se mua en une véritable expertise car il passait l'essentiel de ses vacances à explorer les grands vignobles du monde. Sa première visite à Napa remonte à 1977, et en 1979 il se rendit à Montalcino bien avant que le brunello-di-montalcino ne devînt célèbre dans son pays d'origine.

Kovi et Margittai avaient initialement engagé Niccolini pour ses aptitudes au service de salle, mais ils ne tardèrent pas à lui confier la responsabilité de la cave et des dîners spéciaux, tels que ceux qu'il organisa pour présenter les vins de Montalcino et du Piémont (patrie du barolo et du barbaresco), précédant et préparant ainsi la montée en puissance des vins italiens aux États-Unis.

Aujourd'hui, des années après l'acquisition conjointe du restaurant par Niccolini et von Bidder, le Toscan raffiné dirige à lui seul toute la cave et le service du vin avec un enthousiasme mêlé d'insouciance. (« Ne bois pas ça, c'est dégueulasse », me dit-il, sans goûter, d'une carafe de vin rouge qu'un client du restaurant m'a fait envoyer de sa table.) En cette ère de brigades de sommeliers avec un chef sommelier à leur tête, Niccolini reste une sorte d'amateur passionné, et alors même que sa sélection au verre reste limitée et sa carte des vins quelque peu conservatrice, ses marges sur les vins, Dieu merci, sont tout aussi conservatrices, ce qui est une bénédiction dans un restaurant si cher. Son châteauneuf-du-pape Mont Redon de l'excellent millésime 2007, par exemple, n'était facturé que 77 dollars en octobre 2011. Le Krug 1998 peut vous sembler cher à 390 dollars, à moins que vous ne soyez au courant de son prix au détail : près de 250 dollars. Il a tous les cabernets cultes de la Napa Valley : Colgin, Araujo et Bond. Les ploutocrates peuvent commander le Screaming Eagle 2007 à 2 500 dollars, tandis que les plus modestes remarqueront peut-être le cabernet sauvignon Newton[1] non filtré à 95 dollars.

Quel que soit son amour pour le vin, Julian Niccolini l'envisage dans un cadre défini et ne le laisse jamais sortir de son rôle : celui d'un plaisir destiné à accompagner la bonne chère, la conversation et les choses de l'amour. « Elle est jolie ? » demande-t-il lorsqu'un chef de rang vient l'informer qu'une cliente désire le saluer avant de partir. Sans attendre la réponse, il se lève, laisse son verre de condrieu sur la table et va souhaiter le bonsoir à la dame en question.

1. Screaming Eagle est un rouge de très petit rendement fabriqué à Oakville, dans la Napa Valley, à partir de cépages bordelais. La *winery* Newton, également à Napa, produit des rouges (cabernet sauvignon, merlot) et des blancs (chardonnay) non filtrés. (N.d.T.)

Joe « Vino » Bastianich prend son envol

Fini de travailler pour Mario !

Bien qu'il se soit considérablement affiné depuis notre première rencontre grâce à une pratique assidue de la course de fond, Joe Bastianich a ces temps-ci une sacrée carrure. On le connaissait naguère comme second de Mario Batali et fils de Lidia Bastianich, tous deux chefs et stars du petit écran, mais ce restaurateur récemment aminci est à son tour sous le feu des projecteurs. Depuis 2010, il s'est fait un nom en tant que juge de l'émission *Master Chef* sur Fox, et il est associé dans le projet Eataly[1], ce Disneyland new-yorkais de la cuisine italienne qui connaît un succès retentissant. Il a aussi écrit *Grandi Vini : An Opinionated Tour of Italy's 89 Finest Wines*[2]. En fait, Bastianich a créé un empire de la restauration qui compte parmi les plus influents d'Amérique, mais sa grande passion, celle qui fait réellement battre son cœur, c'est le vin.

Il est né pour ainsi dire dans le métier. Ses parents, réfugiés d'Istrie après l'annexion de cette province

1. Centre commercial dédié à la cuisine italienne, au 200, Ve Avenue, à Manhattan. Dans le même espace sont réunis restaurants, magasins d'alimentation, pâtisserie, caviste et école de cuisine.

2. Publié aux États-Unis par Clarkson Potter, 2010. Non traduit en français. (N.d.T.)

italienne par la Yougoslavie, avaient travaillé dans plusieurs restaurants de Queens avant d'ouvrir le leur, Buonavia, en 1970, à Forest Hills. « C'était un restaurant de prolétaires », se rappelle Joe. Les chefs n'étaient pas encore des stars et Bastianich fils ne trouvait pas l'affaire familiale très glamour. Pourtant, en 1979, les Bastianich traversèrent enfin l'East River et ouvrirent à Manhattan leur restaurant Felidia, sur la 58e Rue Est. La cuisine de Lidia Bastianich plut immédiatement, révélant au public une forme de gastronomie italienne très éloignée, au sens géographique et au sens figuré, du poulet parmigiana ou des spaghettis-boulettes. Et moi, lorsque mon éditeur m'y invita à déjeuner en 1984, Dieu m'est témoin que je n'avais encore jamais rien mangé de tel et que je n'avais encore jamais rien bu de semblable au barolo qu'il commanda.

Pendant un temps, le fils de Lidia essaya de troquer la restauration contre Wall Street. Il passa trois ans chez Merrill Lynch puis chez Lehmann avant de s'embarquer en 1990 pour un pèlerinage vers la maison de ses ancêtres, principalement attiré par son amour du vin. « 1990 a marqué un tournant pour l'Italie, non seulement parce que c'était un millésime admirable mais aussi parce que c'était une année de transition. Du Frioul à la Sicile, je travaillai comme employé de chai. » En Piémont, il entra en apprentissage chez deux des meilleurs producteurs de barolo (estimé en Italie comme « le roi des vins et le vin des rois »), Bruno Ceretto et Luciano Sandrone, et à Montalcino, il apprit le métier auprès d'Andrea Costanti.

Le Frioul, berceau de sa famille, est sans doute la région d'Italie dont proviennent les meilleurs vins blancs. Comme il l'écrit lui-même dans *Grandi Vini*, « En Frioul (…) les douces collines des contreforts des

Alpes Juliennes plongent dans le lagon tiède et saumâtre de l'Adriatique Nord... Et la combinaison magique des vents frais des premières et des vents chauds du second, ajoutée au terroir, provoque un miracle climatique idéal pour la production de vins blancs de garde, structurés mais aromatiques. » Dans cette région, il travailla avec Livio Felluga, un des meilleurs producteurs locaux. Avant la fin de la décennie, Bastianich devait acquérir l'un des domaines viticoles historiques du Frioul, mais entre-temps il retourna à New York.

« Je suis entré dans la restauration pour rester en contact avec le vin », dit-il, sirotant un verre de barolo dans son nouveau restaurant, Manzo, un steak-house italien au cœur d'Eataly. Becco, son premier restaurant, fut ouvert en partenariat avec sa mère. Situé dans le quartier des théâtres à Manhattan, il avait une très longue carte des vins dont toutes les sélections étaient facturées à 15 dollars (elles sont maintenant à 25 dollars). « Mais j'ai fini par me rendre compte qu'il m'était impossible de travailler avec ma mère. » Ce fut pourtant Lidia qui lui présenta son futur associé, le chef Mario Batali, à la cérémonie des James Beard Awards[1] en 1993. « Après le travail, nous sortions nous balader, boire un coup, manger un morceau », se souvient Batali. C'est ainsi que les deux hommes devinrent les Larry Page et Sergueï Brin[2] de la scène gastronomique new-yorkaise du deuxième millénaire. Ou peut-être les Simpson et Bruckheimer[3], avec Bas-

1. Concours annuel distinguant les meilleurs chefs, organisé à New York par la James Beard Foundation et surnommé « les Oscars de la cuisine ». (N.d.T.)

2. Fondateurs de Google. (N.d.T.)

3. Don Simpson et Jerry Bruckheimer, célèbres producteurs de cinéma associés (Simpson est décédé en 1996). (N.d.T.)

tianich dans le rôle de Bruckheimer, l'associé fiable et sérieux. « Joe sait garder la tête froide, dit Batali. Moi, il m'arrive de m'emballer. » (Ses amis et ses collaborateurs qualifieraient sans hésiter cette dernière phrase d'euphémisme.)

En 1997, Joe acheta un terrain à Collio, dans le Frioul, qui incluait des vignes de cépage tocai de soixante ans d'âge plantées dans une splendide cuvette orientée au sud, formant un bel amphithéâtre naturel ; il acheta aussi, dans la ville de Butrio, une imposante bâtisse à tourelle du XIIIe siècle qu'il convertit en chai. L'année suivante, avec son maître de chai Emilio Del Medico, il produisit son premier millésime de tocai (qu'il faut désormais appeler tocai friulano en vertu de régulations européennes) ainsi qu'un blanc baptisé Vespa, assemblage de chardonnay, de sauvignon blanc et de picolit qui fut largement acclamé. La même année, il s'associa avec Batali pour ouvrir Babbo, restaurant italien avant-gardiste où Mario servit ses interprétations culinaires des classiques italiens. Son usage d'ingrédients alors inconnus tels que la joue de bœuf, le pollen de fenouil sauvage et les langues d'agneau mit les foodies new-yorkais dans un état de surexcitation. La carte des vins, 100 pour cent italienne et d'une exhaustivité rare – grâce à Joe –, se distinguait aussi par une nouvelle mesure de service du vin, le *quartino*, basé sur le *quarto* (quart de litre) couramment servi dans les *trattorie* italiennes ; mais au lieu de servir une piquette maison, Babbo proposait des crus fort respectables, parfois sortis d'un magnum. « Il y eut des clients pour s'énerver et exiger un verre, se souvient Bastianich. J'ai dû aller expliquer à toutes les tables que c'était une expérience à la bouteille dans un format au verre, et que cela permettait de contrôler la quantité de vin servie. » Chaque fois qu'une bouteille était servie, les verres étaient rincés avec une petite quantité de vin afin d'éliminer toute trace de détergent ou d'odeur de cuisine. Les New-Yorkais étaient très intrigués. Babbo ne comptait que huit places mais employait quatre sommeliers en salle, ce qui eut un énorme impact sur la culture du vin aux États-Unis et fit apparaître une nouvelle génération de sommeliers et d'amateurs passionnés.

Tandis que les vins de son domaine frioulan commençaient à accumuler les critiques élogieuses, Joe en créa une autre, cette fois dans la région toscane de la Maremme, encore peu développée, en partenariat avec sa mère et Batali. Ils y produisent un joli morellino di scansano (nom local du cépage sangiovese, rendu célèbre par le chianti) et un assemblage de cépages internationaux conçu sur le modèle des « super-toscans[1] ». En 2008, Bastianich accomplit le fantasme suprême de l'œnophile italien en s'associant au domaine Brandini, dans la région de Barolo, ce qui est un peu l'équivalent d'épouser Carla Bruni ou de trouver une Ferrari Daytona 1970 en parfait état.

Joe écrivit son premier livre sur les vins en 2002 avec la collaboration du sommelier de Babbo, David Lynch. *Vino Italiano* est une étude précieuse et complète des nombreuses régions viticoles de la péninsule. *Grandi Vini*, écrit plus récemment, reflète une vision plus personnelle en compilant la liste de ses quatre-vingt-neuf vins favoris. Mon seul regret est qu'il n'ait pas poussé jusqu'à la centaine. Même ceux qui croient connaître

1. Catégorie de vins toscans de création relativement récente (années 70), réalisés en dehors du cahier des charges de l'AOP mais jouissant d'une excellente réputation et atteignant des prix élevés. (N.d.T.)

le sujet y feront des découvertes. Son choix se répartit équitablement entre producteurs traditionnels et producteurs d'avant-garde, mais il ne craint ni de défendre un vin peu apprécié par l'air du temps ni, au contraire, de mettre en question la sagesse conventionnelle.

Grandi Vini devrait provoquer pas mal de belles controverses et de beaux dérapages. Quoi, Sassicaia et pas Ornellaia ? Fontanafredda et pas Vietti ? (Que voilà de beaux noms à s'envoyer à la figure !) Et pourquoi n'y a-t-il que trois vins du Frioul, cette région que Joe aime tant ? Brunello est-il encore Brunello ? Que fait ce merlot dans ton chianti ? Ce sont là des questions qui méritent d'être disputées à l'italienne, avec force cris et gesticulations – ou peut-être plus calmement, en caressant un verre d'un vin réalisé par Joe ou choisi parmi ses quatre-vingt-neuf favoris.

Le sorcier fou de la Loire

Lorsque vous faites la connaissance de l'érudit et charmant Nicolas Joly au milieu du pittoresque chaos de sa bibliothèque, dans le manoir XVIIIe qui abrite ses chais, vous l'imaginez mal en train de danser tout nu dans ses vignes à minuit en brûlant des peaux de lapin, détail récemment publié par un grand magazine français. Joly est probablement le leader mondial de la viticulture en biodynamie, ce qui implique des pratiques que l'on peut juger peu conventionnelles. Mais aucune ne consiste à danser nu dans les vignes.

Nicolas Joly est le propriétaire de la Coulée de Serrant, un domaine du Val de Loire au bord du fleuve. Il contient les restes d'un vieux château[1] démantelé pendant les guerres de Religion. (« Et maintenant, dit Joly, c'est la guerre entre bonne et mauvaise agriculture. ») La première plantation de cette vigne par des moines cisterciens date de 1113, et l'excellence de ses vins est reconnue depuis des siècles. Le roi Louis XI parle de la « goutte d'or » qu'on y voit briller, et sur une gravure que possède Joly, Louis XIV visite le vignoble à bord de son chariot. Le domaine était tenu

1. Le fort de la Roche aux Moines, construit au XIIe siècle. (N.d.T.)

en si haute estime qu'il acquit sa propre appellation, tout en étant inclus dans l'appellation Savennières.

Les parents de Nicolas Joly achetèrent la Coulée de Serrant en 1961 ; Nicolas avait alors seize ans. Il partit faire ses études à la Columbia Business School, puis travailla à Londres et à New York pour Morgan Guaranty, jusqu'à ce que retentît l'appel de la terre natale en 1977. « Les études financières me fascinaient », dit-il pendant que nous déjeunons dans le cloître médiéval de la propriété, où il vit avec son épouse, Coralie. « Et la vie était belle. Mais un jour, j'ai décidé que c'était terminé. »

Trente ans plus tard, au milieu de ses vignes où il fait caler sans arrêt sa Nissan Pathfinder en passant les vitesses n'importe comment, il semble le résultat d'un croisement improbable entre professeur d'université et agriculteur. Il s'arrête pour goûter les raisins – la vendange est imminente – tout en racontant l'histoire du domaine et les principes de la science médiévale. En fait, il a décidé de vendanger le lendemain de mon arrivée : il enverra ses vendangeurs au moins cinq fois dans les vignes, afin qu'ils ne sélectionnent que les grains les plus mûrs. Il aime attendre le moment où une partie des grains sont ratatinés, et rien ne le rend plus heureux que d'y voir un peu de botrytis, la pourriture noble, s'y installer.

Quand il revint s'occuper de la Coulée de Serrant, il se lança à corps perdu dans la viticulture. « Pendant deux ans, j'ai fait de l'agriculture conventionnelle », raconte-t-il. Sur les conseils d'un consultant, il employait des herbicides et des engrais chimiques. « Grave erreur », conclut-il. Il découvrit bientôt avec horreur les effets de ces méthodes sur son vignoble, devenu un désert biologique, dépourvu de toute vie microbienne et de tout insecte. En 1979, il tomba par hasard sur un livre en anglais consacré à la biodynamie, approche holistique de l'agriculture fondée sur une série de conférences données en 1924 par le philosophe autrichien Rudolf Steiner. L'année suivante, Joly se mit à appliquer à sa vigne les principes de la biodynamie. Depuis, il n'a cessé de les étudier, d'écrire sur le sujet et de l'enseigner à un nombre toujours croissant de disciples.

Ma première rencontre avec ce vin date de plus de vingt ans. J'avais commandé une bouteille de coulée-de-serrant 1982 à l'Union Square Cafe, à New York. Je me souviens encore de son intensité minérale, et je l'ai maintes fois cherchée ailleurs par la suite, mais c'est une chose difficile à trouver. Les bonnes années, Nicolas Joly produit moins de deux mille caisses, dont un quart est expédié vers les États-Unis.

Si particulier que soit ce vin, la coulée-de-serrant possède la typicité du savennières, minuscule appellation angevine (environ trois mille caisses de production annuelle) réputée pour être le paradis naturel du chenin blanc. La Coulée, comme tous les savennières, n'est faite que de ce cépage, dont le savennières est, selon certains connaisseurs, l'expression la plus parfaite (même si l'on ne peut pas dire que la concurrence soit très nombreuse). Dans les notes de dégustation, le coing revient souvent. Les vins peuvent être un peu âpres dans leur jeunesse, mais ils vieillissent le plus souvent avec grâce, se bonifiant avec les années et même les décennies. Que la Coulée soit réellement le meilleur des savennières ou l'expression unique d'un vignoble de 7 hectares (les deux sont également vrais), Joly insiste sur le fait que cette qualité n'a pratiquement rien à voir avec ses méthodes de viticulture. « Ce vin, je ne lui fais pratiquement rien, dit-il. Il se fait tout seul.

Pressurer, mettre en barriques, c'est tout. Tout le travail est déjà fait en amont, à la vigne. » Il n'ajoute aucune levure – les levures sont déjà sur les raisins – et il ne contrôle pas la température pendant la fermentation.

Nous y voilà : le gros cliché du jargon viticole 4.0 version 2012, c'est de dire que le vin est fait à la vigne et non au chai. Après une longue période passée à se reposer sur une technologie vinicole de pointe, même les sorciers du Nouveau Monde se mettent maintenant à évoquer l'importance de la bonne matière première (c'est-à-dire le raisin) et à se concentrer sur le vignoble. Mais les chais des grandes *wineries* de Napa à Bordeaux n'en restent pas moins équipés des installations les plus high-tech pour apprendre la discipline à ces vilains raisins qui n'en font qu'à leur tête. Pourtant, le chai de Joly, en comparaison avec ces derniers, déroute par son minimalisme : un pressoir pneumatique immaculé, de vingt-cinq à trente barriques de chêne et une petite annexe où sont stockées les bouteilles non étiquetées du millésime 1989. À l'ancienne.

Le système français de l'Appellation contrôlée, édicté dans les années 30 pour codifier des siècles de pratiques agricoles régionales, se fonde sur l'idée que les vins ne doivent refléter que leur lieu d'origine. Joly est un ardent défenseur de cette notion. Mais il est aussi persuadé qu'un vin n'a plus les moyens d'exprimer les aspects particuliers du sol et du climat – ce qu'on appelle le terroir – quand ce sol est bombardé de pesticides et de fertilisants et que le jus résultant subit des manipulations au chai. « Il y a aujourd'hui beaucoup de bons vins, dit-il, mais pas beaucoup de vins exceptionnels. »

Les pratiques de la biodynamie peuvent paraître un peu cinglées – l'une d'elles consiste à enterrer dans les vignes des cornes de vache remplies de fumier[1] –, mais elles reposent en grande partie sur une logique intuitive. Prenez par exemple les peaux de lapin. En biodynamie, les pesticides sont *verboten*. En revanche, tout prédateur (à condition d'avoir la taille requise) se retient de pénétrer en un lieu quand il y voit les cendres de ses congénères. Lorsque Joly s'aperçut qu'il avait un problème de lapins, il brûla une peau ou deux et répandit les cendres dans le vignoble. Selon lui, ça a marché. Bien qu'il rappelle que tous ces principes doivent être adaptés aux conditions spécifiques de chaque vignoble, certains sont communs à tous les viticulteurs. Des macérations de plantes telles que l'ortie sont vaporisées sur les vignes, et le fumier est employé comme fertilisant.

Ceux qui critiquent la biodynamie font observer que la coulée-de-serrant a toujours été un vin très estimé, et certains vont même jusqu'à affirmer qu'il était meilleur avant le changement de régime. Moi qui n'ai dégusté que très peu des vins antérieurs à ce passage, je les trouve excellents, certes, mais moins riches et moins complexes. En revanche, les deux derniers millésimes que j'ai goûtés étaient extraordinaires, chacun hautement individualisé : le 2008 corsé et tout en velours, à la limite du liquoreux mais vif et vibrant – une beauté robuste et juvénile comme Milla Jovovich dans *Resident Evil*. Le 2007 plus voluptueux, plus décadent, avait des notes miellées qui me rappelaient Ava Gardner dans *La Comtesse aux pieds nus*.

En 2007, Nicolas a créé Retour au terroir, une association de producteurs viticoles en bio et en biodynamie à laquelle adhèrent des pointures telles que Zind Hum-

1. Voir page 195, « La biodynamie est-elle une imposture ? ».

brecht en Alsace, le domaine Leflaive en Bourgogne, Movia en Slovénie et Araujo en Californie. S'il est vrai que la philosophie biodynamique touche au mysticisme, la dégustation de ces grands vins fournit une preuve empirique mais assez convaincante de son succès. Si l'on demandait à de nombreux connaisseurs la liste de leurs vins favoris tous pays confondus, la coulée-de-serrant ne manquerait certainement à aucune, car c'est un vin blanc qui sait allier une superbe richesse à une intensité perçante, l'expression enthousiasmante d'une terre et de la personnalité d'un homme qui assure n'y être pour rien.

La biodynamie est-elle une imposture ?

Baraqué, copieusement barbu, Stuart Smith cultive sa vigne avec son frère Charlie au sommet de Spring Mountain depuis plus de quarante ans. À travers les vins Smith-Madrone, les frères Smith se sont assuré un public discret mais assidu, bien qu'ils se soient tenus éloignés de certains usages conventionnels de la Napa Valley tels que le chêne français neuf, l'irrigation et les dithyrambes de Robert Parker. On a souvent entendu Stu, le plus bavard des deux frères, se plaindre du degré d'alcool et des prix de certains vins de Napa, tous deux beaucoup trop élevés d'après lui. Mais récemment, son esprit de contradiction s'est trouvé une nouvelle cible : la viticulture en biodynamie.

La biodynamie est un système d'agriculture biologique fondé sur les enseignements de Rudolf Steiner, fondateur autrichien de l'anthroposophie[1], et particulièrement sur une série de conférences qu'il donna devant un auditoire d'agriculteurs en 1924. La biodynamie se fonde sur de nombreux principes communs avec l'agriculture bio – notamment le refus des pesticides et

1. Doctrine spirituelle holistique et humaniste englobant tous les aspects de la vie et à laquelle se rattache l'agriculture biodynamique. (N.d.T.)

des engrais chimiques – mais elle va plus loin, incluant entre autres pratiques les plantations et les récoltes en fonction des cycles lunaires et solaires. Certains des domaines viticoles français les plus vénérés ont adopté la biodynamie : entre autres le domaine de la Romanée-Conti, le domaine Leroy, la Coulée de Serrant[1] et Zind Humbrecht. Et ces dernières années, la doctrine a fait des convertis à Napa et à Sonoma : Araujo, Benziger, Grgich Hills, Sinskey et Quintessa pour ne citer que ceux-là. En 2009, Stu Smith provoqua une petite déflagration au niveau local en publiant une lettre ouverte dans le *Press Democrat* de Santa Rosa, arguant que « la biodynamie est une imposture et mérite le même niveau de respect que celui que nous accordons à la sorcellerie ». Il continue de livrer bataille sur un blog intitulé *Biodynamics Is a Hoax*.

« Rudolf Steiner était complètement cinglé, écrit-il. C'était un charlatan doué d'une formidable imagination, une sorte de Timothy Leary[2] défoncé au LSD avec le talent de P. T. Barnum pour le show-business. »

Afin de démontrer son propos, il cite abondamment Steiner – une chose que, selon lui, les disciples de Steiner évitent de faire – et il est vrai qu'il y a des trucs assez délirants : fantômes, lémuriens, créatures gélatineuses habitant l'Atlantide. La méthode biodynamique la plus emblématique et la plus controversée consiste à enterrer une corne de vache remplie de fumier à l'équinoxe d'automne. À l'équinoxe de printemps, ou vers cette période, on déterre la corne et on dilue le fumier dans

1. Voir « Le sorcier fou de la Loire », page 189.
2. Psychologue et écrivain américain (1920-1996) qui vanta avec conviction les bienfaits des drogues psychédéliques telles que le LSD. (N.d.T.)

l'eau. La mixture prend alors le nom de BD 500 et doit être vaporisée sur les vignes.

« Voyez-vous, écrit Steiner, quand on enterre la corne de vache remplie de fumier, on préserve les forces éthériques et astrales que la corne reflétait lorsqu'elle était encore sur la vache. Et parce que la corne de vache est désormais entourée de Terre de toute part, tous les rayons astralisants et éthérisants de la Terre confluent vers sa cavité intérieure. Le fumier contenu dans la corne attire ces forces et s'en trouve dynamisé. Si on laisse la corne enterrée pendant tout l'hiver – saison durant laquelle la Terre est à son maximum de vitalité intérieure –, toute cette vie est conservée dans le fumier, transformant le contenu de la corne en une puissance extrêmement concentrée, vitalisante et fertilisante. » À cela beaucoup d'œnophiles ne manqueraient pas de répondre : « Hein ? »

D'après mon expérience, Smith n'a pas tort quand il dit que les adeptes de la biodynamie préfèrent parler des résultats plutôt que de citer Steiner dans le texte (avec l'exception notable du volubile et érudit Nicolas Joly, propriétaire de la Coulée de Serrant). Un bon exemple de cela est Robert Sinskey, de Sinskey Vineyards à Carneros. Il n'y a pas longtemps, il me dit qu'en 1990, en compagnie de son maître de chai Jeff Virnig, il s'était rendu à une de ses vignes de Carneros qui semblait décliner. « Un seul regard sur le sol nous fit comprendre qu'il était en déséquilibre », dit-il. Aucune bêche ne pouvait entrer dans le sol, il fallut l'ouvrir à la pioche. On n'y voyait pas un seul ver de terre et il n'y avait que très peu d'humus. Jusqu'alors, ils s'étaient efforcés de tuer tout ce qui, dans ce sol, interférait avec la croissance de leurs vignes, rajoutant ensuite des fertilisants pour compenser la perte de nutriments. « Nous avions, essentiellement, rendu le sol stérile », conclut-il.

L'année suivante, ils vaporisèrent la préparation BD 500 sur cette même vigne. « Cette mixture riche en micro-organismes a fait revenir la vie », raconte Sinskey. « En quelques années, le sol regorgeait d'activité microbienne, de vers de terre et de mycorhizes. Et cette vigne que nous avions trouvée en détresse devint un de nos sites favoris et nous donne actuellement un de nos meilleurs vins. »

La question qu'on a tout de suite envie de poser aux viticulteurs biodynamiques est la suivante : s'ils appliquaient les principes de l'agriculture biologique, qui évite elle aussi les herbicides et les pesticides, sans se référer à Steiner ni aux puissances cosmiques, obtiendraient-ils les mêmes résultats ? En 2005, un article de l'*American Journal of Enology and Viticulture* intitulé « La qualité des sols et des vignes dans les vignobles cultivés en biodynamie et en agriculture biologique » comparait les deux approches et trouvait peu de différences entre elles. Mais la plupart des viticulteurs certifiés en biodynamie à qui j'ai pu m'adresser au fil des années m'ont dit avoir commencé en bio avant de passer aux méthodes steineriennes, lesquelles, de leur avis unanime, leur ont donné de bien meilleurs résultats et des vignes plus saines.

Jeff Dawson, qui travaille comme consultant biodynamiste pour les domaines Araujo et Quintessa à Napa, cite l'argument que le cabernet sauvignon d'Araujo a mûri beaucoup plus tôt que ses voisins lors des derniers millésimes, « et c'est grâce à la biodynamie », ajoute-t-il. (Selon un voisin sceptique, c'est parce que le site est plus chaud que les autres.) C'est après avoir travaillé dans un potager cultivé en biodynamie au domaine

Fetzer, à Mendocino, et s'être extasié sur la qualité des produits obtenus, que Dawson commença de s'intéresser à ces méthodes. Il étudia les enseignements de Steiner avant de créer un potager biodynamique pour Steve Jobs. « Steve est vegan et crudivore, et il adore les bons fruits et les bons légumes », dit-il du fondateur d'Apple. Je présume que Jobs devait avoir l'esprit scientifique, et pourtant Dawson le cite *verbatim* : « Ce Steiner savait de quoi il parlait. » S'il entendait ça, Stu Smith lèverait les yeux au ciel et déclarerait qu'il n'y a aucune base scientifique aux prétentions de la biodynamie. Et il a raison : il n'y en a pas.

Confronté à ce genre de scepticisme, Dawson paraphrase Steiner : « La science a jeté son filet sur le monde naturel, mais le maillage de ce filet n'est pas assez fin pour attraper tous les aspects de la création. » De nombreux adeptes semblent croire que la science, un jour, se mettra au diapason des principes de la biodynamie, notamment sur l'influence des systèmes solaire et stellaire sur le comportement végétal et animal.

Il me semble qu'on peut au moins mettre au crédit de la biodynamie le fait qu'elle implique une approche plus intime de la terre et que ses produits risquent moins que d'autres d'être contaminés par les substances toxiques que l'agriculture conventionnelle utilise depuis des décennies. On peut également rappeler qu'elle est en bonne compagnie. Le domaine de la Romanée-Conti et le domaine Leroy, pour ne citer que ces deux-là, sont unanimement reconnus comme deux des plus grands vignobles de la planète. Et les novices sont nombreux à vouloir rejoindre une telle Église, même si les critiques comme Stuart Smith avancent que ces domaines étaient déjà grands avant de passer à la biodynamie. Ce dont on est sûr, c'est que la biodynamie marche désormais main dans la main avec l'inévitable conscience verte. Qu'il s'agisse de la résurgence d'une approche originelle holistique de la nature ou simplement d'un bidon de BD 500, les amateurs de vins n'ont pas fini d'en entendre parler dans les années à venir.

Le Modigliani de Healdsburg

David Ramey, au volant de sa voiture, parcourait une route poussiéreuse au pays de la tequila et du mezcal quand il eut ce qu'il décrit comme « son coup de tonnerre » ou, si l'on peut dire, son chemin de Mexicali. Il eut soudain la révélation qu'il voulait faire du vin. « Je me suis dit : le vin rend les gens heureux, et il est à l'intersection de l'art et du commerce. » Pour un jeune Californien qui venait de décrocher son diplôme de littérature américaine à l'université de Santa Cruz, le choix n'allait pas de soi, car il impliquait de retourner à la fac pour potasser la chimie et quelques autres matières qu'il avait négligées pendant ses études. Une fois cela accompli, il put enfin s'inscrire aux cours de viticulture et d'œnologie de l'université Davis, le West Point de l'industrie du vin californienne. Mais David n'eut jamais à regretter cette décision.

Ramey découvrit qu'il était taillé pour le job. Après une brève expérience à Petrus, dans le Bordelais, en 1979, il revint en Californie du Nord avec une vision de la viticulture plus nuancée que l'approche technocentrique dans laquelle il avait baigné à Davis. De fil en aiguille, il devint une figure marquante de cette génération post-Mondavi qui fit des années 90 l'âge d'or de Napa et de Sonoma. Contrairement à beaucoup de ses contemporains, Ramey affectionne un style reposant davantage sur l'équilibre que sur la puissance. Ses vins ne sont jamais les plus opulents, ni les plus mûrs, ni les plus alcoolisés, et son esthétique tient plutôt de Modigliani que de Botero. Déguster un chardonnay de Ramey à côté d'un chardonnay de Kistler Vineyards[1] – ce que je fis lors de ma première visite à Ramey à la fin des années 90 – permet de se livrer à une fascinante étude de contrastes : le vin de Ramey vibrant, ciselé et frais ; celui de Kistler tropical, brioché, charnu et moelleux. La différence entre Kate Moss et Pamela Anderson, pensai-je lors de cette expérience. Dans les années 90, le style hyper-riche avait le vent en poupe ; à présent, les mots clés sont équilibre et fraîcheur, et même Steve Kistler en est venu à prêcher l'évangile de la retenue et de la finesse. Ramey n'a jamais souffert d'un manque de reconnaissance, mais il commence à faire figure de prophète. Et pourtant il lui est arrivé, un jour ou l'autre, de mettre en question la sagesse de ses principes.

« Est-ce que j'obtiendrais de meilleures notations si je faisais des vins plus mûrs et moins acides ? » dit-il en sirotant un verre de son Russian River Chardonnay 2008 au restaurant Spoonbar à Healdsburg, petite ville du comté de Sonoma où il vit et travaille, et dont l'attrait pittoresque frise le kitsch. « Sans aucun doute », ajoute-t-il de la voix bourrue qui est son ton naturel. Il se tait un instant pour observer la foule de gens très chics qui se masse au bar. Après avoir été durant des années une petite ville paumée un peu somnolente, fréquentée par des agriculteurs et des ex-

1. Domaine viticole de Sonoma célèbre pour ses chardonnays. (N.d.T.)

hippies, Healdsburg est soudain devenue le genre de ville où tout le monde est en Prada et mange des tapas. « D'un côté, poursuit-il, il n'est pas question de boire ces vins lourds et chargés. Mais d'un autre côté, ce n'est pas parce qu'il y a de l'excès dans ces vins qu'il faut obligatoirement aller à l'excès inverse. » Par là, il entend que ses vins, tout mesurés et précis qu'ils sont, ont tendance à être plus racoleurs que leurs équivalents de l'Ancien Monde : ses chardonnays sont un peu plus voluptueux que la moyenne des puligny-montrachet et ses cabernets sauvignons sont un peu moins tanniques que le médoc typique. C'est que Ramey est fier d'être un vigneron californien, heureux de bénéficier du climat de Californie ; et tout en adorant les vins français, il ne cherche pas à les imiter.

Il a autant de talent pour les blancs que pour les rouges. Après son stage à Petrus, la quintessence du merlot, il travailla quelque temps à Matanzas Creek et y réalisa certains des premiers merlots dignes de ce nom dans la Napa Valley. Passant ensuite à Chalk Hill, il se distingua par ses chardonnays. Sans s'arrêter en si bon chemin, en 1996, il alla faire chez Dominus et Rudd des assemblages de cabernet sauvignon très remarqués, et il créa en même temps sa propre *winery*. Au début, Ramey Wine Cellars se spécialisa dans le chardonnay à base de raisins achetés aux vignobles les plus frais de Sonoma. Je me souviens encore du premier que j'ai goûté, à la French Laundry, à Yountville, sur l'insistance du sommelier : un chardonnay issu de Hyde Vineyards, racé et friand.

Ramey travailla encore quelque temps pour Rudd, collectionnant les notes superlatives de la critique, avant de se consacrer à plein temps à ses propres vins dans sa *winery* qu'il a fait construire à Healdsburg. Il est fier, à juste titre, d'être propriétaire, avec sa femme (qu'il a épousée à Petrus), de toute l'affaire et de ne pas avoir démarré l'aventure avec de gros crédits obtenus par une autre activité. « Il y a d'un côté les multimillionnaires qui se taillent leur chemin d'achat en achat, dit-il, et de l'autre les jeunes vignerons acharnés qui ne produisent que quelques bouteilles difficiles à trouver sur le marché. Enfin, il y a les gros groupes viticoles. Nous, contrairement à tous ceux-là, nous sommes comme un restaurant qui appartient à son chef. » Nous avons de la chance que ce restaurant qui appartient à son chef possède, sans être très vaste, assez de tables pour satisfaire la demande.

Ramey Wine Cellars est trop grand pour être une *winery* culte et trop petit pour faire la fortune de ses propriétaires. Mais son modèle d'entreprise à l'ancienne, qui aurait pu paraître un peu minable il y a cinq ou six ans, se révèle parfait pour notre économie postkrach. Comme ses méthodes de vinification, ses prix ont toujours fait preuve de retenue par rapport à la concurrence, si l'on tient compte du succès critique de ses vins. Maintenant que des *wineries* qui, naguère encore, faisaient fuir les clients avec des bouteilles de cabernet sauvignon à 200 dollars baissent les prix en douce et accumulent du stock, Ramey se porte comme un charme. Son délicieux Napa Valley Claret de 2007, un assemblage de type bordelais où domine le cabernet sauvignon, vaut dans les 40 dollars et peut être bu dès à présent, contrairement à beaucoup d'autres grands cabernets de cet excellent millésime. (Il fait aussi des cabernets plus complexes et plus chers, dont le plus rare et le plus coûteux est le Pedregal, une cuvée parcellaire faite à Oakville.)

« J'ai vécu trois cycles successifs de l'industrie viticole californienne, dit-il. Nous avons connu des récessions en 1991 et en 1992, puis en 2002 et 2003. » Bien qu'il admette que la crise économique récente a provoqué un trou d'air dans les ventes, 2010 a été sa meilleure année depuis l'origine. Le fait que l'homme dont le nom figure sur l'étiquette passe la plus grande partie de l'année sur les routes, à la rencontre des restaurateurs et des cavistes, n'y est pas pour rien. « Beaucoup de mes collègues ne se sont pas donné les moyens de se placer sur le marché », explique-t-il.

Le talent de Ramey pour les affaires paraît un peu atypique chez un vigneron, mais sa décision de faire de la syrah fut probablement de celles qui viennent du cœur plus que de la tête. En 2002, inspiré par sa passion pour les syrahs du nord de la vallée du Rhône, il planta deux parcelles dans un coin tempéré, à l'ouest de l'appellation Sonoma Coast. Les vins qui en sont issus ont provoqué de vifs éloges, mais, ainsi que pas mal de ses collègues l'ont découvert pour leur propre compte, ne se vendent pas très bien. Depuis le millésime 2007, il a diminué la production. Comme dit une devinette locale : « Quelle est la différence entre une caisse de syrah et une chaude-pisse ? La chaude-pisse, on peut s'en débarrasser. » Mais moi, j'adore les syrahs de Ramey : beaucoup plus proches des côtes-rôties que des shiraz confiturés de la Barossa Valley[1], elles prouvent de façon convaincante que ce cépage peut réussir en Californie autant qu'un autre. Mon conseil : essayez-les, et achetez-les tant qu'elles ne sont pas encore à la mode. Elles sont d'un excellent rapport qualité-prix.

1. Région viticole d'Australie méridionale dont les vins sont majoritairement à base de syrah (cépage également appelé *shiraz*). (N.d.T.)

J'ai une tendresse particulière pour ses chardonnays, qui me paraissent accomplir l'équilibre parfait entre les grâces subtiles du bourgogne blanc et les plaisirs hédonistes des autres chardonnays de Californie. Imaginez Christie Brinkley[1] parlant français. Non, attendez, elle parle vraiment français. Dans ce cas, David Ramey devrait peut-être lui demander de devenir son égérie publicitaire.

1. Célèbre top-model américaine. (N.d.T.)

Accords parfaits et imparfaits

L'accord parfait existe-t-il ? Moi qui en suis à mon quatrième mariage, je pense avoir honnêtement apporté ma contribution à la recherche sur les compatibilités amoureuses. Mais je crois que l'association entre les vins et la nourriture est un problème encore plus épineux. Y a-t-il un vin idéal pour les huîtres ? Pour le camembert ? Pour le homard rôti au four accompagné de topinambours braisés au vin rouge, d'une émulsion à la bergamote et de pousses de fève ? Le poisson appelle-t-il invariablement le vin blanc ? Si ces questions vous démangent, vous pourriez tomber plus mal qu'au restaurant Le Bernardin, à New York, sanctuaire triplement étoilé de la cuisine du poisson. Aldo Sohm, qui fut Meilleur Sommelier d'Amérique en 2007 et Meilleur Sommelier du monde en 2008, n'a pas son pareil pour associer mets et vins. Il a déjà converti plus d'un sceptique, dont ma femme, à la notion d'accord. « Je sais mettre les plats en valeur », dit-il. Pourtant son patron, le chef Éric Ripert, aime le bordeaux rouge avec à peu près tout, y compris les huîtres. Ça doit faire des conversations intéressantes en cuisine.

Parmi les mentors qui assurèrent la formation de Ripert avant qu'il devînt le meilleur chef de cuisine marine d'Amérique, on trouve Joël Robuchon, qui partage ses goûts en matière de vin. « Quand Robuchon est venu au Bernardin », me raconte Ripert lors d'un déjeuner au Ben Benson's Steak House à Midtown Manhattan, « nous lui avons présenté le menu d'accords mets-vins. Il s'est contenté de répondre : "Apportez-moi un bordeaux." Je suis entièrement d'accord avec lui. J'adore les bordeaux. J'en bois même avec la salade. » Joignant le geste à la parole, il boit une gorgée de son pomerol château-la-conseillante 1995 pour faire passer sa salade Caesar. C'est exactement le genre de chose qui exaspère Sohm, un Autrichien d'une sincérité fougueuse qui vit aux États-Unis depuis 2003 et a consacré des centaines d'heures à plancher sur les concepts d'accord mets-vins. Quand je regarde ces deux-là travailler ensemble, je ne peux pas m'empêcher de penser que ce taquin de Ripert adore faire marcher Sohm en lui lançant des défis quasi impossibles à relever. En bon Français, Ripert adore feindre l'indignation lorsque Sohm recommande un vin de son Autriche natale, sachant très bien par ailleurs que les rieslings et les grüner veltliners autrichiens sont un secret bien gardé, adorés des chefs et des sommeliers parce qu'ils s'accordent avec pratiquement tout. Même lorsqu'il ne s'amuse pas à faire tourner Sohm en bourrique, Ripert lui pose de sacrées colles avec sa cuisine marine relevée d'épices exotiques et de sauces raffinées, par exemple ce fameux homard (jusqu'ici, ça va) avec ses topinambours braisés au vin rouge (hum !) et son émulsion à la bergamote et pousses de fève (au secours !). Sohm, pour ce plat particulier, recommande un saké, mais il pourrait imaginer bien d'autres suggestions d'accompagnement aussi intéressantes qu'efficaces. Heureusement, à la maison, peu d'entre nous sont confrontés à ce genre de problème, mais les idées de Sohm sont adaptables à toutes les situations.

« J'aime à comparer les accords mets-vins avec les relations humaines, dit-il. Le mets et le vin doivent interagir d'égal à égal et chacun doit mettre l'autre en valeur. Il y a des accords qui sont juste corrects : ils fonctionnent sans qu'il y ait de dégâts, mais il n'y a pas d'interaction. Il y a aussi des accords nuls. Et enfin, les meilleurs accords de l'univers, ceux où la nourriture et le vin se transforment et s'élèvent mutuellement. »

Vin rouge avec la viande, vin blanc avec le poisson : une des règles les plus respectées de la science des accords. Sohm estime que c'est un bon point de départ. « La vie est simple, dit-il, mais pas si simple que ça. Si elle l'était, je serais au chômage. » Il aime briser les règles ou tout au moins étendre leur champ d'application, mais il sait où s'arrêter. « Je me souviens du temps où j'étais écolier. Juste avant un examen, un de mes camarades avait demandé si on avait le droit de tricher. Le professeur avait répondu : "Oui, mais pas de se faire prendre." Les accords mets-vins sont comme ça. On peut briser les règles à condition d'être sûr de ne pas se planter. »

Bien que la carte du Bernardin soit presque entièrement dédiée au poisson, la carte des vins est équitablement partagée entre vins rouges et vins blancs. D'abord parce que le chef, bien entendu, ne l'entend pas autrement, mais aussi parce qu'il arrive à Sohm d'associer le poisson à un vin rouge. Pour commencer, observe-t-il, la sauce est au moins aussi importante que le produit de base. Si un poisson est servi avec une sauce au vin rouge, par exemple une béarnaise au vin rouge, la règle du vin blanc ne s'applique plus.

La méthode de cuisson, aussi, influence l'accord : le poisson poché et ses saveurs délicates, dit Sohm, appellent généralement le vin blanc. « Récemment, un client m'a demandé un Shafer Hillside Select avec son flétan au court-bouillon. » Ce vin, un des meilleurs cabernets sauvignons de Napa, est un rouge puissant, intensément fruité et tannique. Un vin exceptionnel, mais pas pour n'importe quel usage. « Dans ce cas précis, le vin n'est plus à la hauteur de ce qu'il pourrait être et le plat non plus. » (Le chef Éric serait sans doute d'un autre avis, mais sur ce coup-là je suis obligé de croire Aldo sur parole.) De manière générale, les vins rouges tanniques et robustes ne savent pas danser avec les poissons légèrement et finement cuisinés.

« En revanche, si un poisson est cuit à la meunière ou grillé, les saveurs deviennent tout de suite plus riches et plus rôties : on peut alors se diriger plus résolument vers les rouges. » Sohm recommande souvent des pinots noirs ou des bourgognes rouges (à base de pinot) sur ces plats. Un de ces accords associait un flétan rôti aux morilles et un Flowers Pinot Noir 2007 de la Sonoma Coast. Là où la sagesse conventionnelle aurait exigé un blanc, la saveur boisée des morilles et le fond de volaille utilisé dans le plat contribuaient à faire de cet accord un mariage somptueux. D'ailleurs, on a même vu Sohm accorder des viandes rouges avec des vins blancs. Il me fait remarquer que le Tafelspitz, spécialité de son Autriche natale à base de bœuf bouilli, est traditionnellement servi avec du riesling ou du grüner veltliner ; dans ce cas, le lien pour réaliser l'accord est fourni par le bouillon. (Et là, le chef Ripert lève les yeux au ciel et tend le bras vers la bouteille de pauillac la plus proche.)

Dans le doute, dit Sohm, le champagne est probablement le vin le plus facile à accorder ; il va particulièrement bien avec la cuisine complexe du Bernardin, ce que Sohm a démontré récemment à l'occasion d'un menu dégustation de huit services. Pour faire plaisir à mon épouse, qui ne boit que des bulles, il avait associé chacun des huit plats avec un champagne différent. À mesure que nous passions des entrées plus légères, à base d'ingrédients crus, aux plats plus consistants, les vins suivaient la même progression, des blancs de blancs aériens et citronnés aux grands champagnes de pinot noir millésimés, plus corsés. À chaque service, il nous expliquait le pourquoi du comment, et à la fin du repas Anne était convertie. « J'ai longtemps cru que vous racontiez n'importe quoi avec vos accords mets-vins parfaits, dit-elle, mais à présent je suis forcée de reconnaître qu'il y a bien quelque chose. »

Il y a bien quelque chose, c'est vrai. Huîtres et chablis, comme Troilus et Cressida, comme Liz Taylor et Richard Burton, s'accordent magiquement, de même que le steak grillé et le cabernet sauvignon. Il y a des saveurs qui s'accentuent mutuellement, comme Éric Ripert est le premier à le reconnaître. Mais d'un autre côté, même Aldo serait prêt à admettre que l'amour comporte une grande part de mystère et que le goût est une affaire de goût. Si vous aimez le chardonnay de Californie et que vous ayez envie de le boire avec une entrecôte grillée, eh bien allez-y. Si votre truc, c'est le bordeaux rouge et que vous vouliez en boire avec une sole meunière, ne laissez aucun sommelier ni aucun snobinard du vin vous culpabiliser. Dites à l'un ou l'autre de ces messieurs que c'est comme ça qu'Éric Ripert trouve son bonheur, tout comme son pote Joël Robuchon. Et j'ajouterai ma petite note de bas de page : si quelqu'un d'autre que vous paie une bouteille de petrus, d'yquem ou de la tâche, ne vous préoccupez plus de ce que vous allez manger. Si l'accord n'est pas bon, donnez votre assiette au chien.

Mondavi par Mondavi

1998

Il n'y a pas si longtemps, l'expression « vin californien » était rangée dans le même dictionnaire d'oxymores que, par exemple, « poète vivant » et « cuisine hollandaise ». On savait que cela existait à un certain niveau, mais on n'avait pas nécessairement envie d'en avoir sur sa table. Aujourd'hui, trente-deux ans après la fondation par Robert Mondavi de la *winery* qui porte son nom dans la Napa Valley, le vin est devenu le deuxième article d'exportation de l'industrie du glamour californienne et Napa une des grandes régions viticoles du monde. (Demandez au voisin de Mondavi, le vigneron Francis Ford Coppola, ce qu'il en pense.) Amateurs de vin et collectionneurs du monde entier inscrivent leurs noms sur des listes d'attente dans l'espoir d'acquérir quelques bouteilles de la dernière microcuvée de cabernet sauvignon de Colgin ou de Screaming Eagle. Posséder sa *winery* à Napa est devenu le trophée favori des ploutocrates américains, et la petite ville de St. Helena, naguère simple et rustique, déborde maintenant de hordes de touristes en polo identiques à celles qui hantent Aspen et Santa Fe. Entre-temps, presque tous leurs compatriotes ont appris à prononcer « cabernet sauvignon » correctement. Dans ses Mémoires autopromotionnels, *Harvests of Joy*[1], Robert Mondavi veille à ne jamais s'attribuer moins de crédit qu'il n'en mérite pour ces évolutions récentes.

Comme ses moins élégants collègues Ernest et Julio Gallo, Mondavi est issu d'une famille d'immigrants italiens. Son père, Cesare, s'installa dans le Minnesota en 1906. Après avoir travaillé quelque temps dans des mines de fer, il ouvrit une épicerie dans une ville minière appelée Virginia, où naquirent Robert et son jeune frère Peter. Robert décrit son enfance sans lésiner sur les clichés italo-américains : « Famille, travail acharné, optimisme à toute épreuve, nourriture saine et abondante : mon enfance fut quotidiennement imprégnée de toutes ces valeurs. » Après l'entrée en vigueur du *Volstead Act*[2], en 1919, M. Mondavi père se mit à faire des affaires dans le raisin. Comme, selon les termes de la prohibition, chaque famille était autorisée à fabriquer deux cents gallons de vin pour sa consommation privée, la communauté italienne de Virginia (Minnesota) s'assura de pouvoir profiter de cette mesure. Cesare Mondavi, choisi pour les représenter, se rendit régulièrement en Californie pour y acheter des raisins qu'il faisait ensuite expédier vers le nord. Lorsque Robert eut dix ans, Cesare fit déménager toute la famille en Californie, à Lodi, alors surnommée « la capitale américaine du raisin », produit dont il devint grossiste. Peu après l'abrogation du *Volstead Act*, il devint copropriétaire de Sunnyhill, une *winery* de la Napa Valley aujourd'hui connue sous

1. *Harvests of Joy – How the Good Life Became Great Business*, Harcourt Brace International, 1999. Non traduit en français. (N.d.T.)

2. Voir page 144, note 1.

le nom de Sunny St. Helena. En 1937, son diplôme de Stanford en main, Robert décida de rejoindre l'affaire familiale. Sunny St. Helena ne produisait pas ses raisins – elle les achetait –, mais elle faisait tout le reste : pressurage, fermentation et expédition du produit fini en wagons-citernes.

Quand Robert rejoignit l'entreprise, la viticulture ne représentait qu'une activité marginale dans la Napa Valley. Pourtant, cinquante ans auparavant, tout portait à croire que la région était sur le point d'occuper une position œnologique de premier plan. Les vignobles français ayant été dévastés par le phylloxéra, la pénurie de vins qui en résultait était une chance à saisir pour la viticulture californienne. À la fin des années 1870, des *wineries* de pointe furent fondées par deux immigrants allemands, Jacob et Frederick Beringer, et un négociant en fourrures finlandais nommé Gustave Niebaum. Peu après, Napa entra en ébullition et fut le théâtre d'une véritable ruée vers la vigne dont les établissements Beringer Brothers et Inglenook (la *winery* de Niebaum) avaient été les pionniers. En 1887, le territoire de Napa comptait plus de 6 500 hectares de vigne, et c'est précisément à ce moment que le terrible phylloxéra s'abattit sur la vallée. Et trente ans plus tard, alors qu'on commençait à peine à maîtriser la situation, ce furent les tambourins du mouvement pour la Tempérance qu'on entendit résonner. C'est tout juste si l'âge noir de la prohibition et de la dépression n'anéantit pas totalement cette industrie encore dans l'œuf. Pour corser le tout, après l'abrogation, quelques *wineries* qui avaient survécu par la vente de raisins et de vin de messe portèrent un rude coup à la réputation de la Californie en vendant les stocks de vin avarié qu'elles avaient conservé pendant les années d'interdiction. En ce temps-là, comme l'écrit l'historien James T. Lapsley, les viticulteurs comprenaient à grand-peine le processus chimique de la fermentation, « et même s'ils y avaient compris quelque chose, ils n'auraient pas disposé de la technologie nécessaire pour la contrôler ». La plupart des *wineries* étaient en manque de capital ; il n'existait pas de réseau au plan national pour distribuer et vendre les vins. Et enfin, les consommateurs étaient rares. Les familles d'immigrants appartenant à des communautés pour qui le vin était un fait culturel quotidien le fabriquaient généralement elles-mêmes. La majeure partie du vin qu'exportait la Californie, issu de cépages médiocres de haut rendement, était un breuvage douceâtre, du genre que l'on boit assis sur le trottoir en cachant la bouteille dans un sac en papier Kraft. Et comme si la piètre qualité de ces vins ne suffisait pas, la propension de leurs fabricants à les affubler d'étiquettes comme « Chablis » ou « Bourgogne » ne fit qu'aggraver leur cas.

Le magnifique potentiel de la Napa Valley n'était alors reconnu que par quelques visionnaires. Parmi eux se trouvait l'agronome André Tchelistcheff, aristocrate russe qui, après la révolution de 1917, s'était réfugié en France. Tout en étudiant la microbiologie du vin à l'institut Pasteur, il avait exercé quelques jobs dans l'industrie vinicole française. En 1937, il fut recruté comme maître de chai par Georges de Latour, un Bordelais qui avait fait fortune en vendant des pieds de vigne français aux viticulteurs de Californie et avait fini par s'acheter, au début du XXe siècle, le domaine Beaulieu Vineyard à Napa. En France, des siècles d'expérience de la viticulture avaient permis d'analyser le paysage viticole national en distinguant des centaines de régions et de sous-régions définies par les nuances géologiques et les microclimats. Tchelistcheff appliqua le même type d'analyse à la Napa Valley, où il identifia au moins trois régions climatiques distinctes. En conséquence, il replanta le vignoble de Beaulieu avec des raisins qu'il jugeait plus adaptés au site. De la fin des années 30 aux années 70, son cabernet sauvignon Georges de Latour Private Reserve resta une référence, et l'homme inspira bon nombre d'autres viticulteurs, parmi lesquels Mondavi.

En 1943, lorsque les affaires de la famille Mondavi montèrent en puissance avec l'acquisition de la Charles Krug Winery, Robert employa Tchelistcheff comme œnologue consultant. (Plus tard, quand il se retrouva seul, il fit de nouveau appel à lui.) Bien que disposant d'une excellente expérience de la viticulture, Mondavi n'avait jamais brillé dans la vinification. Il avait toujours compensé cette faiblesse avec intelligence, et quelques coups de chance, en s'entourant de maîtres de chai talentueux. Chez Krug, c'était son frère, Peter, qui était responsable de toutes les tâches vinicoles. Robert, lui, était la face publique de la Krug Winery ainsi qu'un infatigable promoteur de ses produits en particulier et de la Napa Valley en général. En 1952, Krug fut l'une des premières *wineries* à ouvrir une salle de dégustation pour les visiteurs, et quand Mondavi ne les recevait pas directement au domaine, c'est qu'il était en train de sillonner l'Amérique pour faire son numéro de claquettes aux restaurateurs et aux distributeurs.

Une rivalité de pouvoir apparut entre les deux frères Mondavi. À la longue, elle obligea Robert à quitter la Charles Krug Winery : Caïn et Abel version Napa Valley. À en croire Robert, tout avait commencé en 1962, quand il revint de sa première visite des grandes régions viticoles d'Europe touché par la grâce œnologique. Après avoir fait le tour des grands châteaux de l'Ancien Monde et dégusté grands bordeaux et grands bourgognes, se rappelle-t-il, « je vis se dessiner devant mes yeux un projet exceptionnel, une grande aventure créative. J'eus l'idée de prendre la technologie américaine, les techniques de gestion et de marketing pour les faire fusionner avec les élégantes traditions de la haute viticulture de l'Ancien Monde. » Il revint donc à Napa tout feu tout flamme : « Je voulais que ma famille et notre entreprise s'engagent dans une quête authentique de l'excellence, tant dans nos vignes et dans nos chais que dans notre marketing et notre politique commerciale. » Malheureusement, dit-il, sa vision laissa la famille indifférente. Par famille, il faut entendre son frère, car leur père était mort en 1959.

D'après Robert, ce fut un manteau de vison qui déclencha la guerre. En 1963, Robert et sa femme, Marge, reçurent du président John F. Kennedy une invitation à dîner à la Maison-Blanche. « Nous étions évidemment très flattés, Marge et moi, mais aussi terrorisés, raconte-t-il. Nous, petits provinciaux à la tête d'une petite affaire familiale, (...) comment faire bonne figure à la Maison-Blanche des Kennedy, devant ce président charismatique et sa célèbre épouse, au milieu de tous les fastes de Camelot[1] ? Marge s'inquiétait particulièrement sur un point : que diable allait-elle porter pour dîner à la Maison-Blanche ? Quelle robe ? Quelles chaus-

1. Peu après l'assassinat de John Kennedy, sa veuve Jacqueline Bouvier Kennedy décrivit à un journaliste la présidence de son mari comme un « Camelot américain », une ère d'espoir et d'optimisme. Le nom du château du roi Arthur et de ses chevaliers évoque métaphoriquement une période heureuse de l'histoire. (N.d.T.)

sures ? Quels bijoux ? Quel manteau ? » Les admirateurs comme les détracteurs de Mondavi seront sans doute surpris par cet autoportrait du roi de la Napa Valley en péquenot timide affligé d'un problème de charisme. Sur les chaussures et la robe nous n'apprenons rien de plus, mais nous savons que le couple finit par se mettre d'accord sur un manteau de vison acheté chez I. Magnin, à San Francisco. « Dès qu'il entendit parler de ce vison, mon frère, Pete, en resta stupéfait », raconte Robert. Sa désapprobation tourna à une longue bouderie qui mijota en douce pendant deux ans jusqu'à exploser sour la forme d'une bagarre à coups de poing. Lors d'une de ces réunions de famille si propices à l'expression des rancœurs, Peter accusa d'abord Robert, son frère aîné, de dépenser trop d'argent en voyages et en promotion. Ensuite il l'accusa de piquer dans la caisse : par quel autre moyen, expliquait-il, aurait-il pu se payer le manteau de vison ? « Redis ça et je te casse la gueule », menaça Robert. Peter répéta sa phrase. « Je lui ai donné une seconde chance : "Retire ce que tu viens de dire. – Non." Alors je lui en ai mis deux, et bien envoyés. »

La querelle ne s'apaisa jamais. Bien des années plus tard, le frère aîné eut le dernier mot en gagnant un long et acrimonieux procès. Entre-temps, leur mère ayant pris le parti de Peter, Robert, cinquante-deux ans, se retrouvait à la rue. Il décida de repartir de zéro et de réaliser sa vision : produire dans la Napa Valley des vins au niveau des grands crus de ce monde. Sans même évoquer les questions de capital, c'était une tâche redoutable. En 1965, il n'existait pas encore aux États-Unis de marché digne de ce nom pour le type de vin que Mondavi espérait produire. Julia Child[1] n'avait

1. Voir page 174, « La cave de mes rêves », note 2.

pas encore fini de sevrer ses compatriotes du gratin de macaroni au thon et du *chipped beef*[1]. Cependant, ainsi que tout le monde s'en était déjà rendu compte, le climat de Napa était quasi idéal pour la maturation du raisin, alors que la météo capricieuse du Bordelais et de la Bourgogne produit des millésimes de qualité dramatiquement inégale.

Après avoir acheté une partie d'un vieux vignoble bien exposé appelé To Kalon, Mondavi s'employa à concevoir une *winery* qui transmettrait son message. Son architecte, Cliff May, désirait placer le bâtiment de style néo-Mission[2] et son faux campanile très en retrait, juste au pied des collines, mais Mondavi choisit au contraire un emplacement bien visible de la route 29, afin que son grand porche largement ouvert puisse attirer les visiteurs à l'instar d'un panneau publicitaire. La silhouette de la *winery*, visible sur toutes les étiquettes des domaines Robert Mondavi, est devenue depuis une véritable icône, au moins aussi familière aux amateurs de vin que la tour crénelée de château-latour. À l'intérieur, Mondavi ordonna une série d'innovations technologiques. Déjà, il avait été parmi les premiers viticulteurs américains à utiliser des barriques de chêne neuf français pour donner charpente et complexité à ses cabernets sauvignons, pratique qu'il avait observée dans les grands châteaux bordelais. Mais il adopta aussi avec enthousiasme la technologie américaine de pointe chaque fois qu'il en eut l'occasion, ce qui lui inspira

1. Sorte de mortadelle industrielle à base de bœuf séché, souvent servie dans les rations de soldat mais encore consommée au petit déjeuner. On la prépare souvent hachée et assaisonnée, cuite à la crème et servie sur toast. (N.d.T.)

2. Ou *Mission Revival*, style californien reprenant les formes de l'architecture coloniale des missions espagnoles. (N d. T.)

l'expression plaisante de « viticulture à l'éprouvette » pour qualifier ses méthodes. De façon peu surprenante, la première grande région viticole d'Amérique du Nord avait alors tendance à se reposer assez massivement sur les engrais chimiques, la filtration et les additifs, avec, il faut le dire, des résultats pas toujours très heureux. Par le passé, les parasites divers avaient infligé de lourdes pertes à l'industrie viticole californienne, mais, désireux d'obtenir un produit stable et sain, Mondavi et ses émules allèrent trop loin dans l'aseptisation, filtrant et stérilisant le breuvage presque à mort. « Nous ne comprîmes que plus tard que cette hygiène rigoureuse, appliquée dans le cadre de notre politique "zéro défaut", dépouillait le vin de ses essences vitales, de ses arômes et de son caractère », écrit-il. On voit donc que Mondavi, contrairement à beaucoup d'adeptes de l'évangile high-tech du Département de viticulture et d'œnologie de l'université Davis (qui devint dans les années 70 et 80 un véritable think-tank de l'industrie viticole états-unienne), était toujours prêt à revoir sa copie ; en conséquence, il limita ses excès technologiques.

Cependant, Napa Valley n'accéda au rang de région viticole mondiale de premier plan qu'en 1976, lorsque l'amateur de vins britannique Steven Spurrier organisa en France une dégustation à l'aveugle – le fameux « jugement de Paris[1] ». La dégustation devait opposer des bourgognes et des bordeaux choisis parmi les plus vénérables à quelques parvenus de la Napa Valley. Spurrier se rendit lui-même à Napa pour sélectionner les candidats américains. Les chardonnays de Californie s'affrontèrent aux grands bourgognes blancs, eux aussi à base de chardonnay et généralement considé-

1. Voir page 178, « Un Toscan dans la maison », note 1.

rés comme l'expression parfaite de ce cépage. Les cabernets sauvignons de Californie, eux, furent lancés contre quelques-uns des plus grands crus classés de Bordeaux, dont un château-mouton-rothschild 1970 et un château-haut-brion 1970. Comme les juges, neuf en tout, étaient français et dotés d'une légitimité œnologique indiscutable, la surprise causée par les résultats fut d'autant plus vive. Le vin blanc qui arriva en tête était le chardonnay Chateau Montelena 1973 de Mike Grgich, et deux autres vins américains figuraient parmi les quatre premiers. Dans la catégorie rouges, l'heureux gagnant fut le cabernet sauvignon Stag's Leap 1973 de Warren Winiarski. Naturellement, les hôtes étaient indignés. La presse française commença par taire les résultats puis chercha des excuses pour les invalider. Parmi la ribambelle d'explications qui furent invoquées, une ou deux étaient à la rigueur plausibles : par exemple, les grands vins français ont tendance à être de longue garde et ne sont donc pas aussi brillants dans leur jeunesse que les vins mûrs et aguicheurs de Californie. Mais dans ce cas, si les vins californiens avaient présenté ces notes un peu racoleuses, les dégustateurs patriotes n'auraient pas manqué de les remarquer. Quoi qu'il en soit, la dégustation Spurrier fit beaucoup de bruit de part et d'autre de l'Atlantique. Mondavi lui-même avoue que le résultat l'avait rendu « fou de joie », mais comme aucun des vins américains jugés représentatifs par Spurrier ne provenait de chez lui, cela devait tout de même lui rester sur le cœur. Quelque amertume qu'il ait ressentie à se savoir exclu du jeu, le fait que les deux lauréats, Grgich et Winiarski, avaient fait leur apprentissage dans ses chais dut lui mettre un peu de baume au cœur. Son approche de la viticulture se voyait confirmée de manière retentissante.

Dès lors, Mondavi eut moins l'air de prêcher dans le désert et on se mit à le respecter comme un sénateur à la retraite. Il continua donc de développer et promouvoir son entreprise. Son cabernet sauvignon Reserve 1974, sorti à peu près à l'époque du jugement de Paris, est devenu un vin de légende. Par-dessus le marché, en 1978, les Français débarquèrent. Le baron Philippe de Rothschild, propriétaire du château Mouton-Rothschild, invita Mondavi à participer avec lui à une *joint-venture* dans la Napa Valley. Si Mondavi avait encore eu besoin d'une légitimation, c'en était une de taille. Et en effet, il rayonnait de fierté. « Mes parents sont arrivés en Amérique sans un sou en poche, écrit-il. Et maintenant, après des années de travail acharné et de savoir-faire pour transformer d'humbles raisins en bon vin, voilà que les noms de Rothschild et de Mondavi vont figurer côte à côte ! » Ensemble, les deux hommes firent bâtir une *winery* postmoderne, revêtue de calcaire ivoire. Pourtant l'aventure faillit capoter, grevée par d'énormes dépassements de budget, d'autant que les consommateurs se montrèrent d'abord sceptiques sur le vin, Opus One, à 50 dollars la bouteille tout de même. Ensuite, à peine un an après la plantation des premières vignes, le phylloxéra frappa de nouveau. Le redoutable puceron, fléau des racines, se répandit dans la vallée durant la décennie suivante, anéantissant pour des millions de dollars de vignes. Cependant, la catastrophe eut un côté positif : l'épidémie ayant obligé les domaines à replanter leurs vignes, les nouvelles plantations furent génétiquement meilleures que les précédentes et reflétaient mieux l'état récent de la recherche sur le climat, les sols et les cépages.

Ce fut d'ailleurs, entre autres raisons, le coût des replantations qui décida Mondavi à ouvrir la *winery* au public en 1993. Peu après, il nomma son fils Michael président de la société, espérant ainsi mettre fin à une longue lutte de pouvoir entre Michael et son frère Tim qui menaçait de devenir une réédition de la querelle familale chez Charles Krug. *Harvests of Joy* ne fait que de discrètes allusions à ces drames familiaux dissimulés derrière la brillante *success story* de l'entreprise. Mondavi avoue à un moment que son ambition féroce et déterminée a beaucoup nui à sa famille, mais il ne nous donne pas vraiment les détails. Le portrait qu'il brosse de sa sainte et silencieuse épouse Marge en est un bon exemple : une fois qu'elle a acheté le manteau de vison, elle disparaît définitivement de la scène. Le lecteur, tout au long de l'ouvrage, s'étonne de quelques références flatteuses à une employée, Margrit Biever, mais l'auteur ne révèle que vers la fin qu'il l'a épousée en secondes noces. Et nous n'apprenons pas grand-chose sur ses fils, pourtant destinés à faire entrer cette entreprise si florissante dans le nouveau siècle. On sent qu'il y a là de quoi écrire un drame, peut-être pas *Le Roi Lear* mais tout au moins *Le Riche et le Pauvre*[1] de la viticulture, encore en attente du barde qui le chantera. Si *Harvests of Joy* était un vin, nous serions obligés de dire qu'il manque d'homogénéité et de complexité, et aussi qu'il contient trop de sucre résiduel. Mais il est dans l'ordre des choses que le message le plus

1. Roman d'Irwin Shaw (1969) racontant les aventures dramatiques de la famille Jordache. (N.d.T.)

éloquent que nous adresse Mondavi soit contenu dans une bouteille.

Post-scriptum : En 2004, Robert Mondavi et sa famille perdirent le contrôle de l'entreprise qu'ils avaient mis des décennies à construire lorsque Robert Mondavi Corporation fut vendu à Constellation Brands pour 1,3 milliard de dollars. Robert Mondavi est décédé en mai 2008 à l'âge de quatre-vingt-quatorze ans. Julia Flynn Siler, dans son livre *The House of Mondavi*[1], raconte l'histoire avec force détails.

1. Gotham Books, 2007, non traduit en français. (N.d.T.)

LE ROUGE ET LE NOIR

Bordeaux est-il encore important ?

La question peut sembler un peu stupide, compte tenu des prix records atteints aux primeurs en 2009 et en 2010 et de l'engouement de la clientèle asiatique en général et chinoise en particulier pour les vins de Bordeaux. Surtout les premiers crus classés, aussi recherchés que des aphrodisiaques. Mais beaucoup de jeunes sommeliers et de fans de vin de la nouvelle génération considèrent Bordeaux comme la General Motors du monde du vin, c'est-à-dire une espèce de dinosaure. Pour les œnophiles dotés d'une sensibilité un peu punk, Bordeaux est l'équivalent du blockbuster hollywoodien : c'est plus une affaire d'argent que d'art. En 2009, lors d'une vente aux enchères chez Acker Merrall & Condit, le commissaire-priseur se fit huer lorsqu'il annonça un lot de bordeaux. « Laissez les Asiatiques les acheter trop cher ! » s'écria un enchérisseur. Si j'étais propriétaire d'un château bordelais, je serais inquiet d'apprendre que le restaurant le plus branché du monde, Noma, à Copenhague (élu meilleur restaurant du monde en 2010 et 2011 au classement de *Restaurant Magazine*), n'a pas une seule bouteille de bordeaux dans sa très longue carte des vins.

Malgré le fait que Bordeaux produit les vins les plus illustres du monde depuis des siècles, ou peut-être (plus vraisemblablement) à cause de cela, les débiner est devenu une nouvelle forme de snobisme. Mais moi, étant donné que les bordeaux furent mes premières amours, je suis incapable de me joindre à la curée, d'autant que plusieurs découvertes récentes ont ranimé ma flamme.

L'une des plus improbables eut lieu à Terroir, le bar à vins de Paul Grieco dans l'East Village, à Manhattan. Paul est un sommelier très influent, connu pour soutenir des vins obscurs et artisanaux. Des cinquante vins qu'il sert au verre, aucun n'est un bordeaux. C'est pourquoi je fus étonné, un soir, de le voir en servir plusieurs à un public bruyant et visiblement appréciateur parmi lequel je reconnus quelques-uns des meilleurs sommeliers de New York. La foule était plutôt jeune : beaucoup de tatouages, de piercings et de poil au menton. Grieco lui-même arbore un bouc et une moustache finement taillée, et il s'est fait tatouer RIESLING sur l'avant-bras droit.

Les vins à l'honneur ce soir-là figuraient à un catalogue de petits producteurs bordelais importé par Daniel Johnnes, chef sommelier au restaurant Daniel (trois étoiles au Michelin, quatre au classement du *New York Times*) et grand passionné de bourgognes. Tous ces jeunes gens venaient-ils de passer du côté obscur de la force, ou alors étais-je en train d'assister aux prémices d'une contre-réaction à la contre-réaction ? « J'en avais marre d'entendre tous ces experts taper sur les bordeaux », me dit Johnnes. Il était donc parti à la recherche de petites propriétés familiales dans les appellations les moins prestigieuses et en était revenu avec une poignée de vins artisanaux, tous dotés de la typicité bordelaise traditionnelle, et tous entre 20 et

30 dollars. Ce soir-là, le public était dur, mais ces vins firent une forte impression à la plupart d'entre nous.

Pascal Collotte était là, jouant des coudes comme les autres dans ce minuscule espace. Propriétaire du château Jean Faux, entre Castillon et Saint-Émilion, c'était un barbu à forte carrure qui aurait pu tout aussi bien sortir de Williamsburg[1]. Il me servit un verre de son 2007, un assemblage à dominante de merlot aussi savoureux et affable que son auteur. Collotte était tonnelier avant d'acquérir ce domaine vallonné en appellation bordeaux supérieur. C'était la première fois que je rencontrais un propriétaire bordelais qui n'était pas en tweed de pied en cap comme un aristocrate anglais. Il m'expliqua que le cahier des charges de l'appellation bordeaux supérieur exigeait des rendements plus réduits et un taux d'alcool supérieur à ceux des bordeaux génériques, bien que ces vins soient moins illustres (et beaucoup moins chers) que les crus classés de Pauillac, de Saint-Julien et de Margaux.

Il y a une longue route de l'East Village aux manoirs du Médoc, et aucun de ces derniers ne représente mieux le bordeaux classique que le château Lafite-Rothschild[2], un des cinq premiers crus rouges classés en 1855. (Le château Mouton-Rothschild, propriété d'une autre branche de la célèbre famille de banquiers, y fut intégré en 1973.) Le château lui-même est une demeure du XVIIIe siècle relativement modeste, mais c'est probablement le grand chai en rotonde conçu par Ricardo Bofill qui reflète le mieux la suprématie

1. Quartier de Brooklyn connu entre autres pour sa culture hipster et alternative (et donc pour son abondance de barbus bien charpentés). (N.d.T.)

2. Voir page 9, « Une rivalité bénie des dieux ».

commerciale de Lafite. Sous sa voûte centrale soutenue par seize piliers massifs, les barriques de chêne reposent dans le parfum envoûtant du vin qui s'affine. Après une période de faiblesse, à partir de 1982 Lafite s'est remis à aligner les millésimes exceptionnels et, depuis, a retrouvé sa place au sommet de la hiérarchie bordelaise. Plus récemment, le vin a commencé à faire l'objet d'une forme de culte, particulièrement en Chine. Une vente aux enchères tenue à Sotheby's Hong Kong en novembre 2010 a encore fait monter la cote : trois bouteilles de château-lafite 1869 se sont vendues pour 232 692 dollars l'unité. Le 1869 est incontestablement une rareté, mais des caisses de 1982, encore largement disponibles aux enchères, s'emportèrent à 131 859 dollars l'unité, soit plus de 10 000 dollars la bouteille. C'est le genre d'extravagance qui rend fous de joie les commissaires-priseurs et les propriétaires de château, mais qui a tendance à déprimer l'amateur de vin normal et à répandre l'idée que les vins de Bordeaux sont pour les investisseurs et non pour les amateurs.

Peut-être vaut-il mieux considérer les premiers crus classés de Bordeaux comme la haute couture du monde vinicole. Peu d'entre nous les consommeront, mais ils servent de référence, et il est d'ailleurs remarquable que les vins du classement de 1855 aient conservé leur réputation et leur rang un siècle et demi plus tard. Ce classement n'incluait pas les vins de la rive gauche de la Garonne tels que les pomerols et les saint-émilion, mais un consensus critique fait de château-cheval-blanc, château-ausone et petrus des premiers crus officieux[1].

1. En réalité, château-cheval-blanc et château-ausone sont tous deux premiers grands crus au classement des vins de Saint-Émilion. Petrus, en tant que cru de Pomerol, n'est pas classé. (N.d.T.)

Les vins de la rive droite, à base de merlot plutôt que de cabernet sauvignon, offrent en général une séduction plus immédiate. Quant à petrus, encore quasi inconnu jusqu'à ce que l'écrivain œnophile anglais Harry Waugh[1] s'en fît le soutien assidu dans les années 40, il est devenu le plus cher de tous (au moins jusqu'à la découverte de château-lafite par les Chinois).

Le jour de mon cinquante-cinquième anniversaire, grâce à la générosité de quelques amis, je dégustai un bel assortiment des meilleurs crus classés de 1855, dont quelques premiers crus, et je fus subjugué par la splendeur et la profondeur de ces vins dont la fermentation remonte à l'année de ma naissance et dont les meilleurs, pourtant, ont encore de belles années devant eux. Je prends cela, à titre personnel, pour un bon présage. C'est bien là une des gloires emblématiques des vins de Bordeaux, cette capacité de garde et de bonification au fil des décennies. Le château-mission-haut-brion 1955, deuxième cru classé de Graves, est l'un des meilleurs vins que j'aie jamais goûtés. Quelques mois plus tard, je fus invité à déguster les premiers crus classés de 1982, millésime décrit par James Suckling, ex-rédacteur en chef du *Wine Spectator* et co-organisateur de la dégustation, comme « le premier millésime moderne de Bordeaux ». Certains avaient alors suggéré que l'année avait été trop chaude et que le vin présentait trop peu d'acidité pour être de longue garde et devenir un classique, mais les dégustateurs s'accordèrent à le trouver magnifique, même si certaines bouteilles commençaient juste à manifester leur potentiel. (Pour

1. Qui se trouvait être le cousin d'Auberon Waugh (voir page 45, « L'amant éconduit »). (N.d.T.)

mémoire, nous avions tous classé Lafite loin derrière Latour, Cheval-Blanc et Mouton-Rothschild.) Environ deux semaines plus tard, ma passion pour les bordeaux monta encore d'un cran lors d'un dîner donné à Sotheby's New York avant une vente de premiers crus classés du millésime 2000. (Une fois de plus, Latour et Cheval-Blanc se distinguèrent.) Ces vins étaient un peu trop jeunes pour exhiber toutes leurs couleurs, mais ils se révélèrent impressionnants et déjà aptes à faire la joie d'un hédoniste.

Je ne serai plus de ce monde depuis longtemps lorsque ces vins atteindront leur apogée et je doute que mes enfants puissent alors se les offrir. Les Chinois, d'ici là, auront sans doute déjà tout bu (on espère tout au moins qu'ils ne couperont pas leur lafite avec du Sprite, ainsi que le veut une rumeur persistante). Mais l'expérience ineffable du bordeaux, ce vin que le cardinal de Richelieu décrivait comme possédant « un mordant indescriptible, sinistre et grave, qui n'est pas du tout désagréable », fixe depuis des siècles les critères de ce qu'est un grand vin et se trouve à la portée de presque toutes les bourses. Non seulement les deuxièmes, troisièmes, quatrièmes et cinquièmes crus classés de 1855 dépassent parfois les premiers, mais aussi les appellations moins prestigieuses telles que haut-médoc, fronsac ou côtes-de-castillon offrent un excellent rapport qualité-prix, surtout dans les grands millésimes tels que 2005, 2009 et 2010. Eh oui, on peut en trouver à moins de 10 dollars. Même si je ne suis pas encore prêt à bazarder le t-shirt *Bad to the Beaune*[1] que je porte

1. Calembour construit sur l'expression *bad to the bone*, « pourri jusqu'à l'os ». (N.d.T.)

en hommage à ma passion pour les bourgognes, je suis en train de redécouvrir les joies du bordeaux. Vous aussi, osez ne pas être à la mode : goûtez-en dès cette saison.

Les exquises sœurs margalaises

Le nom de Margaux était déjà célèbre bien avant que Jack Hemingway, fils d'Ernest, ne le donnât à sa fille pour rendre hommage au vin qu'il avait bu la nuit de sa conception. Outre papa Hemingway, Thomas Jefferson et sir Robert Walpole étaient des fans absolus de ce vin de Bordeaux, l'un des quatre premiers grands crus rouges du classement de 1855 (avec Lafite, Latour et Haut-Brion). Le château a donné son nom à toute une appellation du sud du Médoc[1], ce qui a déjà prêté à confusion et suscité pas mal de déceptions, étant donné que beaucoup de vins portant l'appellation margaux ne planent pas à cette hauteur. Parmi eux, seul château-palmer s'est déjà mesuré au premier de la classe, si l'on peut s'exprimer ainsi, malgré sa position de troisième cru classé : dans certains millésimes, il lui est arrivé de surpasser château-margaux, et dans tous les autres il offre de fascinants points de comparaison avec son éminent rival.

Au plan architectural, un contraste radical oppose les deux châteaux. La différence est même l'une des plus

1. L'appellation margaux tire en réalité son nom de la commune de Margaux, qui couvre une grande partie de son territoire (avec Cantenac, Arsac, Labarde et Soussans). (N.d.T.)

tranchées de tout le Bordelais : le château Margaux, construit en 1810 par Louis Combes dans un style néoclassique palladien, est un volume massif et solide aux lignes nettes dont le fronton sur trois niveaux repose sur une colonnade ionique. Château Palmer, lui, date de l'exubérant second Empire : ses deux tourelles pointues lui donnent une touche de fantaisie bavaroise que n'aurait pas désapprouvée Walt Disney. Ces châteaux sont à tel point devenus des icônes qu'on a parfois du mal à se rappeler que c'est le sous-sol, et non ce qui se trouve au-dessus, qui détermine le style des vins. Les deux propriétés sont mitoyennes, proches de la Gironde, et chacune bénéficie d'un excellent sol bien drainé.

En tant que domaine viticole, Château Margaux a derrière lui une plus longue histoire. D'après la légende, au XIVe siècle, le roi Édouard III possédait un château sur le site. Bordeaux était alors occupé par les Anglais, qui avaient pris goût au vin local et l'appelaient *claret*. Par la suite, la propriété appartint successivement à plusieurs familles nobles, et en 1771 le vin du château Margaux fut le premier bordeaux de l'histoire inscrit sur un catalogue d'enchères de Christie's. Entre-temps, le *claret* était passé de sa couleur originelle rose pâle à la robe rouge plus hardie que nous connaissons et aimons aujourd'hui. Château-margaux fut classé premier cru en 1855 et tint son rang pendant une bonne partie du siècle suivant. Mais dans les années 60 et 70, il connut un passage à vide jusqu'au rachat de la propriété par André Mentzelopoulos, un magnat grec dont la qualité de résident français tombait à pic[1], le gouvernement

1. André Mentzelopoulos était alors propriétaire de la chaîne de magasins Félix Potin. (N.d.T.)

venant juste d'empêcher la vente de ce même domaine à la compagnie américaine National Distillers.

Presque immédiatement, la famille Mentzelopoulos reprit le domaine en main : leur premier millésime, le 1978, fut le premier grand château-margaux depuis des décennies. Aujourd'hui, la propriété appartient à Corinne Mentzelopoulos, fille d'André, une dame d'un charme et d'un chic au-delà de toute description, efficacement assistée de Paul Pontallier, un des vignerons les plus respectés du Bordelais.

La première fois que je rencontrai Paul Pontallier, il était en train de laver le sol des chais au tuyau d'arrosage, en veste et gilet Harris Tweed, cravate en tricot et bottes de caoutchouc à hauteur de genou. Dès son arrivée à Margaux en 1983 – très bonne année par ailleurs dans l'appellation, meilleure qu'à Pauillac par exemple –, il produisit un vin qui entra dans la légende (Palmer aussi fit un 1983 exceptionnel). Sous sa direction sont nés beaucoup d'autres grands vins, notamment le 1990 et le 2009, mais aucun ne fut sans doute jamais aussi attendu que le 2009, déjà désigné par les premiers dégustateurs comme LE vin d'un millésime extraordinaire. De façon peu surprenante, Pontallier, avec son élégante modestie, en attribue la raison à ce concept français englobant le sol, la topographie, le drainage, la météo et tout ce qui fait qu'une parcelle de vigne ne ressemble à aucune autre : « Le millésime 2009 semble mettre en valeur toutes les qualités intrinsèques du *terroir* de Château Margaux. » Le génie du lieu, estime-t-il, « consiste à produire des vins d'une finesse et d'une complexité aromatiques inimitables, d'une grande densité au palais, et pourtant d'une étonnante tendresse ».

« Les vins de Margaux sont reconnus pour être les

plus féminins du Bordelais », explique Thomas Duroux, directeur général de Château Palmer. « Ils sont moins puissants que les vins de Pauillac ou de Saint-Estèphe, mais plus délicats et plus précis. » Bien que de telles généralisations ne se vérifient pas dans tous les cas, cette description convient bien aux vins qu'il réalise, qui parfois prennent des airs presque bourguignons et à d'autres moments rappellent plutôt les pomerols. Leur proportion de merlot – près de la moitié – est unique parmi les vins de la rive gauche et peut expliquer en partie leur style très particulier, tout en souplesse. L'assemblage de château-margaux, par contraste, repose majoritairement sur le cabernet sauvignon, ce qui lui donne un peu plus de poids mais le rend moins accessible dans sa jeunesse.

Le domaine porte le nom de Charles Palmer, général anglais de haute naissance qui combattit sous les ordres de Wellington et fut presque aussi célèbre pour son succès auprès des dames de la cour que pour ses hauts faits militaires et bien sûr sa décision d'acheter le château de Gasq, apparemment prise au cours d'une balade en calèche qualifiée de « tumultueuse » avec la belle Marie de Gasq. Il étendit la surface de son domaine, replanta les vignes et fut pour sa femme, selon tous les témoignages, à la fois le meilleur promoteur et le pire ennemi. Son charme personnel et son amitié avec le prince régent, le futur George IV, contribuèrent à assurer la réputation de son vin dans l'aristocratie britannique, même si son extravagance finit par le mener à la faillite. Palmer fut forcé de vendre en 1843 et le domaine était encore sens dessus dessous quand le classement de 1855 fut établi, ce qui peut expliquer pourquoi il se retrouva troisième cru. Sa qualité, depuis ce temps, excède de loin son niveau de classement, et son prix en témoigne. Au milieu du XXe siècle, pendant que Château Margaux languissait, Palmer continua de faire des vins exceptionnels, son millésime 1961 restant l'une des plus fameuses légendes de Bordeaux et à coup sûr l'un des meilleurs vins que j'aie jamais goûtés. De façon assez curieuse, château-palmer brille souvent dans des millésimes médiocres – par exemple 1999 et 2002 – et il lui arrive parfois de décevoir dans des millésimes considérés comme sublimes.

En 2004, Thomas Duroux, Bordelais pure souche, prit la direction de la viticulture à Palmer après avoir été maître de culture au célèbre domaine toscan d'Ornellaia (où l'on ne faisait essentiellement qu'imiter le style des domaines qu'il avait connus dans sa jeunesse). Pour décrire la singularité de Palmer, il cite son terroir et le haut pourcentage de merlot dans l'assemblage, mais aussi un élément historique auquel il doit rendre hommage. « Nos vins sont connus pour leur élégance et leur style bourguignon, et toutes les équipes qui se sont succédé à Palmer se sont efforcées de respecter cette typicité. » Contrairement à la plupart des grands domaines bordelais, ils utilisent rarement plus de 50 pour cent de barriques de chêne neuf pour le grand vin et affinent le reste en barriques ayant déjà servi pour un ou deux affinages.

Comme Pontallier, Duroux s'extasie sur le millésime 2009, qui apparaîtra de ce côté-ci de l'Atlantique à l'automne 2012. Ici et là, il est possible de tomber sur le spectaculaire millésime 2005, où excellent tant château-palmer que château-margaux, bien qu'aucun des deux ne soit ni abordable ni prêt à boire. Le 2006 est moins cher ; d'après Pontallier, c'est « un excellent millésime qui aurait été considéré comme exceptionnel s'il n'était pas venu juste après 2005 ».

Heureusement, après des années de sous-régime, les voisins dans l'appellation margaux se sont mis à produire des vins dignes de leur illustre nom. Château-d'issan – sans doute mieux connu pour son pittoresque château Renaissance entouré de douves, où l'on dit qu'Aliénor d'Aquitaine fut mariée à Henri Plantagenêt – s'est enfin élevé au niveau de son rang de troisième cru. Château-brane-cantenac et château-boyd-cantenac ont régulièrement amélioré leur qualité dans les millésimes récents, comme l'ont fait aussi château-giscours et château-du-tertre. Ces vins méritent qu'on se donne un peu de mal pour les trouver, surtout depuis le grand millésime 2005, sans oublier par ailleurs qu'ils ont besoin d'au moins dix ans pour montrer ce dont ils sont capables. Château-margaux, dans les grands millésimes, ne se révèle pas dans toute sa gloire avant une vingtaine d'années. Dans le meilleur des mondes possibles, nous pourrions tous boire dès ce soir un château-margaux 1990 ou un château-palmer 1989, mais il n'est pas nécessaire d'attendre si longtemps pour faire l'expérience du génie de ces deux propriétés, ni de payer si cher : leurs deuxièmes vins, pavillon-rouge du château Margaux et alter ego de Palmer, sont à votre disposition.

Les gros monstres australiens

Quand on lui lança son plateau-repas en Inox à travers un guichet pratiqué dans la porte de sa chambre, Benjamin Hammerschlag avait déjà commencé à se demander s'il ne venait pas de faire une grosse bêtise et s'il n'allait pas reprendre son job régulier à Seattle. Il s'était arrêté à un hôtel, ou à une chose qui passait pour un hôtel, dans la région de la Frankland River, en Australie-Occidentale – « un pub au bout du monde, où se bouscule une humanité difforme », selon sa description – alors qu'il traversait le pays à la recherche de bons vins à importer aux États-Unis. Une semaine plus tard, il n'avait toujours que deux pistes mais, s'éveillant peu avant l'aube dans une autre chambre d'hôtel minable, cette fois dans la Barossa Valley, il y découvrit les murs grouillants littéralement de scolopendres. « À ce stade de mon voyage, j'étais très déprimé », raconte-t-il. Heureusement, dans ces deux régions, la viticulture était plus avancée que l'industrie hôtelière, et Hammerschlag est un gaillard doté d'une opiniâtreté à toute épreuve, d'un puissant esprit de compétition et d'un excellent palais. Pendant ces dix dernières années, il a inscrit au catalogue de sa marque Epicurean Wines une collection de vins qui représentent une nouvelle vague de l'influence culturelle australienne.

Au temps de sa première visite peu enthousiasmante, Hammerschlag était acheteur de vins pour QFC, un supermarché établi à Bellevue, banlieue chic de Seattle. On pourrait croire que le vin coule dans ses veines : ses parents et grands-parents étaient cavistes et possédaient à Manhattan la chaîne Flegenheimer's, les premiers magasins où l'on put acheter des vins californiens à New York. Avant la prohibition, ils eurent jusqu'à treize magasins de détail. En quelques années, Benjamin avait presque doublé le volume des ventes de QFC, ce qui lui avait fait soupçonner qu'il avait le « palais grand public ». Parmi les vins à succès qu'il découvrit pour ses clients figuraient des shiraz[1] de vieilles vignes de la Barossa Valley, une appellation qui venait juste d'apparaître sur les rayonnages nord-américains grâce à quelques importateurs tendance comme John Larchet et son Australian Premium Wine Collection, ou Dan Philips et son Grateful Palate. « C'était un style de vin aimé des Américains, dit Hammerschlag. Riche, puissant et généreux, tout en gratification immédiate. » D'après lui, certains Australiens ont même un nom pour ces shiraz de la Barossa Valley : écarteurs de jambes. Pourtant, la dimension et la force de ces mastodontes m'incitent à penser que s'il faut employer des métaphores, les stéréotypes masculins leur conviennent mieux. Les potions à haut indice d'octane telles que l'Old Bastard Shiraz de Kaesler me font davantage penser à un *muscle car*[2], par exemple une Dodge Charger ou une Dodge Viper,

1. Autre nom du cépage syrah, employé notamment en Australie. (N.d.T.)

2. Automobiles américaines des années 60 et 70 pourvues d'un moteur hyperpuissant (généralement un V8). (N.d.T.)

qu'à une Toyota Starlet, et beaucoup plus à Russell Crowe qu'à Naomi Watts.

Le seul problème que Hammerschlag rencontra avec ces rouges d'Australie-Méridionale fut leur rareté. Le Command Shiraz d'Elderton ou l'Astralis de Clarendon Hills, par exemple, étaient fabriqués en petite quantité à partir de vignes (entre autres shiraz et grenache) plantées au début du XXe siècle. On considère généralement que les vieilles vignes donnent des vins plus intenses et plus puissants que les vignes plus jeunes. Bien que la création de Grange, produit par Penfolds et prototype du shiraz australien haut de gamme, remonte à 1951 – époque où son auteur, Max Schubert, revenait de Bordeaux déterminé à faire un vin de renommée mondiale –, cette initiative resta isolée jusqu'aux années 80, quand d'autres se mirent aussi à faire des shiraz amples et opulents dans la Barossa. En deux décennies seulement, l'Australie se hissa au rang de superpuissance du vin, et les viticulteurs australiens commencèrent à parcourir le globe pour y répandre l'évangile du high-tech puissant et fruité.

Hammerschlag les adorait, bien sûr, ces gros rouleurs de mécaniques, mais il avait la présomption de croire qu'il y restait de la place pour un peu de finesse et de sens du terroir (Grange est fait à partir de raisins récoltés dans toute l'Australie du Sud) et que, pourvu qu'il trouvât des collaborateurs assez talentueux, il pourrait tirer de ce pays des vins encore supérieurs en qualité. « Je me considère comme un dénicheur de talents », explique-t-il. En 1999, à peine débarqué à Adélaïde, il fit le tour des cavistes et rassembla trente-six bouteilles de rouges locaux qu'il entreprit ensuite de déguster l'un après l'autre dans sa chambre d'hôtel infestée de bestioles, après quoi il s'empara du téléphone. Il eut la chance, et il l'eut tout de suite, de découvrir un filon de jeunes viticulteurs extrêmement doués, qui incluaient Dan Standish, du domaine Torbreck ; Ben Glaetzer, qui s'occupait du domaine familial ; Ben Riggs, vigneron d'un mètre quatre-vingt-quinze qui travailla à Napa, à Bordeaux et en Italie avant de se consacrer à la vinification du shiraz sur sa propriété de McLaren Vale. Depuis qu'il a ajouté ces vignerons à son catalogue, Hammerschlag a perfectionné sa connaissance de la vinification, comme en témoigne sa dentition en très mauvais état à force de déguster le jus rouge et tannique de milliers de barriques.

« J'aime les vins qui sont un peu sur la corde raide », me dit-il à travers ses chicots un soir du printemps 2006, au Soho Grand Hotel, devant un verre d'un Kaesler Avignon Proprietary Red 2002 qui ferait un excellent châteauneuf-du-pape. « Ceux qui repoussent les limites tout en maintenant l'équilibre et l'harmonie. » Autrement dit, Hammerschlag vend des bonbons aux fruits mais des bonbons qui ont de l'étoffe ; ses *muscle cars* se conduisent avec précision et ont même parfois des sièges en cuir et un tableau de bord en acajou. (Soit dit en passant, Ben est un fan de voitures ; il conduit réellement une Dodge Charger 1968 sur les pistes de la vigne d'altitude qu'il a achetée dans la McLaren Vale[1].) Ils possèdent l'ampleur, la maturité et la couleur locale qui ont fait le succès des vins australiens. Par exemple, The Standish 2001, de Dan Standish, se révéla, dans cette nouvelle vague australienne, le meilleur rouge que j'eusse goûté jusqu'alors : un shiraz de vieilles vignes aux notes complexes de cuir et de café, à la texture

1. Région viticole au sud d'Adélaïde, Nouvelle-Galles-du-Sud. (N.d.T.)

incroyablement voluptueuse et onctueuse, avec un final interminable qui m'enivra et me stupéfia tour à tour. Les deux shiraz de vieilles vignes apportés par Ben Glatzer, Amon-Ra de son propre domaine et G.A.M. du domaine Mitolo, étaient déjà légendaires dès leur deuxième millésime, ayant obtenu des notes exceptionnelles dans *The Wine Advocate* et ailleurs, bien qu'ils fussent réalisés en quantité réduite comme la plupart des vins du catalogue Epicurean. Globalement, ce fut une dégustation du plus haut intérêt. Et tard dans la nuit, lorsque nous nous séparâmes enfin et que je rentrai chez moi à Greenwich Village d'un pas peu assuré, j'étais devenu, comme tout le monde, saoul ou pas saoul, un ardent inconditionnel des rouges d'Australie du Sud.

Je n'aurais jamais cru que cela prendrait cinq ans, mais quand nous nous retrouvâmes en 2011 au Gotham Bar and Grill à Manhattan, l'équilibre mondial des puissances vinicoles avait profondément changé.

Manifestement, le grand boom des vins australiens s'était entre-temps dégonflé, tout au moins les exportations vers les États-Unis. Malgré le succès de Yellow Tail[1], ou peut-être précisément à cause de cela, l'Australie n'avait plus le feu sacré. Les importations globales avaient chuté de 15 pour cent en 2010 et les connaisseurs s'étaient mis à dédaigner cette origine, entre autres raisons parce que la nouvelle mode privilégiait (attention, clichés !) « la finesse et l'élégance » au détriment de la puissance brute, du punch et du degré d'alcool. Les vins australiens furent désormais perçus comme des bombes fruitées, trop mûrs et sans subtilité. Soudain, le pinot noir régnait en maître incontesté et

1. Vin australien de grande consommation, abondamment exporté. (N.d.T.)

les sommeliers – dont l'influence mondiale était montée en puissance depuis la décennie précédente – ne tarissaient pas de critiques sur les vins alcooleux. Le fait que Robert Parker, jusqu'alors grand supporter du shiraz australien haut de gamme, ait cessé ses visites en Australie et chargé un collaborateur de couvrir le continent ne fit rien pour arranger la situation.

Donc, quand je retrouvai Hammerschlag au Gotham Bar and Grill, il admit que son fonds de commerce était « une catégorie pour le moment passée de mode ». Il attribuait cela d'une part au taux de change élevé du dollar australien et d'autre part aux goûts fluctuants des « gardiens du temple », à savoir les critiques et les sommeliers. « Mais les clients, eux, apprécient toujours ces vins ! » affirma-t-il, tout en reconnaissant que les vins australiens étaient plus difficiles à vendre que cinq ans auparavant. Quand je lui demandai si ses vignerons avaient modifié leurs méthodes afin de s'adapter aux aléas du marché, il haussa les épaules. « Tout ce qu'ils cherchent à faire, c'est des vins qui reflètent leur région, comme ils ont toujours fait. » Et c'est vrai : l'Australie du Sud est une terre faite pour produire des vins « riches, sombres et voluptueux ». Ils ne font pas dans la délicatesse, telle est leur nature, et c'est bien ainsi.

Hammerschlag place tous ses espoirs dans le millésime 2010, qui sera bientôt disponible aux États-Unis, pour éveiller les consciences et contribuer à inverser la vapeur. « Un millésime spectaculaire en tout point », me dit-il au bar du Gotham, un verre d'amaro à la main. « Le meilleur depuis vingt ans. » Il sera intéressant de voir si ce millésime parvient, en effet, à régénérer l'image de l'Australie viticole. Après tout, d'autres régions ont retrouvé la pêche après avoir perdu un temps leur crédibilité. À la fin des années 70 et au début des années 80, le bourgogne rouge végétait sur le marché, payant ainsi le prix de rendements trop élevés, d'une viticulture brouillonne et d'un usage excessif des additifs chimiques. En 1985, certains viticulteurs autrichiens eurent l'idée de booster leurs vins à l'antigel : le scandale qui en résulta faillit anéantir le marché autrichien tout entier. Mais ces deux régions se sont rattrapées depuis et ont retrouvé leur place au plan international. Et d'ailleurs, les Australiens n'ont rien fait de mal : ce n'est pas un péché de faire des vins mûrs, riches et bien notés, l'équivalent d'une Pontiac GTO 1966 ! On peut espérer qu'il reste des millions de consommateurs qui n'ont rien contre la puissance et l'opulence. Si Hammerschlag a son mot à dire, les rouges d'Australie retrouveront bientôt leur place sur les tables d'Amérique.

L’heure du cornas a-t-elle enfin sonné ?

Quand je suis dans un restaurant où je fais confiance au sommelier, je lui demande souvent de choisir pour moi. Après tout, les sommeliers sont en première ligne, dégustent quotidiennement, dénichent des trésors et connaissent leurs cartes des vins certainement mieux que moi. Contrairement à mes amis collectionneurs de bouteilles, qui ont tendance à rechercher les classiques – les marchandises que tout le monde connaît –, les sommeliers ont le palais toujours aiguisé pour reconnaître la nouveauté. Ils sont constamment en attente de la prochaine grande région viticole, du prochain producteur star. Or, récemment, deux de mes sommeliers favoris m’ont choisi un cornas, que j’ai adoré dans l’un et l’autre cas. Et par ailleurs j’ai entendu plusieurs jeunes vignerons m’exprimer leur admiration pour Thierry Allemand, l’étoile montante du cornas. L’heure de cette appellation serait-elle enfin venue ?

Il y a une dizaine d’années, je m’accrochais à la base d’un cep de vigne dans la parcelle des Ruchets qui surplombe de très haut le village de Cornas. Au-dessous de moi coulait le Rhône et j’essayais de ne pas glisser dans le précipice. Mes bagages s’étaient perdus quelque part entre New York et Marseille ; les mocassins Gucci que je portais pour la troisième journée consécutive n'offraient que peu de prise sur cette pente raide et rocheuse où j'essayais d'aider Jean-Luc Colombo et son équipe à vendanger des syrahs. Je comprenais soudain pourquoi beaucoup de ces parcelles granitiques, trop escarpées pour être travaillées au tracteur, avaient été abandonnées au début du XXe siècle.

Aussi loin que je puisse le constater, le cornas n'a plus été à la mode depuis Charlemagne. Il y a dix ans, Jancis Robinson avait évoqué dans un article son incapacité à se passionner pour ce vin, voire seulement à l'apprécier. « Le terme "viril", écrivait-elle, est fréquemment employé par les Français pour le décrire, mais je suggérerais "têtu" comme plus proche de la vérité. » L'un d'eux, selon elle, avait « tout le charme du révérend Ian Paisley[1] ». Je vois tout à fait ce qu'elle veut dire. Le cornas a toujours été un vin rustique, pourvu d'une densité tannique redoutable et, parfois, de notes d'étable suggérant un manque d'hygiène au chai. Dans les quelques exemples que j'avais dégustés, on pouvait se demander si les raisins n'avaient pas été foulés par des pieds revêtus de chaussettes très malodorantes.

Si jamais ce vin fut aimé, sa réputation a été depuis longtemps éclipsée par celle de l'Hermitage et de la Côte Rôtie plus au nord. Ces trois appellations produisent des vins rouges corsés exclusivement à base de cépage syrah, qui croît dans cette région au moins depuis l'époque gallo-romaine. Les vignes, plantées sur des côtes granitiques escarpées, étaient difficiles à travailler et beaucoup furent abandonnées, alors même que la Côte Rôtie et l'Hermitage accédaient à la renom-

1. Ecclésiastique et politicien protestant d'Irlande du Nord connu pour son intransigeance. (N.d.T.)

mée internationale et que l'on se mettait à planter de la syrah partout dans le monde, de Stellenbosch en Afrique du Sud aux Santa Rita Hills de Californie. Quelques viticulteurs opiniâtres continuaient de porter le flambeau de l'appellation et faisaient encore des cornas traditionnels et rustiques pour les fidèles. Un bon cornas est comme le blues du Delta : profond, truculent, mais pas du goût de tout le monde.

Comme il arrive souvent, il fallut un étranger pour épousseter les toiles d'araignées de ce vieux village. Jean-Luc Colombo, œnologue marseillais, s'installa à Cornas avec son épouse Anne dans les années 80. Il y fut d'abord œnologue consultant, puis il acheta des vignes. Un peu comme les bluesmen de Chicago qui, les premiers, électrifièrent les sonorités rustiques de Charley Patton et de Robert Johnson, Colombo introduisit à Cornas de nouvelles méthodes de viticulture – par exemple l'éraflage et le vieillissement en barriques de chêne neuf –, créant ainsi un nouveau style de cornas, plus net, plus moderne, qui séduisit certains critiques autant qu'il scandalisa quelques traditionalistes. Colombo est le prototype du vigneron volant de notre époque, une sorte de dynamo compacte dont des centaines de clients de la vallée du Rhône et d'ailleurs s'arrachent les services de consultant. Lors de ma dernière visite, il avait commencé la journée avec des clients à Châteauneuf-du-Pape avant de faire 100 kilomètres pour déjeuner avec moi à Marseille, fonça ensuite sur la côte Bleue pour examiner quelques vignes qu'il avait louées près de Saint-Julien-les-Martigues, après quoi il fit deux heures de route vers les Alpilles pour déguster une vingtaine de barriques dans le chai de son client du Mas de la Dame, fit une étape à Saint-Rémy pour dîner, pour enfin retourner à Cornas, deux heures de route, où nous arrivâmes à environ 1 heure du matin. « C'est une journée assez typique », me dit-il alors que nous sirotions un calvados dans son salon.

Comme son ami Michel Rolland, le célèbre vigneron et consultant bordelais, il a été critiqué par certains pour avoir introduit un style international qui n'exprime pas le terroir d'origine. Ces dernières années, toutefois, Colombo a fait machine arrière sur le chêne neuf et a développé un style plus en finesse. Entre-temps, une nouvelle génération de jeunes viticulteurs est apparue, rachetant des vignobles abandonnés et reprenant ceux de vignerons proches de la retraite tels que Noël Verset et Robert Michel. Le plus influent d'entre eux est Thierry Allemand, un fils d'ouvrier d'usine qui grandit à Cornas et s'initia très tôt aux traditions viticoles auprès de Robert Michel, chez qui il fut apprenti dès l'âge de dix-huit ans. Allemand acheta ensuite une vigne en friche soutenue par des murets délabrés et rafistola le tout pierre à pierre jusqu'à pouvoir sortir ses premiers vins en 1982.

Duncan Arnot Meyers de la *winery* Arnot-Roberts, dont les syrahs de Sonoma sont désormais des vins cultes, avoue avoir été énormément influencé par Thierry Allemand. « Pour moi, ses vins comptent parmi les plus belles expressions de la syrah sur cette terre », dit-il. Ces deux dernières années, il n'a pas été le seul à me le dire. Barbu, le crâne dégarni, Thierry Allemand vit avec sa femme et ses quatre enfants à Cornas, dans une vieille maison en pierre de taille, et travaille ses vignes presque entièrement à la main. Comme beaucoup d'autres jeunes viticulteurs partout dans le monde, il cherche son inspiration dans le passé, vinifiant avec la rafle et affinant ses vins en barriques neutres (c'est-à-dire usagées) pour éviter les notes boisées-grillées.

Fervent pratiquant de la viticulture « nature », il utilise très peu de soufre pour protéger les vignes. Cette stratégie risquée semble lui réussir, car je n'ai jamais encore trouvé une seule de ses bouteilles défectueuse. Ses vins sont très terriens, voire rustiques – il serait impossible de confondre un cornas de Thierry Allemand avec un shiraz d'Australie –, mais ils possèdent une fraîcheur et un élan qu'on cherchait trop souvent en vain dans les cornas à l'ancienne.

Ces dernières années, nombre de vignes de Cornas sont passées des mains de la vieille garde à celles de la nouvelle vague. Parmi ces jeunes vignerons, on peut également citer Franck Balthazar, qui a hérité en 2003 deux hectares de vignes âgées de quatre-vingt-quinze ans, et Guillaume Gilles, élève et héritier du mentor de Thierry Allemand, Robert Michel, qui a pris sa retraite en 2006. Vincent Paris, Matthieu Barret et Gilbert Serrette sont aussi de ces étoiles montantes.

Bien que cette jeune génération soit animée d'un grand respect pour les traditions, le risque est désormais beaucoup moins grand de tomber sur une bouteille de cornas qui sent le renard. Cependant, un bon cornas sera toujours plus terrien, plus giboyeux qu'une syrah du Nouveau Monde. La réglisse entre dans son profil aromatique et les vins font entendre une note de basse très charnelle. Même dans les millésimes plus légers tels que les 2006 et 2007, le vin reste très ample, appelant les viandes rouges ou les braisés pour équilibrer cette puissance. Ce n'est pas un rouge pour l'été. Les cornas à l'ancienne ont souvent eu besoin de nombreuses années pour assouplir leurs tannins, quand bien même ils l'ont jamais fait, et même un cornas de nouvelle génération demande au moins cinq ans pour s'ouvrir et s'arrondir. Si vous trouvez une bouteille plus ancienne, vous allez vous régaler, et cela vous coûtera beaucoup moins cher qu'un hermitage ou un côte-rôtie du même millésime. L'autre soir, j'ai bu une cuvée la geynale 1990 de Robert Michel : je peux vous dire qu'elle chantait. Le blues, évidemment.

Le barbera, vin de table piémontais

Au pied des murailles du château médiéval dont les tourelles dominent un petit village en nid d'aigle se trouve l'entrée du domaine Vietti, accroché aux pentes escarpées de la colline. Étalées partout en éventail en contrebas des bâtiments viticoles, ses vignes produisent un des barolos les plus recherchés du monde. Fabriqué à partir de nebbiolo, un cépage de culture difficile, dans cinq villages – pas un de plus – du Piémont italien, le barolo est surnommé depuis le XIXe siècle « le roi des vins et le vin des rois », en partie à cause de son association avec la maison royale de Savoie. Luca Currado, dont la famille cultive ici la vigne depuis des siècles, attire mon attention sur une anomalie de terrain, une zone de vignes dont les feuilles sont plus sombres et plus rouges. « C'est du barbera, dit-il. Ma parcelle secrète de barbera. »

Le barbera, considéré comme un parent pauvre du nebbiolo, est un cépage que l'on plante le plus souvent sur les terrains les moins chers. Dans la région, il a toujours servi à fabriquer les vins de table. « Le barbera, c'était le vin du peuple », explique Currado ; mais grâce au domaine Vietti et à quelques autres producteurs persévérants, il est devenu une star ces dernières années.

Traditionnellement, le barbera était planté sur les parcelles les moins désirables, les plus fraîches de la province d'Alba, qui inclut la zone du barolo et du barbaresco, et dans la province voisine d'Asti, mieux connue pour son asti spumante. Le barbera est un vin corsé à la robe d'un rubis profond. Pendant des années, il resta dans l'ombre et joua un rôle de second plan dans la production du barolo où il servait souvent à compenser la faiblesse de couleur et de corps dont souffre parfois le nebbiolo. Lorsque Luca rejoignit le domaine familial, son père refusa de le laisser toucher au nebbiolo. Au lieu de cela, l'apprenti vigneron se fit la main sur le barbera qui poussait sur des terres que la famille possédait en dehors de l'appellation barolo. Plus il travaillait avec le barbera, plus il était convaincu de son potentiel, à condition de le planter sur les bons terrains et de limiter les rendements. Et quand le temps fut venu de replanter une parcelle des vignes de Vietti dans une zone de grand cru de Castiglione, il se chargea de l'exécution du projet et planta secrètement du barbera en lieu et place du nebbiolo. Des voisins finirent par s'en apercevoir. « Ils étaient pliés en deux, raconte-t-il. Ils sont allés voir mon père et lui ont demandé pourquoi il avait planté du barbera dans une zone de barolo grand cru. Mon père était furax. » À la longue, il semble avoir pardonné à son fils quand il constata la qualité des vins obtenus de ces vignes bonnes à rien. En réalité, l'expérience de Luca avait un précédent : son arrière-grand-père s'était rendu en Amérique après que son frère aîné eut hérité du vignoble. Il devint ingénieur ; entre autres projets d'infrastructures publiques, il participa à celui du Sumner Tunnel de Boston. Et au décès de ce frère aîné, il retourna en Italie pour reprendre les affaires familiales.

Sur la colline en contrebas de la maison, il planta une petite parcelle de barbera pour sa consommation personnelle, car il avait la nostalgie du vin ordinaire de sa jeunesse. Ces vignes existent encore aujourd'hui, ayant survécu aux nombreuses confiscations de vignobles par les autorités fascistes lorsqu'elles découvrirent que les Vietti soutenaient et hébergeaient des partisans.

Les vins que l'on extrait de ces très vieilles vignes plantées en 1932 sont un témoignage matériel de ce que peut faire le barbera sur un site qui lui convient vraiment. Un Vietti Scarrone Vigna Vecchia 1990, que Luca ouvrit pour moi au domaine avec une série de barolos, monopolisa l'attention tout en présentant un air de famille avec les autres : les mêmes notes de goudron, de cuir et de champignon. Comme Currado lui-même, vêtu d'une très belle chemise taillée sur mesure sur un jean sale et des bottes en caoutchouc, il oscillait entre sophistication et rusticité.

Vietti n'est pas le seul producteur à avoir vu dans le barbera une Cendrillon en attente de son prince : il y eut aussi feu Giacomo Bologna, bon vivant, motard et amateur de jazz, qui avait hérité du domaine Braida, propriété à une quinzaine de kilomètres à l'est d'Asti. Comme un chef de studio du vieil Hollywood élabore un programme cosmétique pour rafistoler une starlette, il entreprit de remodeler le barbera, cépage naturellement riche en acidité et pauvre en tannins. (Ces derniers sont les agents conservateurs du vin, ceux qui lui permettent de développer de la complexité en vieillissant. Pour vous donner une idée de la sensation qu'ils procurent, buvez du thé infusé trop longtemps.) Bologna avait planté du barbera sur des terrains de premier choix, baignés de soleil, et vendangeait plus tard que ses voisins, ayant en tête d'adoucir cette vive acidité. Il fit vieillir le vin dans des barriques de chêne français neuf qui arrondirent les angles tout en apportant les tannins du bois. C'était Émile Peynaud, le célèbre œnologue français, qui lui avait conseillé le vieillissement en barriques dans les années 70, alors qu'il travaillait comme consultant pour un domaine d'Asti. En 1982, Bologna créa Bricco dell'Uccellone, un barbera vieilli en barriques qui changea profondément la perception qu'on avait de ce cépage en Piémont et acquit une renommée internationale. Très loin des vins rustiques que les fermiers piémontais servaient en pichet sur la table de la cuisine, ce barbera-là était allé à l'université et avait peut-être même décroché un diplôme. Il était tout à fait présentable pour la carte des vins d'un restaurant de luxe.

D'autres viticulteurs ont suivi l'exemple de Bologna et de Vietti. Ils ont planté le barbera sur de meilleurs terrains et l'ont vinifié au petit poil, produisant ainsi, tant à Asti qu'à Alba, des crus de haute qualité affinés en barrique. Selon Currado, le barbera-d'alba est en général plus féminin et plus sophistiqué, alors que le barbera-d'asti est plus affirmé et plus puissant : pour lui, c'est Angelina Jolie, tandis que le barbera-d'alba, c'est Grace Kelly. Il sait certainement de quoi il parle, bien que les styles de vinification puissent à l'occasion l'emporter sur les caractéristiques du sol.

Une trentaine d'années après les premières expériences de Bologna avec les barriques de chêne français, ce vin s'exprime à travers une variété de styles, y compris celui de vins de table ordinaires devant être bus jeunes. Dans cette catégorie, le prix est un bon indicateur de qualité et de capacité de garde. Les vins entre 15 et 20 dollars sont normalement bons à ouvrir dès l'achat, pour accompagner une pizza ou des pâtes.

Les spécialistes du barbera comme Bologna et Hilbert-Pasquero font toujours d'excellents vins. Mais vous trouverez aussi les meilleurs chez les grands auteurs de barolo et de barbaresco : Vietti, Giuseppe Mascarello, Sandrone, Giacomo Conterno et La Spinetta. C'est un bon vin à se remémorer quand vous ouvrez la carte d'un restaurant italien. Même assoupli par un affinage en barrique, le barbera reste assez acide pour un rouge, ce qui en fait le compagnon idéal de tout plat contenant des tomates. Le chef Thomas Keller, qui a perfectionné sa maîtrise de la cuisine des pâtes auprès de la grand-mère de Luca Currado avant d'ouvrir son restaurant The French Laundry, est devenu fan du barbera pendant son séjour. « Ce sont des vins simples, faciles à apprécier », dit-il. Currado, lui, y voit le lien entre les vins rouges de l'Ancien Monde et ceux du Nouveau Monde. « Ils sont sexy mais directs, dit-il, tandis que le barolo est plus réservé, plus sévère. » Et alors que le barolo a besoin d'années, voire de décennies pour assouplir ses tannins et devenir agréable au palais, le plus sophistiqué des barbera demeure accessible, et même carrément accueillant, dans sa jeunesse.

Barolo et barbaresco : deux raisons de se réjouir

Maintenant que la guerre est finie, le Piémont viticole se porte comme un charme. Depuis 1996, la région aligne les millésimes exceptionnels à la queue leu-leu et il semble, on ne sait trop comment, qu'une trêve ait été signée entre modernistes et traditionalistes. Pour la plus grande joie des consommateurs, les grands vins piémontais à base de nebbiolo – le barolo et le barbaresco – sont pour le moment moins cotés que le bourgogne ou le bordeaux, mais ils ne sont pas moins dignes de respect.

Comme la Bourgogne, le Piémont, région historiquement indépendante, est un pays de fiers paysans et de petites propriétés. Comme le pinot noir, le cépage rouge emblématique de Bourgogne, le nebbiolo a la peau fine, se révèle capricieux à la culture et donne des vins d'une formidable complexité aromatique. Mais contrairement à la Bourgogne, qui nous donne un grand millésime à peu près tous les trois ans, le Piémont les aligne sans discontinuer depuis 1996 et ne compte qu'un seul millésime faiblard, le 2002. Le 2003 était ambivalent, compliqué par la chaleur torride qui s'empara de l'Europe cet été-là. Les plus grands vins des appellations barolo et barbaresco se vendent pour la plupart en dessous de 100 dollars, et beaucoup pour moins de 50, même en ces temps de faiblesse pathétique du dollar. Et si vous aimez briller par votre culture, la région est assez complexe pour y investir toute une vie de recherche.

En Italie, le barolo passe depuis longtemps pour « le roi des vins », pour une part à cause de son association historique avec la maison de Savoie et la famille de Victor-Emmanuel II, premier roi d'une Italie unifiée. Et pour une autre part à cause de sa suprématie incontestée. La plupart des exégètes s'accordent à dire que ce vin tel que nous le connaissons actuellement, 100 pour cent nebbiolo, fut probablement conçu au début du XIXe siècle par l'œnologue français Louis Oudart, alors employé par la marquise de Barolo. L'appellation barolo, qui s'étend au sud et à l'ouest d'Alba, produit généralement des vins plus amples et de plus longue garde que l'appellation barbaresco, au nord et à l'est de cette même ville. Mais ce qu'ils ont en commun est en réalité plus important que leurs différences mutuelles.

Angelo Gaja, qui est au nebbiolo ce que Yo-Yo Ma est au violoncelle, se sert souvent de l'analogie suivante pour décrire les charmes discrets du cépage : « Le cabernet sauvignon, c'est John Wayne », me dit-il lors d'un dîner chez Guido da Castiglione, restaurant à flanc de colline non loin de sa maison dans la petite ville de Barbaresco. « Quand il entre dans une pièce, plus personne d'autre n'existe. Tous les hommes voudraient être à sa place et toutes les femmes voudraient coucher avec lui. Le nebbiolo, c'est plutôt Marcello Mastroianni. Il entre n'importe où, une femme à son bras, et il ne fait que rendre cette femme encore plus belle. » Ce qu'il entend par là, c'est que le nebbiolo ne saurait être aussi puissant, aussi autonome que le cabernet sauvignon ; il a besoin d'être accompagné d'un plat pour se présenter sous son meilleur aspect.

« Le cabernet sauvignon, c'est un mec qui roule des mécaniques. Le nebbiolo, lui, est un séducteur timide », renchérit la fille d'Angelo, Gaia Gaja, vingt-huit ans, qui travaille avec son père depuis 2001. Avec un nom pareil, elle aurait eu du mal à travailler ailleurs. Gaia a grandi à Barbaresco, où il n'y a pas grand-chose d'autre à faire que du vin. À l'école primaire du village, elle et ses camarades apprenaient à faire du vin et de la grappa à partir de raisins rapportés des vignes familiales. Comme son père, Gaia déborde d'énergie nerveuse : au restaurant Insieme de New York, elle pianote des doigts sur la table en attendant mon verdict sur son Barolo Sperss 2003.

« Le barbaresco est un peu plus doux, dit Gaia, avec des notes balsamiques, de la violette, du cumin et des épices douces. Le barolo est plus grave, avec davantage de notes de tabac, de champignon et de réglisse. » La formule classique pour décrire le barolo est « goudron et rose ». Beaucoup de dévots y trouvent aussi, dans les versions très âgées des deux vins l'odeur méphitique de la truffe blanche, autre native du Piémont. Et de fait il est difficile d'imaginer meilleur accompagnement pour un risotto à la truffe blanche.

Avec Renato Ratti et Domenico Clerico, Angelo Gaja fut parmi les pionniers qui appliquèrent de nouvelles méthodes de production, dont l'affinage en barriques de chêne français neuves, afin de rendre le nebbiolo plus accessible. Jusqu'alors, un barolo typique, affiné au moins cinq ans dans d'énormes fûts appelés *botti*, avait besoin d'une bonne vingtaine d'années pour assouplir ses redoutables tannins et exprimer tout son charme. Depuis le milieu des années 80, un débat – qui prit parfois des allures de guerre – a fait rage entre les traditionalistes et ceux qu'ils appelaient les modernistes. Des producteurs tels qu'Aldo et Giacomo Conterno, Giuseppe Rinaldi, Bartolo Mascarello à Barolo et Bruno Giacosa à Barbaresco maintenaient les traditions, y compris le long processus de fermentation et d'affinage dans les gigantesques *botti* en bois de châtaignier. Jusqu'à sa mort en 2005, Bartolo Mascarello fut à l'avant-garde de cette bataille contre les barriques françaises, plus petites, qui avaient fait leur apparition dans les années 70, car les traditionalistes estimaient que le chêne français neuf et ses arômes de vanille dénaturaient le caractère authentique du cépage nebbiolo et du terroir piémontais.

Aldo Conterno, qui me parut l'image même de la tradition quand il me reçut en tweed anglais à son domaine en 2005, m'annonça fièrement que ses barolos n'étaient pas buvables avant dix ans de vie. Le cahier des charges de l'appellation exige que le barolo soit affiné au chai pendant trois ans avant d'être mis en bouteilles, et certains propriétaires tels que Conterno l'affinent encore plus longtemps, mais en réalité ces vins traditionnels sont faits pour les gens patients – et aussi pour ceux qui disposent d'une cave.

Il n'y a pas longtemps, ces âpres barolos semblaient menacés de disparition. En 1973, Robert Mondavi[1] visita la région et rencontra, entre autres producteurs, Angelo Gaja. Mondavi, à cette époque, travaillait à l'avènement d'un nouvel âge d'or de la viticulture à Napa, ce qui inspira à Gaja l'idée d'une action similaire. « C'est fantastique, ce que Mondavi a fait pour la Californie ! dit-il. Il en a vu le potentiel avant tout le monde. Et

1. Voir page 213, « Mondavi par Mondavi ».

ici aussi, il a vu le potentiel. Il dit que tout le monde roupille dans le Piémont ! Et il a raison. Nous dormons tous à poings fermés. » En d'autres termes, la tradition avait besoin d'une étincelle d'innovation afin que les vins du Piémont s'inscrivent enfin dans un marché international émergent de plus en plus façonné par les palais du Nouveau Monde, demandeurs de vins plus hardis, plus fruités et surtout plus précoces. Selon Gaja et les autres modernistes – Altare, Sandrone, Scavino, Valentino –, les vieux *botti* constamment recyclés avaient des problèmes de bactéries, excellente raison pour adopter de nouvelles installations et de nouvelles méthodes : cuves de fermentation rotatives, barriques de chêne pour atténuer l'acidité et adoucir ces tannins qui rendent le nebbiolo si âpre dans sa jeunesse. Plus petites que les *botti*, les barriques de chêne permettent au vin nouveau de s'oxygéner davantage, ce qui accélère son évolution, et lui communiquent parfois ces arômes vanillés et torréfiés que déplorent les traditionalistes. En 1985, selon Luca Currado, quatrième génération d'une famille de viticulteurs à Vietti, dans la région de Castiglione Falletto, les révolutionnaires organisèrent à Barolo un grand « bûcher des *botti* » où ils mirent le feu à un tas de vieux fûts pour symboliser leur rejet de la tradition.

Bartolo Mascarello, aussi farouchement conservateur dans sa viticulture que progressif dans ses idées politiques, fit imprimer « No barrique no Berlusconi » sur l'étiquette de son barolo 1999. Le slogan devint vite le cri de ralliement de la vieille école. Lors de ma première visite en Piémont vers cette époque, l'air était lourd de nombreuses tensions. À Barolo, quand j'allai rendre visite à Giuseppe Rinaldi, un ami proche de Mascarello, je le trouvai allongé sur le sol devant sa villa de style romantique, jouant de la clé à molette dans les entrailles de sa moto de cross Yamaha. Le dîner s'annonçait tardif. Ex-vétérinaire, Rinaldi a hérité le domaine de son père. Ironique, modeste, il ne parle pas anglais (sa femme nous a servi d'interprète), mais quand nous nous assîmes enfin à la table d'un restaurant du coin, il me fit une démonstration emphatique en versant du barolo 1997 dans son risotto avant de partir dans un réquisitoire contre le chêne neuf et tous ces vignerons à plat ventre devant le marché global. « Quand on a la chance d'avoir un vin doté d'un bouquet particulier, d'une typicité particulière, c'est complètement idiot de le gâcher en le transformant en vin standard, formaté pour le goût international. » Plus tard, sa voisine Clara Boschis nous rejoignit – un petit bout de femme en ensemble de sport Prada, détentrice d'un doctorat en économie et d'une maîtrise admirable de l'anglais. Clara est issue d'une vieille famille de vignerons, mais depuis qu'elle a racheté le domaine Pira, elle y produit une belle bête de barolo, sexy et « internationale », qui a décroché récemment 96 points au classement de Robert Parker. Après son arrivée, la conversation s'écarta du vin pour aborder le sujet moins épineux de la politique. Ces deux-là communiaient au moins dans leur mépris pour Berlusconi.

Vers le milieu des années 90, les modernistes paraissaient avoir gagné la partie, vu le succès de leur nebbiolo plus riche, plus sombre et plus velouté, bon à boire beaucoup plus tôt que la version à l'ancienne. J'aime les appeler des vins à forte poitrine, des rouges qui font le trottoir, apparemment conçus pour monopoliser l'attention des critiques en mal de sensations fortes. En même temps qu'ils revitalisaient une économie agraire locale moribonde, ils propulsaient leurs auteurs au statut de stars. Mais quelques loyalistes, moi compris, ne purent s'empêcher de remarquer que ces vins de la nouvelle école, mis en bouteilles dans les années 80, ne vieillissaient pas si bien que ça : soit ils tombaient à plat, soit ils ne présentaient à la longue aucune évolution intéressante, la longévité étant tout de même la marque des très grands vins et un fait de gloire particulier au barolo. Bien loin d'accéder à la grandeur au bout d'une trentaine ou d'une quarantaine d'années, comme par exemple le Monfortino 1964 de Giacomo Conterno ou le Santo Stefano 1982 de Bruno Giacosa, ils perdaient leur sève dès avant leur deuxième décennie.

« Notre seule chance de survie », dit Luca Corrado, propriétaire cosmopolite du domaine Vietti, « c'est de faire un vin qui reflète la région. » Currado se tient à mi-chemin entre les deux extrêmes du débat, ce qui me semble être la meilleure place.

Pendant ces vingt dernières années, beaucoup de ces parvenus arrogants ont tranquillement revu leur copie et reconsidéré leurs méthodes. Mais tandis que certains réduisaient leur taux de bois neuf, quelques traditionalistes adoptaient en douce des équipements dernier cri : les lignes de bataille ne sont plus aussi clairement dessinées qu'avant. Mais même les vins du style le plus moderne, en regard des critères du Nouveau Monde, restent lents à s'épanouir. Des millésimes fortement charpentés comme 2004 et 2006 bénéficieront d'une décennie de vieillissement et continueront de se développer longtemps après. L'excellent millésime 2007 est plus accessible, plus séduisant : beaucoup de 2007 se buvaient déjà très bien en 2001, lorsqu'ils furent présentés, mais il est certain qu'ils s'amélioreront encore avec les années.

Pour succomber aux charmes du nebbiolo, le mieux est encore de commencer par le barbaresco, le frère précoce du barolo. Comme le cahier des charges du barbaresco ne requiert que deux ans d'affinage, les vins sont disponibles plus tôt sur le marché. La coopérative locale, Produttori del Barbaresco, est probablement la meilleure coopérative viticole du monde et en tout cas une excellente source de barbarescos de haute qualité, accessibles mais pouvant vieillir, et dans une gamme de prix située entre 30 et 50 dollars. Ils se révèlent au bout de quelques années dans toute leur splendeur et vieillissent encore magnifiquement au-delà : ainsi, une bouteille de barbaresco Produttori 1982 qu'un ami ouvrit pour moi en 2011 me laissa pantois.

Caveat emptor : comme pour les pinots noirs de Bourgogne, une part d'inconstance et de mystère réside au cœur de ce qui nous attire vers cette région et ce cépage. Si vous cherchez quelque chose de vraiment unique, un vin dont une seule bouffée aromatique contient les fleurs mais aussi la terre et l'humus qui les nourrissent, un vin impossible à confondre avec n'importe quel autre vin de ce monde, alors il vous faut visiter le Piémont. Même si votre voyage se limite aux parois d'un verre.

Du sang, de la sueur et des actes de foi

Le soleil n'est pas encore venu illuminer les cimes de la chaîne des Palisades au-dessus des vignes et les raisins sont encore frais sous les doigts. Les vendangeurs, accompagnés d'un journaliste new-yorkais mal réveillé, s'élèvent entre les rangées de sauvignon blanc manucurées, sectionnant le pédoncule des grappes et déposant celles-ci dans des cagettes en plastique qu'ils vident ensuite dans les hottes posées au bout de chaque rangée. C'est là que Bart et Daphne Araujo trient les raisins à la main, éliminant les feuilles et les grains brûlés par le soleil. « J'adore le premier jour des vendanges », dit l'élégante Daphne aux cheveux d'argent, ramassant du bout des doigts une grappe flétrie.

Depuis que le couple a acheté le domaine Eisele, planté en 1886 et réputé pour son cabernet sauvignon, ils en sont à leur vingtième vendange. Aujourd'hui, ils vendangent une petite parcelle de sauvignon blanc plantée dans une zone plus tempérée du vignoble. Ce petit carré de cépage blanc fait moins d'un demi-hectare et sera vendangé en un peu plus d'une heure. Le journaliste a sommeil et il pisse le sang, car il s'est entamé la main sur la lame recourbée d'une serpette de vendange. Ça n'altère pas l'enthousiasme des Araujo qui reprennent au pas de course le chemin de la maison pour prendre le petit déjeuner, longeant des vignes méticuleusement élaguées, chargées de grappes violettes à hauteur de genou. Au sol gisent presque autant de grappes, sacrifiées lors d'une taille récente pour concentrer les arômes des raisins restant sur le pied. Selon Bart, ceux-là, il faudra les faire attendre encore deux ou trois semaines. Leurs 13 hectares de cépages bordelais fournissent une moyenne de mille six cents caisses d'un excellent cabernet sauvignon qui est devenu un des vins cultes de la Napa Valley.

Certains sites privilégiés produisent de grands vins parce que le hasard les a pourvus d'une combinaison particulière de facteurs géologiques, topographiques et climatiques. Celui-ci, situé sur un cône alluvial à l'angle nord-est de la Napa Valley, près de la station thermale et des sources chaudes de Calistoga, était déjà célèbre bien avant son rachat par les Araujo en 1990. À partir de 1975, Joseph Phelps avait déjà acheté à la famille Eisele des raisins de cabernet sauvignon pour en faire un vin qui compta vite parmi les plus emblématiques de Napa. Pour on ne sait quelle raison, Phelps déclina l'offre lorsque les Eisele décidèrent de vendre la vigne, et ce fut Bart Araujo qui bondit sur l'occasion.

Né à San Francisco, Araujo étudia d'abord à l'Université de Californie du Sud avec l'ambition de devenir joueur de base-ball de ligue majeure. Une succession d'accidents corporels l'en empêcha. Il finit donc à l'école de commerce de Harvard, puis retourna en Californie où il fonda une florissante entreprise de maçonnerie. C'est là qu'il rencontra Daphne, architecte paysagiste qui cherchait alors un emploi. Bart vendit son affaire et se mit à arpenter Napa à la recherche d'un grand vignoble. À la devinette « Comment fait-on pour gagner une petite fortune dans le vin ? », la réponse est évidemment : « On commence avec une grande. » Ainsi, l'histoire des Araujo rejoint en bien des points le parcours typique de la Napa Valley : celui du brillant entrepreneur qui investit sa considérable fortune et son don des affaires pour se faire une seconde carrière consistant à produire du vin à son nom. La naissance du domaine Araujo coïncida avec la création de cabernets sauvignons « cultes » comme ceux de Harlan, de Colgin et de la Bryant Family, réalisés en petites quantités (deux mille caisses tout au plus) dans un style plus riche et plus mûr que celui des cabernets à l'ancienne de Napa. Toutefois, le parcours de Bart et Daphne est unique en son genre, non seulement par l'histoire particulière du vignoble qu'ils ont acheté, mais aussi par la dévotion fanatique et l'attention au détail, tant à la vigne qu'au chai, dont ils font preuve à travers leur viticulture cousue main. Chaque fois ou presque que j'appelle Bart au téléphone, il est dans les vignes. « Quand nous avons acheté la propriété, dit-il, je me suis posé pour déguster tous les vins produits sur le site, y compris le Ridge Eisele Vineyard 1971 réalisé par Paul Draper, la cuvée Conn Creek 1974 et la cuvée Joseph Phelps 1975. Quel que fût l'auteur du vin, il y avait cette signature minérale, terrienne, qui se manifestait à chaque fois. »

Si tout le crédit revient au vignoble, il faut dire que les Araujo se plient en quatre pour l'aider à s'exprimer. Dans les années 90, ils commencèrent à travailler les vignes en bio ; plus tard, ils passèrent à la biodynamie. Après avoir lu un article dans une revue viticole, Bart se rendit compte un jour que beaucoup de ses vignerons français favoris, du domaine Leroy au domaine Leflaive en passant par Chapoutier, employaient cette approche holistique de l'agriculture fondée sur les travaux de Rudolf Steiner. Il se mit à étudier le sujet et finit par confier cette conversion à Jeff Dawson, qui avait été le jardinier de Steve Jobs[1]. En 2002, Araujo reçut la certification Demeter, label décerné par une association qui gère la production en biodynamie au plan international. Bart admet avec bonne humeur qu'il ne comprend pas tout aux subtilités de cette discipline ésotérique. « Oui mais, ajoute-t-il, je suis catholique. Les actes de foi, je connais. » Il nota ensuite que le vignoble se portait infiniment mieux qu'avant la conversion à la biodynamie et que ses raisins mûrissaient plus tôt.

La maturité, tout est là, comme nous le rappelle Edgar dans *Le Roi Lear*, et dans le monde du vin la maturité est un sujet des plus controversés. Dans la Napa Valley au climat chaud et régulier, si peu européen, les viticulteurs disposent de raisins parfaitement mûrs d'une année sur l'autre. Mais la question demeure : que veut dire « mûr » exactement ? Ces dernières années, la tendance a été de vendanger de plus en plus tard, ce qui produit des taux beaucoup plus élevés de sucre et donc d'alcool, le second résultant de la fermentation du premier. D'après certains, les grosses bombes fruitées et voluptueuses résultant de cette pratique plaisent aux palais de certains critiques influents et se comportent mieux que les autres lors des dégustations à l'aveugle. Mais depuis vingt ans que les Araujo dirigent le domaine, les cabernets sauvignons d'Eisele sont restés assez sagement autour des 14 degrés d'alcool, ce qui est assez peu selon les critères de 2010 à Napa ; cela explique peut-être pourquoi les arômes typiques de ce terroir sont régulièrement perceptibles dans le vin d'un millésime sur l'autre. On y trouve toujours une

1. Voir page 195, « La biodynamie est-elle une imposture ? » et page 189, « Le sorcier fou de la Loire ».

composante terrienne, plus fréquente à Bordeaux qu'à Napa, et une note herbacée qui, selon Bart, peut être liée aux vastes oliveraies qui entourent le vignoble. Au cours d'une verticale de vingt millésimes d'Eisele en présence de la viticultrice Françoise Peschon, qui travaillait à Haut-Brion avant de venir chez Araujo, je perçus plus d'une fois le caractère terrien, voire pierreux, de ce premier grand cru classé de bordeaux qui est probablement mon préféré entre tous. Le millésime 1991, c'est-à-dire le premier réalisé par Araujo, était particulièrement complexe et de longue garde. Le 1995 était un colosse, ample et généreux mais à peine sorti de l'adolescence. Lorsque je fis la réflexion que le 2005 était une princesse, Bart répondit : « Oui, mais une princesse qui travaille. » En d'autres termes, ce vin avait tout pour lui : une texture riche et voluptueuse avec des notes de moka mais aussi une structure capable de lui faire traverser les décennies. Le 2007 et le 2008 sont ses dignes successeurs.

Étrange coïncidence : moins d'une heure après avoir dégusté cet Araujo 2007, je déjeunai avec un vigneron qui avait apporté un de ses cabernets sauvignons, du même millésime, et qui venait de récolter 99 points dans le *Wine Spectator*. La comparaison était fascinante. Rien, absolument rien au menu, sauf peut-être le dessert, n'arrivait à se mesurer à ce cabernet superboosté, super-riche et super-mûr. En fait, il était carrément le dessert, la version vin d'une tarte aux myrtilles. Il ne fait aucun doute qu'il existe un public pour ce genre de vin. D'ailleurs le vigneron m'informa qu'il avait déjà tout vendu. Et s'il ne se développe pas, s'il ne vieillit pas avec grâce ces vingt prochaines années, après tout, est-ce si grave ? Moi, la diversité, je suis pour, et je n'ai rien contre les bimbos écervelées. De temps en temps, il m'arrive même de regarder un épisode de *Rock of Love*[1]. Mais tout de même : à peine avais-je goûté ce vin que je fus submergé par la nostalgie de cet Araujo si sophistiqué, si riche en nuances.

Il me reste une petite cicatrice de cette blessure que je m'étais faite avec une serpette de vendange. Mais j'ai la satisfaction de vous annoncer que ce sauvignon blanc 2010 s'est révélé parfait en tout point.

1. Émission de téléréalité diffusée en 2007 et mettant en scène un chanteur de rock à la recherche de l'âme sœur. (N.d.T.)

La dame qui a tous les jouets

Honnêtement, je n'ai aucune tendance à envier mon prochain. Pourtant, si je devais revenir sur terre dans la peau de quelqu'un d'autre, je pense que je choisirais celle d'Ann Colgin. Ah non, attendez, pas Ann Colgin. Réflexion faite, je crois que je préférerais revenir sous la forme de son mari, Joe Wender. Ce n'est pas parce qu'elle est superbe, ni parce qu'elle a une maison à Napa et une autre à Bel Air, ni parce qu'elle a à peu près la terre entière dans son carnet d'adresses, ni encore parce que c'est une philanthrope sincère et active. Rien de tout ça. J'aurais de bien meilleures raisons.

Lorsque Joe, cadre chez Goldman Sachs, fit sa connaissance à un dîner chez Spago en l'honneur des vins Henri Jayer, il ne savait rien d'elle à part qu'elle était experte en vins chez Sotheby's. Et pendant qu'il attendait le voiturier – et l'on sait combien les voituriers de Spago prennent leur temps –, la conversation entre eux avait assez progressé pour qu'on se quitte sur la promesse d'un coup de téléphone. « Joe est un francophile, dit Ann. La Californie, ça ne le passionnait pas plus que ça. Il a dit plus tard à un ami qu'il m'avait rencontrée, et l'ami a répondu : “Sans blague ? Cette femme qui fait un vin que personne ne peut acheter ?” Joe n'en avait jamais entendu parler. » Lorsqu'il la revit, ce fut au Bernardin, à New York, où il l'avait invitée à dîner. Il ouvrit la carte des vins et commanda une bouteille de cabernet sauvignon Herb Lamb des domaines Colgin. Et quand il la demanda en mariage l'année suivante, à L'Ambroisie, à Paris, la carte des vins était résolument française.

Je me souviens qu'elle portait des chaussures blanches, de la toile Vichy et un grand chapeau de paille flottant quand je fis sa connaissance à l'Iroquois Steeplechase de Nashville (Tennessee). Texane d'origine, diplômée de l'université Vanderbilt à Nashville, elle semblait tout à fait chez elle parmi ces férus d'équitation en cet après-midi torride où je fus initié à son style très personnel, fait d'élégance sudiste et d'une pointe de rusticité. J'appris qu'elle avait d'abord été experte en art et en antiquités avant de s'enticher de la Napa Valley vers la fin des années 80. Justement, ce jour-là, je revenais de Napa, où j'avais dégusté le premier millésime du cabernet sauvignon qui porte son nom, réalisé en collaboration avec la vigneronne Helen Turley. C'était la première fois que je goûtais un vin à la barrique et cela reste un de mes souvenirs vineux les plus vivaces. J'étais loin de me rendre compte que j'assistais à la naissance d'une légende.

Ce premier millésime, le 1992, et plusieurs millésimes suivants furent vinifiés à partir de raisins achetés dans un cagibi à peu près de la surface d'un sauna, loué à la Napa Wine Company. Pas vraiment le grand luxe pour un chai de fermentation. L'opération était menée par Helen Turley, alors sur le point d'être surnommée « la déesse du vin » par Robert Parker. Je me souviens de l'étonnement que j'éprouvai à y percevoir de l'olive entre autres notes aromatiques qu'offrait ce cabernet sauvignon, le plus riche et le plus concentré que j'eusse goûté jusqu'alors. Depuis, j'ai perdu mes notes de dégustation mais je me souviens encore très bien de cette saveur. (Ce millésime porte le nom de Colgin-Schrader, car la *winery* avait été fondée en association avec le premier mari d'Ann Colgin, Frederick Schrader, qui créa après leur divorce le célèbre domaine Schrader Cellars.) Depuis ce temps, les vins d'Ann Colgin – comme ceux de la Bryant Family, de Harlan et de Screaming Eagle – se sont rendus célèbres pour avoir redéfini le concept de cabernet sauvignon à Napa.

Dix ans ont passé. Les virages en épingle à cheveux me projettent d'un côté et de l'autre ; assis à bord de la petite Mercedes à deux places d'Ann Colgin lancée à l'assaut de Pritchard Hill sur une piste escarpée, je tiens ma femme, qui s'appelle aussi Ann, sur mes genoux. À quelque 300 mètres d'altitude, la grille de la nouvelle propriété s'ouvre à flanc de colline. Nous découvrons la maison de style méditerranéen magnifiquement située et la *winery* adjacente, avec une vue spectaculaire sur le lac Hennessey et la Napa Valley. Cette *winery* est un peu la version de poche du grand chai circulaire du château Lafite à Pauillac. Et là, je trouve une autre raison d'être envieux de Joe Wender : au sous-sol de cette maison dotée d'une vue magnifique et regorgeant d'objets d'art, la cave à vin est pleine non seulement de verticales de Colgin mais aussi de magnums de bordeaux, de bourgognes et de côtes-du-rhône dont la seule vue me met l'eau à la bouche.

Ann possède enfin un domaine viticole à la hauteur de ses ambitions. (Je précise toutefois qu'à mon avis, elle aurait pu lui donner un nom plus romantique que « IX Estate » – allusion à la date de son mariage avec Joe, en ces lieux mêmes, le 9 septembre 2000). Cette propriété de 50 hectares dont 8 hectares de vignes, plantées en 2000, va augmenter de façon significative la production de la marque Colgin, mais elle ne suffira pas à satisfaire tous les prétendants en attente d'un créneau libre sur sa *mailing list*.

Ann fit ses premiers vins en achetant des raisins à Herb Lamb Vineyards sur le versant est de la vallée, au-dessus de la ville de St. Helena. En 1996, elle acheta le domaine de Tychson Hill, une parcelle de 2 hectares en pente au nord de St. Helena, plantée au XIXe siècle par la pionnière de la viticulture Josephine Tychson. Ann fit restaurer la modeste fermette d'époque, qu'elle considère maintenant comme sa maison, et replanta les vignes sous la supervision de son maître de culture superstar, David Abreu. (Je ne vous raconte pas d'histoires, il y a vraiment des superstars dans la viticulture). Sur un peu plus d'un hectare de vignes, Tychson Hill produit maintenant un cabernet sauvignon sombre et complexe qui se montre toujours très différent de celui de Herb Lamb, grâce à un sol noir de qualité unique partagé avec Grace Family Vineyards, les voisins. Colgin met en bouteilles un autre cru, un assemblage de cépages bordelais appelé Cariad, principalement à partir de raisins vendangés au Madrona Ranch de David Abreu, sur les pentes raides qui s'élèvent à l'ouest de St. Helena. Cariad est généralement le plus retenu, le plus bordelais des trois vins, même s'il manifeste souvent des notes d'épices exotiques dans sa jeunesse. Enfin, il y a les cabernets sauvignons et les syrahs extrêmement prometteurs de son domaine de IX Estate.

Ces dernières années, les vins ont été réalisés par Allison Tauziet, qui a passé dix ans à Bordeaux avant de retourner aux États-Unis pour travailler au domaine Far Niente de Napa. Depuis 2005, elle œuvre à Colgin au côté de l'œnologue-conseil du château Quinaultl'Enclos à Saint-Émilion, Alain Raynaud, qui fait la navette entre Bordeaux et la Californie. Depuis le départ de Helen Turley, le style des vins est resté relativement constant. Comme tous les grands crus rouges de la Napa Valley, ceux d'Ann Colgin sont riches, concentrés et d'une texture voluptueuse. Dans leur jeunesse, leurs tannins sont beaucoup plus fondus que ceux des bordeaux traditionnels ou des cabernets de l'ancien style de Napa. Mais je trouve en général ces Colgin jeunes moins criards et moins racoleurs que les autres cabernets cultes de Napa, et un peu plus mystérieux et réservés quand on les déguste pour la première fois. Si vous recherchez le plaisir pur et décadent, je vous recommande la nouvelle syrah qu'elle fait depuis 2002, tellement sexy et voluptueuse qu'elle devrait sans doute être interdite.

Si enviable que soit la vie d'Ann Colgin, tout n'y est peut-être pas aussi parfait que certains de ses vins. Chaque fois qu'ils voyagent ensemble, son mari exige qu'elle n'emporte que des bagages à main. « Ça fait neuf ans que je n'ai pas enregistré une seule valise, me dit-elle, moi qui autrefois en avais une rien que pour mes chaussures ! » Petite note confidentielle à l'intention d'A. C. : moi, je te laisserais enregistrer toutes les valises que tu voudrais.

Tout le placard à épices

Le rioja à l'ancienne

Ne vous méprenez pas, je n'ai rien contre les vins fruités. Mais il m'arrive d'en avoir ma claque de tout ce jus de raisin hyperextrait, hyperalcooleux qu'on a plus envie d'étaler sur des tartines que de verser dans un verre, et qui a l'air sorti de nulle part. Ce genre de vin me rappelle une *blind date* où je me rendis en 2005 pour rencontrer une femme qui avait exactement mon âge. Dans notre conversation, il y avait eu beaucoup d'italiques, beaucoup de points d'exclamation, mais très peu de parenthèses ou de points-virgules. Et même si j'apprécie certains riojas costauds et postmodernes de producteurs tels qu'Artadi, Allende ou Roda, j'aimerais bien de temps en temps retrouver les tons sépia des riojas traditionnels, qui ressemblent un peu à ce que les bourgognes rouges devraient être et sont rarement, et coûtent aussi beaucoup moins cher.

Ce que nous appelons actuellement « rioja à l'ancienne » est une création des années 1850. À cette époque, les courtiers en vins français s'étaient rendus en Espagne après que l'oïdium, et plus tard le phylloxéra, eurent dévasté les vignes de leurs régions. Ils apprirent aux Espagnols à vieillir leur vin en barriques de chêne, un vin qui jusqu'alors avait surtout consisté en une piquette claire et fruitée qu'il fallait boire vite.

Deux aristocrates, le marquis de Murrieta et le marquis de Riscal, contribuèrent à développer et à commercialiser ce rioja de style bordelais. Leurs *bodegas* existent encore et se portent à merveille. Les vignerons de la Rioja adoptèrent le vieillissement en barrique comme les Italiens avaient jadis adopté les pâtes, remplaçant le chêne français par du chêne américain et instituant une hiérarchie officielle qui culmine avec le *reserva* (au moins deux ans en barrique et deux ans en bouteille) et le *gran reserva* (au moins deux ans en barrique et trois ans en bouteille). Les *crianzas*, vendus au bout de deux ans, possèdent souvent une fraîcheur vanillée et des notes de fraise, tandis que les *reservas* et les *grandes reservas* offriront les arômes secondaires évolués associés au vieillissement : des saveurs d'automne plutôt que d'été. Et ceux qui ont longuement vieilli en bouteille peuvent vous évoquer toutes les épices de votre cuisine, sans oublier la boîte à cigares et la sellerie. Ce sont des vins qui vous donnent une idée de ce qu'ont pu être les vins rouges d'autrefois.

Si cette vieille école avait un campus, ce serait un groupe de bâtiments construits de part et d'autre de la voie ferrée, dans les faubourgs de la ville médiévale de Haro. C'est là que se trouvent les *bodegas* Muga et López de Heredia. Toutes deux sont dirigées par les descendants directs de leurs fondateurs, et toutes deux emploient plusieurs tonneliers à plein temps pour fabriquer et réparer leurs barriques, mais aussi pour assurer l'entretien de leurs *tinas* – ces énormes cuves en bois de chêne, certaines de la taille d'une piscine, où le vin fermente et vieillit. Contrairement au chêne neuf, le chêne usagé ne communique pas de saveur boisée au vin, et dans les deux *bodegas* on le juge supérieur à l'acier inoxydable. En plus de ses vins à l'ancienne

– par exemple son *gran reserva*, affiné trois ans en barriques de chêne américain usagé –, Muga réalise sous la marque Torre Muga des riojas d'expression plus actuelle, affinés en chêne français : notamment Aro, une nouvelle cuvée de luxe très postmoderne. Mais López de Heredia, l'auteur de Viña Tondonia, la *bodega* la plus farouchement traditionaliste de la Rioja, n'a pas suivi ce chemin.

Le nom de Tondonia est un de ces sésames au secret bien gardé par lesquels les amateurs sérieux se reconnaissent entre eux. Le domaine fut créé en 1877 et il semble que ses méthodes aient très peu changé depuis ce temps. Le vignoble de Tondonia est magnifiquement situé, à l'extérieur de Haro, sur un haut plateau orienté au sud. Pour des raisons qui me restent mystérieuses, le complexe de bâtiments viticoles ressemble extérieurement à un village suisse ou bavarois[1] et intérieurement à un décor de film d'horreur à petit budget, fait de machines anciennes à l'air vaguement menaçant, d'immenses *tinas* noircies par le temps et d'un tapis duveteux de moisissure noire recouvrant à peu près tout. Certaines des *tinas* ont l'âge de la *bodega*, et Maria José López de Heredia, la fine et charmante arrière-petite-fille du fondateur, est persuadée que les sédiments pétrifiés et les levures naturelles présents dans les *tinas* contribuent largement à la saveur très particulière de ses vins.

Profondément enfouies sous les cuves de fermentation et d'affinage, dans une série de tunnels souterrains

1. En réalité, la *bodega* Viña Tondonia est construite dans un style inspiré des fermes basques, très courant dans les installations viticoles d'Aquitaine et du nord-ouest de l'Espagne dans la seconde moitié du XIXe siècle (N.d.T.)

creusés dans le calcaire, des dizaines de milliers de bouteilles millésimées dans les années 20 dorment sous leur édredon de moisissure. « Les araignées mangent la mouche du bouchon », m'explique Maria José d'un ton enjoué en me voyant retirer la grande toile d'araignée qui s'est collée sur mon visage. Vincent Price va me sauter dessus d'un instant à l'autre, j'en suis sûr. Mais cette inquiétante étrangeté se dissipe peu à peu, vaincue par un sentiment croissant d'émerveillement et d'anticipation à mesure que Maria José débouche une bouteille après l'autre dans la salle de dégustation souterraine. Je commence, curieusement, par un rosé de 1995 – c'est l'idée qu'elle se fait d'un vin jeune – et je continue avec le Gran Reserva Blanco 1981, issu majoritairement de viura, un cépage blanc local. Le vin, pour son âge, est plein de fraîcheur et de vivacité. La dégustation des rouges commence par le Tondonia 1985, un vin aérien, doté d'un extraordinaire nez de cannelle, de clou de girofle, de cuir et de tabac : tout le placard à épices, avec l'écurie et la bibliothèque par-dessus le marché. On pourrait humer ça toute sa vie. Et bien que vous soyez peut-être déjà exaspéré par ma description – car vous vous dites : encore un auteur qui nous fait baver avec des bouteilles que nous ne verrons ni ne boirons jamais –, en réalité la plupart des vins de cette dégustation ont été commercialisés à quinze ou vingt ans d'âge et vous pouvez encore les trouver en vous aidant du site wine-searcher.com[1]. Sous cet aspect, López de Heredia me rappelle ces publicités

1. L'achat sur ce site est possible à partir de l'Europe. En France, les cuvées de Viña Tondonia et d'autres vins espagnols cités dans cet article peuvent aussi être achetées en ligne sur www.vinissimus.fr. (N.d.T.)

très embarrassantes qu'Orson Welles enregistra pour Paul Masson – « Nous ne vendons aucun vin avant son heure ». (Cherchez ces publicités sur YouTube, surtout les prises ratées où Orson est complètement bourré.)

Juste en face de López de Heredia, la *bodega* Muga commercialise ses *grandes reservas* à un rythme un peu plus serré. Prado Enea Gran Reserva est une cuvée spéciale des meilleurs raisins de Muga sélectionnée dans les meilleurs millésimes. Vous trouverez probablement le 2001 et le 2004 jusqu'à la fin de l'année 2012 ; ces deux vins possèdent des notes complexes d'épices qui ne se développent qu'avec l'âge. Et avec un peu de chance, vous trouverez peut-être même des millésimes plus anciens. Un *gran reserva* que j'ai dégusté dans un restaurant de Haro en compagnie de Juan Muga, le massif et cordial copropriétaire de la *bodega*, reste dans ma mémoire comme l'un des meilleurs grands bourgognes que j'aie jamais bus. Marqués de Riscal, Marqués de Murrieta et Bodegas Montecillo sont aussi de bonnes sources de rioja traditionnel. La prochaine fois que vous aurez le palais fatigué à force de mâcher et remâcher le dernier merlot hyperextrait du Nouveau Monde, ce serait peut-être une bonne idée d'essayer les charmes subtils et délicats d'un vieux *gran reserva*.

Le zinfandel

Pas un vin de chochotte

Le nom même de cet organisme, qu'on verrait si bien dans une bulle de bande dessinée, se trouve être hautement évocateur du vin dont il fait la promotion. ZAP est en effet le sigle officiel du groupement Zinfandel Advocates and Producers[1], qui fêta en 2010 au Fort Mason Center de San Francisco son vingtième anniversaire. D'après mon expérience passée de ces célébrations, je peux vous dire que ça ne devait pas être joli à voir. Voix tonitruantes, dents qui se teintent de violet, vin qu'on s'envoie derrière la cravate ou qu'on renverse partout… Alors que normalement, dans les dégustations, on recrache discrètement les vins dans des crachoirs en Inox afin de maintenir chez les dégustateurs un minimum de sobriété et de jugement critique, le Grand Tasting annuel du ZAP est une affaire où beaucoup de monde siffle beaucoup de vin, même si l'édition 2009, au dire d'un des participants, fut un peu plus tempérante que la moyenne. Dans un même ordre d'idées, quelques observateurs ont remarqué l'existence d'une nouvelle vague de zinfandels plus sophistiquée.

1. Association de producteurs et de promoteurs du zinfandel. (N.d.T.)

Mais le zinfandel, c'est comme le rock and roll : ça ne sera jamais subtil.

En général, le *zin*, comme on l'appelle souvent, est un rouge massif et riche en alcool doté de notes de fruit explosives allant de la framboise à la mûre. Il appelle à grands cris des plats bien de chez nous comme le chili con carne et les viandes au barbecue. « Pas des vins de chochotte », telle est la vieille devise de Ravenswood, une *winery* qui a contribué à faire inscrire le zinfandel sur la carte. Cela pourrait aussi être le cri de ralliement du ZAP.

Joel Peterson, fondateur de Ravenswood, était médecin immunologue au département de cancérologie de l'hôpital Mount Zion de San Francisco quand il perdit tous les financements qui alimentaient ses recherches. Il tient son intérêt pour le vin de son père, Walter, docteur en physico-chimie et membre fondateur du Club des dégustateurs de San Francisco. En 1972, Joel se mit à travailler avec Joseph Swan, un des pionniers de la redécouverte du zinfandel, un cépage abondamment planté au XIXe siècle dans toute la Californie par des immigrés italiens (récemment, son analyse génétique l'a révélé identique au primitivo, un cépage d'Italie du Sud). Beaucoup de ces vignobles ont survécu, un peu par indifférence et un peu grâce à la popularité du zinfandel blanc, vin rose et douceâtre créé en 1975 à Sutter Home Vineyard. Afin d'augmenter la concentration de son zinfandel rouge, le maître de chai, Bob Trinchero, avait « saigné » une partie du moût fraîchement pressuré avant de le laisser fermenter. Quelque 4 000 litres de ce jus rosé furent donc vinifiés à part du cru principal, mais la fermentation s'interrompit avant que la totalité du sucre fût convertie en alcool, ce qui donna un breuvage sucré qui devint très vite le vin le plus populaire des États-Unis.

Une bonne proportion de zinfandel de vieilles vignes entrait aussi dans l'assemblage d'un vin que Gallo baptisa sans broncher Hearty Burgundy[1]. Ce fut le premier vin rouge non sucré que dégustèrent un grand nombre de futurs amateurs de vin, dont je fus. Je me souviens très bien de mon premier flacon[2], qui accompagnait un joint d'herbe thaïlandaise au bord du lac Onota, à Pittsfield, dans le Massachusetts. Cependant, des viticulteurs tels que Peterson et Paul Draper de Ridge Vineyards estimaient que le zinfandel était appelé à un destin supérieur et que l'on pouvait faire de très grands vins à partir de ces vieilles vignes. Comme chacun sait, les vignes anciennes donnent moins de grappes mais produisent des vins aux arômes plus intenses. En 1976, Peterson créa la marque Ravenswood avec les installations viticoles de Swan et quatre tonnes de zinfandel de vieilles vignes achetées à des producteurs locaux. D'après des photographies prises à cette époque, ses cheveux blonds lui arrivaient alors au coude et il ressemblait à un membre des Eagles que le groupe aurait perdu. Comme Peterson n'avait pas les moyens de s'acheter une vigne, il cultivait des relations avec les producteurs et notamment avec ceux qui possédaient des vignes anciennes, certaines remontant au XIXe siècle.

Le slogan de Ravenswood date du temps où son associé avait vivement exigé de faire du zinfandel blanc afin que l'entreprise fût rentable. Peterson avait refusé : « Je lui ai répondu que jamais je ne ferais du

1. On peut traduire ce nom par « Le bon bourgogne ». (N.d.T.)
2. Entre 1977 et 1985, le Hearty Burgundy fut commercialisé en flacons courts et trapus. (N.d.T.)

vin de chochotte ! » raconte-t-il. Au lieu de cela, il créa Vintners Blend, un zinfandel rouge bon marché élaboré à partir des raisins de douze vignobles différents, devenu depuis un best-seller international avec une production de quelque cinq cent mille caisses. À environ 8 dollars la bouteille, c'est un excellent rapport qualité-prix et une belle introduction aux plaisirs faciles du zinfandel.

Pour ma réception de mariage, en 2006, je sélectionnai un rouge à la fois consensuel et assez complexe pour intriguer les plus œnophiles de mes invités : un zinfandel, le Ridge Geyserville 2003. Encore récemment, quand on cherchait un bon zinfandel, il fallait chercher un nom commençant par un R. Par exemple Rosenblum Cellars, marque créée en 1978 par Kent Rosenblum, un ex-vétérinaire du Minnesota tombé amoureux du zinfandel après s'être installé à Alameda. Aujourd'hui encore, Ridge, Ravenswood et Rosenblum sont les trois grands R du zinfandel, tout en ayant contribué à inspirer de nouvelles mouvances zinophiles.

Larry Turley, par exemple, était médecin urgentiste quand il décida de créer Turley Wine Cellars au milieu des années 90 (si vous vous demandez pourquoi tant de fans du zinfandel viennent des professions médicales, je n'en sais absolument rien). Turley, doux géant originaire du Kentucky, et sa sœur Helen qui pratiquait déjà la viticulture firent sensation dans le monde du vin avec leurs deux premiers millésimes, qui poussaient le volume (et l'alcool) à fond dans une catégorie déjà connue pour dépasser les limites. Plus tard, Turley confia la culture et la vinification à Ehren Jordan, un des rares hommes à Napa qui soient physiquement assez grands pour le regarder dans les yeux. Bien que le style Turley fût d'abord synonyme d'excès – contribuant en cela à provoquer toute une course à l'armement pour faire le vin le plus mûr, le plus fruité et le plus gras –, la plupart des zinophiles admettent que Jordan, ces dernières années, a affiné son style, ce qui n'a rien de très étonnant à en juger par les pinots noirs extrêmement élégants qu'il réalise aussi pour sa marque Failla. Mais ne vous y trompez pas : ces vins restent des gros monstres, des rouges denses et massifs qu'il faudrait presque boire à la cuillère.

Plus récemment, la *mailing list* à laquelle les fondus de zinfandel se sont abonnés en masse est celle de la *winery* Carlisle, qui lança son premier millésime en 1998. Son fondateur, Mike Officer, faisait déjà du vin dans son garage depuis des années lorsqu'il décida de créer une *winery* au nom de sa femme (Le nom Officer lui semblait un peu rébarbatif). Initialement designer de logiciels, il avait attrapé le virus du vin à l'âge de dix-huit ans le jour où sa sœur aînée, restauratrice à San Francisco, lui avait versé quelques verres de bons classiques californiens tels que Trefethen, Chateau St. Jean ou Freemark Abbey. De sa vingtième à sa trentième année, son hobby finit par l'accaparer entièrement et les barriques s'empilèrent dans son garage jusqu'au jour où il se dit qu'il était temps d'arrêter de tourner autour du pot.

Comme Peterson l'avait fait avant lui, Officer tira profit des contacts noués pendant son parcours de vigneron amateur pour s'assurer l'achat de raisins de zinfandel de vieilles vignes, la plupart d'entre elles situées dans la Russian Valley, près de Sonoma. Entre-temps, il devint président de l'Historic Vineyard Society, une association à but non lucratif vouée à la préservation du patrimoine viticole historique, souvent antérieur à la prohibition, qui reste une ressource précieuse pour les vignerons de Californie. « Chaque fois qu'une parcelle de vieilles vignes est achetée et arrachée, dit-il, nous perdons un pan de notre histoire. »

À force de recherches, il finit par acquérir une vigne plantée en 1927 et la rebaptisa Carlisle. Bien qu'elle soit en majorité plantée de zinfandel, une recherche récente y a révélé d'autres variétés. Jusqu'à présent, trente et un cépages rouges différents ont été identifiés dans le vignoble Carlisle : petite sirah, naturellement, mais aussi syrah, peloursin, alicante Bouschet, petit Bouschet, grand noir[1], carignan, tempranillo et merlot. Officer pense qu'il y en a encore dix ou douze autres non identifiés. Une telle hétérogénéité est fréquente dans ces parcelles anciennes dites de zinfandel. « Je me promène beaucoup dans les vignes, dit-il, et soudain je tombe devant un pied et je me dis : "Eh là ! c'est quoi ce truc ?" Alors nous prélevons des échantillons que nous envoyons à l'université Davis[2], qui possède une base de données de quinze mille cultivars[3]. Une fois qu'ils ont fait les tests ADN sur nos échantillons, ils peuvent nous dire de quoi il s'agit. » Ces ressources génétiques pourraient bien nous permettre un jour de ressusciter des cépages anciens ; en attendant, elles

1. La petite sirah (souvent orthographiée « petite syrah ») est un cépage ancien originaire du Dauphiné, connu en France sous le nom de durif, pratiquement disparu dans son pays d'origine mais répandu en Californie. Le peloursin est aussi un cépage rare originaire du Dauphiné ; l'alicante Bouschet est un cépage dit « teinturier » (utilisé pour donner de la couleur aux vins) développé en 1855 ; le petit Bouschet et le grand noir de La Calmette ont pratiquement disparu en France. Beaucoup de ces cépages étaient des hybrides utilisés au XIXe siècle pour le coupage des vins, ce qui explique leur présence dans les plantations californiennes réalisées de la fin du XIXe siècle au milieu du XXe siècle. (N.d.T.)

2. Voir page 201, « Le Modigliani de Healdsburg ».

3. Synonyme de cépage. (N.d.T.)

contribuent à donner nuances et complexité à des vins tels que le Geyserville ou le Lytton Springs de Ridge Vineyards, ou à ceux du domaine Carlisle.

Morgan Twain-Peterson est un ami de Mike Officer et une des nouvelles stars du zinfandel. En tant que fils de Joel Peterson, on peut supposer qu'il a le vin dans le sang. Il s'est déjà fait un nom à l'âge de cinq ans en vinifiant tout seul un pinot noir que l'on appela Vino Bambino, et ne cessa jamais de faire du vin jusqu'à son entrée à l'université Vassar[1]. Plus tard, fraîchement diplômé de Columbia, il retourna quelque temps à Ravenswood avant d'aller parfaire sa connaissance de la viticulture dans la McLaren Vale en Australie et au château Lynch-Bages à Bordeaux. Enfin, il revint en Californie, où il fonda la Bedrock WineCo. et, en association avec son père, acheta une vigne plantée en 1886 (d'après ses informations, elle appartenait alors à George Hearst, l'arrière-grand-père de ma femme). Les vieilles vignes de zinfandel furent complantées avec plus de vingt autres cépages différents, et parce que le zinfandel ne représente en réalité que 60 pour cent de l'encépagement, Morgan ne donne pas à son vin l'appellation zinfandel.

« Je n'ai pas fait un zinfandel typique durant mes deux premières années à Bedrock, dit Morgan, car j'ai un palais assez classique et je trouvais que le zinfandel manquait d'équilibre. » Les fans de zinfandel seront ravis d'apprendre qu'il a fait taire ses scrupules (et peut-être son conflit œdipien) en produisant deux zinfandels parcellaires ainsi que le sublime Heirloom, un assemblage de zinfandel (environ 50 pour cent) et de plus de vingt autres cépages qui est, selon moi, un

1. À Poughkeepsie (État de New York). (N.d.T.)

classique californien incontestable. « The Rock[1] en smoking de velours », écrivis-je dans mes notes de dégustation de 2009. Mais ceux qui préfèrent leurs ex-catcheurs devenus acteurs torse nu – ce qui est à mon avis le cas du noyau dur des zinophiles – trouveront encore tout un tas de zinfandels conformes à leurs désirs.

1. Surnom de Dwayne Douglas Johnson, catcheur et acteur américain. (N.d.T.)

LA COLLINE DES CŒURS BRISÉS OU AUTOUR DE LA CÔTE-D'OR

Becky Wasserman, la marraine des bourgognes

En mars 2010, un groupement d'investisseurs américains réuni par l'ex-sommelier Robert Bohr acquit environ 8 hectares des meilleures vignes de Meursault pour à peu près 13 millions d'euros, confirmant en cela la tendance récente des riches Américains à s'approprier les vignobles mythiques de Bourgogne. En 2002, donc longtemps avant que la théorie du complot gravitant autour de Goldman Sachs ne devînt un corpus de recherche interdisciplinaire, un groupe d'Américains fortunés à la tête duquel se trouvaient Joe Wender et son épouse Ann Colgin[1] s'offrirent la maison Camille Giroud, petite mais vénérable entreprise de négoce bourguignon. Pour les milieux œnophiles, le cerveau de cette opération était de toute évidence Ann Colgin, fondatrice de Colgin Cellars, connue pour ses cabernets sauvignons produits à petite échelle dans la Napa Valley. Oui mais voilà : la plupart des dix investisseurs d'origine étaient, comme Joe Wender, employés de Goldman Sachs. S'agissait-il simplement d'une association amicale de chasseurs de grands bourgognes pleins aux as en quête de gloire facile et d'un droit de préemption sur quelques vieilles bouteilles pour leur cave personnelle ?

1. Voir page 277, « La dame qui a tous les jouets ».

Ou alors d'un plan incroyablement machiavélique pour dominer le monde du vin, peut-être même une action prémonitoire visant à contrecarrer l'intérêt naissant des Chinois pour le grand rival bordelais ? Ou n'était-ce pas tout simplement une manifestation parmi tant d'autres de l'influence de Becky Wasserman, Américaine de naissance et déesse bourguignonne de la Terre qui avait joué le rôle de l'entremetteuse dans ce mariage franco-américain ? Moi, j'opte pour la troisième hypothèse.

Fille d'un courtier de Wall Street qu'elle décrit comme « un alcoolique mondain » et d'une ex-danseuse étoile hongroise, Becky Wasserman grandit dans la 77e Rue Est de Manhattan. Elle fit ses études à l'école Rudolf Steiner sur la 79e Rue Est : les complotistes ne manqueront pas de noter que Steiner est entre autres le père de l'agriculture biodynamique[1], approche qu'ont adoptée beaucoup des domaines dont elle importe les vins aux États-unis. Coïncidence ? Plus tard, pendant ses études secondaires au Hunter College, un de ses professeurs, une certaine Mme Brody, lui fit connaître les existentialistes tandis qu'elle se liait à « des jeunes filles détestables et prétentieuses qui reluquaient Dylan Thomas en douce quand il se saoulait à la White Horse Tavern[2] ». Après une année à l'université de Bryn Mawr, en Pennsylvanie, elle épousa « un type qui avait fait Harvard » et s'installa à Cambridge (Massachusetts). Extrait de ses Mémoires sur cette période : « Leary et Alpert, Gregory Corso et Allen Ginsberg assistant à

1. Voir page 189, « Le sorcier fou de la Loire », et page 195, « La biodynamie est-elle une imposture ? ».

2. La White Horse Tavern, à Greenwich Village, était le bar préféré du poète d'origine galloise Dylan Thomas vers la fin de sa vie (il mourut en 1953). (N.d.T.)

un cycle de cours de W. H. Auden[1]. Un de mes amis venait de passer une année en France, aux Baux-de-Provence. Il nous initia tous au bon vin, à des livres culinaires de premier ordre (Charles Baker[2]) et au soufflé au Grand Marnier. Si c'était français, c'était forcément bon – oui, tout le bazar : art, littérature, cuisine, vin, la Révolution française, les fringues. » Il fallut un divorce et encore quelques années avant qu'elle fût enfin en mesure de traverser l'Atlantique avec son deuxième mari, « qui avait quitté Merrill Lynch pour faire des études d'arts plastiques ».

À Bouilland, ils trouvèrent une vieille grange délabrée qu'ils restaurèrent avec des matériaux abandonnés par des voisins qui souhaitaient remplacer par du lino les dalles de pierre de leurs sols. Le couple eut deux enfants, Peter et Paul. Peter, actuellement chargé des ventes dans l'entreprise de sa mère, se rappelle une enfance idyllique à maints égards, dans une ferme qui produisait pratiquement tout ce dont on avait besoin pour vivre et où galopaient même des poneys. « Pourtant, grandir au sein d'une famille d'artistes dans les années 60 n'était pas toujours une partie de plaisir, ajoute-t-il. Mes parents ne me coupaient jamais les cheveux. À

1. Timothy Leary : voir page 196, « La biodynamie est-elle une imposture », note 2. Richard Alpert (né en 1931) : professeur de psychologie à l'université Harvard, ami de Leary et comme ce dernier promoteur des drogues psychédéliques. Après son contact avec la spiritualité indienne, il fut aussi connu sous le nom de Baba Ram Dass et écrivit abondamment sur la spiritualité. Gregory Corso (1930-2001) et Allen Ginsberg (1926-1997) : poètes américains de la Beat Generation. W. H. Auden (1907-1973) : poète et écrivain anglo-américain.

2. Charles H. Baker, Jr. (1895-1987), écrivain et chroniqueur américain qui se distingua dans l'art d'écrire sur la gastronomie et les cocktails.

cette époque, dans la Bourgogne rurale, ça passait très mal. Je me faisais donc sérieusement chahuter, ce dont mes parents se fichaient complètement. »

Le mari de Becky « collectionnait les vins de Bourgogne et les jeunes filles au pair ». Voyant la fin de son mariage se profiler à l'horizon, elle trouva un job de négociante chez un tonnelier et se mit à vendre des barriques de chêne à des vignerons de Californie. Elle eut entre autres Robert Mondavi parmi ses clients. Et quand le mariage capota pour de bon, elle était tombée amoureuse des vins de Bourgogne et faisait les pieds au mur pour nourrir la famille et ne pas perdre la maison de Bouilland. « J'avais intérêt à trouver vite mon autonomie matérielle, car je n'avais ni matelas financier, ni pension alimentaire, ni amour-propre. » Après avoir travaillé quelque temps pour l'importateur Kermit Lynch puis pour les frères Troisgros, elle créa son entreprise d'exportation de vins de petits producteurs de la Côte-d'Or et de quelques autres régions françaises. Son troisième mari, Russell Hone, un vétéran du commerce viticole anglais, a rejoint la compagnie en 1985 et détient les titres de « père de l'entreprise » et de « chef cuistot ». C'est en effet un cuisinier émérite qui a participé avec Richard Olney à une série de livres culinaires publiés aux éditions Time-Life.

Par une journée de mars, je débarquai sans m'être annoncé à leur bureau de Beaune, installé dans l'ancienne chancellerie des ducs de Bourgogne. Le couple et toute l'équipe s'apprêtaient à passer à table. Il y avait, au menu du déjeuner, un navarin d'agneau et de rognons préparé par Russell. Becky m'invita immédiatement à me joindre à eux, ainsi que l'homme qui m'accompagnait, Beaver Truax, caviste vétéran new-yorkais et ami du couple depuis des années. « Beaver, c'est vrai que je ressemble à Aubrey Beardsley ? » lui demanda-t-elle en faisant bouffer des deux mains sa mousse de boucles grises. « Russell dit que je ressemble à Aubrey Beardsley.

– Pas du tout, je crois avoir dit que tu ressemblais à Oscar Wilde », objecta Hone pendant qu'elle me versait un verre de morgon 2009 de Michaud, un beaujolais inscrit à leur catalogue.

Truax l'assura qu'elle ne ressemblait ni à l'un ni à l'autre, et je confirmai en invité bien élevé, même si en mon for intérieur je trouvais qu'elle ressemblait à un de ces personnages hirsutes, excentriques et sophistiqués que dessine Edward Koren pour le *New Yorker*. Ce fut un excellent déjeuner qui me fit une forte impression ; le flot continu de plaisanteries conjugales échangé par Becky et Russell m'impressionna tout autant. Le déjeuner du staff est chez eux un rituel quotidien qui sert aussi de forum de dégustation et attire souvent quelques visiteurs qui passent, tout à fait par hasard, vers midi et demi. « Nous apercevons leurs têtes par la fenêtre, dit Becky, et c'est une bénédiction parce que Russell est incapable de cuisiner pour moins de douze personnes. » Russell est visiblement un homme de grand appétit et de grand enthousiasme ; et s'il n'est pour rien dans sa haute taille, il doit mériter quelques compliments à titre personnel pour sa corpulence digne de Falstaff. Il a aussi la réputation d'avoir un palais très aiguisé et une mémoire extraordinaire pour les vieux millésimes.

C'est en 1997 que le couple a commencé à organiser des stages pour amateurs passionnés de bourgogne. À chaque fois, une douzaine de stagiaires sont hébergés à Bouilland pour une semaine de dégustations intensives et de visites de la région, guidés par des experts tels que Clive Coates et Allen Meadows. Parmi les premiers stagiaires se trouvait Joe Wender, qui revint l'année suivante avec son épouse Ann Colgin. Joe demanda à Becky Wasserman de le tenir au courant si elle entendait parler d'une bonne occasion d'investissement. Peu après, elle le chargea du sauvetage de la maison de négoce de Camille Giroud, avec qui elle travaillait depuis des années et qui était alors en plein naufrage. En plus de son nom respectable, la maison Giroud possédait des stocks conséquents de vieux millésimes de bourgogne. Ensuite, grâce à ses relations, Becky fit la connaissance de David Croix, frais émoulu à vingt-trois ans de l'école d'œnologie, et le mit à la direction de la maison Giroud. C'était plus ou moins un coup de poker, mais David est actuellement un des vignerons les plus respectés de Bourgogne. Dans les chais de Camille Giroud, installés dans un modeste entrepôt du XIXe siècle au centre de Beaune, il réalise trente cuvées de bourgogne, de l'appellation la plus humble à la plus prestigieuse.

Lorsque Becky Wasserman apprit par des rumeurs que le domaine Duchet était à vendre, elle en informa un autre ex-stagiaire, l'investisseur immobilier Richard Forbes, et confia à David Croix le soin de faire les vins. La propriété fut rebaptisée domaine des Croix, à cause d'une vieille croix de pierre plantée dans la cour mais aussi en clin d'œil au nouveau vigneron. Et bien que Becky n'ait joué aucun rôle dans la vente récente du domaine René Manuel, son ex-employé Dominique Lafon, maintenant à la tête de sa propriété familiale à Meursault, fut un des principaux acteurs de la transaction ; il fait aussi partie des nombreux producteurs bourguignons dont elle exporte les vins aux États-Unis.

Quelques jours après notre première rencontre à

Beaune, Becky a très envie de me parler d'une Bourgogne plus humble. Pour cela, elle m'invite à déjeuner dans sa vieille maison de pierre à Bouilland. « Il n'y en a que pour les domaines célèbres, pour les grands crus, dit-elle, et je crains que la plupart des gens ne passent à côté d'appellations telles que monthélie, savigny ou marsannay. Le bourgogne peut atteindre des prix astronomiques, mais il y a aussi des bouteilles extraordinaires à 30 ou 40 dollars. » Becky a préparé un autre navarin d'agneau, cette fois servi avec une purée de haricots blancs parsemée de beaucoup d'ail haché. Elle me sert un verre du marsannay 2002 de Sylvain Pataille, un rouge pas cher qui reste un des meilleurs vins que j'aie bus pendant cette semaine en Bourgogne. « Ce sont toujours les petites choses qui nous intéressent le plus, dit-elle. Le cousu main, l'artisanal. La Bourgogne, la vraie, c'est cela. »

Si Grace Kelly était un vin

Le puligny-montrachet

Mon premier souvenir de bourgogne blanc remonte à 1985, peu après mon retour à Manhattan, à la fin de mes études de troisième cycle. La bouteille en question m'avait été offerte par ma deuxième épouse pour mon anniversaire : un puligny-montrachet domaine-louis-carillon 1982. Je ne me souviens pas au juste si c'était un premier cru – issu des vignes à mi-pente jouxtant celles du fameux montrachet grand cru – ou un simple puligny-montrachet-village vendangé plus bas, mais cette bouteille me fit un tel effet que j'en fis dès ce jour mon blanc de prédilection pour les grandes occasions.

Au fil des ans, j'ai appris à aimer le meursault, le chassagne-montrachet et même certains des meilleurs chardonnays du Nouveau Monde, mais j'ai toujours eu un faible pour les vins de Puligny-Montrachet, petit village des contreforts de la célèbre Côte-d'Or, dans la partie sud de la côte de Beaune, région productrice des meilleurs bourgognes blancs, exclusivement à base de chardonnay. À l'origine, le village s'appelait simplement Puligny, mais en 1879 il s'efforça de booster son image et le prix de ses vins en accolant à son nom celui de son vignoble le plus illustre ; en effet, depuis longtemps, le montrachet jouissait de la réputation de meilleur vin blanc du monde. En 1728, Claude Arnoux[1] ne trouvait pas les mots, fût-ce en français ou en latin, pour décrire ses splendeurs (exemple dont les critiques vins feraient bien de s'inspirer de temps en temps). Thomas Jefferson était un fan si enthousiaste qu'après avoir dégusté le millésime 1782, il en commanda un fût de près de 500 litres (l'info provient de l'ouvrage de John Hailman *Thomas Jefferson on Wine*[2]). De quoi faire une sacrée fiesta. Plus récemment, c'était ce vin que Grace Kelly apportait à un James Stewart cloué à son fauteuil roulant dans *Fenêtre sur cour*[3], en même temps qu'un déjeuner acheté au 21 Club[4] ; voilà une livraison à domicile pour laquelle je me briserais moi-même volontiers une jambe. Le problème, du point de vue d'un monde assoiffé, c'est qu'il n'y a que 8 hectares de cette terre sacrée. Toutefois, les vins des collines adjacentes, pourvues d'un sol argilo-calcaire et d'une apparence similaire, ont un air de famille incontestable avec le grand M et parfois s'en approchent de très près. (Pourquoi le montrachet est toujours considéré comme supérieur en qualité et en valeur à des vins produits à quelques mètres de là est une question qu'un simple livre ne suffirait probablement pas à élucider.)

S'approprier cet illustre nom coulait de source ; mieux : c'était une idée de génie de la part du maire de Puligny. Mais malheureusement pour lui, la vigne de Montrachet était à cheval sur les communes de Puligny

1. Le premier livre consacré aux vins de Bourgogne fut publié en 1728 à Londres par l'abbé Claude Arnoux. (N.d.T.)
2. Voir page 137, « Le *wine geek* fondateur ».
3. Film d'Alfred Hitchcock sorti en 1954. (N.d.T.)
4. Célèbre restaurant de luxe de la 52e Rue Ouest, à Manhattan. (N.d.T.)

et de Chassagne, autre petit village dont les habitants, à peine furent-ils informés de la décision, s'empressèrent d'en faire autant. « Ainsi donc fut proclamé ce mariage bigame, le 27 novembre 1879 », écrit Simon Loftus dans son livre sur le sujet[1]. « Puligny devint Puligny-Montrachet [...] en même temps que Chassagne choisissait le même compagnon pour l'avenir. » Les deux villages étaient rivaux depuis bien longtemps et ce partage de nom ne fit rien pour arranger les choses. Bien que j'adore certains vins de Chassagne, ceux de Puligny me semblent faire preuve de davantage de précision et de raffinement. Lorsque je demande à Jacques Lardière, maître de chai de la maison Louis Jadot – qui produit cinq pulignys différents –, ce qui distingue les vins de cette commune de ceux des communes voisines, il répond : « L'aristocratie. » Réponse inhabituellement laconique pour cet exubérant poète beaunois qui décrit la viticulture comme une « quête de l'inconscient de la terre », mais je crois comprendre ce qu'il veut dire. Même sans évoquer cette scène du pique-nique d'appartement dans *Fenêtre sur cour*, l'image de Grace Kelly vient à l'esprit sans difficulté.

Lardière m'emmène ensuite visiter les vignobles de la côte de Beaune. Certains ont leurs limites clairement signalées par un lit de ruisseau ou une route, d'autres ne se distinguent entre eux que par d'invisibles variations de sol ou de sous-sol. Un œil non averti ne saurait percevoir ces lignes : elles ont été dessinées par près d'un millénaire d'observation et de dégustation.

Sortant de Santenay par le nord, nous traversons Chassagne pour arriver bientôt au saint des saints, le

1. *Puligny-Montrachet : Journal of a Village in Burgundy*, Londres, Ebury Press, 1992. (N.d.T.)

vignoble clos de murs de Montrachet, à mi-hauteur de la colline : l'emplacement idéal. Pour un terrain d'une telle valeur, le paysage pourrait être plus grandiose, mais ce n'est qu'une petite pente à 10 degrés enrubannée de vignes. Je dois avouer qu'à cet instant, j'éprouve une légère déception. Plus bas, sur une pente plus douce, s'étend le vignoble de Bâtard-Montrachet, autre grand cru ; et au-dessus, sur la pente la plus escarpée de la colline, Chevalier-Montrachet. L'érosion fait que ce dernier vignoble repose sur une couche très mince de terre arable, dont une partie dégringole régulièrement vers Bâtard. Les vins de Chevalier-Montrachet sont réputés plus fins et plus élégants, ceux de Bâtard plus gras et plus riches. Montrachet, au beau milieu, est censé accomplir l'équilibre entre les deux. Je peux confirmer ces généralisations grâce à la prodigalité de plusieurs studios de cinéma où j'ai travaillé vers la fin des années 90, dépensant l'argent de la Paramount et de Universal à comparer ces trois grands crus au Château Marmont de Los Angeles, dont la cave, j'ignore pourquoi au juste, était pleine à craquer de vieux millésimes de la maison Bouchard Père et Fils. La carte du *room service* ne comportait que deux ou trois éléments solides – apparemment, la direction de cet établissement très bling-bling où mourut John Belushi avait établi une bonne fois pour toutes que ses clients ne s'intéressaient pas à la nourriture. Mais si jamais un jour vous vous demandez quoi manger avec une belle bouteille de montrachet, je peux vous assurer qu'un sandwich gratiné au thon, ça fonctionne très bien.

Au nord de ces grands crus, sur la même pente orientée au sud, se trouvent les premiers crus de Puligny-Montrachet, que j'ai appris à aimer après la fin de ma carrière de scénariste. Ils peuvent s'élever au niveau des grands crus et parfois même les surpassent quand ils sortent des chais d'un grand producteur comme le domaine Leflaive, le *nec plus ultra* du puligny. Les vignes situées plus haut sur la même colline, comme Les Caillerets ou Champ-Gain, ont tendance à produire des vins plus structurés, plus siliceux, tandis que ceux situés plus bas, au même niveau que Bâtard, sont en général plus ronds quoique encore marqués par une note minérale. Au pied de la colline croissent les vignes des pulignys dits « village », troisième niveau d'excellence et autorisé à porter l'appellation puligny-montrachet, sans spécification de parcelle. Les villages des meilleurs domaines tels que Leflaive, Carillon, Sauzet et le nouveau venu Pierre-Yves Colin-Morey peuvent produire des vins remarquables en dépit de leur classement au troisième rang.

La superstar de l'appellation, la référence absolue pour le puligny-montrachet, c'est Leflaive. (Le domaine de la Romanée-Conti produit chaque année quelques barriques de montrachet, mais à moins d'être propriétaire d'un jet privé, je ne crois pas que vous soyez particulièrement concerné.) Anne-Claude Leflaive, dont la famille réside à Puligny depuis 1717, a converti le domaine à la biodynamie en 1997, et ses vins sont d'une telle qualité que beaucoup de ses voisins ont suivi son exemple. Les défenseurs de cette forme d'agriculture biologique dotée d'une conscience cosmique[1] ne manquent jamais de citer l'exemple de Leflaive au crédit de ces pratiques controversées. Le premier cru de Leflaive est sans doute la cuvée les Pucelles, tandis que le chevalier-montrachet grand cru est sans nul doute l'un des plus grands vins blancs du monde

1. Voir page 189, « Le sorcier fou de la Loire », et page 195, « La biodynamie est-elle une imposture ? ».

– un jus céleste –, particulièrement digne d'apparaître entre les mains de Grace Kelly.

La maison Louis Jadot, propriété d'investisseurs américains, est une excellente source de puligny-montrachet de tout niveau. Peu après ma visite des grands vignobles de chardonnay à Beaune en compagnie de Lardière, je recommençai le même parcours dans les chais de Jadot en dégustant les vins de Chassagne, de Puligny et de Meursault. De façon remarquable, chaque parcelle avait un profil gustatif très individualisé, mais les pulignys me parurent nettement plus nerveux, plus acérés et plus vifs que leurs voisins. Plus récemment, j'ai reproduit l'expérience à Manhattan avec l'aide de Daniel Johnnes[1], chef sommelier du groupe de restauration de Daniel Boulud, qui passe beaucoup de temps en Bourgogne. Cette dégustation rassemblait les vins de quelques-uns des plus grands producteurs de Puligny, plus deux ou trois chassagne-montrachet et meursaults pour faire bonne mesure. À travers les signatures très diverses de chaque vigneron, le caractère unique du puligny se manifestait toujours pleinement. « Le puligny possède une énergie et une tension particulières, me dit Johnnes. Le chassagne et le meursault sont plus arrondis, moins nerveux. » Comme il fallait s'y attendre, en présence de ces grands bourgognes, nous sommes ensuite passés aux comparaisons féminines. Après nous être accordés sur le fait que le puligny était une très belle femme au visage bien structuré, un peu plus en angles qu'en courbes, je proposai Carmen Dell'Orefice[2] et Daniel

1. Voir page 229, « Bordeaux est-il encore important ? ».

2. Mannequin et actrice américaine née en 1931, ayant commencé sa carrière à l'âge de quinze ans et encore en activité à l'âge de quatre-vingt-deux ans. (N.d.T.)

renchérit avec Gwyneth Paltrow – mais à mon avis on trouverait difficilement meilleure analogie que Grace Kelly, et cette évidence nous parut de plus en plus claire alors que nous abordions les millésimes plus anciens : 1992, 1993 et 1995.

Le puligny-montrachet acquiert avec l'âge une grande complexité. Les premiers crus et les grands crus peuvent se bonifier pendant des décennies, mais il arrive souvent que les puligny-montrachet-village puissent être bus dès leur sortie. Le millésime 2007 a été meilleur pour les bourgognes blancs que pour les bourgognes rouges : lors d'une horizontale de 2007 qui nous vit déguster plus d'une douzaine de crus, nous n'avons pas rencontré un seul nanard, à l'exception d'une bouteille bouchonnée. Les 2008 sont des pulignys classiques, tandis que les 2009 sont plus mûrs et plus opulents, ce qui fait d'eux un excellent millésime d'initiation pour ceux qui sont habitués aux chardonnays du Nouveau Monde.

Cela fait des années que je n'ai pas adressé la parole à mon ex-femme, mais si ça m'arrive un jour, il faudra sans doute que je la remercie pour cette première bouteille de puligny-montrachet.

Les secrets du meursault

Quand Dominique Lafon m'accueillit dans son château de Meursault, il avait l'œil un peu vitreux mais cela n'entamait en rien son exubérance : la veille, à Paris, il avait arrosé la signature d'un marché transatlantique assez compliqué aux termes duquel, grâce au concours de quelques investisseurs américains aux poches bien garnies, il augmentait sa surface de vignes. Pour Lafon – imaginez Liam Neeson en plus petit et en un peu plus patiné, fumant cigarette sur cigarette –, le deal consistait essentiellement à partager avec son ami et voisin Jean-Marc Roulot le vieux domaine René-Manuel, qui inclut quelques-unes des meilleures vignes de Meursault.

Les amoureux du grand meursault n'allaient pas tarder, eux aussi, à célébrer l'occasion. Lafon et Roulot sont un peu les Han Solo et Luke Skywalker de ce petit village de la côte de Beaune où l'on fait un des vins blancs les plus fameux et les plus convoités du monde. Quant au troisième grand producteur, Jean-François Coche, propriétaire aussi légendaire que réservé du domaine Coche-Dury, il en est l'Obi-Wan Kenobi. Coche inspire un immense respect dans le monde du vin et ses blancs atteignent des prix qui donnent le vertige à tous les collectionneurs, sauf aux plus riches.

Heureusement, Meursault compte beaucoup d'autres excellents vignerons, bien plus que Puligny-Montrachet. C'est un village pittoresque et florissant, doté en son centre d'une halle médiévale au toit de tuiles émaillées multicolores. On y produit un peu de vin rouge, mais la réputation de Meursault repose sur la qualité de ses vins blancs de chardonnay.

Thomas Jefferson adorait le meursault, mais il n'était pas le seul : pour beaucoup d'amateurs, le meursault est la quintessence du blanc bourguignon, facile à aimer, facile à boire, généralement plus gras et plus charmeur que les vins épurés et minéraux de Puligny-Montrachet. Je ne sais pas si le département de recherche et développement de General Mills était amateur de meursault, mais il semble en avoir imité le profil gustatif en concevant les Honey Nut Cheerios[1]. La noisette, en particulier, revient régulièrement dans les notes de dégustation. Bien qu'il n'y ait pas de vignes de grand cru à Meursault, la commune compte nombre d'excellents premiers crus et la plupart des aficionados s'accordent à dire que les vignes des Perrières mériteraient le niveau de grand cru. Mais les meursaults, comme leurs voisins, possèdent un petit secret inavouable dont pourrait dépendre leur avenir.

Mais d'abord, un peu d'histoire : la création du domaine des Comtes-Lafon remonte au temps où l'arrière-grand-père de Dominique, le comte Jules Lafon, épousa Marie Bloch, qui possédait de la terre à Meursault. Homme énergique, bon vivant, collectionneur d'art, amateur de voyages et grand gourmand, il acheta les meilleures vignes du village entre deux

1. Céréales de petit déjeuner à l'arôme de miel et d'amande. (N.d.T.)

tours du monde et institua la Paulée de Meursault, fête de vendanges aux allures de bacchanale encore célébrée de nos jours. Le comte actuel, apparemment, a hérité pas mal de caractéristiques de ses ancêtres, et pourtant lorsque Dominique reprit la propriété en 1984, celle-ci était en piteux état. Lafon le Jeune rénova les chais, s'essaya à la viticulture bio et finit par passer entièrement à la biodynamie[1]. Pour résumer, il réussit à faire un meursault riche et corsé qui devint vite une star internationale. Son meursault-perrières est particulièrement admiré ; le 1996 reste un des meilleurs vins blancs que j'aie jamais goûtés.

De son côté, en 1989, Jean-Marc Roulot avait repris, un peu à contrecœur, le domaine familial, dont il s'occupa dès lors parallèlement à sa carrière d'acteur. Grand et mince, doté d'un nez aquilin et d'un esprit acéré, il produit des vins un peu plus secs et plus nerveux que ceux de Lafon, ce qui les place parmi les favoris des sommeliers et des amateurs de vins à haut niveau d'acidité. C'est avec le 1992 qu'il a atteint son plein régime : j'ai récemment goûté son meursault-perrières 1992, vin magnifique et complexe qui semblait prêt à traverser encore une dizaine d'années sans problème. Les fans de Roulot sont très excités à l'idée que le partage du domaine René-Manuel va considérablement augmenter la production de ses meursaults, qui n'ont jamais été des vins faciles à trouver.

Mais il existe aussi un mystère lancinant que Lafon et Roulot commencent à prendre en considération. Bien que le meursault soit très accessible dans sa jeunesse, les dégustateurs expérimentés s'accordent

1. Voir page 189, « Le sorcier fou de la Loire », et page 195, « La biodynamie est-elle une imposture ? ».

à estimer qu'un bon millésime de meursault premier cru atteint son apogée entre sept et dix ans d'âge ; ou du moins le disaient-ils encore récemment. Tout le monde est d'accord pour dire que quelque chose s'est mis à clocher à partir de 1995. De nombreux vins de ce millésime et des suivants ont évolué beaucoup plus vite qu'ils n'auraient dû, subissant une oxydation prématurée qui leur a donné la couleur et le goût indésirables d'un jerez sec. En 2011, j'ai organisé pour des amis sommeliers une dégustation de millésimes remontant à 1985. Et bien qu'il y eût des moments sublimes, nous éprouvâmes également quelques amères déceptions : sur seize bouteilles, cinq souffraient d'oxydation. Malheureusement, les deux bouteilles qui nous avaient fait baver d'anticipation étaient de celles-là : il s'agissait des meursault-perrières 2002 de Roulot et de Lafon.

Longtemps, sur ce sujet, beaucoup de vignerons de Bourgogne sont restés dans une attitude de déni, mais maintenant la plupart reconnaissent qu'il y a un problème, bien que personne n'ait d'explication simple à donner. Une certaine théorie voudrait que ce phénomène soit lié à la tendance des « vins nature » et à la diminution de l'usage de soufre pour conserver les vins. D'autres ont incriminé des bouchons défectueux, d'aucuns arguant que, vers le milieu des années 90, de nombreux fabricants de bouchons se sont mis à désinfecter le liège avec du peroxyde d'hydrogène, substance puissamment oxydante qui interagissait avec le vin dans la bouteille. Le bâtonnage – pratique traditionnelle consistant à remuer plusieurs fois les lies dans la barrique pendant l'élevage – a aussi été cité comme facteur possible d'oxydation, mais alors on se demande pourquoi cet usage n'a jamais posé aucun problème avant 1995[1].

Dominique Lafon, lui, n'a pas peur de parler d'oxydation prématurée. Il s'attaque au problème sur plusieurs fronts, travaillant avec des scientifiques de l'université de Bordeaux, faisant des recherches sur les bouchons et les taux élevés de soufre, communiquant avec ses voisins et comparant ses notes avec les leurs. Il semble persuadé que les millésimes plus récents évolueront comme les meursaults d'autrefois. On l'espère avec lui. Beaucoup d'amateurs de bourgognes blancs m'ont avoué avoir réduit leurs achats, quand ils ne les ont pas carrément arrêtés.

Personnellement, je garde espoir pour le moment, même si les déceptions sont fréquentes. La raison voudrait qu'on reste sur ses gardes, mais l'amour et les appétits bestiaux ne font pas bon ménage avec la rationalité. En effet, boire un grand meursault vieux est un des plaisirs les plus complexes et les plus finement nuancés que l'on puisse éprouver en cette vie, et même les jeunes ont un profil aromatique inimitable, complètement ensorcelant. Les millésimes récents goûtés ces jours-ci se sont révélés bons, voire excellents. Les 2009 sont très riches et très mûrs, le genre de blanc qui permet aux habitués des chardonnays californiens de passer au bourgogne sans difficulté. Les 2007 et 2008 sont plus classiques, moins opulents, plus vifs et plus acides. J'ai une affection particulière pour le 2008 ; quelques bouteilles récemment dégustées de Jobard, d'Ente, de Roulot et de l'étoile montante Pierre-Yves Colin-Morey étaient superbes. Pour ceux qui aimeraient

1. Selon le producteur bourguignon Étienne de Montille, seule une pratique excessive du bâtonnage serait en cause. (N.d.T.)

faire une expérience comparable à celle du meursault pour un budget plus réduit, je recommande les blancs des communes voisines, Auxey-Duresses et Monthélie. De toute façon, une fois que vous aurez goûté une vraie bonne bouteille de meursault, vous vous découvrirez sans doute prêt à risquer le nanard occasionnel pour pouvoir accéder à ces plaisirs incomparables.

Le domaine du Jacques

Dans les années 60, époque à laquelle Jacques Seysses entra dans la vigne, la Bourgogne était aussi célèbre pour sa culture provinciale que pour ses vins sophistiqués. Si l'archétype du propriétaire de château bordelais était un homme du monde raffiné, vêtu de tweed et chaussé de John Lobbs, le stéréotype du vigneron bourguignon était un paysan taciturne coiffé d'un béret basque, bottes de caoutchouc aux pieds et n'ayant jamais voyagé plus loin que son arrière-grand-père, passant comme lui sa vie entière dans la même maison et sur la même terre. Seysses était très loin de correspondre à ce stéréotype. C'était un bel homme qui avait vu le monde et un gourmet polyglotte dont le palais sophistiqué s'était développé sous la tutelle de son père, Louis Seysses, propriétaire d'une biscuiterie et président du club des Cent, fameuse confrérie d'œnophiles et de gastronomes. Encore enfant, Jacques avait visité tous les restaurants trois-étoiles de France ainsi que des domaines viticoles comme la Romanée-Conti et le domaine Ramonet, à Chassagne-Montrachet. Après avoir travaillé quelque temps à la banque Morgan Guaranty puis à la biscuiterie familiale, Jacques Seysses alla où son cœur le portait : en Bourgogne, où il apprit la viticulture au domaine de la Pousse-d'Or sous la direction de Gérard Potel.

En 1967, son père et lui achetèrent un petit domaine à Morey-Saint-Denis, village endormi entre les localités beaucoup plus connues de Gevrey-Chambertin et de Chambolle-Musigny. Morey-saint-denis est sans doute la moins célèbre des appellations de la côte de Nuits, mais elle inclut tout de même cinq vignobles de grand cru – catégorie la plus élevée de la hiérarchie bourguignonne. « J'étais un nouveau venu dans la région viticole la plus traditionaliste du monde », raconte Seysses, éternellement jeune sous ses cheveux d'argent. Le nouveau domaine qu'il créa, plaisamment baptisé domaine Dujac, comprenait une portion de trois de ces grands crus : le clos de la Roche, le clos Saint-Denis et les Bonnes-Mares.

Le premier millésime de Seysses fut le désastreux 1968, dont il décida de vendre les raisins en gros. Il eut plus de chance avec le superbe 1969. Il en eut encore plus lorsque Rosalind Boswell, beauté venue d'Amérique, vint faire les vendanges en 1971. « Je ne peux pas dire que la concurrence était féroce », dit modestement Rosalind quelque trente-cinq ans plus tard, alors que nous déjeunons ensemble dans l'ancienne abbaye où le couple a élevé ses enfants et développé son activité viticole. (En fait, je tiens de sources bien informées que Rosalind était une débutante très convoitée dont le mariage désespéra pas mal de jeunes célibataires de son San Francisco natal.)

Grâce à Rosalind et à l'importateur Frederick Wildman, beaucoup de leurs vins furent disponibles aux États-Unis dès l'origine, tandis que Jacques réussit à les placer dans les meilleurs restaurants de France par l'intermédiaire des relations de son père. À l'heure actuelle, Seysses fait toujours la grande tournée des sanctuaires de la France gastronomique, mais à bicyclette : il parcourt ainsi des milliers de kilomètres par an. À la fin de la journée, il n'est pas rare de le voir arriver pédalant à l'un ou à l'autre des grands deux-étoiles ou des trois-étoiles français. « Nous sommes des gens à vélo », s'exclame Jacques avec un sourire rayonnant adressé à sa svelte épouse, pendant qu'il se ressert d'agneau et remplit nos verres de clos-de-la-roche 1985.

C'est durant l'été 2005 que Jeremy, trente ans, titulaire d'une maîtrise à Oxford et diplômé de viticulture à l'université de Dijon, décida de suivre les traces de son père. Pour commencer, il épousa aussi une Américaine, Diana Snowden, vingt-sept ans (mais on lui en donne toujours dix de moins), fraîchement émoulue de l'université Davis[1] en Californie. Diana, depuis, est devenue membre à part entière de l'équipe viticole du domaine Dujac. Ces deux-là se sont rencontrés chez Robert Mondavi, à Napa, où ils étaient stagiaires. Avant le retour de Jeremy en France, ils ne s'étaient vus que quelques fois, mais cela l'avait suffisamment marqué pour lui envoyer un billet d'avion qui permit à Diane de le rejoindre en France à Noël.

Jeremy fit de son mieux, au début, pour échapper à l'activité familiale. Il travailla six étés de suite à l'aquarium de la baie de Monterey et, le reste du temps, poursuivit ses études de biologie à Oxford. Cela ne l'empêcha pas de rejoindre la Société œnophilique de l'université d'Oxford et de s'intégrer à son équipe de dégustateurs à l'aveugle qui mit en pièces celle de Cambridge trois années de suite. « Soudain », m'avoua-t-il dix ans plus tard alors que nous dégustions le 2009

1. Voir page 201, « Le Modigliani de Healdsburg », et page 213, « Mondavi par Mondavi ».

dans les chais du domaine Dujac, « le vin cessa pour moi d'être un sujet qui ne pouvait intéresser que la génération de mes parents. Je compris qu'il pouvait aussi intéresser les jeunes. » Après Oxford, il fit l'école de viticulture de Dijon, fut courtier en vins à Londres pendant deux ans, et pour finir accepta de faire face à son destin en retournant dans son petit village de Morey-Saint-Denis afin d'y accepter de plus en plus de responsabilités. « 2004, je crois, est le premier millésime dont j'ai réellement dirigé la vinification, dit-il, mais encore aujourd'hui mon père reste bien présent. »

L'année suivante fut mémorable à bien des égards, à commencer par la météo qui permit d'obtenir un millésime quasi parfait. Au mariage de Jeremy et Diana, célébré à l'abbaye Renaissance du Clos de Vougeot, l'aristocratie bourguignonne côtoyait une bonne partie de la jet-set internationale du vin. Diana, qui travaillait alors avec Jeremy comme œnologue-conseil du domaine, prononça un discours en français, tandis que le marié, qui parle sans accent la langue de Shakespeare, fit le sien avec un accent français à la Peter Sellers, au grand amusement des invités britanniques et américains.

L'autre grande occasion, moins mondaine, qui fut célébrée à Dujac fut le rachat d'excellentes vignes de l'ancien domaine Moillard, c'est-à-dire quelques beaux arpents de chambertin, de vosne-romanée-malconsorts et de romanée-saint-vivant. Nombreux furent ceux, dans le monde du vin, que cette acquisition fit copieusement saliver. Aucun des vins produits sur ces terres – à partir du grand millésime 2005 – n'est particulièrement facile à trouver et aucun n'est bon marché. Heureusement, vers cette époque, la famille Seysses créa une marque de négoce appelée Dujac Fils & Père. Les vins qu'elle commercialise sont moins chers que ceux du domaine et leur qualité s'en rapproche parfois de très près.

Le style Dujac, pour beaucoup, évoque de façon remarquable la quintessence de la Bourgogne. « Dujac possède une complexité aromatique irrésistible », explique Robert Bohr, expert en bourgognes. « Ce sont des vins qui ne sont ni carrés ni puissants ; mais ils sont charmants, parfumés et élégants. » Bohr est de ceux, comme Seysses, qui attribuent ce style, au moins pour une part, à la pratique traditionnelle consistant à vinifier les raisins avec la rafle. Le domaine de la Romanée-Conti applique cette même technique, autrefois universelle mais devenue relativement rare en Bourgogne. D'ailleurs, Jeremy semble y recourir légèrement moins que ne le faisait son père, mais la signature de ces vins reste incontestable, même si les 2005 et les 2009 semblent battre les records précédemment enregistrés. De mon côté, je trouve que le profil aromatique du domaine Dujac ne ressemble à aucun autre ; il est obsédant dans le meilleur sens du terme.

Il y a quelques années, je fus invité à un dîner autour des bourgognes chez Jancis Robinson, célèbre journaliste et Masters of Wine britannique, en compagnie de Stephen Browett de Farr Vintners[1] et de Heston Blumenthal, chef du restaurant trois étoiles The Fat Duck. Très intimidé par la présence de ces experts, je me préparai à passer une soirée très éprouvante, mais dès que je mis le nez dans le premier verre qui me fut servi, je fus parcouru d'un frisson de familiarité, comme si j'avais humé la peau d'une personne autrefois aimée. Ce vin ne pouvait provenir que du domaine

1. Maison de négoce en vins londonienne spécialisée dans les bordeaux. (N.d.T.)

Dujac, la signature était évidente. Je savais aussi, de façon quasi certaine, que j'étais en présence de son grand cru emblématique, le clos-de-la-roche. Et pour le millésime, je tapai dans le mille : c'était un 1995, que j'avais déjà dégusté au domaine peu de temps auparavant. (Cela me donna l'occasion de soulager quelque peu une blessure d'humiliation que je m'étais infligée la semaine précédente, toujours en présence de Jancis Robinson, quand je n'avais pas réussi à identifier un de mes bordeaux favoris, un la mission-haut-brion. J'en avais même rajouté une louche en affirmant que ce vin *ne pouvait pas* être un la mission-haut-brion.) Une fois le dujac identifié et mon honneur rétabli, je me sentis autorisé à me détendre pendant tout le reste de la soirée, même si, une heure plus tard, l'identification d'un autre dujac m'obligea à interrompre ma retraite. D'un côté, le style était incontestablement dujac, et de l'autre, le terroir et le millésime s'y exprimaient magistralement. On ne saurait demander davantage à un vin que d'être absolument, fidèlement, pareil à lui-même.

L'enfant des étoiles et le Marquis

Rusticité et raffinement à Volnay

Entre Guillaume d'Angerville et Frédéric Lafarge, l'amitié pourrait sembler improbable : le premier est un élégant aristocrate, élancé, polyglotte, ex-banquier à New York et à Londres, tandis que le second est un homme de la terre, modeste et binocleux aux rudes mains calleuses, plus à son aise en bottes de caoutchouc qu'en mocassins cirés. Frédéric Lafarge est en telle affinité avec les rythmes de la nature que Jeremy Seysses, du domaine Dujac[1], le surnomme « l'enfant des étoiles ». Guillaume, quant à lui, est tout à fait dans son élément dans les rues de Paris. Les deux hommes ont grandi ensemble dans le petit village médiéval de Volnay et ont fait leurs études secondaires à la même école de Beaune. Leurs pères se relayaient pour les conduire en classe et les ramener à la maison. Mais alors que Michel Lafarge encourageait son fils à rejoindre le domaine familial pour travailler la vigne à son côté, Jacques d'Angerville envoya le sien se faire voir ailleurs. « Il m'a carrément fichu à la porte », me dit Guillaume lorsque je lui rendis visite dans son manoir du XVIIIe siècle, la plus belle maison de Volnay. « Il disait qu'il n'y avait pas de place pour

1. Voir page 321, « Le domaine du Jacques ».

moi au domaine. Rétrospectivement, je reconnais qu'il m'a rendu un grand service. » Guillaume, donc, partit pour New York où l'attendait une brillante carrière à la banque J. P. Morgan, carrière qu'il poursuivit à Londres, tandis que son camarade de classe Frédéric restait à Volnay, avec de brèves excursions en Champagne et à Bordeaux, pour travailler dans les vignes avec son père. Après son mariage, il finit par emménager dans une maison située juste à côté de celle de son enfance.

À l'été 2003, Jacques d'Angerville mourut brusquement. Guillaume, qui résidait alors à Paris, se trouva soudain l'héritier d'un des domaines les plus vénérés de Bourgogne et, par-dessus le marché, au cœur de l'été le plus torride qu'on eût connu de mémoire récente. « Un vrai baptême du feu », dit-il. (Vous vous souvenez certainement de cet été 2003 comme de celui où la canicule fit périr en France des centaines de personnes âgées.) Heureusement, il pouvait demander conseil à ses vieux amis les Lafarge, dont la maison et les chais du XIIIe siècle aux murs capitonnés de moisissure noire n'étaient qu'à deux minutes à pied. Depuis ce premier millésime, il n'a plus cessé de consulter les Lafarge, les imitant même jusqu'à convertir ses vignes à la biodynamie[1]. « Plusieurs fois par an, nous dégustons chacun dans les chais de l'autre et nous échangeons des informations sur la biodynamie », dit Jacques d'Angerville.

Michel Lafarge, ex-maire du village aux cheveux de neige, avait déjà eu le temps d'observer de son regard bleu perçant plus de soixante millésimes à Volnay, y compris celui de 1959, qui avait été tout aussi brûlant que

1. Voir page 189, « Le sorcier fou de la Loire », et page 195, « La biodynamie est-elle une imposture ? ».

2003. « Michel, c'est le sage du village », dit Jacques, dont la collaboration avec Frédéric est décrite comme « sans couture » par un ami de la famille. On pourrait utiliser la même expression pour décrire leurs vins.

Volnay est une localité de la côte de Beaune, partie méridionale de la Côte-d'Or bourguignonne. Certains snobs estiment que la côte de Nuits, au nord, est supérieure aux autres, mais Jacques-Marie Duvault-Blochet, propriétaire du domaine de la Romanée-Conti vers le milieu du XIXe siècle, n'était pas moins fier de ses possessions à Volnay. Et bien que Volnay ne compte aucun grand cru officiel, plus de la moitié de ses vignes sont des premiers crus, la catégorie juste en dessous. Si l'on m'obligeait à n'acheter mon bourgogne qu'en provenance d'un seul village, c'est celui-ci que je choisirais.

Les vins de Volnay sont hautement estimés au moins depuis le Moyen Âge, époque où les ducs de Bourgogne y possédaient des vignes dont ils envoyaient les vins à la cour. Le volnay tel que nous le connaissons actuellement est un vin rouge de pinot noir. Pendant des siècles, pourtant, il fut plutôt pâle et de couleur rosée, ce qui peut en partie expliquer sa réputation comme l'un des plus éthérés et des plus délicats des bourgognes rouges. Le terme « féminin » revient spontanément dans les descriptions (tandis que la commune voisine de Pommard, aux sols plus lourds, est censée produire des vins plus structurés et plus masculins). « Une floralité soyeuse » : c'est en ces termes que l'importateur de vins Peter Wasserman résume la typicité volnaisienne, tout en insistant sur le fait que la réalité est plus complexe. En effet, une réelle diversité règne dans les quelque 213 hectares de vignes que compte ce village de trois cents habitants, mais le niveau de qualité et de régularité de ses vins n'a pratiquement pas son pareil dans toute la Bourgogne, une région dont les vins m'ont toujours un peu fait penser aux voitures de sport anglaises des années 60, comme eux capricieuses et peu fiables – bien que dans l'un et l'autre cas, on ait heureusement rectifié le tir depuis cette période d'inconsistance.

Aujourd'hui, tout le monde est d'accord pour dire que les meilleurs vins, de quelque origine qu'ils soient, doivent être mis en bouteilles au domaine et vinifiés par les mêmes personnes que celles qui cultivent les vignes. Pourtant, durant les années 20, la plupart des raisins mûris en Bourgogne étaient vendus à des gros négociants qui se chargeaient de la vinification et de la mise en bouteilles. Ils en profitaient au passage pour les couper avec des vins plus corsés de la vallée du Rhône ou d'ailleurs. Ces pratiques mettaient Sem, le grand-père de Guillaume, hors de lui. Il poursuivit en justice quelques-uns de ces grands négociants de Beaune, ce qui les amena à boycotter ses raisins. C'est ainsi qu'il devint le pionnier bourguignon de la mise en bouteilles à la propriété et fit vendre lui-même ses vins à Paris, plus tard aidé de Franck Schoonmaker[1] pour la vente outre-Atlantique. C'est grâce à cette connexion que les volnays de d'Angerville sont depuis longtemps disponibles aux États-Unis.

Sem d'Angerville était un peintre et graveur qui avait fait les Beaux-Arts à Paris avant d'hériter le domaine de son oncle. Son héritage incluait le manoir mais aussi des vignes parmi les meilleures de Volnay, notamment le clos des Ducs, une parcelle en pente raide orientée

1. Voir page 143, « Auteur, importateur, gentleman espion », et page 149, « Le marchand de vins au palais d'or ».

sud-est, enclose de vieux murs et bénie par la présence d'une source à mi-coteau, pourvoyeuse de fraîcheur pendant les périodes de sécheresse – par exemple en 2003, quand son petit-fils reprit la propriété. (Au fait, si vous tombez sur le 2003, achetez-le.) Le clos-des-ducs est une référence du bourgogne, plus puissant que la moyenne des volnays mais plus délicat que, disons, un chambertin, tout en étant capable de vieillir et de se bonifier pendant des décennies. (Le 1964 que Guillaume ouvrit pour moi était tout bonnement sensationnel.) L'autre vin de l'appellation que j'emporterais volontiers sur une île déserte est le clos-des-chênes de Lafarge, issu d'un vignoble à mi-pente au sud du village. Mais Volnay ne manque pas de vignes et de producteurs excellents.

Ceux qui ont vu *Mondovino*[1] connaissent Hubert de Montille, défenseur teigneux des vieilles traditions et pourfendeur acharné d'une supposée influence nord-américaine sur la viticulture française. Ses volnays sont incontestablement des classiques, au point d'en être austères, exigeant des décennies de bouteille pour révéler leurs charmes timides. On voit encore Montille claudiquer dans les rues du village, mais en 2001 il a enfin cédé les rênes à son fils Étienne, lequel s'est empressé de faire des vins beaucoup plus accessibles sans avoir eu besoin (pour autant que j'aie pu le constater) de se prostituer aux nouvelles technologies. Le vin emblématique du domaine de Montille est le premier cru Les Taillepieds.

Encore un monument volnaisien : le domaine de la Pousse-d'Or, qui s'est fait un nom au siècle dernier sous la direction de Gérard Potel (le troisième chauffeur

1. Documentaire de Jonathan Nossiter (2004). (N.d.T.)

qui relayait les pères de Guillaume et Frédéric pour emmener les enfants à l'école à Beaune, en même temps que sa fille Agathe). Le 1964, premier millésime de Potel, issu de la parcelle appelée Bousse d'or, est une des légendes modernes du bourgogne. Après la mort subite de Potel en 1997, le domaine a connu une période expérimentale délicate, mais il a récemment retrouvé son niveau antérieur.

Le millésime 2009 a été excellent à Volnay et dans toute la Bourgogne : un vrai don des dieux. Presque tous les vins, à part les plus grands, sont accessibles et même furieusement charmeurs dès leur sortie, contrairement au 2005 qui avait été tout aussi attendu mais qui, pour le moment, garde sa ceinture de chasteté. Même les vins de catégorie « village » – simplement étiquetés volnay – sont délicieux, mûrs et complexes. Les vins du millésime 2008, quoique un peu moins aguicheurs, sont adorés de pas mal de connaisseurs. Plus d'un viticulteur estime que ces vins, même s'ils manquent un peu de maturité, se montrent plus nuancés et plus fidèles à leur terroir d'origine. Et quand on se paie du bourgogne, c'est précisément cela qu'on achète.

Chemins de traverse à Savigny-lès-Beaune

Dans la pierre du linteau de la porte principale du château de Savigny, et en quelques autres endroits de la petite ville de Savigny-lès-Beaune, est gravée cette devise : « Les vins de Savigny sont nourrissants, théologiques et morbifuges. » Je ne vois pas très bien ce que signifie, pour un vin, être « théologique », mais « nourrissant » me semble un qualificatif plus raisonnable et moins risqué. Quant au dernier terme, l'expert en bourgognes Jasper Morris suggère : « Cela peut vouloir dire "qui chasse les maladies" ou peut-être "qui défie la mort[1]". » En tout cas, c'est une ambition plutôt extravagante pour un vin qui n'a jamais suscité beaucoup d'engouement depuis le XVIIe siècle, époque où fut gravée cette inscription. Savigny-lès-Beaune est en effet l'une des appellations les moins célébrées de Bourgogne, entre autres parce que le village est à l'écart des sentiers battus, à quelques kilomètres de la route N74 qui relie Beaune à Dijon. Cette relative obscurité permet de faire quelques bonnes affaires.

Directement en face du château de Savigny, désormais converti en musée de l'Aviation et de la Moto, se tient le domaine Simon-Bize, établi dans un vaste hangar. Il

1. Étymologiquement, seul le premier sens est correct. (N.d.T.)

est dirigé par Patrick Bize, petit homme laconique et quatrième génération de propriétaires des lieux. C'est en 1972 qu'il hérita, avec quelque réticence, le domaine que son arrière-grand-père, Simon Bize, troisième du nom, avait fondé en 1880. « Je n'aimais même pas le vin, me dit-il, et je n'avais aucune envie de travailler à la vigne ou aux chais. » Heureusement, il se prit peu à peu d'affection pour son héritage, notamment pour le travail de la vigne. Il semble connaître chaque cep de ses parcelles, qui couvrent presque 21 hectares.

Pendant bien des années, les savignys de Bize sont restés un secret d'initiés pour connaisseurs près de leurs sous. Patrick, qui n'est pas très doué pour l'autopromotion, ne dit pas grand-chose quand il me sert des échantillons de ses 2009 à même le fût, ou plus tard lorsque nous dégustons quelques-uns de ses vieux millésimes dans son bureau, devant un bon feu de cheminée. Quand je le presse de questions sur ce 2009 que les critiques et les autres vignerons portent aux nues, il se contente de dire que c'est « un bon millésime ».

Au chai, Bize ne recourt à aucune technique d'avant-garde – ses méthodes de vinification restent simples et traditionnelles – mais sa production est toujours bien en dessous de la quantité autorisée par le cahier des charges de l'appellation, ce qui lui donne des vins particulièrement concentrés. En outre, il n'hésite pas à vendanger plus tard que ses voisins, au risque de perdre sa récolte, afin d'obtenir une parfaite maturité. Cela n'a posé aucun problème pour le millésime 2009, dont l'été fut chaud et où même les vins de catégorie village, issus de vignobles moins avantageusement exposés, bénéficièrent de plus de soleil qu'il n'en fallait pour mûrir correctement. Même les voisins de Patrick, moins à cheval que lui sur la maturité, ont obtenu des jus assez voluptueux. Cela dit, même les années chaudes, les vins de Patrick peuvent être rébarbatifs dans leur jeunesse, particulièrement les premiers crus, et nécessitent plusieurs années de bouteille avant leur commercialisation.

Selon la tradition, Savigny produit un rouge léger et délicat. Cette image fut cultivée au point que parfois, selon l'importateur Peter Wasserman, des raisins blancs furent mélangés aux noirs lorsque les vins menaçaient d'être trop corsés. Ces dernières années, toutefois, les savignys rouges ont gagné en charpente afin de se conformer au goût du temps. Les raisins blancs, produits sur les sols les plus calcaires, sont vinifiés à part pour faire de délicieux bourgognes blancs et savignys blancs. Rien de surprenant à cela si l'on considère que la colline de Corton, immédiatement au nord de l'appellation, est l'origine du majestueux corton-charlemagne.

Le domaine Pavelot, autre surdoué local de la vigne, est actuellement dirigé par Hugues Pavelot avec l'aide précieuse de son père Jean-Marc. Ces deux sympathiques géants s'élèvent d'une tête au-dessus de tous leurs voisins, non seulement par la taille mais aussi par la qualité de leur travail. Hugues, qui fit un stage en Australie avant de rentrer en Bourgogne, représente la quatrième génération de Pavelot à faire du vin à Savigny. La Dominode de Pavelot est souvent considérée comme le premier des nombreux premiers crus, bien que le vergelesses de Bize, issu d'une vigne rocailleuse et superbement exposée située au nord de la commune, lui dispute la suprématie dans l'appellation.

Il est un domaine qui compromet quelque peu l'image humble de Savigny-lès-Beaune, et c'est le domaine Chandon-de-Briailles, joli manoir du XVIIIe siècle en pierre de taille érigé dans un petit parc dessiné par Le Nôtre. Depuis 1834, ce domaine appartient à la famille de Nicolay, mais la majeure partie du XXe siècle fut pour lui une période de déshérence jusqu'à ce que Nadine de Nicolay, en 1984, quittât Paris pour s'y installer et lui redonner vie. (Depuis, ses fils Claude et François se sont joints à elle.) Nadine, qui à l'origine ignorait tout de la viticulture et de la vinification, apprit sur le tas, travaillant dans un premier temps les vignes en bio et par la suite en biodynamie. Elle transforma ainsi une propriété sans distinction particulière en un domaine viticole de premier plan. Bien que Chandon-de-Briailles soit surtout célèbre pour ses cortons grands crus – de l'appellation juste au nord de Savigny –, on y fait aussi plusieurs excellents savigny-les-beaune, dont les premiers crus Aux Fourneaux et Les Lavières, ainsi qu'un savigny village rouge assez léger, tous à des prix raisonnables.

Les savignys rouges et blancs offrent en effet un excellent rapport qualité-prix : alors que les prix des vins de toute la Côte-d'Or ont fait un bond vertigineux en 2009, on trouve de très bons savignys village pour une trentaine de dollars, et même les meilleurs premiers crus ne dépassent pas les 60 dollars. Il y a, toutefois, une exception à la règle : ceux qui se sentent mal à l'aise à l'idée de boire des bourgognes à prix abordable seront heureux d'apprendre que le fameux domaine Leroy, à Vosne-Romanée, dirigée par la dynamique, élégante et controversée Mme Bize-Leroy, fait un savigny-les-beaune Les Narbantons vendu quelques centaines de dollars au prix caviste. C'est un très bon vin, issu de vieilles vignes à très faible rendement. Récemment, j'ai goûté le 2006 et j'ai été impressionné de ce que Mme Bize-Leroy avait réussi à accomplir dans un millésime difficile, bien que certains critiques affirment que le style puissant et concentré de la maison l'emporte sur les nuances du terroir. À tout le moins, je pourrais dire que c'est un savigny-lès-beaune atypique, mais si l'on m'en proposait un verre, je ne dirais certainement pas non.

La typicité du savigny, en effet, est plutôt celle d'un vin pour accompagner le poulet rôti du dimanche que pour impressionner le client. Cela ne signifie pas pour autant que c'est un vin simple. Les meilleurs savignys rouges, notamment les grands crus, peuvent atteindre une grande complexité et se bonifier durant des années, voire des décennies. Becky Wasserman[1], New-Yorkaise transplantée, surnommée « la marraine du bourgogne », m'a un jour raconté l'histoire d'un client qu'elle avait invité à déjeuner dans un restaurant de Bouilland, à quelques kilomètres de Savigny. Ce client avait commandé un vosne-romanée cros-parantoux 1979 de Jayer, un vin légendaire de la star absolue du bourgogne au siècle dernier. Or Patrick Bize était dans la salle. Traînant les pieds jusqu'à leur table, il leur servit deux verres d'un magnum. « Le vin s'épanouit littéralement dans le verre, avec un bouquet dont l'intensité augmentait à chaque seconde, raconte Becky. Le Jayer fut oublié en un instant. Je finis par demander à Patrick ce qu'il nous avait servi : c'était un magnum de savigny de Bize 1929, qui n'était jamais encore sorti de la cave. »

1. Voir page 299, « Becky Wasserman, la marraine des bourgognes ».

Paysans et ploutocrates : la Paulée de New York

« Ce que j'aime dans le bourgogne, c'est son authenticité », me dit Daniel Johnnes[1], doyen hyperactif quoique de petite taille des geeks américains du bourgogne, alors que nous attaquons notre omelette au restaurant Balthazar, à SoHo. « Quand tu rencontres un producteur bourguignon, c'est un paysan ; il passe la moitié de son temps sur son tracteur et quand tu lui serres la main, elle est toute calleuse. Quand tu rencontres un propriétaire de château bordelais, il a les mains toutes lisses et un foulard autour du cou. » Pour être une généralisation, celle-ci n'en est pas moins exacte. Elle explique en tout cas la fascination que la Bourgogne exerce sur Johnnes, membre autoproclamé de la « classe ouvrière » parce que ses parents étaient leaders syndicaux et que son père l'emmenait à la manif dans les années 60.

Deux jours après ce déjeuner, Johnnes accueillit plus de trente vignerons bourguignons pour célébrer la dixième édition de la Paulée de New York, et c'est vrai qu'on en voyait plus d'un qui avait l'air de descendre de son tracteur. L'accueil révérencieux que témoignaient à

1. Voir page 229 « Bordeaux est-il encore important » et page 307 « Si Grace Kelly était un vin ».

ces agriculteurs français plusieurs centaines des citoyens les plus riches et les plus puissants d'Amérique, dont beaucoup voyagent en jet privé et en Maybach avec chauffeur, et dont chacun avait payé 1 200 dollars pour participer à l'événement, n'était pas l'aspect le moins intéressant de celui-ci.

Johnnes, pour monter son événement, s'est inspiré de la Paulée de Meursault, fête automnale instituée en 1923 par le vigneron Jules Lafon pour célébrer la vendange avec ses voisins. (Dominique, petit-fils de Jules et assurément l'un des producteurs les plus cosmopolites du groupe, était présent à la Paulée de New York en 2010.) C'est dans les années 70, pendant ses études en France, que Johnnes tomba amoureux de la cuisine et des vins de ce pays. À l'origine, il voulait devenir cuisinier professionnel, mais son attention se porta finalement vers le vin. Il fut le sommelier de Montrachet, le restaurant de Drew Nieporent dans le quartier new-yorkais de Tribeca qui était alors encore à l'état de friche industrielle. Le restaurant, associant avec bonheur une cuisine sophistiquée à l'atmosphère relaxée de cette partie de la ville, contribua à redéfinir le concept de gastronomie à Manhattan tandis que Johnnes, de son côté, exerçait une influence décisive sur la scène œnophilique américaine. La carte des vins était consacrée aux bourgognes ; Johnnes commença à se rendre régulièrement à la source, dans la fameuse Côte-d'Or. En 1989, il invita à New York quelques-uns de ses vignerons de Bourgogne préférés. « C'était un peu dingue, dit-il. La plupart d'entre eux n'étaient jamais allés aux États-Unis. Et je crois qu'il y en avait deux qui n'avaient jamais pris l'avion. » Il continua d'organiser au restaurant des rencontres entre vignerons bourguignons et œnophiles américains, jusqu'au lancement, en 2000, de son hommage new-yorkais à la Paulée de Meursault. L'événement est devenu depuis une institution du monde du vin, le rendez-vous annuel des fondus de bourgogne.

« Fondus », en fait, est peut-être un peu trop gentil comme expression. Il faut être en effet plus que légèrement timbré, et même carrément masochiste, pour aimer le bourgogne. Johnnes, avec sa bonne humeur indéfectible et son bon sens à toute épreuve, est sans doute l'exception qui confirme la règle, bien que lui-même compare la quête du grand bourgogne à celle du Saint Graal. Le bourgogne est un amant volage et inconstant ; son humeur et son caractère changent d'une bouteille à l'autre. Quand le bourgogne est bon, il est très bon, et quand il ne l'est pas, il est horrible. Cas d'école : au dîner des collectionneurs de la Paulée de New York, petit repas intime à 3 750 dollars le couvert donné avant le début officiel de l'événement, furent servis des vins dont certains remontaient à 1966, dont aucun n'avait un prix en dessous de quatre chiffres et dont beaucoup n'étaient pas bons. Cette soirée, à laquelle je fus invité grâce à la générosité d'une amie (et à l'indisposition passagère de son mari), me rappela cette vieille blague de Richard Pryor : la cocaïne est la façon dont Dieu fait savoir aux hommes qu'ils ont trop d'argent. On peut dire la même chose des vieux grands crus de Bourgogne. Le plus incroyable dans cette histoire, c'est que la plupart des convives ne virent même pas qu'il y avait un problème. Les fêlés de bourgogne ont l'habitude de se faire martyriser ; c'est le prix qu'ils acceptent de payer pour quelques moments de ravissement et d'extase.

Autour de la dixième Paulée de New York furent organisés beaucoup d'événements satellites : séminaires, dégustations et même une vente aux enchères, mais le grand moment, c'est le banquet du samedi soir – le genre de bacchanale que mon foie aimerait ne pas avoir à recommencer pendant au moins deux semaines. Le dîner lui-même, assuré par le grand Daniel Boulud, qui est le chef officiel de cette Paulée depuis la première édition et dont Johnnes est le chef sommelier depuis 2005, aurait ému Diamond Jim Brady[1] aux larmes. C'est une expérience d'un hédonisme absolu, et c'est aussi une communion absolue. Les collectionneurs y partagent leurs meilleures bouteilles de vieux bourgogne avec leurs compagnons de table. Moi, j'avais apporté un échezeaux 1990 de Rouget et un richebourg 1993 d'Anne Gros. Dans n'importe quelle société, ces vins auraient fait figure de clou de la soirée, mais franchement je me sentis minable quand je découvris quelques-unes des autres offrandes. Dès le début du repas, un jéroboam de bâtard-montrachet 1992 de Leflaive, un meursault-perrières 1992 de Coche-Dury et un magnum de montrachet 1985 de Ramonet apparurent sur la table. Et je suis certain d'avoir été saoul au point d'avoir des hallucinations lorsque je me rendis compte que j'avais devant moi trois jéroboams (l'équivalent de quatre bouteilles) de la-tâche, deuxième vin du domaine de la Romanée-Conti, datant des années 60 : 1964, 1966 et 1969, représentant à eux trois un prix supérieur à celui d'une Range Rover toute neuve. Mais non, ils étaient incontestablement réels, contrairement au magnum de la-tâche 1989 qui était certainement faux – un parmi tant d'autres. Comme les célébrités, les grands bourgognes mobilisent les imposteurs.

1. Homme d'affaires américain (1856-1917) réputé pour son appétit gargantuesque. (N. d. T.)

J'aimerais pouvoir vous dire, à vous qui n'y étiez pas, que ces trois saints parmi les saints étaient imbuvables, ou même simplement acceptables, mais je ne peux pas. Plus tard, alors que j'en étais presque à tout laisser tomber définitivement – idée qui m'était passée par la tête juste après ce dîner des collectionneurs –, je me demandai soudain combien je pouvais tirer de mon Audi de huit ans, ou si je pouvais simplement la troquer contre une bouteille de 75 centilitres de la-tâche 1964 de la Romanée-Conti. Au fait, une Audi TT d'occasion, ça tente quelqu'un ?

Le violoniste Itzhak Perlman était assis juste en face de moi, mais la vraie star de cette tablée était Aubert de Villaine, c'est-à-dire Dieu, propriétaire du domaine de la Romanée-Conti et peut-être l'un des rares viticulteurs bourguignons qui porte un foulard de temps en temps. Pour cette occasion, il portait une très élégante veste en tweed et une cravate de soie verte. Tout aristocratique qu'il fût, il semblait tout à fait en harmonie avec le véritable esprit de la terre bourguignonne, tapant dans ses mains pour accompagner la chanson *Je suis fier d'être bourguignon* et chantant à l'unisson des Cadets de Bourgogne, chœur de douze bons vivants grisonnants que Johnnes avait fait venir de France.

Lorsque je demandai les paroles d'une autre chanson que je n'arrivais pas à bien comprendre, il me dit avec un clin d'œil : « Disons simplement qu'en Bourgogne, il existe une affinité entre l'appréciation du vin et l'appréciation des femmes. » Les invités faisaient véritablement la queue pour baiser l'anneau de sa main droite ; il m'avoua qu'il passait la moitié de sa vie à trouver des excuses pour refuser tous les VIPs qui demandaient à visiter le domaine de la Romanée-Conti. Alors je décidai d'abandonner le sujet du vin pour parler d'opéra, une de ses grandes passions. Et bien que je sache très peu de chose sur le sujet, je sentis bien que je m'améliorais à mesure que la soirée avançait.

Si de Villaine fut ce soir-là l'égal d'Angelina Jolie, il fut presque détrôné par l'arrivée de Jean-François Coche, propriétaire du légendaire domaine Coche-Dury, autre paysan superstar qui ne faisait que passer avec quelques amis pour féliciter Johnnes. Gestionnaires de fonds spéculatifs, banquiers d'investissement, héritiers et héritières d'immenses fortunes nord-américaines et oui, même un auteur-journaliste écrivant sur les vins en piaillèrent presque d'enthousiasme comme des adolescentes à qui l'on dit que Justin Bieber vient d'entrer dans la maison. Et tenez, là, cet homme assiégé par un magnat de l'immobilier au comble de l'excitation, c'est Éric Rousseau, propriétaire chenu et taciturne du domaine Armand-Rousseau. L'assistance le porte aux nues, mais toute cette attention le met visiblement mal à l'aise. Il serait trop facile de se moquer de tout ce *star-fucking* – ah mais attendez, je crois que je viens de le faire – mais je dois avouer qu'à ma connaissance il n'existe qu'une région au monde qui inspire ce genre de passion, surtout à un public qui peut s'offrir tout ce que désire son petit cœur de privilégié.

À je ne sais plus quelle heure du matin, une bonne partie des invités décidèrent d'aller finir la nuit au dernier restaurant du chef star Tom Colicchio. À partir de là, les détails deviennent flous. Je me souviens toutefois avoir parié avec quelques autres fans de bourgogne sur la capacité de la robe d'une certaine sommelière à défier la gravité terrestre. Puis je me rendis compte que c'était moi qui défiais la gravité terrestre. En sortant, je vis Daniel Johnnes assis à une table d'angle, l'air épuisé mais pas mécontent du tout, et littéralement le seul homme de la salle à ne pas être saoul. Rien que pour cet exploit, sans même parler des services rendus à la Bourgogne, on devrait lui ériger une statue sur la place principale de Meursault, de Beaune ou de Nuits-Saint-Georges.

HORS DES SENTIERS BATTUS

Très, très au sud

Les magnifiques blancs (et rouges) de Hamilton-Russell

Lors de ma dernière visite à Hamilton-Russell Vineyards, j'étais encore tout tremblant de ma matinée passée non loin de là, à Gansbaai Bay, immergé en mer dans une cage d'acier régulièrement pilonnée par de grands requins blancs de 4 mètres rendus fous par les appâts qu'on y avait accrochés. Mon ami Anthony Hamilton-Russell, occupé à préparer le déjeuner pour douze personnes, me tendit un verre de son fameux chardonnay pendant que je dégelais sur la terrasse de sa villa de style toscan, ouverte sur l'étendue pure et désolée de la Hemel-en-Aarde Valley. Je me souviens alors avoir pensé combien il serait commode pour un auteur œnophile d'exploiter cette analogie : des chardonnays du Nouveau Monde amples, puissants et impitoyables comme ce paysage. Hélas, les élégants chardonnays de Hamilton-Russell, tout comme ses pinots noirs, évoquent beaucoup plus une truite sautant gracieusement hors de l'eau pour gober une mouche qu'un grand requin blanc pourfendant un banc de thons albacores.

Si les vins de Hamilton-Russell ont des manières retenues et classiques, on ne peut pas tout à fait en dire autant de leur propriétaire, bel homme de quarante-neuf ans et d'un mètre quatre-vingt-treize. Un journaliste de vins anglais, après avoir observé le vigneron fonçant à moto à travers son vignoble, le compara à Steve McQueen. Mais pour un regard américain, David Niven serait un modèle plus juste. Peut-être s'approche-t-on davantage de la vérité en combinant les deux. Anthony est un homme sociable qui s'exprime avec recherche, et il possède autant de sophistication européenne que d'exubérance coloniale. Il est aussi à l'aise à cheval que sur une piste de danse. Les vins qu'il produit sous son nom comptent parmi les preuves les plus évidentes du potentiel viticole de l'Afrique du Sud, tout en possédant un caractère entièrement unique.

La première vendange d'Afrique du Sud eut lieu en 1659 ; ses vins liquoreux étaient fort appréciés dans l'Europe du XVIIIe siècle. Plus récemment, l'isolation causée par le régime d'apartheid et des régulations trop restrictives ont entravé l'industrie viticole du pays et retardé son entrée sur le marché mondial.

Quand Tim Hamilton-Russell, grand amateur de vins et directeur de l'agence de publicité américaine J. Walter Thompson pour l'Afrique du Sud, partit à la recherche de terres à vignes vers le milieu des années 70, la production viticole du pays se trouvait concentrée dans les zones à climat méditerranéen situées au nord et à l'est de la ville du Cap. L'amoureux des vins français qu'était Tim finit par acheter une vieille ferme abandonnée tout au bout du continent africain, à un kilomètre et demi des eaux froides de la Walker Bay. Les vignobles qu'il y planta étaient les plus méridionaux, et donc les plus frais, de toute l'Afrique. Ses premiers millésimes, réalisés par le vigneron Peter Finlayson, firent très bonne impression en Afrique du Sud et au-delà. (Plus tard, Finlayson acheta lui-même des terres à proximité ; il réalise actuellement de très beaux pinots noirs sous la marque Bouchard-Finlayson.) Tim se mit à faire du lobbying contre les restrictions prohibitives et contre le système du *dop*, particulier à l'Afrique du Sud, qui consistait à ne payer les ouvriers viticoles qu'en vin de qualité médiocre. « Il était très remonté contre la pratique, et ça s'entendait, se rappelle Anthony. À l'époque, ça lui a attiré des ennuis dans le métier. Et par-dessus le marché, il militait contre l'apartheid et contre toutes les façons dont ce système affectait le travail viticole. »

Hamilton-Russell Vineyards se porta très bien tant que Tim en fit un hobby, mais quand il quitta son job pour s'y consacrer pleinement, il éprouva des difficultés à rentabiliser le domaine. Il demanda alors à son fils Anthony, diplômé de la Wharton Business School et consultant à Londres, de rentrer au bercail pour sauver la ferme.

Anthony admet qu'à part ses études commerciales, sa formation se limitait à « aider mon père à boire sa collection de bordeaux de la seconde moitié des années 70 », mais une fois de retour, il apprit sur le tas. Sa première décision fut de se spécialiser dans le pinot noir et le chardonnay, les deux cépages qui avaient le mieux réussi sur le site. Leur affinité avec cette terre ne faisait aucun doute. En 1995, il était encore rare d'entendre un vigneron du Nouveau Monde parler de terroir, mais Anthony, convaincu que son père avait trouvé un lieu exceptionnel, fit pratiquer une analyse pédologique complète des 170 hectares que comptait le domaine, pour arriver à la conclusion que sur cette surface, 21 hectares de sol argilo-schisteux étaient ceux qui produisaient les vins de la meilleure qualité et les plus riches en caractère.

Les Hamilton-Russell n'étaient pas les premiers à

apprécier les charmes de cette vallée : le sol y est littéralement jonché de vestiges préhistoriques. Anthony, qui a le virus du collectionneur, les ramassait déjà enfant ; il rassembla ainsi toute une collection de haches à main d'époque acheuléenne digne d'un musée. Ces œuvres d'*Homo erectus* remontent à un million et demi d'années pour les plus anciennes et à deux cent cinquante mille ans pour les plus récentes. Il a également découvert dans les vignes un site du Paléolithique supérieur. Il n'est pas nécessaire d'être anthropologue ni même mystique pour sentir qu'il se passe quelque chose de très particulier dans cette vallée rocheuse.

Ce que ces vins présentent aussi de particulier, c'est la signature incontestable du lieu où ils ont été produits. « D'un millésime à l'autre, dit Anthony, on a l'impression de lire à chaque fois un nouveau livre d'un auteur qu'on aime. L'histoire est différente, mais le style est le même, c'est-à-dire l'âme et le caractère de la terre. » Assertion vérifiée lors d'une dégustation récente au restaurant Paris Commune de New York : Anthony, dans son costume sur mesure, versa cinq millésimes de son pinot noir. Chacun d'entre eux avait sa propre typicité, sur une gamme expressive allant de la puissance à l'élégance, du 2006 riche et tannique, tout en fruits noirs – et qui, bien qu'il me rappelât un gevrey-chambertin premier cru de vendanges bien mûres, aurait eu besoin d'une année ou deux de plus en bouteille –, au délicat et féminin 2008, qui imitait joliment un volnay village. Le 2009, quoique trop jeune pour être bu à deux ans d'âge, est sans doute le meilleur millésime du domaine à ce jour. Le 2007 est un magnifique pinot noir semi-corsé qui évoqua un chambolle-musigny aux fans de bourgognes présents à la dégustation. Et pourtant, comme je l'ai dit, ces vins avaient tous un air de famille incontestable. Les chardonnays aussi étaient superbes et bourrés de personnalité, beaucoup plus secs et minéraux que la plupart des autres chardonnays d'Afrique du Sud. Bien qu'en général les vignerons de ce pays semblent chercher leur inspiration dans les bombes fruitées d'Australie, Hamilton-Russell a le palais résolument français : le chardonnay 2010 me rappela, ainsi qu'à plusieurs sommeliers, un meursault. Et contrairement à beaucoup de vins du Nouveau Monde, ceux-ci sont dominés par des notes de terre (le pinot noir) et des notes minérales (le chardonnay) et non par des notes de fruits. « Nos vins sont beaucoup plus l'expression du sol et du lieu, dit Anthony, que du cépage et du vigneron. »

Il est sans doute un peu ironique que le domaine viticole sud-africain le plus mondialement acclamé soit connu pour faire des vins de style européen. « J'adore les bourgognes, les rouges comme les blancs », admet Anthony ; de même, les critiques comparent régulièrement ses vins à ceux de la Bourgogne.

Le dernier projet de Hamilton-Russell est pourtant de caractère pleinement sud-africain. En 1994, Anthony a acheté un domaine contigu au sien qu'il a baptisé Southern Right, en hommage aux baleines qui viennent goûter chaque année la fraîcheur de la Walker Bay[1]. Il y a exclusivement planté du sauvignon blanc et du pinotage, cépage noir emblématique de l'Afrique du Sud, hybride de pinot noir et de cinsault. Anthony est de ceux qui croient en son potentiel. « Je n'aimerais pas qu'on écrive sur ma tombe : "Il copiait très bien les bourgognes". Je tiens à apporter quelque chose de

1. La baleine franche australe (*Southern right whale*) vit dans les mers tempérées de l'hémisphère Sud. (N.d.T.)

nouveau au monde du vin. Et je crois vraiment que l'Afrique du Sud parviendra un jour à faire quelque chose de magnifique avec le pinotage. » Les premiers résultats, corsés et puissants, sont prometteurs. Un jour ou l'autre, un journaliste ou un auteur spécialisés dans les vins comparera le pinotage de Southern Right au cétacé qui lui a donné son nom. Ce n'est qu'une question de temps.

L'identité par l'assemblage : Paso Robles

Quand il partit s'installer au Nouveau Monde, Stephan Asseo n'avait jamais entendu parler de Paso Robles. Après avoir passé vingt ans dans l'Entre-deux-Mers, dans le Bordelais, il se sentait frustré par les restrictions imposées par l'Appellation d'origine contrôlée, mais aussi, dans une moindre mesure, par la météo. Sa quête de l'Éden viticole passa par l'Afrique du Sud, le Chili, Napa et Sonoma. « Et quand j'arrive à Santa Barbara… » raconte ce vigneron au teint fleuri et au physique d'éternel adolescent. Il s'interrompt quelques secondes pour rallumer son cigare avec un briquet-torche, puis reprend : « … tout le monde me parle de Paso Robles. » Je suppose qu'en réalité il en entendit parler par un traducteur car, à l'époque, il ne comprenait pas un mot d'anglais. Même maintenant, Asseo ne s'exprime qu'au présent de l'indicatif dans un langage d'une grande verdeur, surtout quand il manifeste son enthousiasme.

« Je fais un tour vers le nord, et tout de suite je tombe raide dingue », me raconte-t-il. En l'écoutant, je me tiens debout dans les vignes de son domaine L'Aventure, planté sur de douces collines ondoyantes. Les condors tournoient au-dessus de ma tête, les cailles filent à travers les vignes. Je n'ai aucun mal à comprendre son sentiment. « Putain, c'est beau ! » Ainsi évalue-t-il sa découverte. C'est clair, il adore cette terre qu'il a choisie ; il en a d'ailleurs pas mal sous les ongles.

Paso Robles est un des paysages les plus grandioses et les plus intacts que j'aie pu admirer au cours de ces quinze années d'écriture sur le vin. C'est surtout au printemps qu'il faut le voir, quand les collines escarpées sont encore verdoyantes des pluies d'hiver, constellées de lupins violets et de boutons-d'or. Justin Baldwin, fondateur de Justin Vineyards, arrivé vingt ans avant Asseo, affirme que cette atmosphère paisible de début du monde lui rappelle la Napa des années 50 et 60. Dans la poussière des pistes sinueuses, nous croisons des troupeaux à la pâture, des volées de dindons sauvages, et nous longeons des fermes mennonites ombragées par des bosquets de chênes verts. J'ai l'impression d'avoir pénétré par hasard dans un des derniers coins inexplorés de Californie. Les meilleurs vins y ont une beauté qui n'appartient qu'à eux.

Toute beauté mise à part, l'instinct géologique d'Asseo a été confirmé : des recherches ont révélé, dans la partie orientale de Paso Robles, un sol extrêmement complexe, riche en calcaire, proche de celui du Bordelais. Le climat, avec des écarts de température de 27 degrés Celsius entre la nuit et le jour, était proche de la perfection pour produire des raisins aux arômes complexes. La cluse de Templeton, étroite vallée creusée dans la haute chaîne côtière, canalise les vents frais et l'humidité de l'océan vers des zones qui sans cela resteraient à l'abri de la montagne.

Le zinfandel fut un des premiers cépages plantés dans cette zone, au début du XXe siècle. Ce furent ces vieilles vignes qui persuadèrent Larry Turley[1], de Turley Wine Cellars à Napa, d'établir un domaine à Paso Robles. D'autres spécialistes du zinfandel tels que Dusi, Eberle et Peachy Canyon firent de même. Dans les années 60 et 70, le Dr Stanley Hoffman y planta les premiers cabernets sauvignons, pinots noirs et chardonnays, encouragé et conseillé par le grand André Tchelistcheff[2], un des pionniers de la Napa Valley.

Dans les années 80, l'ex-banquier Justin Baldwin et sa femme Deborah plantèrent du cabernet sauvignon et du chardonnay sur des terres achetées à des fermiers mennonites, au pied d'une crête qui s'étend jusqu'au manoir de Hearst[3]. Justin fit la connaissance de Deborah en lui demandant un prêt immobilier. Elle le lui refusa, mais finit par accepter un rendez-vous. Justin, qui avait développé son goût pour le vin à Londres, s'occupa tout d'abord de son domaine par passion, faisant régulièrement la navette avec Los Angeles. Il finit par s'installer à Paso Robles en 1991 afin de gérer à plein temps cette propriété en plein développement. Elle est maintenant une des plus vastes de la région, produisant quarante mille caisses par an et comptant douze mille membres à son club d'abonnés, dont on voit toujours quelques-uns flâner dans le grand salon adjacent au chai à barriques de la nouvelle *winery*. Le cabernet sauvignon Isosceles de Justin Vineyards, qui collectionne les notes élevées depuis les années 90, est

1. Voir page 161, « Les rock stars du pinot noir », et page 289, « Le zinfandel ».

2. Voir page 213, « Mondavi par Mondavi ».

3. Ce manoir fut construit à San Simeon par le magnat de la presse Willliam Randolph Hearst. La construction se déroula entre 1919 et 1947. Le lieu et le personnage inspirèrent le film d'Orson Welles *Citizen Kane* (1941). (N.d.T.)

devenu un modèle pour la région. C'est un vin riche et concentré doté d'une extrême fraîcheur qui le différencie de grands cabernets cultes de la Napa Valley.

Un des événements marquants de l'histoire viticole de Paso Robles fut l'arrivée de la famille Perrin, propriétaires du château de Beaucastel à Châteauneuf-du-Pape, qui se trouve justement être mon côtes-du-rhône du Sud préféré. Après avoir parcouru le monde à la recherche d'un site doté d'un climat méditerranéen et de sols similaires à ceux de la propriété mère, les Perrin trouvèrent enfin une zone vallonnée à l'ouest de Paso Robles. En partenariat avec leur importateur américain Robert Haas, ils y plantèrent des vignes françaises qui produisirent en 1997 le premier millésime de leur Tablas Creek. Leur excellent Esprit de Beaucastel, en rouge et en blanc, s'inspire de l'assemblage de leur grand châteauneuf-du-pape – mourvèdre, grenache, syrah et counoise pour le rouge –, mais il paraît plus accessible et moins rustique, probablement à cause de la jeunesse des vins. Quelle qu'en soit la cause, ces vins parlent avec un accent californien incontestable, même s'il est impossible de les confondre avec des chardonnays ou des cabernets sauvignons. À peu près à l'époque de la première sortie du Tablas Creek, Justin Smith et Matt Trevisan, vignerons du domaine Linne Calodo, commençaient à faire de superbes vins de cépages rhodaniens, qu'ils assemblaient aussi avec du zinfandel de vieilles vignes.

Confronté au choix entre le modèle rhodanien et le modèle bordelais, Stephan Asseo, l'intrépide nouveau venu, choisit les deux. Il produit maintenant un assemblage de type châteauneuf-du-pape appelé Côte à Côte, qu'il appelle « ma pute de vin », probablement à cause de sa séduction extrêmement racoleuse, ainsi qu'un cabernet sauvignon sans fioriture qu'il qualifie avec franchise de « concession au marketing ». En effet, le cabernet sauvignon étant le cépage le plus courant en Californie, il se sent obligé d'en avoir un au catalogue, mais il est beaucoup plus fier de sa cuvée maison, son vin le plus iconoclaste : un assemblage de cabernet sauvignon, de syrah et de petit verdot qu'il considère comme la plus belle expression de son terroir et de sa philosophie. En dehors de l'Australie, le cabernet sauvignon et la syrah sont comme les corneilles et les hiboux : on les voit rarement ensemble. Pourtant, il existe un précédent historique confidentiel : au XVIIIe siècle, les millésimes les plus faibles de bordeaux étaient parfois illégalement renforcés avec du vin de syrah venu des côtes du Rhône septentrionales. Asseo, quant à lui, estime que cet assemblage est « du pur Paso » et considère ce vin comme sa cuvée signature. Les critiques semblent partager son avis. Robert Parker, par exemple, décrit le 2006 comme « un exploit enthousiasmant, la quasi-perfection ». D'autres *wineries* locales, dont Justin Vineyards (spécialistes du cabernet sauvignon), produisent aussi des assemblages cabernet-syrah.

Matt Trevisan, du domaine Linne Calodo, recueille tous les applaudissements avec ses assemblages insolites baptisés de noms bizarres tels que Problem Child, Cherry Red ou Nemesis. Son ex-partenaire Justin Smith, dont il s'est séparé, en récolte tout autant. Smith est devenu une star de la vinification à la *winery* Saxum, où il se spécialise en petites cuvées d'assemblages très riches en syrah et contribua pour beaucoup à booster l'image de Paso Robles lorsque son James Berry Vineyard Saxum 2007 fut nommé vin de l'année 2010 par *The Wine Spectator*. C'est un assemblage de grenache, de syrah et de mourvèdre issus d'une vigne qui porte le nom du père de Smith. Que ce soit à l'ouest de la ville, où le climat est plus sec, ou à l'est du côté de la rivière Salinas, l'assemblage est décidément tendance. Par contraste, dans la région de Santa Barbara un peu plus au sud, les vins monovariétaux tels que le pinot noir ou le chardonnay tiennent bon.

Cependant, Paso Robles ne se laisse pas aussi aisément cataloguer que le visiteur pourrait l'espérer. Napa est inextricablement associée au cabernet, tandis que le film *Sideways*[1] a rendu le nom des collines de Santa Ynez, à une heure de route vers le sud, pratiquement synonyme de pinot noir. Quand j'évoque la carence en pinot noir de Paso Robles, Asseo me parle de son ami et voisin Marc Goldberg, de Windward Vineyard, qui fait « un excellent pinot, très bourguignon, il faut que tu ailles le voir. Tiens, voilà son numéro. »

Quand je quitte enfin le domaine L'Aventure de Stephan Asseo, soulevant un nuage de poussière sur la route des Chênes-Verts avec ma Shelby d'emprunt, il est plus de 6 heures du soir et la salle de dégustation de Windward est déjà fermée. Pourtant je tente le coup, je frappe à la porte de la maison adjacente. Le tout petit bonhomme qui finit par ouvrir, bouc au menton, au milieu d'une meute de chiens aboyants présente tous les signes d'une sieste brutalement interrompue et n'a pas l'air content du tout, mais son visage s'éclaire dès que je lui dis que c'est Stephan qui m'envoie. Il m'emmène dans sa salle de dégustation. Marc Goldberg me sert un verre de son Windward Pinot Noir 2005, et devant mon enthousiasme, il ouvre même une bouteille de son Gold

1. Voir page 117, « Sec et charnu : le paradoxe du chardonnay des Santa Rita Hills », et page 39, « Ghetto boys ».

Barrel Select 2005, qui possède la délicate complexité et les accents terriens d'un nuits-saint-georges, malgré une finale un peu plus douce que celle d'un bourgogne classique – un trait que l'on retrouve dans la plupart des pinots noirs du Nouveau Monde.

Comme la plupart des meilleures *wineries* de cette région, Windward ne produit qu'une quantité limitée (deux mille caisses) et ses vins ne sont pas faciles à trouver hors de Californie. Cependant, beaucoup de domaines, dont L'Aventure, vendent leurs vins par liste d'abonnement. Le meilleur moyen, le plus agréable aussi, de vous renseigner sur ces vins de Paso Robles et de les acquérir est de vous rendre sur place. Si vous décidez d'y aller, n'oubliez pas le cigare pour Stephan.

Les rouges néo-zélandais de Craggy Range

C'est pour ses sauvignons blancs que la Nouvelle-Zélande est encore le mieux connue, mais je prédis que, dans un avenir proche, les rouges néo-zélandais feront de plus en plus parler d'eux. Les pinots noirs, en particulier ceux de la région d'Otago, dans l'extrême Sud, commencent à attirer l'attention au plan international. Et s'il faut en croire Steve Smith, les syrahs et les merlots de Nouvelle-Zélande ne vont pas tarder non plus.

Pour ceux qui ont manqué les deux premiers chapitres de l'histoire du vin chez les Kiwis[1], voici un bref résumé : en 1985, l'Australien David Hohnen s'envole pour la Nouvelle-Zélande, convaincu que le climat tempéré de l'île du Sud se prête à la production d'excellents sauvignons blancs. En fait, Montana, grosse entreprise viticole installée sur l'île du Nord, a déjà planté du sauvignon dans la région de Marlborough[2] et les résultats ont été prometteurs. S'étant assuré les services du vigneron Kevin Judd, Hohnen

1. Surnom donné aux Néo-Zélandais dans le monde anglophone. (N.d.T.)

2. À l'extrême nord de l'île du Sud, juste en face de Wellington en traversant le détroit de Cook.

acquiert de la terre à Marlborough tout en réalisant déjà son premier millésime de sauvignon de la Cloudy Bay à partir de vendange achetée. Ce vin fait vite sensation et gagne concours sur concours en Australie et au Royaume-Uni. En dix ans à peine, Cloudy Bay a déjà suscité une forte émulation et contribué à l'apparition d'un nouveau style de vin. Sans qu'on sache trop pourquoi, le sauvignon blanc produit sous le climat frais et ensoleillé de Marlborough ne ressemble à aucun autre vin, et certainement pas aux sauvignons secs et végétaux que sont les sancerres et les pouilly-fumés. Ce sont d'exubérants cocktails fruités qui vous évoquent le pamplemousse, le citron vert, la mangue et tout ce qu'on peut trouver sur le chapeau de Carmen Miranda. Le succès du sauvignon blanc a ouvert la voie au chardonnay, qui compte maintenant dans cette région deux fois plus de surface plantée que le sauvignon.

Le domaine de Craggy Range, fondé en 1997 par Terry Peabody – encore un de ces Australiens aux poches bien garnies –, s'est installé dans un paysage d'une beauté étourdissante, au sud de l'île du Nord, et a fait ses premières gammes avec un sauvignon blanc parcellaire. Cela fait des années que son Te Muna Road Vineyard est mon sauvignon blanc préféré. Pourtant le domaine mise de plus en plus sur les rouges pour assurer son avenir. Bien qu'installée au bord de la Hawkes Bay, l'équipe de Craggy Range a passé les deux îles au peigne fin à la recherche de sites viticoles adaptés à des cépages que l'on n'associe pas volontiers à la Nouvelle-Zélande – par exemple syrah, cabernet franc et merlot.

Steve Smith, maître de chai et membre fondateur de l'entreprise, était à New York récemment. Il y a ébranlé mes perceptions au cours d'une dégustation à l'aveugle au restaurant Jean-Georges, vaisseau amiral de l'empire international du chef Jean-Georges Vongerichten[1]. Je connais ce géant sympathique de Smith depuis des années ; à lui tout seul, il avait déjà réussi à me convaincre que la Nouvelle-Zélande était capable de produire de très beaux vins rouges. Mais ce soir-là se produisit un déclic : Smith associa ses propres vins aux meilleures bouteilles de vin rouge d'Amérique, d'Australie et de France. Or, alors que je me montrai parfaitement capable d'identifier les vins américains et australiens en tant que vins du Nouveau Monde et les vins français comme de l'Ancien Monde, il m'arriva de confondre les vins de Craggy Range avec leurs homologues français. C'est cela qui m'étonna le plus. Et c'était peut-être là le but de la dégustation : Smith, en tout cas, avait l'air ravi de ma méprise.

Nous nous étions échauffés avec le sauvignon blanc Te Muna Road Vineyard 2009 – comme d'habitude plus retenu et plus nuancé que les sauvignons blancs typiques de la région de Marlborough, qui dans les cas extrêmes peuvent évoquer le goût d'un jus de pamplemousse filtré à travers une couche de gazon fraîchement coupé –, puis nous étions passés à une série de pinots noirs. Je le rappelle, nous dégustions à l'aveugle, et je n'arrivais pas à déterminer si le pinot noir Te Muna 2008 de Craggy Range était « Nouveau Monde » ou « Ancien Monde », mais en tout cas il

1. Jean-Georges Vongerichten, chef d'origine alsacienne, possède à l'heure actuelle vingt et un restaurants dans le monde et une quinzaine de restaurants franchisés, gérés avec des partenaires. Son empire est présent partout aux États-Unis, ainsi qu'à Paris, à Shanghai, à Mexico, au Canada, et de façon peu surprenante au Qatar. (N.d.T.)

me plut énormément, bien davantage que ce qui se révéla plus tard être un gevrey-chambertin lavaux-saint-jacques 2006 d'Armand Rousseau, un vin sec, austère et – à 170 dollars – cher. Je veux bien admettre que le bourgogne a besoin de temps pour se développer, et je n'oublie pas que Rousseau est un grand domaine, et c'est pourquoi je réserve encore mon jugement. Mais si j'avais connu l'identité de ces vins avant la dégustation, j'aurais su que ce que je croyais être le Rousseau était en fait le pinot noir Isabelle 2005 du domaine Au Bon Climat. Étant donné que Jim Clendenen[1], propriétaire du Bon Climat, aime vendanger un peu plus tôt que ses camarades viticulteurs californiens précisément pour donner à ses vins une touche bourguignonne, la ressemblance n'était peut-être pas si surprenante. Cela dit, la tête de cuvée de Craggy Range, l'Aroha 2006, était encore trop jeune et fermée, mais contrairement au Rousseau, elle promettait des tonnes de fruit une fois ouverte. Je l'identifiai bien comme un vin kiwi, mais je n'en fus pas moins surpris de sa richesse en structure, en acidité et même en tannins. Ce n'était certes pas un petit vin de pute qu'on boit en pensant à autre chose.

Smith est fermement convaincu que certains terroirs de Nouvelle-Zélande sont parfaitement adaptés aux cépages bordelais, qui le fascinent depuis sa traversée de la région girondine en sac à dos en 1991. Sa dégustation à la barrique d'un château-latour 1990 fut en quelque sorte son chemin de Damas. Après la première série de bouteilles, il nous fit comparer – toujours à l'aveugle – sa cuvée

1. Voir page 83, « Paradis froid, vigneronne ardente », et page 117, « Sec et charnu : le paradoxe des chardonnays des Santa Rita Hills ».

Sophia 2007, assemblage de merlot et de cabernet franc produit sur la rive droite du fleuve Ngaruroro, avec le vieux-château-certan 2007, produit (quelle coïncidence !) sur la rive droite de la Gironde, et le Three Palms Merlot 2006 du domaine Duckhorn. De façon peu surprenante, ce dernier vin, un des meilleurs merlots de Californie, était le plus ouvert et le plus opulent des trois, composé de 100 pour cent merlot et âgé d'un an de plus que les deux autres. Le merlot est en général moins tannique et plus primesautier dans sa jeunesse que le cabernet sauvignon. Ce Sophia était beaucoup plus retenu, mais encore très puissant et accessible ; je ne parvenais pas à décider s'il appartenait au style du Nouveau Monde ou de l'Ancien Monde, tandis que le vieux-château-certan, encore plus dense et serré que la matière d'une balle de golf, appartenait sans hésiter à l'Ancien Monde.

La troisième et dernière série de cette dégustation, composée de syrahs/shiraz[1], me posa une véritable colle. Tous les vins étaient splendides, mais cette fois il était difficile de départager le Nouveau Monde de l'Ancien, entre autres raisons parce que la bouteille choisie pour représenter les côtes du Rhône, un hermitage 2007 de Chave, présentait un style particulièrement direct, étant issu d'une année chaude. Chave est généralement reconnu comme le plus grand vigneron pour les hermitages, même si ses vins ne se révèlent généralement qu'au bout d'une décennie. Le RunRig 2006 de Torbreck, lui, est un classique parmi les vins du Nouveau Monde, beaucoup plus équilibré et plus raffiné que les gigantesques bombes à fruit habituelles.

1. Le premier nom correspond à la dénomination française et le second à la dénomination australienne, mais il s'agit du même cépage. (N. de l'A.)

C'est un des plus grands shiraz d'Australie, qui inspire le respect même à certains snobs du vin qui, de manière générale, dénigrent les shiraz de la Barossa Valley. Et quand j'aurai dit que la syrah Le Sol 2007 de Craggy Range se sentait tout à fait chez elle en cette assemblée, vous comprendrez pourquoi il fut difficile de choisir un gagnant.

S'il s'était agi de choisir le meilleur rapport qualité-prix, la chose aurait été plus facile. Le Chave et le Torbreck sont tous deux dans la gamme des 200 dollars, tandis que le Craggy Range est plutôt dans les 70 dollars. Cela n'empêchera sans doute pas Steve Smith d'avoir du mal à vendre 70 dollars une syrah de Nouvelle-Zélande sur le marché américain. D'une part les viticulteurs californiens n'ont pas réussi à enthousiasmer le public pour ce cépage, et d'autre part le marché de ces bazookas à fruit que sont les shiraz de la Barossa Valley, si populaires il y a seulement dix ans, s'est sérieusement effondré. Mais moi, j'aime bien les gens qui se battent contre des moulins à vent, et j'aime aussi les syrahs un peu réservées et aromatiques comme la cuvée Le Sol de Smith. Les dégustations à l'aveugle, Smith le sait bien, sont immensément révélatrices, et celle-ci en particulier m'a suggéré que l'histoire viticole de la Nouvelle-Zélande pourrait bien être en train d'écrire son troisième chapitre. Si vous avez raté le premier, ou plutôt le deuxième, essayez le sauvignon blanc Te Muna Road Vineyard, encore en dessous des 20 dollars un peu partout : c'est une affaire en or.

Olympiade espagnole

Les amateurs de vins nord-américains ont en mémoire le fameux jugement de Paris[1], cette dégustation à l'aveugle de 1976 où plusieurs vins de la Napa Valley avaient surpassé les meilleurs bordeaux et bourgognes. L'establishment du vin français, y compris les dégustateurs eux-mêmes, n'avait pas trouvé ça drôle du tout. Les crachoirs n'étaient pas encore secs que tout le monde se confondait en hypothèses afin de minimiser les résultats. On imagine donc la fureur des patriotes œnophiles français lorsque, trois ans plus tard, un vin espagnol coiffa au poteau château-latour 1970 et quelques autres grands bordeaux lors d'une autre dégustation à l'aveugle, organisée par le guide *Gault & Millau* sous le nom d'Olympiade du vin. C'était un Gran Coronas 1970 de Torres, issu de vignes de cabernet sauvignon de quatre ans d'âge plantées à Penedès, jolie région vallonnée à une heure de route à l'ouest de Barcelone.

À l'époque de cette Olympiade, l'Espagne était surtout connue pour ses jerez et maintes piquettes rustiques que Sancho Pança et les disciples expatriés d'Ernest

1. Voir page 177, « Un Toscan dans la maison », note 1, et page 213, « Mondavi par Mondavi ».

Hemingway buvaient à la régalade, tenant des gourdes en cuir à bout de bras. On connaissait d'ailleurs mieux la maison Torres pour un vin industriel reconnaissable au taureau en plastique accroché au col de la bouteille. Très peu de connaisseurs avertis étaient au courant de l'existence d'un domaine appelé Vega-Sicilia, dans la Ribera del Duero, produisant de puissants rouges de garde ; et la Rioja, bien sûr, faisait de bons vins, mais le niveau général d'ambition et d'expertise technique restait peu convaincant. Trente ans plus tard, l'Espagne est devenue la nouvelle Italie (Italie qui était encore récemment la nouvelle France, si vous voyez ce que je veux dire). Il ne se passe pas une semaine sans qu'un nouveau vin de petit producteur nous arrive à grands fracas d'une région encore obscure de l'Espagne. Mais Torres reste le domaine le plus novateur, le plus emblématique de l'histoire récente de l'Espagne.

Miguel Torres, homme courtois aux yeux bleus et au parler doux, s'habille en tweed dans le style gentleman-farmer qu'affectionnent aussi les propriétaires de châteaux bordelais. À soixante-huit ans, il paraît avoir conservé toute sa curiosité juvénile. Récemment, il s'est mis à apprendre le japonais et se débrouille plutôt bien dans ses échanges avec son importateur nippon, dont la visite annuelle à l'immense complexe viticole de Penedès coïncide avec la mienne. Il conduit une Toyota Prius, hommage à sa modestie personnelle autant qu'à sa passion pour l'écologie. Il a cessé d'employer des pesticides chimiques dès les années 90 et s'est engagé à réduire de 30 pour cent ses émissions de CO_2 d'ici à 2020. Il a aussi acheté des terrains sur les contreforts des Pyrénées, au climat plus frais, au cas où le réchauffement climatique rendrait un jour les vignobles en plaine de Penedès trop chauds pour la viticulture.

La famille Torres est dans le vin depuis des siècles, mais l'entreprise sous sa forme actuelle date de 1870, époque à laquelle Jaime Torres revint dans son pays d'origine après avoir fait fortune à Cuba. Miguel A. Torres (secondé par ses deux fils et sa fille) hérita le domaine de son père, Miguel Torres Carbó, figure autocratique qui, tout en s'opposant à toutes les innovations proposées par son fils, parvint aussi à sauver l'affaire familiale des désastres de la guerre civile espagnole. Dans le chaos qui précéda la guerre, Torres Carbó fut forcé d'abandonner le domaine. « Les anarchistes avaient pris le pouvoir en Catalogne », m'explique son fils au cours du déjeuner, « tuant beaucoup de propriétaires d'usine et de vignes. Alors mon père s'installa comme pharmacien-chimiste à Barcelone et se mit à produire des vaccins pour les républicains. Le domaine viticole fut confisqué et l'affaire confiée aux employés en autogestion. » Malgré cette toxique atmosphère de conflit social, les employés faisaient régulièrement appel à leur patron en exil pour lui demander conseil. En janvier 1939, les bâtiments viticoles furent bombardés et largement détruits par l'aviation franquiste. « À la fin de la guerre, dit Torres, mon père fut arrêté et envoyé en camp de concentration. Heureusement, un de ses cousins était colonel dans l'armée de Franco ; il parvint à le faire libérer au bout de quelques semaines. » On ne s'étonnera pas que Torres Carbó ait immédiatement décidé de fuir l'Espagne. Il se rendit d'abord à Cuba, où fut conçu Miguel fils.

Lorsque éclata la nouvelle de l'invasion de la France par les Allemands, Torres Carbó se trouvait à New York. Sans perdre une minute, il se mit à démarcher les importateurs de vin américains rendus anxieux par l'actualité et promit de leur fournir des « chablis » d'Espagne ainsi que des « bourgognes » tout aussi espagnols pour combler la demande de vins français. Torres Carbó retourna vite en Espagne pour développer cette nouvelle activité de négoce, achetant les vendanges de viticulteurs locaux et expédiant des cargaisons de faux vins français aux États-Unis. Miguel fils, qui grandit à Barcelone, eut un jour envie d'en savoir davantage sur l'original. Après avoir étudié l'œnologie à Dijon, il revint en Espagne bien décidé à faire des vins de qualité dans son pays. Sur une petite parcelle du domaine familial, il se livra à des expériences sur des cépages français tout en continuant d'acheter les vendanges de producteurs locaux et d'assembler les vins qu'il en obtenait. Et puis, en 1965, un vignoble de 27 hectares d'une qualité exceptionnelle, Mas La Plana, fut mis en vente. Miguel réussit à convaincre son père de l'acheter. « J'étais persuadé que nous devions y planter du cabernet sauvignon », explique-t-il. Pas plus de cinq années plus tard, les jeunes vignes produisaient ce vin qui devait se distinguer entre tous à la dégustation *Gault & Millau*.

Peu après la mort de Franco en 1975, Miguel père envoya son fils s'installer au Nouveau Monde. « Il y avait des grèves dans toute l'Espagne et mon père n'avait pas oublié la guerre. Il me dit : "Je ne veux pas avoir à revivre ça." » Torres le Jeune, après avoir fait son tour de Californie, décida pour finir que la vallée Centrale du Chili était un paradis pour la vigne, conclusion maintes fois validée par la suite mais tout sauf évidente à l'époque. Au Chili comme en Espagne, les Torres furent les premiers à introduire de nouvelles technologies telles que les cuves de fermentation thermorégulées en acier inoxydable, alors que les autochtones foulaient encore le raisin aux pieds. En 1984, donc plusieurs années avant que la Napa Valley devînt célèbre pour ses pinots noirs et ses chardonnays, la famille acquit des terres dans la Russian River Valley, sans cesser pour autant d'en acheter en Espagne dans des régions émergentes telles que Toro, Jumilla et le Priorat.

Dans le monde des grands vins, évidemment, ce n'est pas le volume qui fait la qualité. La plupart des geeks du vin diraient même que c'est au contraire la qualité qui fait la grandeur du vin. Et comme des fans de rock adolescents qui laissent tomber leur groupe favori au premier signe de succès populaire, les connaisseurs et les critiques – moi inclus – ont tendance à rechercher les bouteilles les plus récentes et les plus rares de petits producteurs moins connus. J'ai sursauté par pur réflexe quand Miguel m'a donné les chiffres de production : 44 millions de bouteilles par an, 200 millions d'euros de ventes. Mais contrairement à son ami Robert Mondavi, qui commença par la production de vins de qualité avant de descendre progressivement en gamme – ce qui pour beaucoup compromit la valeur de la marque –, Torres a suivi la direction opposée, s'appuyant sur le succès de ses vins produits en masse pour financer quelques cuvées parcellaires de luxe. En 1984, il entreprit de remettre au goût du jour d'anciens cépages espagnols qu'il planta dans un superbe vignoble clos de murs, Grans Muralles. Le vin qu'il en a obtenu compte parmi les plus intéressants qu'ait produits l'Espagne de mémoire récente. Dix ans plus tard, l'achat de 102 hectares dans le Priorat contribua à confirmer la bonne réputation de cette région, et de fait les premiers millésimes sont excellents : le Perpetual 2007, assemblage de carignan de vieilles vignes et de grenache, est un cru d'une grande sensualité. La cuvée Mas La Plana, issue du vignoble même qui produisit le lauréat de l'Olympiade 1976, est devenue une référence du cabernet sauvignon espagnol. D'ailleurs, si vous pouviez glisser subrepticement le grand cabernet chilien de Torres, Manso de Velasco, dans une dégustation à l'aveugle de cabernets sauvignons cultes de la Napa Valley, je crois qu'il risquerait de briser quelques espérances et de tuer quelques géants, exactement comme le fit leur premier cabernet au temps où le punk-rock essayait de tuer le disco.

Le lieu, le lieu, le lieu !

Ex-aequo avec un certain petit carré de vigne à Montmartre, en plein Paris, Moraga Bel Air mérite sans doute le titre de vignoble le plus improbablement situé du monde. « Une vigne ne connaît pas son adresse », observe Tom Jones, ex-P-DG de Northop Aviation et actuel propriétaire de Moraga. Tant mieux, parce que les vignes sont des plantes qui ont besoin d'être fermement disciplinées, et si les pieds de cabernet sauvignon et de sauvignon blanc de Jones savaient où ils habitent, on ne pourrait plus rien en faire : ils prendraient des agents. Je m'en veux presque de faire allusion au lieu où sont plantées ces vignes, car elles parlent d'elles-mêmes – dans un langage très raffiné – et leur production se compare avec les meilleurs bordeaux. Mais il n'en demeure pas moins que, de ces vignes, on voit le Getty Museum, et que la valeur des terrains où elles croissent est la plus élevée de Los Angeles ; et l'on sait combien l'immobilier est cher dans cette ville.

« On m'a assez rebattu les oreilles de ces histoires de vigne à Hollywood », dit Jones, élégant nonagénaire qui a beaucoup plus envie de parler de son terroir que de son code postal. Les vins de Moraga ont un style subtil et complexe qui rappelle les vins de l'Ancien Monde. Lui-même est un homme tranquille, aux manières aristocratiques, et on le sent très attaché à sa terre. « Ma femme et moi, nous sommes nés en Californie et nous y avons grandi », dit-il, debout au pied de son vignoble en pente raide. Autour de nous, des poules picorent le sol. On a du mal à imaginer que Rodeo Drive n'est qu'à un quart d'heure de voiture. S'il n'y avait pas le court de tennis construit en porte à faux sur la colline d'une propriété voisine, ou le Getty Museum visible de l'autre côté de la gorge, on pourrait se croire dans une Californie plus ancienne, moins urbanisée.

« Je suis né et j'ai été élevé à Pomona, et en ce temps-là il n'y avait que des champs – et de la vigne, dit Jones. Nous avons acheté cette propriété parce que c'était un morceau de cette Californie d'autrefois qui disparaissait peu à peu sous mes yeux. » À l'origine, le domaine était un ranch équestre qui appartenait à Victor Fleming, réalisateur d'*Autant en emporte le vent* et du *Magicien d'Oz*. Howard Hawks, réalisateur dur à cuire, habitait juste à côté. « Dans ces canyons, il y avait autrefois beaucoup de ranchs équestres. Quand nous avons acheté le domaine, il y avait du chaparral[1] et des chênes à profusion. »

Jones et son épouse sont francophiles de longue date. En tant que dirigeant de Northrop, Jones allait régulièrement assister au Salon aéronautique du Bourget, profitant de ces occasions pour aller visiter les grands vignobles de France. À Château Margaux, il déjeuna avec le fameux œnologue français Émile Peynaud. « Nous avons remarqué une grande similitude entre nos sols et ceux du Bordelais, dit-il. Nous aussi, nous avons des sous-sols calcaro-gréseux qui correspondent à l'ancien

1. Végétation de maquis typique des régions arides du sud-ouest des États-Unis. (N.d.T.)

fond marin. Le bassin de Los Angeles fut recouvert d'eau pendant des millions d'années. » Jones extrait du sol un petit escargot fossilisé pour illustrer son propos. Des recherches ont également révélé que ce canyon possède un microclimat unique, très favorable à la vigne, avec un niveau de précipitations supérieur de 27 centimètres à celui du centre-ville aride de Los Angeles et des températures nocturnes plus fraîches que celles de la moyenne de la région urbaine.

Alors que la plupart des terres bordelaises sont relativement plates, la pente escarpée de Moraga Canyon rappelle celles des meilleurs vignobles de la Côte Rôtie ou de Chianti. C'est en 1979 que Jones succomba à la tentation d'y planter de la vigne. Il finit par découvrir que les graves situées dans les zones inférieures du canyon étaient plus propices au sauvignon blanc qu'au cabernet sauvignon. Lors des premiers millésimes, la vendange fut expédiée en camion à Carneros et vinifiée par Tony Soter, génie responsable de la *winery* Etude (depuis, il a été remplacé par Scott Rich). Dès l'origine, Jones était déterminé à produire un vin de classe internationale. « Nous savions que nous ne serions pas compétitifs sur les prix, dit-il, donc il nous fallait être compétitifs sur la qualité. Mais beaucoup des très grands vins de ce monde sont produits en petite quantité. Regardez la Romanée-Conti : 1 hectare et 63 ares. »

Ses premiers millésimes furent loués par Jancis Robinson et Robert Parker ; dès lors, Moraga devint un des premiers vins de Californie à figurer à la carte du restaurant d'Alain Ducasse à Paris. Stéphane Colling, qui fut sommelier chez Ducasse, considère Moraga comme son domaine californien préféré. « Ces vins ont beaucoup plus de profondeur et de caractère que la plupart des crus californiens, dit-il. Je trouve le blanc d'une fraîcheur incroyable et le rouge me paraît un bon compromis entre château-latour et château-margaux. » Et ce sont aussi des vins qui vieillissent bien, comme des bordeaux : les plus anciens que j'ai goûtés, des millésimes du début des années 90, sont d'une merveilleuse complexité.

Si exigeant que soit Jones sur la qualité de ses vins, il se montre étonnamment timide pour les promouvoir. C'est parce qu'il vend toute sa production (environ sept cents caisses du rouge et un peu moins du blanc) à une liste d'abonnés fidèles et à quelques restaurants triés sur le volet. « Nous tenons à notre discrétion », dit Jones. En 2006, quand je lui rendis visite en compagnie de Colling, Jones fut déconcerté d'apprendre que j'étais journaliste, et il fit de son mieux pour me décourager d'écrire sur le domaine. Mais après avoir vu la propriété et dégusté le 2003 rouge ainsi que le 2005 blanc, je ne pus m'empêcher de partager ce secret. Le rouge me rappela, par certains aspects, un margaux, et le second un bon graves blanc. Mais au fond, comme pour tous les grands vins, c'est le caractère unique de ce lieu appelé Moraga, la voix de la terre – si étonnant que cela paraisse –, qui rend l'histoire si fascinante.

Talbott, dandy chevaleresque

On sent bien que Robb Talbott a toujours été un électron libre, ou peut-être devrais-je le qualifier d'excentrique, le terme convient mieux. Quand il partit faire ses études supérieures au Colorado College, il avait déjà perdu presque tous ses cheveux. Ses ascots et ses vestons sport durent le distinguer encore davantage des autres étudiants. Le fait que son père eût été major dans l'armée de l'air ne l'empêcha pas de devenir objecteur de conscience. Quand il fut acquitté au terme de son procès en appel devant la Cour fédérale, il n'échappa à la prison que de deux semaines. De même, sa conviction qu'on pouvait produire de très grands vins dans la région de Monterey dut paraître assez chimérique en 1982, quand il planta des pieds de vigne de chardonnay provenant de Corton-Charlemagne sur la pente raide de la colline où il avait établi domicile, dans une cabane en bois de sa propre conception. À présent, les chardonnays de Talbott comptent parmi les *success stories* les plus emblématiques de la Californie.

Robb n'avait que deux ans lorsque ses parents s'installèrent à Carmel pour y fonder une entreprise de cravates de luxe. Sa mère coupait et cousait les cravates pendant que son père parcourait la Californie en long et en large pour les vendre dans sa camionnette. Quand ils se rendaient en Europe pour y acheter des soieries, le jeune Robb les accompagnait. Souvent, ces voyages étaient pour la famille l'occasion de visiter les vignobles de France et d'Italie. Il se souvient avoir goûté son premier bourgogne à douze ans. Le comté de Monterey, à l'époque, était célèbre pour ses cultures maraîchères dans la plaine fertile de Salinas Valley. Des vignes avaient bien été plantées dans les années 70, mais leurs raisins étaient invariablement vendus à de gros producteurs d'autres régions.

En 1982, quand la famille Talbott créa le domaine viticole qui porte son nom, elle était animée d'ambitions supérieures : il ne s'agissait pas moins que de faire des vins comparables à ceux qu'ils avaient adorés en Bourgogne. En 1985, en attendant que leurs raisins du Diamond T Ranch fussent mûrs, ils achetèrent de la vendange au domaine voisin de Sleepy Hollow, dont les vignes avaient été plantées en 1971 par un groupe d'investisseurs cherchant à profiter du boom viticole. Sleepy Hollow se trouvait dans les Santa Lucia Highlands, sur des terrasses escarpées surplombant la vallée. Les terrains en élévation étaient beaucoup moins chers que ceux du val, mais on se rendit vite compte que les raisins produits sur ces hauteurs étaient de bien meilleure qualité que ceux des voisins établis plus bas. Ce qui, soit dit en passant, ne surprenait aucunement des gens comme les Talbott, familiarisés avec la viticulture européenne.

Durant les années suivantes, les chardonnays vinifiés par Sam Balderas pour la marque Talbott ont acquis un renom bien mérité grâce à leurs notes intenses de fruits tropicaux associées à une minéralité toute bourguignonne. Je me souviens avoir pris une grande claque en dégustant mon premier verre de Talbott, à la fin des années 80, et les autres critiques partageaient mon avis.

D'autres vignerons achetaient et vinifiaient la vendange de Sleepy Hollow, mais Talbott les dépassait tous. C'est sans doute pour cette raison que des investisseurs, au moment de se séparer de leurs 182 hectares de vignes en 1994, donnèrent la primeur à Robb. « Je n'avais que quarante-huit heures pour me décider, dit-il. Il y avait un autre acheteur potentiel, quelqu'un d'important. » Quelque dix ans plus tard, debout au pied de son vignoble, élevant le regard vers ses rangées de vigne qui montent à l'assaut de la chaîne montagneuse de Santa Lucia, Talbott se rappelle très clairement le mélange d'exaltation et de terreur qu'il ressentit au moment de cet achat.

Talbott donne l'impression d'être un homme qui se plaît aux contradictions. Sa barbe épaisse et bien taillée contraste fortement avec son crâne luisant ; sa carrure solide dément ses manières raffinées. Il est une sorte de dandy chevaleresque, un esthète à moto. Et il est difficile de résister à la tentation de comparer les vins à leur auteur : je suis obligé de remarquer que les siens allient puissance et délicatesse dans un ensemble d'une unité surprenante. Peut-être faut-il attribuer ce caractère à la vigne elle-même, à son sol de limon graveleux, à son exposition sud-est qui l'inonde de soleil matinal tout en luttant avec l'influence rafraîchissante de la baie de Monterey à l'ouest. De toute façon, personne ne sait au juste.

Le chardonnay Sleepy Hollow de Talbott est sans aucun doute la cuvée signature du domaine, mais il m'arrive de lui préférer la cuvée Diamond T Ranch, issue de la vigne en coteau que Robb planta de ses mains en 1982. Pas plus de 9 hectares sur une pente extrêmement raide, produisant un peu moins d'une tonne de raisins chaque année, mais leur jus précieux donne un vin de chardonnay d'une belle intensité.

L'empire Talbott inclut plusieurs marques secondaires, dont Logan, à laquelle Robb a donné le nom de son fils. Logan produit des chardonnays et des pinots noirs du domaine Sleepy Hollow. Ce chardonnay-là est plus direct, plus facile que le Sleepy Hollow de Talbott, et le pinot est souvent très bon marché pour un vin de cette qualité, sans toutefois avoir la puissance du pinot noir de la petite cuvée Diamond T, ni même de certains pinots noirs cultes de la région voisine des Santa Lucia Highlands, par exemple ceux de Pisoni Vineyards. La marque grand public Kali Hart porte, elle, le nom de la fille de Talbott et ses vins sont à base de chardonnay et de pinot noir des River Road Vineyards, domaine contigu à Sleepy Hollow. Vous êtes peut-être étourdis par cette avalanche de noms, mais les étiquettes de tous ces vins ont le même design épuré, la même typographie, et portent le même blason.

Voici quelques domaines des Santa Lucia Highlands dont les bouteilles valent le détour : Mer Soleil, le domaine de chardonnays appartenant à Chuck Wagner, propriétaire de Caymus Vineyards à Napa ; pour de bons pinots noirs corsés de Santa Lucia, retenez ces noms : Morgan, Pisoni et Roar. Au début des années 80, personne ne croyait que de tels vins pouvaient provenir d'une région mieux connue pour ses brocolis et ses salades, à l'exception peut-être de ceux de la famille Talbott.

Ridge, mieux vaut tard que jamais

Monte Bello est le cabernet sauvignon californien que j'admire par-dessus tous les autres.

Jancis Robinson

Je me creuse la tête depuis un bon moment : pourquoi donc ai-je mis tant de temps à écrire sur le domaine Ridge, pionnier du zinfandel et célèbre pour son Monte Bello, largement reconnu comme un des plus grands cabernets sauvignons du monde ? Honnêtement, je pense que c'est parce qu'il y a dix ou quinze ans, j'avais des goûts plus flashy. Comme tout le monde. Ce qui m'impressionnait, c'étaient les énormes bombes de fruit qui explosaient littéralement en bouche, tous ces vins cultes hyperconcentrés qui firent leur apparition dans les années 90, à peu près en même temps que Nirvana et Pearl Jam. Déjà à cette époque, les zinfandels de Ridge étaient plus subtils que leurs nouvelles versions hypertrophiées et hyperboostées, et le Monte Bello n'était pas un vin de gratification immédiate : il lui fallait des années et même des décennies pour se déployer dans toute sa dimension géniale.

S'il est vrai que l'histoire de Ridge n'est pas neuve,

elle vaut la peine qu'on y revienne de temps à autre. En 2006, pour célébrer le trentième anniversaire de ce fameux jugement de Paris[1] où l'on vit des vins californiens l'emporter à l'aveugle sur les meilleurs crus français, la dégustation fut reconstituée : les juges, choisis sur les deux continents, élurent le Monte Bello 1971 de Ridge dans la catégorie des rouges. (En 1976, ce même vin était arrivé en sixième position.) Dans le cadre du même événement fut organisé un concours de millésimes récents où le Monte Bello 2000 arriva premier. Peu après, Paul Draper, maître de chai vétéran et génie tutélaire de Ridge, fêtait ses soixante-dix ans et recevait, en catégorie vin, le prix 2007 du concours de la fondation James Beard.

Pour trouver le domaine Ridge, il faut sortir de San Francisco vers le sud en direction de San Jose, longer la vaste agglomération de la Silicon Valley, puis prendre à droite vers l'océan. Passé Cupertino, toute trace de civilisation semble avoir disparu quand vous tournez de nouveau à droite sur Monte Bello Road pour emprunter une suite vertigineuse de lacets serrés qui vous fait gravir 600 mètres d'altitude en moins de 7 kilomètres. Vous vous sentez décidément loin de Napa et de Sonoma. Avant d'atteindre les premières vignes de Monte Bello, vous vous demandez quel genre de cinglé, ou de visionnaire, a pu avoir l'idée de planter des vignes tout là-haut il y a plus d'un siècle. En fait, il n'y a pas eu un cinglé, il y en a eu plusieurs, mais le domaine Monte Bello proprement dit fut créé et planté dans les années 1880 par un certain Oseo Perrone, un médecin de San Francisco. C'est sans doute un des

1. Voir page 178, « Un Toscan dans la maison », note 1, et page 213, « Mondavi par Mondavi ».

vignobles les plus spectaculaires de la planète, avec ses vignes qui semblent dégringoler d'une crête gréseuse boisée au bord même de la faille de San Andreas, très haut au-dessus du Pacifique et de la ligne de brouillard[1].

En 1959, quatre scientifiques de Stanford achetèrent la propriété pour en faire leur thébaïde. Ils firent du vin pour leur consommation personnelle à partir des vignes subsistantes. En 1969, sept ans après qu'ils eurent commencé à commercialiser ces vins, ils ressentirent le besoin d'employer un vigneron à plein temps et se tournèrent vers Paul Draper, alors âgé de trente-cinq ans. Draper était un diplômé de Stanford qui avait déjà fait du vin au Chili pendant son service dans les Peace Corps. (Ne me demandez pas de détails.) Né dans une ferme de l'Illinois, Draper était un enfant de la campagne, mais il avait tout de l'épicurien polyglotte quand il arriva à Ridge. Il avait fait ses études secondaires en pension à Choate, dans le Connecticut, avant d'aller étudier la philosophie à Stanford. Une fois son diplôme en poche, il s'était engagé dans l'armée et avait eu la chance d'être envoyé en Italie, passant toutes ses permissions à sillonner la campagne à moto et s'intéressant de plus en plus à la cuisine et aux vins. Démobilisé, il se rendit à Paris et suivit des cours à la Sorbonne. Comme vous pouvez le constater, ce n'est pas exactement un CV de vigneron standard. On se demande d'ailleurs pourquoi les fondateurs de Ridge l'ont choisi, mais la suite des événements a bien

1. Cette précision de l'auteur prend tout son sens quand on sait que du haut des collines de Santa Cruz, où se trouve le domaine Monte Bello, il est fréquent de voir la Silicon Valley en contrebas et la zone littorale, de l'autre côté, totalement recouvertes d'une couche régulière de nuages. (N.d.T.)

validé leur jugement : Draper est à présent un doyen de la viticulture américaine sans avoir eu à sacrifier son vaste répertoire d'intérêts intellectuels ; c'est un homme sophistiqué qui conserve un enthousiasme et une curiosité tout juvéniles, et qui paraît s'intéresser davantage à la lecture de la *New York Review of Books* que du *Wine Spectator*.

Contrairement à l'école des vignerons pionniers de Californie du Nord qui se reposèrent sur les travaux de l'université Davis[1] et sur la haute technologie pour réinventer une viticulture californienne détruite par la prohibition, Draper, qui avait passé du temps à Bordeaux, s'intéressait aux techniques artisanales traditionnelles : fermentation par les levures naturelles présentes sur les peaux des raisins, refus de pratiquer la filtration qui nuit à l'arôme du vin, et toutes méthodes permettant d'exprimer la nature même du terroir de Monte Bello. Le fait que Monte Bello fût relativement éloigné des régions viticoles plus développées telles que Napa et Sonoma facilita sans doute cette vision indépendante. Quarante ans plus tard, les collègues de Draper à Napa et ailleurs se sont tous plus ou moins rangés à sa vision des choses. Même le bouc qu'il a toujours porté au menton, emblème de la Beat Generation, est redevenu tendance ces dernières années. D'ailleurs Eric Baugher, son assistant à Ridge, porte presque le même.

Draper évoque souvent l'ambition qu'il nourrit pour Monte Bello depuis l'origine : faire un des plus grands vins rouges du monde. Quand il est particulièrement

1. Voir page 201, « Le Modigliani de Healdsburg », et page 213, « Mondavi par Mondavi ». L'université Davis se trouve près de Sacramento. (N.d.T.)

de bonne humeur, il dit LE plus grand vin rouge du monde. C'est aussi vrai aujourd'hui qu'hier. Sur la foi d'un 1984 et d'un 1991 que j'ai dégustés au domaine, je conclus qu'il a réussi. Mais à un certain moment, ses partenaires et lui-même se sont rendu compte qu'un tel objectif nécessitait un fonds de roulement, et c'est pourquoi ils se mirent à faire du zinfandel, d'abord à partir de vieilles vignes en contrebas du domaine, puis de parcelles situées un peu partout en Californie. Presque à lui tout seul, le domaine Ridge a réhabilité ce cépage en faisant des rouges aux notes épicées et à prix abordables sous la marque Lytton Springs. Malgré quelques premiers millésimes un peu superproduits, le style de la maison favorise l'équilibre de préférence à la puissance. Cette caractéristique a souvent valu à Ridge d'être sous-noté dans les évaluations officielles.

Bien que Draper soit toujours maître à bord – le palais maison, en quelque sorte –, l'affaire qu'il dirige fonctionne démocratiquement. J'étais présent lors du conseil d'administration portant sur l'assemblage de la cuvée Geyserville 2006, un de leurs zinfandels de référence. Draper dirigeait un débat animé sur les mérites de telle ou telle parcelle et sur l'opportunité de faire entrer l'une ou l'autre dans l'assemblage final. Il y avait une parcelle que Draper trouvait trop « chaude » : le vin qu'elle produisait était trop riche en alcool. « Avec le zinfandel, disait-il, il faut rester dans les 14 ou 15 degrés, pas plus. » Il se démarque en cela de beaucoup de ses collègues vignerons, qui fabriquent délibérément des dragons cracheurs de feu titrant jusqu'à 17 degrés d'alcool.

Draper estime que son Monte Bello idéal tourne autour des 13 degrés, ce qui est beaucoup plus bas que la moyenne actuelle à Napa, tout en étant nettement plus élevé que le bordeaux classique pré-1982. Il est aidé dans cette démarche par la haute altitude et la relative fraîcheur du site. « Je ne cherche pas à faire du bordeaux », dit-il, même si Monte Bello possède en commun avec château-latour et d'autres grands bordeaux la particularité de ne se révéler dans toute sa grandeur qu'au bout de plusieurs années. C'est peut-être aussi d'ailleurs pour ça qu'il aime tant les zinfandels, car ce sont des vins qui eux aussi peuvent se garder pendant des décennies – le Lytton Springs 1985, dégusté en 2010, ressemblait à un formidable saint-émilion de vingt-cinq ans d'âge – mais ils peuvent aussi donner du bonheur très jeunes. Le Lytton Springs 2009 dansait et chantait déjà dès sa sortie en août 2011.

À mon dîner de mariage en 2006, je choisis de servir à mes invités le Geyserville 2003 de Ridge. Et je doute que les dégustateurs de la nouvelle édition du jugement de Paris eurent à réfléchir plus longtemps que moi avant de se décider.

Ancien Monde pour la tête, Nouveau Monde pour le corps

Les rouges du Priorat

Je ne suis pas près d'oublier ma première rencontre avec le clos-erasmus 1991, qui m'avait été vendu avec beaucoup d'insistance par Jean-Luc Le Dû, sommelier du restaurant Daniel à New York en 1996. C'était un vin hippogriffe, étrange et merveilleux, qui me parut avoir le corps d'un vin du Nouveau Monde et la tête d'un vin de l'Ancien Monde : une bombe fruitée mais pour intellectuel, fortement charpentée et reposant sur des notes basses très minérales. Un vin massif mais nuancé. Le lendemain, j'essayai – sans succès – de m'en procurer quelques caisses. C'étaient, et ce sont encore, des vins réalisés en quantités minimes. Les coteaux sont raides, les sols sont pauvres et pierreux, et les vignes sont pingres.

Même aujourd'hui, la région paraît isolée, bien qu'à un peu plus d'une centaine de kilomètres à l'ouest de Barcelone. Le paysage est dénudé, presque lunaire. Au XIIe siècle, des moines chartreux y plantèrent les premières vignes, mais vers le milieu du XXe siècle la plupart de ces vignes difficiles à travailler avaient été abandonnées. René Barbier père, issu d'une vieille famille de vignerons de la vallée du Rhône, fut l'esprit directeur d'un groupe de cinq amis qui entreprit de ressusciter ces anciens vignobles en terrasses, y planta des vignes et sortit ses premiers vins en 1989. Ces cinq amis partagèrent les mêmes installations viticoles rudimentaires jusqu'en 1993. Dès lors, en quelques années, le Priorat devint une destination pour geeks du vin (le village de Gratallops, 224 habitants, possède maintenant au moins cinq restaurants dignes de ce nom). Les cinq vins des cinq amis – clos-mogador, clos-martinet, clos-de-l'obac, clos-erasmus et l'ermita – devinrent aussi convoités que des grands crus de Bourgogne ou des premiers crus classés de Bordeaux.

Dégingandé, volubile, Carles Pastrana est un ami d'enfance de Barbier qui grandit, comme lui, à Tarragone. Il suivit Barbier dans ces collines et y fit, conseillé par son ami, le premier millésime de clos-de-l'obac. Pastrana part dans de grandes envolées lyriques quand il raconte l'histoire des premiers temps : ils passaient la journée à restaurer les anciennes terrasses d'époque romaine, et le soir, parlaient vin et poésie jusqu'aux petites heures du matin. « Quand on est jeune, dit-il, on a du temps à perdre. Le temps, c'est ton capital. » Ils remirent donc en activité les vieilles vignes de grenache et de carignan – cépages qui restent, surtout le premier, l'âme et le cœur des meilleurs priorats – et plantèrent aussi des cépages français tels que syrah et cabernet sauvignon. Ils citaient Ortega y Gasset (« Je suis moi-même et mes circonstances. ») L'âpreté du paysage et l'isolement humain les rendaient dépendants les uns des autres. Cette période idyllique culmina au printemps 1992, lorsque le magazine *Gault & Millau* fit de la retape pour leur clos-mogador et leur clos-de-l'obac dans un mini-guide de la Catalogne publié à l'occasion des jeux Olympiques de Barcelone. Les deux vins étaient notés 18 sur 20. Robert Parker ne fut pas long à suivre. Peut-être le fait que Barbier et

Pastrana ne s'adressent plus la parole, bien que leurs domaines soient contigus, est-il une preuve du succès de leur entreprise commune.

Alvaro Palacios, cinquième d'une famille de neuf enfants de vignerons de la Rioja, fut le dernier des cinq amis à acheter des vignes. Il ne sortit pas son vin avant 1993, mais il s'agit peut-être du plus fameux des priorats. L'ermita de Palacios est issu de vignes de grenache centenaires plantées sur une pente invraisemblablement raide, dans un site en amphithéâtre exposé au nord-est. Si l'on y faisait du ski, ce serait une piste noire. (L'exposition nord-est est parfaite, l'exposition au sud étant apparemment un peu *too much* dans cette région torride.)

René Barbier fils, beau gosse pondéré aux cheveux en broussaille, et son épouse Sara Pérez ont tous deux la trentaine. On les imaginerait bien marchands d'articles de surf à Laguna Beach ou disquaires à Williamsburg[1], mais ce sont en réalité des aristocrates du vin et les héritiers d'une *success story* qui n'était pas gagnée d'avance. En me faisant visiter les chais du clos Mogador, René fils m'explique qu'il a passé le plus clair de sa jeunesse avec ses « parents hippies » dans une caravane, tout près du petit village perché de Gratallops, pendant que son père poursuivait son rêve fou de résurrection d'une viticulture traditionnelle moribonde dans ce rude arrière-pays catalan.

D'après les vignerons locaux, la spécificité du Priorat tient au sous-sol d'ardoise bleue et de schistes sur lequel reposent les vignes. Si, d'une part, le pouvoir

1. Voir page 214, « Bordeaux est-il encore important ? », note 1.

d'absorption des minéraux en décomposition par les racines de la vigne est une thèse controversée, d'autre part aucun dégustateur expérimenté ne nierait que les meilleurs priorats, comme les meilleurs rieslings de Moselle, présentent une minéralité qui en fait des vins à part. Les générations passées attribuaient à l'unicité du Priorat une origine divine : au XIIe siècle, un homme du pays rapporta avoir vu des anges porter des raisins au ciel sur un escalier de lumière, après quoi un monastère fut édifié sur le site. Les vins du Priorat, en effet, jouissaient d'une grande renommée avant que le phylloxéra n'anéantît les vignes dans la seconde moitié du XIXe siècle. Quand Barbier et ses amis arrivèrent dans la région dans les années 80, les quelques vignerons restants vendaient toute leur vendange à des coopératives de village qui ne produisaient que des jus de qualité variable, le plus souvent sans intérêt.

Plusieurs de ces coopératives, toutefois, se sont inspirées du succès de ces étrangers et produisent maintenant des vins de caractère ; c'est notamment le cas de Vinícola del Priorat (Ònix) et Cims de Porrera. De plus, une nouvelle vague d'outsiders ambitieux arrive dans la région, avec à sa tête le géant viticole catalan Torres, dont l'achat en 1994 d'une centaine d'hectares contribua à confirmer la réputation du Priorat. Le chanteur Lluís Llach, enfant du pays, y a lancé en 1999 son label Vall Llach.

Parmi les nouvelles propriétés les plus prometteuses, on peut citer Mas d'en Gil, site d'une extrême beauté planté de plus de 25 hectares de vieilles vignes noueuses et rabougries, acheté en 1998 par le négociant en vins Pere Rovira Rovira et dirigé par ses filles Marta et Pilar. Les premiers millésimes de leur clos-fontà sont dignes d'être comparés aux priorats de première génération, et ce n'est pas peu dire.

Autre domaine de deuxième génération produisant des vins intéressants : Gran Clos, acquis en 2002 par John Hunt, irlandais, rouquin et homme d'affaires, après la vente de sa boîte d'informatique. Son premier coup de maître avait été la vente à Starbucks d'une chaîne de bars à cafés londonienne qu'il avait créée, ce qui était très fort étant donné que Starbucks lui avait servi de modèle pour concevoir la chaîne. Enfant, à Dublin, Hunt avait commencé par s'intéresser à la bière jusqu'à brasser lui-même dès l'âge de quatorze ans, mais il se tourna vite vers le vin parce que l'équipement et les ingrédients revenaient moins cher. « Ce n'était pas donné, le houblon, dit-il, mais j'avais découvert que je pouvais faire du vin à partir de fleurs de sureau et de feuilles de chêne, qui ne me coûtaient rien du tout. » Quelques années plus tard, alors qu'il suivait les cours de la London School of Economics, il trouva un job d'été comme membre de l'équipe au sol d'une entreprise de montgolfières bourguignonne. Un soir, il goûta pour la première fois un verre de chambertin et le ciel s'ouvrit au-dessus de lui. Il ne se rappelle ni le millésime ni le domaine, mais dès cet instant il devint obsédé de vin. « Je me mis à passer toutes mes vacances dans des régions viticoles. » Ce fut le Priorat qui, en définitive, conquit son cœur et le persuada de s'engager. Il choisit ce qui est clairement un bon terroir, planté de vignes plus que centenaires. En 2005, le millésime 1995 de sa propriété reçut le premier prix au Festival des vins du Priorat, battant à plate couture les vins des cinq amis fondateurs. Tout comme leurs voisins, ces vins inspirent des commentaires paradoxaux : rusticité et sophistication, puissance et nuances, fruit et terre.

Heureusement, le Priorat est encore loin d'avoir conquis le grand public, et presque tous ces vins sont moins chers que des bordeaux classés de deuxième ou de troisième cru. Il faut juste se donner un peu plus de mal pour les trouver.

TROP, C'EST TROP

Son magnum est plus gros que le vôtre

Big Boy est debout au beau milieu de la salle à manger de Cru[1], restaurant étoilé à Greenwich Village. Il fait tournoyer un sabre en l'air, exigeant le silence et l'attention de toute la salle. Ce n'est pas facile de faire taire tous ces gens : depuis quatre heures qu'ils boivent des vins hors de prix, l'air est lourd de l'adrénaline qui accompagne les dépenses somptuaires. Mais Big Boy, alias Rob Rosania, en a fait taire d'autres et ce n'est pas cette assemblée de mâles alpha éméchés qui va lui faire peur. C'est SA fête à lui, et son magnum est plus gros que le magnum de quiconque. Il n'a certainement pas bâti son empire immobilier en se comportant comme une lavette. Lunettes noires griffées plantées dans sa tignasse brune bouclée, il porte un veston Kiton bleu lagon à grands carreaux sur une chemise blanche largement ouverte qui ne laisse rien ignorer d'une abondante toison noire. Bien qu'on ne le voie jamais réellement se frapper la poitrine à coups de poing, on a souvent l'impression qu'il va le faire d'un instant à l'autre. À cette assemblée, et à d'autres enchérisseurs lointains reliés à la salle par téléphone, il est en train de vendre une partie de sa

1. Restaurant fermé en 2010. (N.d.T.)

cave pour 7 millions de dollars ; et même s'il reste encore une quarantaine ou une cinquantaine de lots à écouler, il tient à fêter l'événement. Donc, après avoir imposé silence à l'assemblée, Rosania élève à bout de bras un jéroboam de bollinger 1945 pour que tout le monde voie bien. Puis, abaissant la bouteille, il l'incline à 45 degrés et se prépare à la sabrer. C'est la méthode la plus traditionnelle, la plus spectaculaire aussi, d'ouvrir une bouteille de champagne – il est évident qu'une quille à 10 000 dollars n'en mérite pas moins –, et depuis des années que Rosania collectionne les grands champagnes, il a eu le temps de perfectionner sa technique. Pourtant, sans qu'on sache trop pourquoi, cette bouteille-ci ne veut pas coopérer. Il faut plusieurs coups secs à Rosania pour la décapiter, mais aucune importance : une clameur joyeuse monte de la salle au moment où le col de la bouteille part comme une flèche, et en quelques minutes tout le monde a sa flûte d'un champagne extrait de raisins qui pendaient encore à leurs sarments quand les Alliés débarquèrent sur les plages de Normandie.

« Vos gueules, tout le monde ! Il faut la finir, cette vente ! » dit John Kapon, dominant la foule de quelques coudées. Il martèle furieusement le pupitre comme un juge cherchant à discipliner un tribunal houleux. Kapon, trente-six ans, est le P-DG de la maison Acker Merrall & Condit, qui se présente comme le plus ancien caviste d'Amérique et qui, sous sa direction, est devenue la principale société de vente aux enchères de vins au plan international. Ce n'est pas tous les jours qu'on entend un commissaire-priseur s'adresser ainsi à toute une salle d'enchérisseurs dorés sur tranche – par exemple, on imagine mal l'Anglais Jamie Ritchie, de chez Sotheby's, procéder ainsi –, mais Kapon connaît personnellement la plupart des personnes présentes, et les rares femmes assises dans cette salle ont l'habitude du monde intensément viril de la compétition œnophilique. Dans la compagnie ici rassemblée se trouvent quelques-uns des plus illustres collectionneurs de vins de la planète ; certains sont venus d'Europe ou de la côte Ouest pour assister à cette vente. Et aucun ne me rappelle Frasier Crane[1]. La soirée a été pauvre en petits doigts levés et en analogies horticoles maniérées. Kapon prononce très mal certains noms français ; il préfère, pour ses comparaisons vineuses, des expressions comme « rock and roll » ou « y a du nichon ». Contrairement à Rosania, Kapon n'a pas l'air d'un mâle alpha, du moins à première vue : il a plutôt l'air d'un jeune dilettante de bonne famille qui a emprunté un costume à papa pour l'occasion. Mais une fois qu'il a vendu quelques lots prestigieux et vidé quelques verres de champagne, il commence à ressembler à quelqu'un qui commande.

Jeff Levy, de Los Angeles, réalisateur de films pour la télévision et le cinéma et philanthrope notoire, a financé l'entreprise de sa femme, Juicy Couture, avant de la vendre il y a quelques années à Liz Claiborne. En ce moment, il en train de lâcher 250 000 dollars dans des champagnes millésimés et des bourgognes, dont une caisse de chambertin clos-de-bèze 1962 du domaine Rousseau à 80 000 dollars. Jeff a le look gothique : comme toujours, il est en noir de la tête aux pieds, de ses lunettes de soleil qui ont appartenu à Elvis à ses chaussures anglaises en croco faites sur mesure. Et quand il veut vraiment emporter un lot, il

1. Personnage principal de la sitcom *Frasier*, diffusée entre 1993 et 2004, incarnant le type du célibataire urbain au style de vie sophistiqué. (N.d.T.)

garde sa petite pancarte en l'air jusqu'à ce que Kapon lui dise qu'il est en train d'enchérir contre lui-même. Également venu de Los Angeles, Rudy Kurniawan, trente-deux ans, en compétition avec Rosania pour le titre de HPGC (Homme à la Plus Grande Cave), a la réputation de dépenser plus d'un million de dollars en vins par mois. On dit que Kurniawan est issu d'une famille chinoise fabuleusement riche, mais que son père lui a donné un patronyme indonésien pour protéger sa vie privée. On attribue communément à Rudy une part de responsabilité dans l'escalade récente des prix du marché des grands vins, et la vente Rosania inclut un peu de son stock excédentaire : des bourgognes de Rousseau, de Ponsot et de Roumier qui dans toute autre collection seraient les joyaux de la couronne.

Dans l'un des box au fond de la salle est assis un grand monsieur d'âge moyen, mince, presque émacié, aux longs cheveux noués en queue-de-cheval, l'air remarquablement étranger à l'événement. Pourtant quelques initiés ont bien reconnu Laurent Ponsot, propriétaire d'un des domaines les plus vénérés de Bourgogne. Parmi les pièces maîtresses de la vente se trouvent à peu près vingt-deux lots de très vieux et très rares ponsots de la cave de Kurniawan. Si Kapon annonçait sa présence, la salle lui ferait certainement une ovation, mais il reste en fait peu remarqué et affecte un air étrangement réservé, presque douloureux, qui pour plus d'un observateur le fait ressembler au fantôme de Banquo[1]. Je l'oublie un moment jusqu'à ce que Kapon annonce que tous les lots de ponsot sont retirés de la vente. « Et merde ! »

1. Le fantôme du compagnon d'armes de Macbeth, trahi par celui-ci, revient le hanter lors d'un banquet (Shakespeare, *Macbeth*, acte III, scène 4). (N.d.T.)

dit alors Jeff Levy. Quelques personnes se retournent pour observer, au fond dans son coin, l'air impénétrable, l'homme dont le grand-père créa le domaine Ponsot. Quand je regarde à nouveau, il a disparu.

Des ventes comme celles-ci, qui brassent des multimillions de dollars, il y en a au moins tous les quinze jours à New York, mais celle-ci est différente des autres en raison d'une prépondérance de vieux champagnes millésimés, catégorie qui resta peu convoitée jusqu'à ce que Rosania se mît à les collectionner avec rage après avoir goûté une bouteille de krug 1937 trouvée dans un lot de bouteilles de plusieurs domaines acheté aux enchères. Le moment culminant de la soirée arrive tôt : deux bouteilles de dom-pérignon rosé 1959 – le premier millésime, jamais commercialisé – provoquent un duel téléphonique entre deux enchérisseurs européens. Partant de la mise à prix de 6 000 dollars, l'escalade est rapide. Trois minutes et 64 000 dollars plus tard, lorsque Kapon abat son marteau, le prix du champagne vient de battre un nouveau record. Si l'on ajoute la prétendue prime d'acheteur (qui va en réalité à la société de vente aux enchères) aux 70 000 dollars de l'adjudication, cela signifie que quelqu'un vient de payer 84 000 dollars pour deux bouteilles d'un rosé pétillant de quarante-neuf ans d'âge que très peu de monde, à part Rosania, a déjà goûté. La salle explose en clameurs de joie et en applaudissements. Il ne s'est pas encore passé un mois depuis que la banque Bear Stearns s'est effondrée, et la crise des subprimes ne fait que s'aggraver pendant que s'accélère la chute du dollar[1], mais cette vente, ainsi que d'autres qui la

1. Cette vente historique de champagnes millésimés eut lieu le 25 avril 2008. (N.d.T.)

suivront ce printemps-là, est la preuve que le marché des grands millésimes affiche encore une belle vitalité.

La fête se prolonge bien après 2 heures du matin, heure à laquelle un Kapon épuisé file à l'anglaise. On commande d'autres vins à la carte encyclopédique de Cru, et Robert Bohr, le directeur du restaurant, glisse souplement dans la salle comme un majordome anglais, administrant le chaos avec sérénité. Comme cela fait déjà cinq heures que nous avons fini notre dîner de trois services préparé par le chef Shea Gallante, Big Boy se fait livrer six pizzas et six douzaines de hot dogs, arrosées de plusieurs bouteilles d'hermitage la chapelle 1990 de Jaboulet.

Lorsque Kapon rejoignit Acker Merrall & Condit en 1996, après une brève incursion dans les milieux musicaux, c'était une affaire un peu somnolente avec un chiffre d'affaires d'environ 4 millions de dollars par an. Sotheby's et Christie's monopolisaient la quasi-totalité des enchères de grands vins, et ni Rob Rosania ni Rudy Kurniawan n'étaient encore disciples de Bacchus. Comme ce fut le cas pour la plupart des geeks du vin de sa génération, les premières amours de Kapon furent les cabernets sauvignons de Californie. Dans les années 90, la Napa Valley était en pleine renaissance et il était facile de succomber à ses généreux cabernets, mûrs et voluptueux, intensément fruités, équivalents viniques de Teri Hatcher période *Seinfeld*. (« Et au fait, ils sont vrais, et ils sont spectaculaires[1]. ») Ce qu'on appelait les « cabernets cultes », des vins hyperextraits produits en quantités réduites par Harlan, Colgin ou la

1. Réplique célèbre prononcée par Teri Hatcher, soupçonnée de s'être fait poser des implants mammaires, au 19e épisode de la saison 4 de *Seinfeld* (1993). (N.d.T.)

famille Bryant, se voyaient attribuer des notes de 100 par le critique suprême Robert Parker et se vendaient aussi cher que des premiers grands crus classés de Bordeaux. C'est sur ces mêmes cabernets que Rosania et Kurniawan firent leur apprentissage. Pour Kurniawan, la révélation fut procurée par un cabernet sauvignon Opus One[1] 1995. Les cabernets de Napa furent, pour beaucoup de collectionneurs avertis, la porte d'entrée par laquelle ils prirent le chemin du saint Graal, de ces bouteilles prestigieuses qu'ils poursuivraient désormais sans relâche : les premiers grands crus de Bordeaux, berceau originel de ce cabernet sauvignon qui fut l'inspiration principale de la Napa Valley, et plus tard ce royaume secret qu'on appelle Bourgogne. Kapon et sa garde rapprochée, en vrais geeks du vin, sont des cinglés de bourgognes ; lors de la vente Rosania, plusieurs personnes le huèrent quand il annonça les lots de bordeaux.

En 1997, Acker sponsorisa une vente en association avec la société de ventes d'art Phillips de Pury. Ce fut un désastre, rapporte Kapon, ainsi que plusieurs autres ventes qui suivirent celle-ci. Mais il s'accrocha, en même temps que ses goûts commençaient à se porter vers des vins plus âgés. Et puis un jour, en 2000 ou en 2001, Rob Rosania fit son entrée dans ses bureaux de la 72e Rue Ouest. Ni l'un ni l'autre ne se rappelle exactement quand eut lieu cette rencontre, mais elle devait se révéler une étape cruciale de l'histoire du commerce des grands vins, comme le fut celle de Paul Allen[2] et de Bill Gates dans l'histoire de l'informatique. Ils n'avaient pas encore la trentaine. Rosania, associé

1. Voir page 213, « Mondavi par Mondavi ».
2. Cofondateur de Microsoft en 1975. (N.d.T.)

dans une grosse affaire d'investissement immobilier, était le type du nabab qui s'est fait tout seul et qui veut dépenser un peu de sa fortune grandissante.

C'est principalement en cultivant des relations avec de jeunes collectionneurs comme Rosania et Kurniawan, ainsi qu'avec des collectionneurs plus expérimentés – par exemple le magnat de l'immobilier Ed Milstein ou Roy Welland, courtier en options, champion de bridge et propriétaire de Cru –, que Kapon a réussi à propulser Acker Merrall à la tête des maisons de ventes de grands vins aux États-Unis. « John a tout fait pour ça », dit Peter Meltzer, auteur de *Keys to the Cellar*[1] et correspondant du *Wine Spectator* pour les grandes ventes aux enchères. « Je l'admire énormément. C'est un fou furieux. Les entreprises traditionnelles n'ont pas eu sa combativité. » Kapon, Rosania et Kurniawan, désormais trentenaires, ont déjà exercé une forte influence sur le marché international du vin. « Tu crois qu'ils achètent toutes ces grandes étiquettes pour frimer, dit Meltzer, mais ils savent vraiment ce qu'ils font. Ils ont appris sur le tas. Et ils peuvent te citer le meilleur millésime de la tâche dégusté depuis cinq ans. »

Quelques années avant la vente Rosania, j'avais déjà commencé à recevoir des e-mails décrivant de véritables bacchanales suivies de notes de dégustation élaborées, portant sur des vins que la plupart des mortels ne pouvaient approcher qu'en rêve. Il y en avait parfois des dizaines : des krug 1959 suivis de romanée-conti 1945. Ce pourriel pornographique à teneur viticole qui

1. *Keys to the Cellar : Strategies and Secrets of Wine Collecting*, livre paru en 2006 chez John Wiley and Sons. Non traduit en français. (N.d.T.)

avait, pour une raison mystérieuse, échappé à mon filtre antispam était truffé de références à Big Boy, à King Angry et à Hollywood Jef. « Mais bon sang, qui peuvent bien être ces types ? » me demandais-je. Mais surtout, pourquoi buvaient-ils de bien plus belles bouteilles que moi ? L'auteur de ces e-mails, comme je l'appris plus tard, était un certain John Kapon de la maison Acker Merrall & Condit, et ses camarades de débauche étaient membres de son club de dégustateurs, les Hommes en Colère. Pourtant, à voir ce qu'ils buvaient, ils auraient plutôt dû s'appeler les Enfoirés Qui Ont Trop de Chance.

Une fois que Kapon eut contribué à faire monter la fièvre collectionneuse aux États-Unis et en Europe, il commença à s'intéresser à l'Asie. Dans les cinq semaines qui suivirent la vente des champagnes de Rosania, il dirigea encore trois autres ventes qui culminèrent avec celle qui se tint le 31 mai dans la salle de bal de l'hôtel Island Shangri-la de Hong Kong et rapporta 8,2 millions de dollars, dont 242 000 dollars pour une caisse de romanée-conti 1990. Cette vente mit Kapon en excellente position pour devenir leader d'un marché chinois en pleine explosion. (Depuis, Acker est devenu la principale société d'enchères de vins de Hong Kong.) Comme, quelques années auparavant, la Chine avait porté la taxe sur les ventes de vins de 80 pour cent à 0 pour cent, l'épicentre du commerce des bouteilles rares, qui s'était récemment déplacé de Londres à New York, bougea de nouveau vers Hong Kong où il se trouve encore. En 2010, le montant des ventes d'Acker à Hong Kong dépassait de 10 millions de dollars celui des ventes de New York.

Quelques semaines après ces enchères tumultueuses à Cru, Kapon réussit un nouveau coup de maître : cette fois, ce fut la vente d'une partie de la cave de Bipin Desai, physicien des particules de l'université de Californie et l'un des plus célèbres collectionneurs de vins au monde, entre autres raisons pour les somptueuses dégustations qu'il organise. Desai faisait déjà sauter d'illustres bouchons quand Kapon et ses copains étaient en couches-culottes, et quand ils en étaient encore à vendre quelques bouteilles pour le prix d'une nuitée au Ramada Inn, lui, il raflait des caisses entières de petrus et de romanée-conti. De la part de Desai, cette vente d'une moitié de sa cave a des allures philosophiques, comme s'il prenait conscience de sa propre mortalité : tant de vins et si peu de temps pour les boire ! Quant aux collectionneurs plus jeunes qui s'adonnent à ce type de vente, il est difficile de dire si c'est pour eux une manière de sécuriser des profits, de se garantir d'éventuelles mauvaises affaires ou simplement de faire le tri dans leurs possessions pour acheter encore davantage. Peut-être les trois à la fois. « Tout ce que j'en sais, c'est que je n'ai jamais vu les prix aller que dans une seule direction », dit Kapon, humant un verre de morey-saint-denis clos-de-la-bussière 1971 du domaine Roumier. En fait, les prix se sont effondrés en 2009, mais ils se sont relevés depuis, faisant *a posteriori* ressembler les ventes de 2008 à des foires aux soldes.

« Plus serré qu'une pucelle de quatorze ans », dit Big Boy d'un des champagnes qu'il vient d'apporter à table ; tout le monde a l'air de savoir ce qu'il entend par là. Selon les critères du groupe, un magnum de quarante-quatre ans d'âge comme ce salon de 1964 est encore trop jeune et insuffisamment développé. La plupart de ces collectionneurs ont eux-mêmes moins de quarante ans, mais ils aiment leurs vins plus vieux.

C'est la veille des enchères et nous sommes installés dans le salon particulier de Cru, devenu le saint des saints pour la communauté jet-set new-yorkaise du vin haut de gamme. Certains des plus gros enchérisseurs ont été invités à voir les vins de la vente en compagnie de membres sélectionnés des Hommes en Colère, le groupe de dégustateurs de Kapon, qui inclut quelques-uns des plus gros collectionneurs de la ville. J'interroge Kapon sur le nom du club. Il hausse les épaules : « Nous sommes des New-Yorkais, des gens qui ne s'en laissent pas conter. Entre nous, on se chambre et on se chahute continuellement. »

« Celui-là, il pue comme une chatte de bonne-sœur nonagénaire », dit l'un de ces Hommes en Colère, humant un bourgogne rouge qui a précisément la moitié de cet âge. Si étrange que cela paraisse, c'est censé être un compliment. Des murmures d'approbation parcourent la salle. Au nez, le très vieux bourgogne est censé être méphitique, voire fécal, mais non sans élégance. Si l'on en juge au prix qui sera atteint demain au coup de marteau, le vin en question – un chambertin clos-de-bèze de Rousseau 1962 – vaut 8 000 dollars, et il est loin d'être le plus cher de la quarantaine de bouteilles que nous allons consommer ce soir. Il y a en particulier un romanée-conti 1955 et un richebourg 1971 qui se distinguent très joliment. Les notes de dégustation de John Kapon à son sujet, prises lors d'une dégustation antérieure, sont un tantinet plus formalistes que certaines observations des Hommes en Colère : « Incroyable nez de cerise, de rose, de terre humide, de truffe noire, de fruits confits… Encore de solides épices… Herbe à chat, herbe à chien, et même herbe à baleine (pardonnez-moi cette expression). » Après une cinquantaine de mots du même tonneau, il conclut par

« sidéral », avec une note de 98 points. Aucun autre dégustateur de ce vin, ce soir-là, ne songe à discuter cette évaluation.

Kapon peut se montrer hâbleur comme beaucoup de ses semblables, mais il est aussi un dégustateur sérieux qui, jusqu'à présent, a probablement dégusté (et écrit sur) davantage de bouteilles rares et anciennes que toute autre personne de son âge sur cette terre, avec l'exception probable de Kurniawan et de Rosania. Ses notes sont là pour le prouver : des milliers de notes. Il connaît toute la terminologie traditionnelle, mais il l'a enrichie de quelques expressions de son cru, par exemple « fouets et chaînes », employée récemment à propos d'un jeune champagne très puissant. « Cul et nichons » revient aussi assez souvent, ainsi que des comparaisons avec le goût des vitamines. Robert Parker est généralement considéré comme le critique de vins le plus influent du monde, et Allen Meadows (auteur de la newsletter Burghound.com et ami de Kapon) est le pape du bourgogne. Mais ni l'un ni l'autre n'ont goûté certaines des bouteilles rares et anciennes que les Hommes en Colère débouchent régulièrement quand ils se réunissent.

À la différence de certains collectionneurs, ce groupe boit plus qu'il ne thésaurise. Récemment, à Los Angeles, j'eus l'occasion de dîner avec le réalisateur Jeff Levy. Il invita quatre autres amis afin que l'on pût ouvrir davantage de bouteilles, dix-sept en tout, d'un château-ausone 1937 à un la tâche 1999 du domaine de la Romanée-Conti, en passant par une mini-verticale de petrus – 1955, 1971 et 1985. Le lendemain soir, à Cut, le steak-house de Wolfgang Puck à Beverly Hills, nous nous limitâmes à la bagatelle de douze bouteilles, remontant jusqu'à un château-haut-brion 1929.

« Les jeunes collectionneurs d'aujourd'hui sont des consommateurs », me dit plus tard Rosania avec qui je déjeune à la terrasse de San Pietro, trattoria chic et chère de Midtown East. Il semble y avoir ses habitudes, car il discute en italien avec le serveur et le voisin, propriétaire de la boutique Kiton. « La vie est courte, dit-il. Il faut la boire. » Quand je lui demande combien de bouteilles il a dans sa cave, il me répond qu'il n'en sait rien. Quand je me hasarde à avancer un chiffre de cinquante mille bouteilles, il me dit : « Tu rigoles ! Cinquante mille bouteilles, c'est ce que j'ai en champagnes de 1996 ! » 1996, en effet, fut une grande année pour les champagnes et, d'après toutes les sources, Rosania a acheté des centaines de caisses des champagnes les plus rares dès leur sortie, incluant presque tout le stock de salon 1996 importé aux États-Unis. Quand je lui dis que, selon une estimation, la valeur de sa cave atteindrait 50 millions de dollars, il se contente de hausser les épaules.

Rosania, dont l'enfance fut modeste, apprécie visiblement la bonne vie, mais son esprit fanfaron est tempéré par de fréquents accès de noblesse-oblige. « Les responsabilités sont inséparables des privilèges », me dit-il. En fait, il me l'a déjà dit quatre ou cinq fois. Après la mort de son père d'un cancer de la prostate, il participa à la création d'enchères de vins à l'hôpital Mount Sinai de New York. Et l'on ne saurait faire tourner le moindre verre dans une soirée œnophilique à Manhattan sans entendre louer sa générosité, et pas seulement par ses amis collectionneurs : également par des sommeliers, des auteurs-journalistes spécialisés dans les vins ou des serveurs de restaurant. « J'ai le privilège de posséder ces vins extraordinaires, dit Rosania. Il serait inimaginable que je les garde pour moi seul. Le vin est fait pour être partagé. » Attitude rafraîchissante, surtout quand on en est le bénéficiaire. La veille de cette fameuse vente, j'ai personnellement bu, d'après mes calculs, plus de 20 000 dollars de ses vins, dont un mouton-rothschild 1945 et un château-cheval-blanc 1947. Et je n'étais qu'un buveur à une tablée de quatorze.

Parce qu'il a sans doute goûté plus de vieux champagnes que n'importe quel expert autorisé, Rosania s'est fait ses opinions sans l'aide de personne. Qui d'autre que lui peut non seulement vous dire que le pol-roger 1914 est un des plus grands champagnes jamais réalisés, mais encore vous le prouver en le faisant monter de sa cave et en le servant, ce qu'il fit lors de cette veille d'enchères ? Pour le coup, les Hommes en Colère se retrouvèrent bouche bée.

Si l'on considère l'ancienneté de ces vins, il est étonnant que tant d'entre eux fussent si bien conservés, même s'ils faisaient bien leur âge. De mauvaises conditions de cave peuvent produire des nanars, champagnes madérisés ou bourgognes rouges tournés au vinaigre. Et n'oublions pas les contrefaçons. Personne n'aime évoquer le sujet, pas plus que les échangistes n'aiment évoquer les maladies vénériennes. Mais tout comme les grands marchés de l'art engendrent des faussaires, l'inexorable expansion du marché du vin a inévitablement créé une demande de fausses bouteilles. Personne ne connaît au juste l'étendue du problème, bien que tous les grands dégustateurs y aient forcément été confrontés un jour ou l'autre. La première fois que j'en pris conscience, c'était en 2002, lors d'un dîner chez Jancis Robinson, critique vin de renommée internationale. C'était un magnum de petrus 1947, extrêmement rare et recherché, qui se révélait anormalement fruité. Après le départ du riche ami qui avait apporté la bouteille, je demandai à Jancis si elle était vraiment convaincue que ce vin, étonnamment jeune et frais pour son âge, était bien un 1947 et un petrus. « Il n'en avait certainement pas l'air », me répondit-elle avec diplomatie. Depuis, j'ai souvent entendu parler de magnums de petrus 1947 d'origine douteuse. D'ailleurs, compte tenu de la très faible production du château et du caractère inhabituel du format magnum, il ne doit pas y avoir actuellement en circulation beaucoup plus de deux authentiques magnums de petrus 1947. Inutile de dire que ce sont les vins les plus légendaires qui se retrouvent falsifiés. Pendant mon marathon vineux à Los Angeles en compagnie de Jeff Levy, nous sommes tombés sur au moins une bouteille manifestement fausse. (Elle avait été envoyée à notre table par un autre collectionneur.) C'est une des raisons du succès de cette vente de champagnes de Rosania : son aura d'authenticité. Big Boy, en effet, avait acheté la plupart des vins directement aux acheteurs d'origine ; or le marché des champagnes millésimés est relativement nouveau et n'a pas encore eu le temps d'attirer les contrefacteurs, bien que des rumeurs concernant des bouteilles douteuses de dom-pérignon commencent à circuler. Concernant les bordeaux et les bourgognes, personne ne sait combien de fausses bouteilles se trouvent dans les caves à plusieurs millions de dollars tout autour du monde, mais il nous arrive parfois d'en avoir une petite idée.

Le collectionneur milliardaire William Koch a intenté une série de procès à divers cavistes et négociants qui lui ont vendu des bouteilles supposément fausses[1]. Parmi

1. Voir à ce sujet *The Billionnaire's Vinegar : The Mystery of the World's Most Expensive Bottle of Wine*, ouvrage de Benjamin Wallace (Crown, 2009, non traduit en français). (N.d.A. et N.d.T.)

les entreprises et les personnes assignées se trouvait Eric Greenberg, consultant sur Internet et également milliardaire, accusé d'avoir vendu aux enchères quelque 17 000 bouteilles chez Zachys en 2005. D'après le compte rendu du procès, Koch arguait qu'avant de se retrouver chez Zachys, la collection de Greenberg avait déjà été refusée par Serena Sutcliffe de Sotheby's parce qu'elle contenait trop de bouteilles falsifiées. À la suite de cet épisode, Acker Merrall organisa une vente importante de ce qu'on appelait la Cave d'or (à la différence de celle de Kurniawan, simplement appelée « La Cave »). Durant la préparation de cette vente, Kapon refusa plusieurs lots qu'il trouvait suspects et composa pour cette occasion un catalogue de quatre-vingts pages, fait très rare dans ce genre de vente. « Il y a des faux dans toutes les grandes collections, dit-il. Il faut savoir les contourner. »

Le talent de Kapon pour contourner les nanars semble l'avoir momentanément abandonné quand il accepta vingt-deux lots d'un prétendu bourgogne rouge du domaine Ponsot pour la vente Rosania. Dès que Laurent Ponsot découvrit le catalogue, il téléphona immédiatement à Kapon et lui fit part de ses doutes sur l'authenticité de ces lots. Plus tard, il se rendit lui-même à la vente afin de s'assurer que ces vins litigieux en avaient bien été retirés. En effet, à l'examen des photos de ces prétendus ponsots dans le catalogue d'Acker, Laurent trouva partout des anomalies, y compris dans ce qui se présentait comme un clos-de-la-roche 1929 : son grand-père n'avait commencé à mettre ce vin en bouteilles qu'en 1934, détail pourtant relaté noir sur blanc dans le catalogue. Autres bouteilles qui posaient problème : clos-saint-denis 1945, 1949, 1959, 1962,

1966 et 1971. Superbes millésimes, à ceci près que le père de Laurent ne produisit le premier qu'en 1982.

Quelques semaines après la vente Big Boy, Kapon accepte de me rencontrer à Veritas, le restaurant du quartier Flatiron[1] qui rivalise avec Cru pour le titre de quartier général des geeks du vin. Son quartier général à lui, c'est Cru, mais il est visiblement un habitué du lieu et traité comme un dignitaire en visite. Il arrive avec sa fiancée, la sculpturale Dasha Vlasenko, ex-mannequin d'origine estonienne. (Ils se sont mariés en 2009.) Après leur rencontre à une party, il dut lui faire la cour assez longtemps avant qu'elle ne se laissât attendrir. « Il a été d'une persévérance incroyable », dit-elle.

Kapon n'a pas l'air au meilleur de sa forme ce soir : pâle, un peu bouffi, barbe de trois jours. Il ne perd pas de temps et commande immédiatement un montrachet marquis-de-laguiche 1996, grand cru de bourgogne blanc, puis il me raconte son emploi du temps. Moins de trois semaines après la vente Rosania, il est en train d'en préparer trois autres qui doivent avoir lieu avant la fin du mois. Les fans de sa littérature porno-viticole se sont plaints de son retard de plusieurs semaines dans la rédaction de ses notes de dégustation, mais il n'a pas l'air de songer à rattraper son retard pour le moment. Il a au programme un voyage à Hong Kong et une avalanche de dîners. Durant l'un d'entre eux, il sera intronisé par la commanderie du Bontemps à Bordeaux, et d'autres seront consacrés aux vins du château

1. Quartier de Manhattan situé autour du carrefour de la 23e Rue Est et de la Ve Avenue, ainsi nommé à cause d'un immeuble de plan triangulaire construit en 1902, dont la proue anguleuse rappelle la pointe d'un fer à repasser (*flatiron*). (N.d.T.)

Pichon-Lalande et du domaine de la Romanée-Conti, ce qui paraît un peu intimidant, surtout pour son foie.

C'est donc une soirée creuse pour Kapon. Quand nous avons éclusé le montrachet, il commande un musigny 1998 de Jacques-Frédéric Mugnier, bouteille rare d'un autre domaine légendaire de Bourgogne que nous apprécions énormément. Il aurait été le vin de la soirée si nous ne l'avions pas terminé avant l'arrivée de notre plat. John commande donc un morey-saint-denis clos-de-la-bussière 1971 de Roumier, lequel, en tant que premier cru, se trouve hiérarchiquement inférieur au musigny grand cru. Mais le jeune homme en est complètement bouleversé. Plus tard, il écrira sur ce vin : « Des arômes d'automne vous aguichaient comme la nouvelle saison de football, et la viande tombait toute seule des os comme celle de ces barbecues organisés dans les parkings. »

La bouteille était descendue de moitié lorsque John aperçut Danny DeVito à l'autre bout de la salle. Il demanda au sommelier de lui envoyer un verre. Nous pouvions voir qu'il buvait un cabernet sauvignon de Colgin, un jus tout à fait respectable, quoique non bourguignon. « Je ne sais pas s'il est très bourgogne, remarquai-je.

– Quoi ? Il suffit d'ouvrir la bouche et de faire “ah”, répondit John. Pas besoin de connaître pour aimer. » Il ne se trompait pas. Quelques minutes plus tard, DeVito levait haut le verre et faisait signe à Kapon de le rejoindre à sa table. Et vingt minutes plus tard, leur conversation continuait encore.

Bulles vénérables : les champagnes de 1996

La plupart du temps, le champagne est bu peu après sa commercialisation. Encore récemment, l'idée qu'il peut se bonifier et se développer avec l'âge était considérée comme une hérésie, cantonnée à la haute bourgeoisie anglaise et aux Champenois eux-mêmes. Mais en réalité, son fort taux d'acidité fait office de conservateur naturel, et certaines années sont particulièrement propices à la réalisation de champagnes de longue garde. Tout comme les grands crus de bordeaux et de bourgogne, le champagne peut acquérir avec l'âge un caractère d'une grande complexité. La promotion du champagne comme objet de collection est un phénomène récent, et le millésime 1996 lui a fait prendre une réelle ampleur.

La vendange n'était pas encore terminée qu'on célébrait déjà le millésime comme l'un des meilleurs jamais vus, et depuis, sa réputation n'a fait que grandir. Le plus remarquable était un degré de maturité presque jamais atteint auparavant, associé à une très belle acidité. La maturité sans l'acidité donne un champagne mou, sans capacité de garde, mais le 1996 au contraire paraissait promis à une longue et belle existence, bien que le fort taux d'acidité signifiât qu'il mettrait sans doute beaucoup de temps à trouver son harmonie et à se révéler dans toute sa splendeur.

À l'occasion du quinzième anniversaire de ce millésime 1996, je décidai de prendre des nouvelles de ces champagnes et de m'enquérir de leur santé. Pour cela, j'invitai quelques-uns des meilleurs sommeliers de New York à se joindre à moi pour une dégustation des grandes cuvées, dont j'avais acheté la plupart dès leur sortie. Le restaurateur Ken Friedman offrit de nous recevoir à son restaurant The Monkey Bar. Il avait en effet été engagé par Graydon Carter[1] pour donner un peu de peps à la carte et aux vins de sa gargote pour VIP, et s'était assuré les services de la super-sommelière Belinda Chang, lauréate en 2011 du prix de sommellerie au concours annuel de la fondation James Beard.

Sous le regard des caricatures peintes sur les murs par l'illustrateur Edward Sorel – Zelda et Scott, Dorothy Parker et d'autres personnalités des Années folles –, nous commençâmes par quatre blancs de blancs, c'est-à-dire des champagnes exclusivement issus de chardonnay. La plupart provenaient du Mesnil-sur-Oger, origine de champagnes de très grand cru et petit village plein aux as grouillant de Mercedes : il s'agissait des cuvées blanc-de-chardonnay de Pol Roger, mesnillésime de Guy Charlemagne, comtes-de-champagne de Taittinger et enfin de Salon, le Saint Graal du blanc de blancs. Le pol-roger était délicieux avec ses notes grillées, mais un peu trop avancé. La bouteille avait peut-être passé sa période de perfection. Le guy-charlemagne, champagne de petit producteur, fut une excellente surprise : frais, sec et vivant. Le plus controversé fut le

1. Journaliste américain d'origine canadienne, rédacteur en chef de *Vanity Fair* depuis 1992. Il est propriétaire de deux restaurants à Manhattan : The Waverly Inn et The Monkey Bar, sur la 54e Rue Est, dont il est question ici. (N.d.T.)

taittinger. Bernard Sun, sommelier du groupe Jean Georges, le déclara « vivace et opulent », Belinda dit apprécier le « nez brioché », tandis que Raj Vaidya du restaurant Daniel, dans le rôle du clown de service, lui trouva l'odeur « de l'air qui s'échappe d'une bouche de métro en plein été » ou « d'un torchon en décomposition ». Nous dûmes reconnaître que le salon était légèrement bouchonné. Aldo Sohm[1], du Bernardin, Meilleur Sommelier du monde 2008, et sans doute le plus techniquement expert de nos dégustateurs, fut le premier à identifier le problème.

Nous passâmes ensuite aux champagnes dominés par le pinot noir, en commençant par la sensationnelle cuvée Sir Winston Churchill de Pol Roger, créée en hommage funéraire au Premier ministre britannique par ce qui avait été sa maison de champagne favorite. Les sommeliers clamaient leur approbation et s'étourdissaient d'éloges. C'était plus un vin qu'un champagne ; un jus si parfait qu'il était difficile à analyser. Après ça, le dom-ruinart n'avait aucune chance de faire le poids. D'ailleurs Aldo le trouvait trop doux, et Raj gâcha le plaisir de tout le monde en détectant de la vaseline en note olfactive. Mais le bollinger grande-année se révéla magnifiquement sec et austère, et tout le monde l'adora, bien que Carla « Downtown » Rzeszewski du restaurant Breslin assurât qu'elle en avait vu passer une meilleure bouteille à Noël, ce à quoi John Slover, de Ciano, répliqua : « Bah oui, normal, c'était Noël ! » Il peut se dire pas mal de vacheries dans ces dégustations.

La série suivante, ce fut le choc des titans : cristal-roederer, dom-pérignon et dom-pérignon Œnothèque, ce dernier de la cave de Raj. Le cristal était d'une

1. Voir page 207, « Accords parfaits et imparfaits ».

extrême maturité et d'une grande richesse, un peu sucré pour certains, dont Aldo. La cadette de nos sommeliers, Jerusha Frost du restaurant The Lion, qui semble avoir été peinte par Rossetti, admit avoir un préjugé défavorable contre le cristal-roederer juste par principe, mais elle adorait cette bouteille. Belinda était de son avis. Le dom-pérignon, que nous avions tous aimé autrefois, ne se montrait pas très à son avantage, mais le dom-pérignon Œnothèque, sorti très tard parce que dégorgé en 2008, donc quatre ans après la mise en bouteilles proprement dite, était tout bonnement divin quoique légèrement décalé par rapport aux autres, car il paraissait plus frais et plus jeune que les vins dégorgés avant lui.

Tout le monde adora le clos-des-goisses 1996 de Philipponat. Vous n'en avez jamais entendu parler ? C'est bien possible. Le clos-des-goisses a toujours été un secret d'initié, le contraire absolu d'un champagne que commanderait un oligarque russe pour impressionner sa conquête du soir. Raj lui trouva carrément le caractère d'un vin rouge. Carla Rzeszewski, dont la chevelure sombre était ce soir-là rehaussée de jolies touches argentées, dit ceci : « Ce vin est tellement magnifique qu'il me donne envie de renverser la table à deux mains. » Ça, c'est une note de dégustation comme je les aime ! Même si mon idée à moi aurait plutôt été de laisser la table à l'endroit et d'y culbuter quelqu'un. Keri Levens, d'Aquavit, avoua adorer ces « notes sensuelles d'ananas et de grillé. C'est un vin que je ne peux pas m'arrêter de boire ». Le suivant aussi nous plut beaucoup, un clos-saint-hilaire de Billecart-Salmon, cuvée parcellaire 100 pour cent pinot noir, puissant, riche et totalement accompli, sans pour autant inspirer de figures acrobatiques. Bernie, qui apportait à cette assemblée un élément de tenue protocolaire, dit qu'il rappelait « un grand bourgogne ». C'est un thème récurrent : quand des sommeliers aiment vraiment un champagne, ils le comparent toujours à un grand vin tranquille. Raj, pour sa part, déclara que c'était l'un des meilleurs qu'il eût jamais bus. Le krug 1996, souvent présenté comme le sommet absolu de ce millésime, était d'une aigreur et d'une acidité perçantes. John se rappelait avoir eu une bouteille similaire ce mois passé, et Raj se rappelait la même chose, donc *caveat emptor*. (Le 1995, que nous avions ajouté pour la comparaison, était fabuleux.) Mais s'il se développe comme le 1990 et le 1988, tout finira par s'arranger.

La dernière série se composait de champagnes rosés. Bêtement, quelqu'un avait décidé de verser le dom-pérignon en premier, mauvais calcul car le vin se montra si royal, si pur, si précis, si dense, qu'aucun autre ne pouvait passer après lui. Il était, cependant, incroyablement jeune et serré. Par contraste, le dom-ruinart qu'avait apporté Jerusha était exubérant, aimable, comme l'était aussi le comtes-de-champagne rosé ; mais l'un et l'autre ne pouvaient s'empêcher d'avoir un petit air putassier comparés au dom-pérignon.

Je demandai à tous de désigner leur top 3 : le clos-des-goisses arriva vite en tête. Damon Wise, le nouveau chef du Monkey Bar, qui pourtant se disait novice en matière de vins, lui décerna aussi le numéro un, comme cinq des sommeliers, dont Shin Tseng du restaurant Lupa, membre le moins bavard de notre groupe volubile. La cuvée Sir Winston Churchill était talonnée de près par le bollinger grande-année et le clos-saint-hilaire de Billecart-Salmon. Deux des sommeliers désignèrent le dom-pérignon rosé comme leur champion et Belinda fit preuve de dissidence en choisissant le cristal-roederer.

Beaucoup de ces 1996 nous ravirent et quelques-uns nous déçurent. Bien entendu, les variations d'une bouteille à l'autre et les problèmes de bouchon sont des aléas inévitables dans la vie d'un amateur de vins. Bernie fit la synthèse des résultats en déclarant ce millésime « très bon mais pas extraordinaire ». John, pour sa part, trouvait que les 1996 étaient à la hauteur de leur réputation, avec « une structure dense, une belle complexité et une grande longévité ». Richard Geoffroy, chef de cave de Dom Pérignon, me dit plus tard que 1996 était « un millésime déroutant, à base de vent » (en effet, les vents de septembre ont séché quelques grappes vendangées plus tard). Son pronostic est que certains vins à dominante de pinot noir risquent de décevoir à long terme.

J'aimerais recommencer cette même dégustation dans quelques années. Il y a deux points sur lesquels nous étions tous d'accord : d'abord, que beaucoup de ces vins sont réellement excellents et commencent à peine à atteindre leur maturité ; ensuite, que les champagnes de vieux millésimes sont un régal qui devrait être accessible à un public plus vaste. Sur ce dernier point, cependant, nous n'étions pas tous d'accord : Raj était d'avis que nous ferions mieux de garder le secret pour nous tout seuls.

Château-latour, un rouge qui en impose

Au temps où Frédéric Engerer faisait ses études à Paris, il se rendait une fois par mois en Bourgogne. « Pour un jeune étudiant parisien, la Bourgogne était moins intimidante, me dit-il, et il était plus facile d'y obtenir des rendez-vous. » Le Bordelais, avec ses grands châteaux aux riches propriétaires absentéistes, est beaucoup plus formel et plus imposant. Et de fait, le jour où Engerer posa pour la première fois le pied sur la terre sacrée de Château Latour, premier grand cru classé de Médoc, c'était parce que François Pinault venait de lui offrir le poste de directeur du domaine. « Latour avait toujours eu pour moi une consonance mystique, mais honnêtement je n'avais jamais osé, quand j'étais plus jeune, y solliciter un rendez-vous. »

Ce jour où Engerer fut accueilli à Latour pour diriger ce fabuleux domaine fit autant jaser que l'achat de cette même propriété par Pinault en 1993. Pinault, homme d'affaires parmi les plus riches et les plus brillants d'Europe, avait acheté Latour à la société britannique Allied Lyons. À l'époque où il fut recruté pour Latour, Engerer était consultant d'entreprise à Paris, après une brève incursion dans la publicité. Comme il fallait s'y attendre, Bordeaux s'offusqua de cette première entrevue. Celle-ci avait été fortement recommandée par le fils de Pinault, François-Henri, qui avait connu Engerer à la fac. Ce dernier, d'ailleurs, avait grandi dans une famille de négociants en vins languedociens, passant notamment tous ses étés dans les chais de son grand-père. Et même alors que sa carrière d'homme d'affaires se développait, il consacrait le plus clair de ses loisirs à son amour du vin, entre les balades en Bourgogne le week-end et l'ouverture d'un bar à vins à Paris. Pinault téléphonant à Engerer pour lui proposer un rendez-vous, c'était un peu comme Jay-Z appelant un jeune aspirant rappeur pour lui demander d'enregistrer un titre avec lui. Latour, de l'avis général, est un des domaines les plus prestigieux de la planète.

Les vins de Latour étaient déjà tenus en très haute estime lorsque Alexandre de Ségur, grand propriétaire terrien bordelais, épousa Marie-Thérèse de Clausel vers la fin du XVIIe siècle, ajoutant ainsi le château à ses possessions, qui comprenaient aussi le château Lafite (voué à devenir, quatre siècles plus tard, le domaine favori des collectionneurs chinois) au nord de la commune de Pauillac. Latour comme Lafite furent élevés au rang de premiers grands crus par le classement de 1855, en même temps que Château Margaux et Château Haut-Brion. Latour, plus tard, resta dans la famille de Ségur, tandis que Lafite fut vendu à un groupe hollandais avant d'être racheté en 1868 par le baron James Mayer de Rothschild.

Latour tire son nom d'une tour, ou plutôt d'une forteresse, qui fut bâtie sur la propriété au XIVe siècle et rasée plus d'un siècle plus tard vers la fin de la guerre de Cent Ans. La tour de trois étages visible aujourd'hui sur le domaine est en réalité un pigeonnier du XVIIe siècle qui n'a rien à voir, contrairement à ce que l'on croit d'habitude, avec l'édifice qui a donné son nom au domaine. Même si le vin était léger et délicat, il s'appellerait sans doute encore latour, mais il est loin de correspondre à cette description : Latour est un vin immense, impénétrable dans sa jeunesse et dont l'âge semble se mesurer en ères géologiques. Un latour d'une bonne année peut ne révéler son charme qu'au bout de trente ans, et quand il daigne enfin le faire, les adjectifs employés pour décrire ses vertus tendent presque tous vers les valeurs masculines : robuste, puissant, massif. Je n'ai trouvé « joli » dans aucune note de dégustation. Lafite, au contraire, a toujours été décrit comme plus fluide, plus éthéré, bien que son style de vinification soit devenu plus robuste ces dernières années.

« Latour n'est pas une femme facile », me dit Engerer à notre première rencontre. De toute façon, je ne crois même pas que ce soit une femme. Pour moi, Latour est un homme. « Il exige de la patience. Il ne donne pas grand-chose dans sa jeunesse. C'est un coureur de fond. Il peut vous surprendre, même quand vous croyez qu'il est, théoriquement, prêt à boire. » En d'autres termes, il y a en Latour quelque chose de terriblement anachronique. C'est l'antithèse du plaisir immédiat. Si cela ne vous fait pas peur, considérez son prix prohibitif, comme celui de tous les premiers grands crus classés de Bordeaux. De nouveaux degrés de folie – plus de 1 000 dollars la bouteille – ont été atteints avec la sortie en primeur des millésimes 2009 et 2010.

Même Engerer – dont je n'imagine pas le patron trop attristé par la situation – paraît un petit peu ébranlé par ce que sont devenus ces prix. « Ma première campagne en primeur fut celle du millésime 1994, que nous vendions 28 euros la bouteille. » (Il s'agissait du prix au négociant.) « Maintenant, nous vendons ces vins 500 euros la bouteille ! » Quand il était plus jeune,

Engerer appréciait d'ouvrir de temps en temps avec ses amis une bouteille de premier cru classé. Maintenant, admet-il, ces vins sont devenus inaccessibles à la plupart des amateurs ; et c'est une situation déprimante pour les gens qui, comme moi, adorent Latour. Depuis sa reprise par Pinault, le domaine a bénéficié de sérieux investissements matériels : les nouveaux chais sont spectaculaires et la production du grand vin a été considérablement réduite afin d'améliorer la qualité. Mais ces apports ne serviraient à rien sans la situation et la composition très particulières du lieu et du sol.

La partie principale du vignoble occupe une croupe s'élevant au-dessus de la Gironde. Elle est constituée d'une épaisse couche de graves bien drainantes sur un socle argileux. Lafite et Mouton reposent sur un sol sableux. Je ne saurais expliquer cette interaction des racines et du sol, et peu d'ailleurs en sont capables, mais je peux au moins dire que cet excellent drainage des sols permet à Latour de bien se comporter même les années pluvieuses. Ce qui reste certain, c'est que le terroir unique de Latour produit un vin unique. Au fil du temps et d'un propriétaire à l'autre, il a toujours conservé son caractère inimitable, ces qualités de garde inégalées et cette capacité de se bonifier avec le temps. Le 1961, que j'ai dégusté pour la troisième fois avec Engerer, est un des plus grands vins que j'aie jamais connus, une sorte de *Neuvième Symphonie* de Beethoven en bouteille ; et il évolue encore. Le 1982, qui est pour moi le grand vin de ce millésime, est encore un bébé. Mais il n'y a pas de doute qu'ils sont frères, remarquablement semblables par leur parfum et leur profil aromatique, bien qu'ils aient été réalisés à vingt ans d'intervalle par des équipes différentes. Ils sont d'une puissance incroyable et pourtant nuancés. Chaque gorgée, chaque inspiration au bord du verre livre quelque chose de nouveau. Même dans un millésime de moindre qualité, par exemple le 1964 que j'ai aussi goûté avec Engerer, Latour garde sa complexité, avec juste un peu moins de puissance et de concentration. Si Latour était un acteur, à mon avis, ce serait Gregory Peck. Le 1961 serait Peck dans *Du silence et des ombres*, et le 1964 serait le même dans *Un matin comme les autres*[1]. Il est aussi bon dans ce dernier que dans le premier, mais il n'y crève pas autant l'écran et le rôle qu'il y compose n'est pas aussi archétypal.

Tout cela peut intéresser le collectionneur fortuné, mais qu'en est-il de l'amateur de vins moyen ? Je crois que cela le concerne aussi, et à plusieurs égards. En effet, de même que tout nouveau développement de la mécanique de la formule 1 finit par influencer l'ingénierie de la voiture de monsieur Tout-le-Monde, ce parti pris esthétique de Latour époque François Pinault, où aucune dépense n'est épargnée, sert d'inspiration pour les viticulteurs de Bordeaux et du monde entier. Contrairement, par exemple, à Screaming Eagle, un cabernet culte de la Napa Valley dont certains millésimes coûtent plus cher qu'un Latour, la longue histoire du premier cru de Médoc sert de repère solide : vous pouvez être certain que le 2010, quand vous le déboucherez – ou quand vos héritiers le déboucheront – dans une trentaine d'années, sera spectaculaire. C'est l'exemple parfait pour illustrer tout le bien que le temps peut faire à un grand vin. Il est d'ailleurs intéressant de noter que les millésimes anciens de Latour se vendent aux enchères à des prix moindres que ceux des millésimes

1. Premier film : *To Kill a Mockingbird*, réalisé par Robert Mulligan en 1962 ; second film : *Beloved Infidel*, réalisé par Henry King en 1959.

plus récents tels que 2003 ou 2005, petite anomalie du marché qui reflète la rapide escalade des prix dans la première décennie du XXIe siècle. On admet généralement que Latour a connu une légère baisse de régime entre 1983 et 1990, mais les millésimes suivants furent tous triomphaux, et l'ère Pinault-Engerer a produit une ribambelle de trophées : en particulier les 1995, 1996, 2000, 2003 et 2005.

Il n'y a qu'un Latour, mais fort heureusement Pinault et Engerer ont étendu leur empire viticole, aussi bien en association qu'individuellement. Celui qui possède Gucci, Christie's et Yves Saint Laurent possède aussi un goût excellent en matière de terroir. En 2006, Pinault a acheté le domaine René-Engel à Vosne-Romanée, pour sa plus grande joie de grand amateur de bourgogne. Engel avait à Vosne des vignes magnifiquement situées, notamment en zone de clos-vougeot grand cru. Pinault et Engerer ont renommé la propriété « domaine d'Eugénie », et les résultats, dès le millésime 2007, ont été enthousiasmants. Au printemps 2010, Pinault a ébranlé une fois de plus le monde du vin en achetant Château Grillet, spectaculaire domaine des côtes du Rhône septentrionales, à côté de Condrieu, qui constitue à lui seul une appellation. Longtemps réputé pour son vin blanc de garde issu de viognier, Château Grillet végétait lamentablement depuis une vingtaine d'années, et je suis sûr de ne pas être le seul à me réjouir que ce beau domaine soit enfin entre les mains de l'équipe de Latour.

De son côté, Engerer a quelques projets de son cru dans son Sud-Ouest natal. En 1996, avec son ami Jérôme Malet, il a acquis une vigne dans les Pyrénées qu'ils plantèrent en cabernet sauvignon apporté de Château Latour. Ce vin, appelé Marius, a reçu les plus vifs éloges dans la presse vin française et se vend un trentième du prix de son parent génétique. Plus tard, ils ont acheté le domaine Fontbonau, dans les côtes du Rhône du Sud ; les vins y sont issus de vieilles vignes de grenache et de syrah. Bien sûr, Engerer serait le dernier à les comparer à Château Latour, mais ces deux propriétés produisent déjà de très bons vins.

Latour est Latour est Latour[1]. Selon certains, c'est le plus grand vin du monde, et de loin. Mais comment en juger ? Si vous aimez sincèrement le vin, la recherche d'une bouteille d'un vieux millésime est une faveur que vous vous devez à vous-même.

1. Allusion à un poème de Gertrude Stein, « Sacred Emily » (1913), qui contient le vers « Rose is a rose is a rose is a rose ». La formule, devenue célèbre, est souvent employée pour exprimer l'idée que les choses sont simplement ce qu'elles sont. Selon Gertrude Stein, le sens était plutôt lié aux images et aux émotions suscitées par la simple évocation d'un nom. (N.d.T.)

ElBulli, ou que boire avec trente-sept services

Cela commence par une sphère luisante vert olive qui tremblote sur sa cuillère quand vous l'élevez vers votre bouche, où elle explose, libérant un bain de liquide au fort goût d'olive. Ensuite, suivant l'instruction du serveur, vous placez le petit vaporisateur argenté à hauteur de votre bouche et vous projetez sur votre langue un mélange de gin et de vermouth. Dans votre cas, trois coups de vapo pour faire bonne mesure. Ou même sept (le serveur n'a pas spécifié combien). Et voilà, c'était votre martini, déconstruit par Ferran Adrià. Le repas se terminera quelque trente-quatre services plus tard – juste après l'avant-dernier plat, une écume congelée de parmesan reggiano – par une autre sphère tremblotante, cette fois un litchi reconstitué. Vous avez fait un long chemin pour venir jusqu'ici, à ElBulli, le restaurant d'Adrià, isolé au bord de la plage de Cala Montjoi, à deux heures de route au nord de Barcelone, histoire de cocher une case dans votre liste des choses à faire avant de mourir mais aussi de chercher à comprendre pourquoi le chef le plus célèbre du monde s'apprête à fermer le restaurant le plus célèbre du monde au sommet de sa gloire.

En janvier 2010, au cours d'une cérémonie donnée en son honneur au festival gastronomique Madrid Fusión,

Adrià avait annoncé qu'il fermerait pour deux ans à partir de 2011. La fermeture d'ElBulli fit les gros titres de la presse tout autour du monde, y compris celle du *Financial Times* à Londres. « Ça me rappelle ce que j'ai ressenti quand j'ai appris la séparation des Beatles », avoua un gourmand de votre connaissance. Moins de deux semaines plus tard, pendant que la fraternité internationale des foodies digérait la nouvelle tout en réfléchissant au moyen de décrocher une réservation avant la date fatidique, le chef de quarante-sept ans expliquait qu'en réalité, le restaurant fermerait définitivement. Puis il sembla disparaître plusieurs mois. Pendant ce temps, deux millions de personnes cherchaient désespérément à réserver une table.

Supposons que vous ayez réussi à défier la science des probabilités et obtenu un des quarante-huit couverts disponibles seulement le soir, cinq soirs par semaine, six mois par an, soit parce que votre ex-petite amie a un ex-cuisinier qui a fait un stage dans les cuisines d'ElBulli, soit parce que vous écrivez pour une célèbre publication qui a beaucoup d'ascenseurs à se faire renvoyer, vous prendriez alors peut-être l'avion pour Barcelone, où, si vous étiez malchanceux – ou simplement étourdi –, vous vous feriez voler votre bagage à main Prada tout neuf juste derrière la chaise où vous mangez un sandwich à l'aéroport. Après une discussion infructueuse avec les forces de l'ordre, vous vous dirigeriez vers le comptoir Avis pour y prendre les clés de votre voiture de location, vous demanderiez à l'agent de vous inscrire l'itinéraire sur un bout de papier, puis vous vous engageriez, le cœur battant, dans le labyrinthe d'autoroutes qui enserre Barcelone.

Faisant abstraction d'une erreur d'aiguillage et de vingt minutes de panique – et merde ! Comment ça,

DEUX routes qui mènent à Gérone ? –, vous arrivez enfin dans la petite ville de Rosas, station balnéaire un peu miteuse de la Costa Brava, mais soudain vous vous souvenez que votre itinéraire entre Rosas et ElBulli se trouve dans le bagage à main qu'on vous a volé et qu'en plus vous avez oublié le nom de votre hôtel, un hôtel parmi les dizaines que compte Rosas. Au prix d'un petit effort, vous vous rappelez alors que vous êtes sacrément verni de faire partie des quelque sept mille personnes détentrices d'une réservation au plus fameux restaurant du monde, même si votre femme commence à exprimer un peu de scepticisme sur le rapport coût-bénéfice de cette escapade.

Alors vous lui dites ce que vous a répondu Mario Batali quand vous lui avez demandé ce qu'il pense d'Adrià : « Mon pote, c'est tout simplement le chef qui exerce la plus forte influence sur les gens du métier. Il a suscité plus d'intérêt – admiratif ou réprobateur – pour la cuisine et les restaurants que quiconque jusqu'à présent. En outre, en conformité avec ses racines catalanes – comme Dalí, comme Casals, comme Miró –, il a inventé une nouvelle manière de travailler les produits bruts qui oblige à redéfinir en grande partie notre façon de manger et de cuisiner telle qu'on nous l'a apprise. »

Lorsque Hans Schilling et son épouse Marketta découvrirent la crique appelée Cala Montjoi dans les années 50, les collines et la côte étaient intactes, à part une maisonnette dont la garde civile se servait pour guetter les contrebandiers. Schilling, médecin allemand tombé amoureux des paysages austères de la Costa Brava, finit par acheter 2 hectares au-dessus de la plage. Le couple fit construire une maison à la sortie de la petite route périlleuse qui mène à Rosas et y ajouta un mini-golf pour attirer les touristes ainsi qu'une guinguette de plage. Le mini-golf fut un échec, mais les Schilling, prototypes avant la lettre de l'espèce qu'on appelle foodie, décidèrent de transformer la guinguette en un véritable restaurant, le genre qui pourrait peut-être un jour attirer des gens de leur espèce vers cette crique perdue. Le restaurant reçut le nom des bouledogues français qu'adorait Marketta Schilling, *bulli* étant le terme catalan pour désigner ces petits chiens aux oreilles de chauve-souris. Entretemps, Hans Schilling s'était mis en ménage avec sa bonne allemande, mais il continua de rendre visite à sa femme et de financer le restaurant.

En 1975, lorsque la mort de Franco sonna le début de la fin de l'isolement culturel espagnol, les Schilling recrutèrent Jean-Louis Neichel, chef alsacien au CV impressionnant. En 1976, il décrocha pour ElBulli la première étoile Michelin, bien que le mystère demeure entier sur la façon dont les inspecteurs parvinrent à trouver le restaurant. Celui-ci n'avait pas le téléphone, et la route reliant Rosas à Cala Montjoi était en si mauvais état que les fournisseurs, à 12 kilomètres, refusaient de livrer. Un client de la première heure, l'artiste pop anglais Richard Hamilton (qui vint à ElBulli accompagné de son voisin Marcel Duchamp), partait en Zodiac de Cadaqués et arrivait par la plage.

En 1981, les Schilling recrutèrent Juli Soler, futur associé d'Adrià, pour diriger le restaurant. Ce fan des Rolling Stones avait déjà tenu une discothèque et mené une brève carrière d'organisateur de concerts. En 1982, ElBulli se dota aussi d'un nouveau chef, Jean-Paul Vinay, et l'année suivante cette table de Nouvelle Cuisine recevait une deuxième étoile Michelin. La même année, un jeune matelot nommé Ferran

Adrià décida de passer sa permission d'été dans les cuisines d'ElBulli. Comme il possédait une certaine expérience de la restauration, on l'avait affecté à la cuisine de l'amiral pendant son service. C'est là qu'il avait rencontré Fermí Puig, autre jeune chef, qui était devenu son meilleur ami. Comme Puig avait apporté toute une collection de livres de cuisine français dans la cuisine de l'amiral, ils se mirent tous deux à étudier les techniques qu'ils y trouvèrent. Ce fut Fermí qui suggéra d'aller travailler quelque temps à ElBulli.

« Il m'avait dit que c'était un des meilleurs restaurants d'Espagne, avec deux étoiles au Michelin », écrit Adrià dans son livre *Une journée à ElBulli*[1]. « À cette époque, je n'avais aucune idée de ce que cela signifiait. » Ce qui intéressait davantage Ferran, c'était que le restaurant fût si proche de la plage et de la station balnéaire de Rosas, qui attirait beaucoup de touristes suédois et allemands. Adrià, qui avait séché l'école secondaire et d'abord aspiré à devenir joueur de football professionnel, était entré dans la restauration comme plongeur à l'hôtel Playafels[2] pour financer son été à Ibiza. Souvent, il arrivait dans la cuisine du chef Miguel Moy à peine une heure ou deux après avoir fait la fête dans les bars et les discos, mais il montrait des aptitudes remarquables pour la cuisine. Dans sa biographie *La Cuisine réinventée, Ferran Adrià : l'homme qui a changé notre façon de manger*[3], Colman Andrews rapporte qu'un jour Moy téléphona au père d'Adrià, qui lui avait recommandé son fils, et

1. Publié par Phaidon en 2009. (N.d.T.)

2. À Casteldefells, au sud de Barcelone. (N.d.T.)

3. *Ferran : The Inside Story of ElBulli and the Man Who Reinvented Food.* Traduction française publiée par Phaidon en 2011. (N.d.T.)

lui dit : « S'il te plaît, reprends le petit, maintenant il en sait plus que moi. »

Après la fin de son service militaire en 1984, Adrià retourna à ElBulli ; et quand Vinay quitta les lieux pour ouvrir son restaurant, il le remplaça comme chef de cuisine. Son jeune frère Albert le rejoignit l'année suivante. Il se dirigea vers l'activité de pâtissier, créant la plupart des desserts bizarres et exotiques qui font partie intégrante du menu dégustation. De manière assez ironique, le chemin de Damas de Ferran Adrià, le moment qui décida de sa conversion à l'avant-garde, arriva par un chef français. Au tout début, le menu d'ElBulli reflétait autant les traditions françaises que les innovations de la Nouvelle Cuisine, mais en 1987, après avoir assisté à une conférence de Jacques Maximin, chef niçois du Chantecler, Adrià décida qu'il était temps pour lui d'inventer son propre style. « La créativité », avait répondu Maximin à une question posée dans la salle, « c'est ne pas copier. » « Cette simple phrase fut l'élément qui provoqua un changement de démarche dans notre cuisine, écrivit plus tard Adrià, et marqua la cassure entre la simple re-création et la ferme décision de nous engager dans la créativité. » Cette année-là, il décida de fermer le restaurant cinq mois en hiver – période qu'il étendit plus tard à six mois – afin de se consacrer à l'expérimentation. L'une de ses premières innovations culinaires, réalisée à l'aide d'un siphon à crème fouettée, fut la fameuse « écume » – en réalité une mousse hyperlégère – devenue depuis une sorte de cliché gastronomique qu'on imita de Toulouse à Topeka. La première écume d'Adrià, obtenue à partir de haricots blancs et servie sur un oursin, apparut en 1994. Il en réalisa même une aromatisée à la fumée de bois. C'est à peu près vers cette époque qu'il commença ses « déconstructions » de recettes traditionnelles, par exemple son « curry de poulet » (un jus au poulet sur une glace au curry). Ce nouveau style culinaire allait un jour être étiqueté « gastronomie moléculaire », expression qui lasse Adrià mais à laquelle il ne pourra sans doute jamais échapper. Il lui préfère « cuisine d'avant-garde ».

ElBulli reçut sa troisième étoile en 1997, mais l'année précédente Joël Robuchon avait déjà déclaré Ferran Adrià meilleur chef du monde. Cette prise de position eut sans doute plus de poids que l'attribution de l'étoile. Considéré lui-même par beaucoup comme le meilleur chef de la planète, Robuchon avait ostensiblement pris sa retraite en 1996 et désigné Ferran Adrià comme « son héritier » dans une interview donnée à la télévision française. Que le grand maître de la tradition culinaire française passât le bâton à un Espagnol provoqua des hurlements d'indignation en France. En fait, cette « affaire Adrià » était une preuve parmi d'autres que la cuisine française stagnait depuis des années et que l'Espagne, à présent, représentait l'avant-garde créative. Cette conception fut mise en avant en 2003 dans un sujet de couverture du *New York Times Magazine* intitulé : « La Nueva Nouvelle Cuisine : comment l'Espagne est devenue la nouvelle France ». On y citait Charlie Trotter, chef à Chicago : « l'esprit du temps est désormais en Espagne ». Au cœur de ce changement de paradigme se tenait Adrià. « Comme Elvis ou Miles », écrivait Arthur Lubow, auteur de l'article, « on l'appelle habituellement par son prénom : Ferran. »

Adrià reconnaît lui-même que cet article du *New York Times* joua un rôle capital dans l'histoire d'ElBulli. « Il a aidé à consolider notre réputation, dit-il. Ce fut le commencement du mythe. » En 2006, *Restaurant Magazine* le nomma meilleur restaurant du monde dans son classement annuel, position maintenue cinq années de suite. Soudain, Adrià était devenu une célébrité internationale et il ne se trouvait pas un seul gastronome qui ne voulût dîner à sa table, ainsi que les innombrables groupies mondaines qui n'auraient pas su faire la différence entre une écume et une purée. On ne peut qu'imaginer le festival de pousse-toi-de-là-que-je-m'y-mette et d'éclatantes démonstrations de snobisme et d'arrogance qu'on aurait vu si ElBulli s'était trouvé à New York, voire à Barcelone, ville bien placée sur l'itinéraire européen de tout jeune loup aux dents longues.

Comme beaucoup avant elle, mon épouse se demandait pourquoi ElBulli était situé à l'écart de toute civilisation. Adrià répondit à cette question au cours d'un monologue de deux heures, sans qu'on eût même à la lui poser. « Nous avons voulu créer un dialogue avec nos clients, susciter une expérience », dit-il lors de l'interview qu'il nous donna au restaurant quelques jours après le début de la toute dernière saison. Nous étions assis sur la terrasse, embrassant une vue splendide, encadrée de pins maritimes, sur la plage de Cala Montjoi et la Méditerranée. Nous étions venus de Rosas en voiture, vingt-cinq minutes d'une route encore dangereuse – nous avions même croisé un accident : deux voitures de police, tous gyrophares dehors, arrêtées au bord d'un précipice et une Audi cabossée 50 mètres plus bas. Pourtant, de l'avis général, cette route s'était beaucoup améliorée depuis les premiers temps du restaurant. Le paysage de collines escarpées couvertes de pins et d'oliviers était d'une beauté extraordinaire. « La route pour venir ici, la réservation, tout ça, cela fait partie de l'expérience. » Mais surtout, ajouta Adrià, « ce genre de projet n'est possible qu'en dehors d'une ville. Pendant des années, il n'est venu personne, ce qui nous a donné du temps pour nous développer et faire nos expériences. C'est l'environnement, la paix et la tranquillité du lieu qui nous permettent d'accomplir ce travail. »

Tranquille peut-être, le paysage, mais on ne peut pas en dire autant d'Adrià. Il parla pendant deux heures, moulinant des mains pour souligner ses phrases et ne s'arrêtant que lorsque notre interprète lui touchait le bras pour lui rappeler qu'elle était tout de même là pour faire son boulot. Alors il écoutait attentivement sa traduction, répétant parfois un mot ou opinant de la tête pour confirmer un propos. Ma première question, toute simple, fut celle que tout le monde lui posait : ElBulli fermait-il définitivement ?

« Tout le monde en parle, répondit-il, mais personne ne comprend réellement de quoi il est question. » Il admit avoir été heurté et dérouté par les lamentations internationales que déclencha, à Madrid Fusión, son annonce de la fermeture du restaurant pendant deux ans. À cette époque, sa vision de l'avenir était encore floue, mais ses projets se définirent plus clairement au cours des mois suivants.

« Si l'on considère l'histoire d'ElBulli, il est clair que c'est une histoire exceptionnelle. Cette interruption est une étape logique de l'évolution du restaurant. En 1987, déjà, nous avions décidé de fermer six mois de l'année. » En 1998, il créa le Taller, une cuisine-laboratoire à Barcelone où l'équipe d'ElBulli faisait ses expériences et créait de nouveaux plats pendant la saison de fermeture. « En 2001, quand ElBulli accéda à la célébrité, il aurait été logique d'ouvrir toute l'année, mais le plus important pour nous était la créativité. Alors nous avons décidé de fermer aussi à l'heure du déjeuner, et notre niveau de créativité n'en fut que plus élevé. Mais à un certain moment, je me rendis compte que bientôt nous serions incapables d'évoluer en tant que restaurant. » En d'autres termes, pour sauver ElBulli, il fallait le fermer au public.

À mesure qu'ElBulli évoluait et prospérait, il devenait de plus en plus inaccessible. À chaque étape de sa progression, repousser les limites de la cuisine exigeait de s'abstraire un peu plus des exigences liées à la tenue d'un restaurant. Vue selon cette perspective, en effet, la fermeture est le stade final de son évolution créative. La pression des clients, l'inégalité spectaculaire entre le nombre de couverts disponibles et les hordes de gens qui les convoitaient, tout cela paraissait avoir atteint un point de déséquilibre. Ferran est un homme courtois, chaleureux, qui voyage beaucoup pendant la période de fermeture, et chaque individu qu'il rencontre lui demande tôt ou tard une réservation pour lui, pour un ami ou pour un ami d'un ami. Et Ferran a horreur de dire non, bien qu'il déclare n'avoir aucun mal à refuser des demandes de célébrités. « J'accepte si j'admire la personne, dit-il. Les stars de cinéma, je m'en fiche. Je veux un restaurant démocratique. » C'est aussi pour cette raison qu'il a refusé de porter l'addition au niveau maximal en fonction du marché. 250 euros, ce n'est pas donné, mais il pourrait facturer le menu trois fois plus cher et remplir encore dix fois son restaurant. « C'est un luxe abordable. » Mais il s'aperçut à la longue que cette démocratie ressemblait davantage à un régime népotique : les chefs représentaient une partie non négligeable de la clientèle, sans compter les amis des amis. Quand je tombai sur un ex-camarade de fac dans la salle à manger d'ElBulli et que je lui eus demandé comment il avait réussi à décrocher une table, il me répondit que sa copine travaillait dans un musée dont le directeur était un ami de Ferran.

En 2014, ElBulli rouvrira ses portes dans une formule différente, qui n'inclura probablement pas l'accueil d'une clientèle. « Ce sera plutôt une sorte de *think tank*, dit Adrià. Pas exactement une école mais une fondation. Une fondation privée à but non lucratif. » Il paraissait encore en train d'improviser, de travailler sur le concept. « Nous accueillerons vingt-cinq personnes, des chefs, deux ou trois journalistes et des gens liés à la technologie. À la fin de chaque journée, nos résultats seront mis en ligne sur Internet. Nous travaillerons en collaboration avec le monde de l'art et du design. Ce ne sera pas un restaurant. Pas de Michelin, pas de clients, pas de pression. Chaque année sera différente. »

« Il n'y a pas assez de professionnels qui se consacrent à l'analyse et à la recherche », dit-il en martelant la table. « C'est un travail qu'il faut faire à l'université. La gastronomie entre dans une nouvelle phase. Il y aura de la cuisine à Harvard. » J'aurais ricané à cette déclaration si je n'avais pas déjà lu qu'Adrià s'apprêtait à enseigner à Harvard dès l'automne, chargé d'un cycle de conférences intitulé « Science et cuisine : de la haute cuisine à la science de la matière molle ». Le cycle était censé rassembler des professeurs de science de Harvard et de grands chefs comme Adrià, son ami Jose Andrés, Wylie Dufresne du restaurant new-yorkais wd-50, et Dan Barber du restaurant Blue Hill.

« La cuisine constitue un cadre idéal pour l'étude de toute une gamme de phénomènes complexes, de la chimie de base à la science des matières et à la physique appliquée », estime David A. Weitz, professeur de physique et co-organisateur du cycle de conférences. « Ce que nous faisons dans nos laboratoires, c'est pour une bonne part ce que des chefs comme Ferran Adrià font maintenant dans leurs cuisines. » D'ailleurs, la cuisine d'ElBulli ressemble à un laboratoire, avec une trentaine de chefs et de stagiaires vêtus de blanc, bien alignés de part et d'autre de plusieurs plans de travail et tables de cuisson en Inox immaculé. Pas une flamme en vue, et une atmosphère étrangement calme et concentrée trois heures avant le premier service. Le cycle de Harvard est né d'une conférence précédente donnée en 2008, qui souleva un immense enthousiasme : Adrià s'était exprimé à Harvard devant une salle bondée, évoquant des sujets tels que les hydrocolloïdes, qui permettent de transformer des fruits délicats ou des purées de légumes en un gel dense, et des techniques comme la sphérification, consistant à former une peau résistante autour de solutions liquides – mon olive sphérique, par exemple.

Adrià, n'ayant jamais terminé ses études secondaires, semblait immensément fier de cette reconnaissance de Harvard, comme de plusieurs diplômes honoraires décernés par des universités espagnoles. Il paraissait aussi très honoré de sa participation, en 2007, à Documenta, festival quinquennal d'art contemporain à Kassel, en Allemagne. Plutôt que de s'y produire en personne ou d'y donner une conférence, Adrià décida d'y faire édifier un pavillon ElBulli – mais à plus de 1 200 kilomètres de Kassel. Chaque jour, deux festivaliers furent invités à se rendre par avion à Cala Montjoi pour y dîner, puis à écrire sur leur expérience. Ces comptes rendus furent rassemblés en trois essais assortis de photographies et de documents annexes, et publiés sous le titre *Food for Thought, Thought for*

Food. Le choix d'Adrià comme participant au festival fut assez controversé, certains doutant de la possibilité de faire coïncider l'art et la cuisine. Mais il est fier que la question, au moins, ait été posée. « Le mot "artiste" ne peut pas et ne doit pas être appliqué aux chefs, dit Anthony Bourdain, à quelques très rares exceptions près : Ferran Adrià est, sans le moindre doute, un artiste. Souvent, je me rends compte que je le compare avec des musiciens plutôt qu'avec d'autres chefs. Des gens comme Jimi Hendrix [...] ou Charlie Parker, qui entendaient des notes, entendaient de la musique, là où d'autres n'entendaient rien. Qui sortaient de leurs instruments des sons que personne n'aurait crus possibles. Je pense, même si je n'en sais rien au juste, que Ferran, comme Hendrix, comme Parker, doit trouver dur à vivre d'être toujours tellement en avance sur les autres, d'année en année. Je n'ose même pas imaginer quelle pression cela doit exercer sur lui. »

De mon côté, je ne suis pas entièrement certain que les créations d'Adrià soient de l'art, mais je suis sûr en revanche que ce dîner à ElBulli fut une expérience esthétique hors du commun. Je me sentais un peu comme Keats devant la traduction d'Homère par Chapman[1]. J'avais eu l'appréhension que ce dîner pût être trop intellectuel pour être réellement délectable – reproche souvent fait à Adrià, en général par des gens qui ne sont jamais allés manger chez lui –, mais ce fut en

1. Allusion au poème de John Keats « *On First Looking Into Chapman's Homer* » (« En ouvrant pour la première fois l'Homère de Chapman »), écrit en 1816. Keats y raconte l'émerveillement et la surprise qu'il éprouva en découvrant la traduction d'Homère par le poète élisabéthain John Chapman. Ce poème est souvent cité pour évoquer une forte émotion artistique. (N.d.T.)

réalité une grande partie de plaisir hédoniste, à la fois festin et jeu de réflexion, Dionysos et Apollon luttant sur la même assiette, avec toujours le triomphe final des sens sur l'intellect. À chaque service, on avait du mal à imaginer comment la cuisine pouvait suivre, chaque création étant plus exquise que la précédente ; et pourtant le rythme du dîner était parfaitement huilé, tout nouveau plat ajoutant à une sorte de progression narrative, bien que l'ensemble fût incontestablement postmoderne, par la richesse et la variété de son inspiration, plutôt que linéaire. Il y avait un chapitre japonais d'à peu près sept services avec la meilleure soupe miso que j'eusse jamais goûtée et dix préparations de soja différentes sur une assiette. Un autre chapitre se concentrait sur des ingrédients strictement locaux, comme l'anémone de mer et les pignons de pin. Tout au long du repas, les éléments sucrés alternaient avec les éléments salés. Parfois, l'arrivée d'un plat suscitait des rires : un cookie à la betterave ? Chocolat et gorgonzola ? Mais à d'autres moments nous étions plutôt comme le « vaillant Cortés aux yeux d'aigle[1] », muets d'émerveillement devant le spectacle. Et durant quelques brefs instants, j'ai ressenti une forme d'ivresse, comme si je venais d'absorber de la psilocybine ou un concentré de cannabis.

Il serait intéressant, même si la chose est tout à fait impossible, d'imaginer un client arrivant à ElBulli dépourvu de toute idée préconçue ou de toute attente.

1. Allusion à un vers du poème cité à la note précédente : *Or like stout Cortez when with eagle eyes he star'd at the Pacific* (...) *Silent, upon a peak in Darien.* (Ou comme le vaillant Cortez, quand de ses yeux d'aigle il fixait le Pacifique (...) Silencieux, au sommet d'un pic du Darien.) (N.d.T.)

Le décor méditerranéen sans façons de la salle à manger, en tout cas, ne le prépare en rien à ce qui l'attend. Le public de ce soir est plutôt hétéroclite : un élégant couple de jeunes mariés français ; un couple new-yorkais, la cinquantaine, tout en noir ; un couple espagnol en jeans et t-shirt ; deux jeunes femmes somptueuses accompagnant deux messieurs beaucoup plus âgés qu'elles, toutes deux vêtues d'un jean blanc et d'un haut minuscule, l'une blonde parlant anglais avec l'accent français, l'autre brune parlant anglais avec l'accent italien. L'ambiance générale est plutôt frivole. Beaucoup de clients ont l'appareil photo en main et Juli Soler, le maître d'hôtel, propose de leur tirer le portrait. Il n'y a aucun couvert sur les tables ; juste une nappe blanche.

Et c'est alors qu'arrive ce martini déconstruit, suivi de quatre autres « cocktails » parmi lesquels se trouvent une fraise reconstituée en Campari congelé, puis une « neige » de gin-fizz suivie d'un « chaud et froid » de gin-fizz. Une sculpture fait son apparition, ruban blond sinueux dont les ondulations rappellent vaguement les formes d'une chaise Eames en plastique moulé. Le serveur nous informe que c'est du pain de maïs. Il insiste. C'est incroyablement délicieux, croustillant, salé avec une touche de sucré. Le service suivant ressemble à une balle de base-ball. Le serveur la casse pour l'ouvrir ; le matériau se révèle fin comme la paroi d'une boule de Noël. Il la saupoudre de noix de muscade. C'est une sphère de gorgonzola semi-congelée.

Ma femme adore la moelle et les huîtres, ce sont ses denrées favorites. Mais jamais elle n'aurait cru qu'un jour elle les mangerait ensemble, sur une coquille d'huître, ni que cette association serait fabuleuse. Seul un fanatique essaierait d'accorder un vin avec chaque service, bien qu'on me dise que cela s'est déjà produit. Sans tomber dans ce piège, nous buvons du champagne, sur recommandation du chef, ou plus précisément nous buvons une bouteille de champagne suivie d'une bouteille de cava, ce vin blanc pétillant typique de la Catalogne. Il s'agit d'un Gran Reserva Kripta Brut Nature 2004, riche et toasté, qui me rappelle nettement le style légèrement oxydatif de Krug. Le vin se présente dans une bouteille à fond arrondi qui doit être gardée debout dans un seau à glace. Quant au champagne, c'est un de mes préférés : la cuvée V.O. d'Anselme Selosse, grand inspirateur du mouvement des champagnes de vigneron. Les faveurs d'Adrià vont plutôt à la bière : consultant pour les plus grandes brasseries d'Espagne, il a conçu pour la haute restauration une bière conditionnée dans une jolie bouteille à vin. (Adrià est consultant pour plusieurs grandes marques d'agroalimentaire espagnoles, ce qui aide à financer ElBulli.)

Après nous avoir apporté une fleur de chèvrefeuille toute seule sur une petite assiette, on nous instruit de retirer le pétiole et de le sucer. Nous avons encore envie de rire. En fait, tout ce repas nous a donné envie de rire. Le chèvrefeuille rappelle le souvenir de nos étés d'enfance, mais le nectar de la fleur est beaucoup plus intense en saveur qu'il ne l'était alors. Il a certainement été accentué. Mais quand j'interroge Ferran plus tard sur les ingrédients utilisés à cet effet, il se montre inhabituellement évasif. Les pétales de rose marinés à l'écume d'artichaut ne fonctionnent pas très bien : ils ont exactement le goût correspondant au parfum des roses, mais je découvre alors que je n'aime pas beaucoup les pétales de rose ; c'est peut-être bon à savoir. Quant à la pousse de pin mariné, elle est délicieuse. Depuis le jour où j'eus l'expérience désagréable – il y a bien quarante-cinq ans – de manger une pousse de pin, au temps où mon esprit de découverte juvénile m'amenait à goûter tout ce qui me tombait sous la main, je n'aurais jamais cru que j'aurais un jour envie de la renouveler, mais je me trompais.

Les soirs qui suivirent mon dîner à ElBulli, je dînai à Barcelone dans deux autres restaurants dotés d'une étoile au Michelin, dont un tenu par un disciple de Ferran. Ce retour à la cuisine conventionnelle me déçut. C'était comme m'asseoir sur la banquette arrière d'une Toyota Camry après avoir passé la journée à conduire des Ferrari sur la piste d'essai de Maranello. Ou peut-être, pour être plus exact, comme revenir au présent après avoir visité, pendant quelques heures, une sorte de futur utopique tout en antigravité et en zones érogènes dont je n'avais jamais osé rêver. Cette sensation est en train de s'effacer, Dieu merci, et me voilà de nouveau capable d'apprécier la cuisine rétro. Mais j'espère secrètement qu'Adrià va changer d'avis et me donnera ainsi une nouvelle occasion de tester le résultat de ses recherches. Entre-temps, ce qui me rassure, c'est de savoir qu'une bonne part de ce que je mangerai dorénavant portera l'influence de son travail passé et à venir.

Table

PREMIÈRES AMOURS

TRIPS D'ACIDE

Quelques blancs et quelques rosés pour commencer

LES FONDUS DE RAISIN

LE ROUGE ET LE NOIR

LA COLLINE DES CŒURS BRISÉS OU AUTOUR DE LA CÔTE-D'OR

HORS DES SENTIERS BATTUS

TROP, C'EST TROP

Titres originaux :

Bacchus and Me
« A Rivalry Made in Heaven : Lafite and Mouton »

A Hedonist in the Cellar
« My Favourite White »
« The Forgotten Whites of Bordeaux »
« "An Extreme Emotional Wine" : Amarone »
« The Spicy Reds of Chile »
« Malbec Rising »
« Oedipus at Hermitage : Michel Chapoutier »
« Ghetto Boys : Greg Brewer
and Steve Clifton Get Radical »
« Jilted Lover : Auberon Waugh »
« First Among Firsts ? The Glories of Cheval-Blanc »
« "A Good and Most Particular Taste" : Haut-Brion »
« The Maserati of Champagne »
« Odd couples : What to Drink with Asian Food »
« Number Two and Bitching Louder : Armagnac »

The Juice
« White Wine on the Rocks : Chablis »
« Cold Heaven, Hot Mama »
« Oh No ! Not Pinot Grigio ! »
« Pop Pop, Fizz Fizz »
« German Made Simple »
« Finally Fashionable : Rosé from Provence to Long Island »
« Lean and Fleshy : The Paradox
of Santa Rita Hills Chardonnay »
« Rosé Champagne : Not Just for Stage Door Johnnies »
« A Debilitating Pleasure : Tavel »
« The Founding Wine Geek »
« Writer, Importer, Gentleman Spy »
« The Salesman with the Golden Palate »
« The Retro Dudes of Napa »
« The Rock Stars of Pinot Noir »
« My Kind of Cellar : Ted Conklin
and the American Hotel »

« A Tuscan in the House :
Julian Niccolini and the Four Seasons »
« Not Just Mario's Partner :
Joe "Vino" Bastianich Breaks Out »
« The Wild Wizard of the Loire »
« Is Biodynamics a Hoax ? »
« The Modigliani of Healdsburg »
« The Odd Couple »
« Mondavi on Mondavi »
« Does Bordeaux Still Matter ? »
« The Exquisite Sisters of Margaux »
« Big Aussie Monsters »
« Is Cornas Finally Having Its Moment ? »
« Barbera : Piedmont's Everyday Red »
« Reasons to Be Cheerful : Barolo and Barbaresco »
« Blood, Sweat, and Leaps of Faith »
« The Woman with All the Toys »
« The Whole Spice Rack : Old-School Rioja »
« Zowie ! »
« Becky Wasserman :
The American Godmother of Burgundy »
« A Grace Kelly of a Wine : Puligny-Montrachet »
« Secrets of Meursault »
« Jacques's Domaine »
« Starchild and the Marquis :
Earthiness Meets Refinement in Volnay »
« Off the Main Drag : Savigny-les-Beaune »
« Peasants and Plutocrats : La Paulée de New York »
« Way Down South : The Great Whites, and Reds,
of Hamilton Russell »
« Blending Their Way to an Identity : Paso Robles »
« Kiwi Reds from Craggy Range »
« Spanish Olympian »
« Location, Location, Location »
« Swashbuckling Dandy : Talbott »
« Better Late Than Never : Ridge »
« Old World Head, New World Body : The Reds of Priorat »
« His Magnum Is Bigger Than Yours »
« Aged Effervescence : 1996 Champagne »
« A Towering Red : Chateau Latour »
« What to Drink with Thirty-Seven Courses : ElBulli »

DU MÊME AUTEUR

Journal d'un oiseau de nuit
Mazarine, 1986
réédité sous le titre
Bright Lights, Big City
Éditions de l'Olivier, 1997
et « Points Signatures », n° P1924

Ransom
Payot, 1988
et « Points », n° P2961

Toute ma vie
Payot, 1989
et « Points », n° P2490

Trente Ans et des poussières
Éditions de l'Olivier, 1993
et « Points », n° P149

Le Dernier des Savage
Éditions de l'Olivier, 1997
et « Points », n° P610

Glamour Attitude
Éditions de l'Olivier, 1999
et « Points », n° P752

La Fin de tout
Éditions de l'Olivier, 2003
et « Points », n° P1262

La Belle Vie
Éditions de l'Olivier, 2007
et « Points », n° P1902

Moi tout craché
Éditions de l'Olivier, 2009
et « Points », n° P2489

RÉALISATION : NORD COMPO À VILLENEUVE-D'ASCQ
IMPRESSION : CPI BRODARD ET TAUPIN À LA FLÈCHE
DÉPÔT LÉGAL : AOÛT 2014. N° 118814 (3005799)
IMPRIMÉ EN FRANCE